国家社科基金项目"英国维多利亚时期文学作品中的法律现象研究"（15XFX004）最终研究成果

一个透视法律现象的文学窗口

魏军梅　王含冰　孙靖丽　著

陕西师范大学出版总社

图书代号　ZZ23N1674

图书在版编目（CIP）数据

一个透视法律现象的文学窗口 / 魏军梅，王含冰，孙靖丽著. —西安：陕西师范大学出版总社有限公司，2023.7

ISBN 978-7-5695-3714-7

Ⅰ.①一… Ⅱ.①魏… ②王… ③孙… Ⅲ.①英国文学—近代文学—文学研究 Ⅳ.① I561.064

中国国家版本馆 CIP 数据核字（2023）第 115882 号

一个透视法律现象的文学窗口
YIGE TOUSHI FALÜ XIANXIANG DE WENXUE CHUANGKOU

魏军梅　王含冰　孙靖丽　著

选题策划	曾学民
责任编辑	杨　凯
特约编辑	王恒博
责任校对	曾学民
封面设计	鼎新设计
出版发行	陕西师范大学出版总社
	（西安市长安南路 199 号　邮编 710062）
网　　址	http://www.snupg.com
经　　销	新华书店
印　　刷	西安报业传媒集团
开　　本	787 mm×1092 mm　1/16
印　　张	14.75
字　　数	245 千
版　　次	2023 年 7 月第 1 版
印　　次	2023 年 7 月第 1 次印刷
书　　号	ISBN 978-7-5695-3714-7
定　　价	73.00 元

读者购书、书店添货或发现印刷装订问题，请与本社高教出版中心联系。
电　　话：（029）85307864　85303622（传真）

前　言

一、研究的缘起

文学与法律本身已经是非常博大精深的研究领域，而且，这两个研究领域以各自的专业性、系统性、趣味性、实用性吸引了无数沉醉其中的研究者和从业人员。将这两个研究领域结合在一起的探索，其难度足以让人望而却步，但其吸引力同样足以让人流连忘返。那么，为什么要研究文学作品中的法律现象？为什么要选择英国维多利亚时期的法律现象进行研究？为什么要选择英国维多利亚时期的文学作品作为研究的标本？是什么动力促使研究得以深入？对这些问题的回答本身就是一件有意义的事情。

第一，国内外对法律与文学已有的研究成果为本研究奠定了坚实的理论基础。

法律与文学有着悠久而广泛的联系。从古希腊的戏剧文学作品到英国中世纪、近代、现代的文学作品中都能寻找到不同时代的法律理念、法律制度和法律事件，可以说法律与文学如影相随，正如波斯纳所说："法律作为文学的主题无所不在"。英国著名法律史学家威廉·塞尔·霍尔兹沃思在法律与文学运动兴起的40多年前就开始关注法律与文学的关系。他在1928年出版的《作为法律史学家的狄更斯》一书中对涉法文学在法律史研究中的意义进行了肯定。对文学与法律现象的系统研究开始于20世纪70年代在美国兴起的"法律与文学"运动，被认为是西方"后现代法律运动"的重要一支。1973年美国芝加哥大学法学院教授詹姆斯·怀特编写的教科书《法律想象：法律思想和表述的属性研究》被称为这场运动的奠基之作，标志着法律与文学运动在美国正式起步。该书强调以文学分析法律文本和文学文本中表达的法律议题的关系，展示了文学研究与法律解释之间惊人的相似之处，并指出文学应当成为法学教育的一部分，主张对法律和判决进行文学研究。法律与文学运动经过30年的发展，形成了文学中的法律、作为文学的法律、通过文学的法律和有关文学的法律等四个法律与文学的分支领域。波斯纳的《法律与文学》是法律与文学运动中的代表之作。但这些研究都偏重于从法律与文学关系这一宏观的视角理论加以研究，或者说更多的是将文学作品当中所反映的法律现象作为例证来进行横向的研究。但是，从一国法律史的角度，特别是对特定国家、特定时期文学作品中所反映和表现出的法律现象及其发展规律进行纵向的研究却没有引起这一运动的重视，这不能不说是"法律与文学"运动的遗憾。对内容丰富的英国维多利亚时期文学作品中的法律现象的研究同样处于不被重视的状态，至今没有一部系统地梳理英国维多利亚时期文学作品中法律现象的专著。

20世纪90年代，随着中国法学研究的不断深入，法学与文学的交叉领域的研究开始陆续出现，并涌现了朱苏力、余宗其、胡水君、强世功、汪世荣、吴迪等一批学者和一些学术研究成果。但是，受西方"法律与文学"运动影响，国内学者的研究至今仍然是宏观上研究法律与文学的关系或者微观上研究某一部文学作品中的法律现象，而没有对一个国家历史上特定时期的文学作品中的法律现象进行系统的梳理，更没有对英国维多利亚时期文学作品中的法律现象进行系统研究。

总之，国内外对文学作品中的法律现象的研究，有从宏观角度的研究，但以研究文学与法律一般关系的居多；有从微观层面的研究，但倾向于对某个作品中所反映的法律现象的分析，呈碎片化的状态。而从中观层面，选择一个特定国家特定的历史阶段的重要文学作品中的法律现象进行系统研究却暂时处于空白。但是，国内外在法律与文学的研究领域的研究成果为本课题的研究奠定了坚实的理论基础，运用这些理论研究成果分析一个国家历史上特定时期文学作品中的法律现象，既是这些理论成果的具体运用，同时在这样的研究中也会对法律与文学研究的基础理论的发展产生积极的影响。

第二，维多利亚时期作为英国法律制度大变革的时代为本研究提供了丰富的法律材料。

维多利亚时期跨越1837年到1901年，是英国历史上一个发展黄金期，是一个由农业国向工业国过渡的时期。维多利亚时期横跨19世纪的大部分时段，与这一时期社会转型和变革相适应，这一时期也成为英国法律史上的一个大变革时期。而在整个18世纪，英国虽然通过议会制定了一些新法律，但这些法律几乎全是具体的、实用性的，并未引起法律制度上的重大变化。另一方面，由于英国革命的保守性，大量封建残余被保留下来，如恩格斯所言，这种情况致使革命后的英国仍然是一个"带有封建外表的古老的"国家[①]，其司法机构繁多而混乱、程序繁杂而冗长的状况并未根本改变，正如恩格斯所说："在英国，革命以前和革命以后的制度之间的继承关系、地主资本家之间的妥协，表现在诉讼程序被继续应用和封建法律形式被虔诚地保存下来这方面。"[②]然而，自18世纪后期起，随着英国工业革命的不断推进，社会经济政治关系发生了巨大的变化，迫切要求变革传统的法律和司法制度，导致19世纪初英国大规模、全方位的法律和司法改革。[③]这一时期，选举制度的改革、诉讼制度的改革、法院体系的调整、刑法及警察监狱制度的改革、民商法的改革、经济与社会立法的改革等都取得了实质性的长足进步。这次法律和司法改革适应了来自英国工业革命带来的经济发展需要和社会日益民主进步的需要，因而，这次改革是具有积极意义和进步作用的，这一改革反过来又极大地推动了英国向现代社会、现代国家的转型。正如亲身参与这次改革的助理大法官曾在事后总结的那样："我看到了许多变化。所有这些变化的结果都有利于促进司法管理制度的简化与完善，有利于我们日益增多的人口，有利于保护民权，有利于推动艺术和商业的发展，有利于王国的普遍繁荣。"[④]选择英国维多利亚时期的法律现象作为"标本"，能够非常清晰地看到法律文本、法律制度的执行和司法机构的变化对社会的转型适应，以及法律与经济社会发展的互动。

第三，维多利亚时期文学作品中丰富的法律元素为进行文学与法律的研究提供了良好的支撑。

在维多利亚时期，中产阶级增加（主要是资产阶级），因此，维多利亚文学本质上是中产阶级文学、城市文学。这一时期，不仅社会结构、经济结构、政治结构都发生了很大的变化，而且，思想领域也深受自由主义、功利主义、进化论等思潮的影响，人们的价值观、制度和教条都处在由旧时代过渡到现代的过程中。报纸和印刷业的迅速发展，改变了人们获取知识和阅读的习惯，这一时期的文学是小说称雄的时代，其他文学体裁诸如散文、诗歌和戏剧也很繁荣，但是都被维多利亚小说的光彩遮掩住了。[⑤]

---

① 马克思恩格斯全集：第4卷[M].北京：人民出版社，1963：512.
② 马克思恩格斯全集：第3卷[M].北京：人民出版社，1963：395.
③ 程汉大.英国法制史[M].济南：齐鲁书社，2001：370.
④ 程汉大.英国法制史[M].济南：齐鲁书社，2001：394.
⑤ 赵红英.英国文学简史学习指南[M].武汉：武汉大学出版社，2009：151.

维多利亚小说经过了乐观、喜忧参半和悲观三个阶段,而这正好见证了19世纪工业革命的英国走向鼎盛而后又走向衰落的整个过程。社会现实主义是小说的主要表现形式,这就使维多利亚时期的小说作品中蕴含了那个时代丰富多彩的法律元素,这一时期变动的法律现象在文学作品中有充分的反映。小说中无论是对涉法的情节的描写,还是对法律事件、侦探工作、司法活动、法律理念和文化等法律现象的生动呈现,都为我们从文学作品中分析法律现象提供了绝佳的样本。无论是查尔斯·狄更斯、威廉·梅克比斯·萨克雷,还是勃朗特三姐妹、乔治·艾略特、托马斯·哈代、阿瑟·柯南·道尔、乔治·伯纳德·萧的作品,他们的作品中都有丰富的法律事件、涉法情节、法律理念的描写,值得法学界和文学界共同研究。

第四,维多利亚时期文学作品与作家巨大的声望增加了研究的动力。维多利亚时期文学大家辈出、作品繁多、影响深远,许多作家和作品在世界范围内享有盛誉。研究这些作品中的法律现象,无疑会拉近与读者的距离,使文学与法律的研究不仅成为科研的需要,也满足了普通读者从法律视角重新审视文学经典的需要。

第五,本研究需要大量收集和阅读维多利亚时期的文学作品,并甄别出哪些是与法律现象关联性较大的作品,搜索其中的法律元素,并从法学的专业视角进行分析,这样的研究也正是法学教育所需要的。

二、研究的意义

维多利亚时期是英国历史上显赫的黄金时期,也是英国文学史上的一个繁荣璀璨的时期,研究维多利亚时期文学作品中的法律现象具有积极的意义。

第一,对法律史研究的价值。传统的法律史研究更多的是从官方指定的法律文件、记载的法律事件、法学家的著述等材料中汲取营养,这就使法律史的研究基本建立在一种官方的话语体系的基础上。对文学作品中反映的那个时代的法律现象的表达和记载实际上是法律史研究中民间话语素材的展现和法律生活化的表达。英国是近代资本主义国家经济社会发展的典范,是近代宪法的先驱,也是最早实现法制的国家。英国维多利亚时期文学作品生动地反映了这一时期的法律理念、法律制度、法律传统、法律实践,因此,对英国维多利亚时期文学作品中的法律现象进行研究,能够为这类研究范式确立样本,使法律史的研究以另外一种样式和风格呈现。

第二,对文学史研究的价值。本研究对于以法律为题材的文学作品的梳理和深入研究具有积极的意义，对于丰富文学史特别是英国文学史的研究视角、内容和方法具有重要的价值。

第三，对法学教育的意义。本研究对于丰富法学教育的内容、创新法学教育的方法、活跃法学教育的氛围具有积极的推动作用。对于法律专业的学生来说，通过对英国维多利亚时期文学作品中的涉法情节的分析研究，能够用通俗的引人入胜的方式，让学生了解英国法律制度。同时，为运用文学作品中的法律现象进行法学教学积累更多经验，进行方法创新。另外，对英国维多利亚时期文学作品进行分析对研究法理学、英美法史学、比较法学、法社会学等都有积极意义。

第四，对普法工作的价值。本研究对英国维多利亚时期文学作品中法律现象的研究可以应用到相关的普法活动当中，因为这些文学作品大都是享誉世界、大家耳熟能详的文学名著，可以借助这些文学作品和大家熟悉的情节为载体进行法制宣传。

三、研究的思路和方法

（一）研究的思路

本研究一开始就陷入是以文学作品为主线还是以法律门类（部门法）为主线的两难选择。如果以文学作品为主线，势必会打乱法律门类的逻辑，对文学作品中法律现象的研究不可避免会使法律问题无法系统、完整地在文学作品中呈现。如果以法律门类（部门法）为主线，将会使本研究成为法制史的文学注脚，使完整的文学作品被人为割裂，碎片化地点缀于法制史的逻辑叙述中。最终之所以选择以文学作品为主线进行研究，理由有二：一是课题研究的对象是英国维多利亚时期文学作品中的法律现象，首先必须保证文学作品的完整性。二是对文学作品中法律现象的分析和研究并不会影响这一法律现象自身的完整性，因为法律门类（部门法）是相对独立的，其中的某一法律问题、法律制度也具有相对的完整性。换句话说，以文学作品为主线的研究能够最大限度地保证法律问题相对独立和完整的研究。因此，本研究遵循如下研究思路而展开。

首先，对英国维多利亚时期的涉法文学作品进行收集和整理，按照不同发展阶段不同作家进行分类，对每一位作家的涉法文学作品中的法律现象进行研究。

其次，对英国维多利亚时期的主要法律制度、法律理念与相关的文学作品中所反映的法律现象进行对比梳理和分析，保持对英国维多利亚时期文学作品中的法律现象研究与同期现实生活中法律现象研究两个研究领域的对接。

再次，描述英国维多利亚时期文学作品中法律现象和各种影响因素，分析文学作品所反映的当时社会环境对其中描写的法律现象的影响。

(二) 研究的方法

本研究主要运用如下方法。

1. 多学科研究的视角和方法。本研究从法学、文学、史学、社会学等多学科的视角，运用多学科的研究方法对英国维多利亚时期文学作品中的法律现象进行分析研究。

2. 历史分析的方法。对英国维多利亚时期的文学作品中反映的法律现象进行历史分析，得出符合历史逻辑的结论。

四、研究需要说明的几个问题

(一) 关于维多利亚时期文学作品的选取

维多利亚时代，前接乔治时代，后启爱德华时代，被认为是英国工业革命和大英帝国的巅峰。它的时限常被定义为1837—1901年，即维多利亚女王的统治时期。这一时期文化昌明，出现了一批灿若星辰的文学家，由于研究对象所限，对这一时期文学作品的选取必须遵守一定的标准。

第一，该文学作品中有对法律现象的描写和议论。换句话说，只能研究这一时期的涉法文学作品。这样，有很多这一时期非常有名的文学作品就无法被选取。维多利亚时期，小说在文学作品中大放异彩，1879年英国作家安东尼·特罗洛普这样描述了这一时期小说在人们生活中的地位："我们已经变成了一个阅读小说的民族。我们大家手中都有小说，上至首相下至厨房的女仆都看小说。我们的图书馆、客厅、寝室、厨房和幼儿园里都有小说。"[①] 由于这一时期的小说成为最有影响的文学作品形式，加之小说能够比较完整地呈现法律情节、法律制度和法律活动，而这一时期的诗歌、散文中因其体裁所限，大都不涉及上述法律现象或者涉及的法律现象很少。因此，对维多利亚时期涉法文学作品的选取主要是小说。另外，维多利亚时期的个别戏剧也有涉法的内容，我们也选择其中的代表作品加以研究。

第二，对维多利亚时期小说作家的选取要符合文学史的研究中关于维多利亚时期作家的认定标准，即该作家是大致生活在维多利亚时期的人，这些作家名录在英国文

[①] GILMOUR R. The Novel in the Victorian Age, A Modern Introduction[M]. London: Edward Arnold Press, 1986: 1.

学史中都能够查到。

第三，对维多利亚时期小说作家的涉法小说作品的选取，还必须看该小说描写的是不是维多利亚时期的法律现象和社会生活，有些维多利亚时期小说作家的作品描写的是古代或维多利亚时期之前的社会生活或法律现象，这类作品不会被选取。

因此，我们主要选择大致生活在维多利亚时期的作家描写维多利亚时期社会生活的涉法文学作品，这样的文学作品主要是相关作家的相关小说和个别戏剧。

（二）关于维多利亚时期文学作品中法律现象的界定

法律现象是指法在现实生活中表现出来的能被人们直接感知的外表形态，法律现象是表面的、多变的，人们通过感官可以感知。法律现象是多种多样的，按照其存在的形式不同，可以把法律现象分为：法律观念现象（法律意识、法制观念、法律文化等）、法律规范现象（各种法律规范、法律部门、法律体系等）、法律形式或渊源现象（习惯法、判例法、制定法等）、法律关系现象（法律关系、法律程序等）、法律行为现象（合法行为、违法行为等）和法制现象（立法、执法、守法、法律监督等）。从静态与动态的角度，可以把法律现象分为静态的法律现象（如各种法律、法规）和动态的法律现象（如法律的制定和实施、法律监督、法律行为、法律关系、法律秩序等）。文学作品由于其自身的文学属性，不可能系统、全面、完整地反映所有的法律现象，而往往是对上述法律现象某一个方面的涉及，即"涉法"。因此，文学作品对法律现象的描写和议论必然是碎片化、零散化、附属性的，有时甚至是隐晦的，这就需要对涉法文学作品进行识别和搜索，发现文学作品中的法律现象。以维多利亚时期小说为代表的大量的小说和个别戏剧中或多或少地涉及对上述法律现象的描写或议论，这些法律现象包括法律理念、法律规范、法律事件、法律关系、法律行为、法制和司法改革等。这样就需要我们从维多利亚时期大量的文学作品中去发掘碎片化的法律现象，并按照法学、文学、社会学等学科的研究方法，重新将其归类和整合，这样才能够通过维多利亚时期的文学作品这一载体和窗口更加深入和生动地认识和体验那个时期的法律现象。

五、研究的框架

本书在梳理英国维多利亚时期主要涉法文学作品的基础上，对这些文学作品中所涉及的法律现象对照法制史研究的相关内容进行了分析，对不同发展阶段的涉法文学作品中的法律现象进行了研究。本书还研究了英国维多利亚时期文学作品中法律现象和各种影响因素,分析文学作品所反映的法律现象与社会政治、经济、文化环境的关系。经过反复比较,选取了如下文学作品,并对其中涉及的法律现象按照一定线索和逻辑进行研究。具体的框架如下。

第一章,英国维多利亚时期繁盛的文学和变动的法律。维多利亚时期英国社会呈现出经济繁荣与贫富分化并存、阶级的鸿沟与平等的趋向同在、道德的禁锢与自由的追求交织、科学的进步与信仰的危机相伴的复杂图景;这一时期的文学也极其繁盛,出现了一大批以小说家为代表的文学巨匠和一大批享誉世界的文学作品;维多利亚时期也是法律制度大变革的年代,宪法性法律、程序法、民商法、刑事及警察监狱制度、行政法、经济立法和社会立法都不断发展和完善。毫不夸张地说,维多利亚时期的文学作品全方位反映了法律制度、多维度透视了法律现象、高灵动呈现了涉法情节、深悠长反思了法律文化,成为一个生动透视法律的万花筒般的窗口。

第二章,《匹克威克外传》(*The Pickwick Papers*):对重程序轻实体法律传统的讽刺。从《匹克威克外传》中对荒唐的"婚约"、戏剧化的入狱和出狱的情节描写入手,对英国法律制度和法律实践中"重程序轻实体"的传统进行了深入分析。

第三章,《雾都孤儿》(*Oliver Twist*):底层穷人生活样态背后的法律世界。《雾都孤儿》中对济贫院、青少年犯罪、杀人案、遗嘱继承等情节的描写,较为全面地分析了维多利亚早期底层穷人生活样态背后的法律制度。

第四章,《荒凉山庄》(*Bleak House*):对腐朽司法制度的控诉。《荒凉山庄》"贾迪斯控贾迪斯"案这一主要线索的分析,揭露了以大法官庭为代表的司法机构及其相关人员借助案件发不义之财,以及对当事人权利的侵害、对流浪者严厉的惩罚,控诉了英国当时的司法腐败与黑暗。

第五章,《小杜丽》(*Little Dorrit*):对债务人监禁制度的批判。从《小杜丽》中所反映的债务人对监狱的描写,分析了维多利亚早期债务人监禁制度的原因和影响。

第六章,《名利场》(*Vanity Fair*):维护私有制的法律秩序。从《名利场》中所反映的主人公对私利的追逐、上层贵族的特权、资产阶级的利益及道德、法律对人的异化等现象的分析,整体上为读者呈现出维多利亚时期维护私有制的法律秩序。

第七章,《亚当·比德》(*Adam Bede*):未婚母亲杀婴案背后的原因。从《亚当·比德》中反映的维多利亚时期严重的杀婴现象的分析中,揭示出未婚母亲杀婴案背后道德的重压、一边倒的社会舆论、对私生子的污名化、不人道的法律等深层原因。

第八章，《弗洛斯河上的磨坊》（The Mill on the Floss）：人物悲剧命运背后的法律纠纷。从《弗洛斯河上的磨坊》主人公的悲剧命运中，梳理出其中所反映的维护"水利权"被判败诉、动产抵押收据被转让、法院宣告破产、司法制度的弊端等涉法情节，分析法律制度对当时传统手工业主的不利影响。

第九章，《米德尔马契》（Middlemarch）：权利博弈中的遗嘱继承。从《米德尔马契》对几起遗嘱继承案的详细描写中，深入分析了遗嘱继承中各方当事人之间微妙的权利博弈。

第十章，《呼啸山庄》（Wuthering Heights）：法律成为复仇的工具。从《呼啸山庄》的主人公希刺克厉夫在向对手复仇的过程中采取的法律手段的分析，呈现出维多利亚时期不动产抵押制度、夫妻一体制度等法律制度的缺陷。

第十一章，《枉费心机》（Desperate Remedies）：情与法的纠缠与较量。从《枉费心机》中对主人公行为和心理的分析，展示了维多利亚时期的人们面对情与法矛盾和纠缠时的艰难选择。

第十二章，《苔丝》（Tess of the D'Urbervilles）：法律事件和法律行为背后的命运转折。《苔丝》中对影响人物命运的侵权、强奸、堕胎、遗弃、土地所有权、杀人等法律事件和法律行为的分析，说明英国维多利亚时期的法律在把像苔丝这样的破产农民带入悲剧深渊的影响。

第十三章，《卡斯特桥市长》（The Mayor of Casterbridge）：多元婚姻法律规范的冲突和博弈。从《卡斯特桥市长》卖妻行为这个小说中的关键情节入手，深入分析了维多利亚时期国家法、宗教法、民间习惯法之间的冲突和博弈。

第十四章，《福尔摩斯探案全集》（The Adventures of Sherlock Holmes）：法律与正义的复杂关系。《福尔摩斯探案全集》不同案件对法律与正义复杂关系的归纳，分析了维多利亚时期大多数民众对法律与正义的看法。

第十五章，《无名的裘德》（Jude the Obscure）：自然法观念对现实法律超越的企图。从《无名的裘德》中对自然婚姻和法定婚姻不同态度的分析，呈现出维多利亚时期受中产阶级道德、自由主义、功利主义影响下的人们复杂的自然法观念与现实法律的冲突与博弈。

第十六章，《华伦夫人的职业》（Mrs. Warren's Profession）：对侵害妇女权利的控诉。《华伦夫人的职业》中的情节描述，深入分析了维多利亚时期妇女，特别是作为弱势群体的娼妓的经济权利、婚姻选择权、人身权、健康权、职业选择权等权利被侵害的现象。

对上述维多利亚时期英国主要涉法文学作品中法律现象的分析，反映出当时的社会经济发展、道德习俗、宗教信仰与各种法律现象之间的密切联系，立体呈现出英国维多利亚时期复杂法律现象的全貌。

目录

第一章　英国维多利亚时期繁盛的文学和变动的法律 / 001

　　一、维多利亚时期英国社会的复杂图景 / 001

　　　　（一）经济的繁荣与贫富的分化并存 / 002

　　　　（二）阶级的鸿沟与平等的趋向同在 / 002

　　　　（三）道德的禁锢与自由的追求交织 / 004

　　　　（四）科学的进步与信仰的危机相伴 / 005

　　二、维多利亚时期繁盛的文学 / 006

　　三、维多利亚时期法律的改革与变化 / 011

　　　　（一）宪法性法律的不断完善和发展 / 011

　　　　（二）程序法的统一和发展 / 014

　　　　（三）民商法的发展和进步 / 014

　　　　（四）刑事及警察监狱制度的改革 / 016

　　　　（五）行政法的发展和完善 / 017

　　　　（六）经济立法和社会立法的变革 / 017

　　四、维多利亚时期文学作品中透视的法律现象 / 019

　　　　（一）全方位反映的法律制度 / 019

　　　　（二）多维度透视的法律现象 / 020

　　　　（三）高灵动呈现的涉法情节 / 021

　　　　（四）深悠长反思的法律文化 / 021

第二章 《匹克威克外传》：对重程序轻实体法律传统的讽刺 / 023
    一、荒唐的"婚约"：形式外观重于实体内容的契约法 / 025
    二、戏剧化的入狱和出狱：破产法僵硬的标准 / 029

第三章 《雾都孤儿》：底层穷人生活样态背后的法律世界 / 033
    一、穷人的"巴士底狱"：不人道的《新济贫法》/ 034
    二、触目惊心的青少年犯罪：定罪与量刑 / 039
    三、杀人案中的加害人：共犯的认定与审判程序 / 041
    四、穷人善有善报的美好契机：遗嘱继承制度 / 044

第四章 《荒凉山庄》：对腐朽司法制度的控诉 / 048
    一、腐朽司法之荒唐：贾迪斯控贾迪斯案 / 049
    二、腐朽司法之罪：对案件当事人的侵害 / 052
    三、腐朽司法之恶：靠案件发不义之财 / 053
    四、腐朽司法之殇：对流浪者的无情惩罚 / 054

第五章 《名利场》：维护私有制的法律秩序 / 058
    一、名利场是一个建立在私有制法律秩序上无限追逐私人利益的舞台 / 059
    二、上层贵族的特权依赖于维护私有制的法律秩序 / 061
    三、资产阶级的兴起借助于维护私有制的法律秩序 / 062
    四、私有制法律秩序所维护的资产阶级道德 / 064
    五、私有制法律秩序对人的异化 / 067

第六章 《小杜丽》：对债务人监禁制度的批判 / 073
    一、马夏尔西监狱：债务人的噩梦 / 073
    二、债务人监禁制度：英国重商主义的反映 / 078
    三、债务人走出监禁的基本条件：清偿债务 / 079

第七章 《亚当·比德》：未婚母亲杀婴案背后的原因 / 082
    一、普遍的杀婴现象：国家蒙羞的流行病 / 084
    二、"家庭天使"的标签：沉重的道德负累 / 086
    三、道德审判：社会舆论的重压 / 088
    四、私生子的污名化：权利的不平等 / 091
    五、不人道的法律：畸形的选择 / 094

第八章　《弗洛斯河上的磨坊》：人物悲剧命运背后的法律纠纷 / 099
一、维护"水利权"被判败诉：陷入债务危机 / 100
二、动产抵押据被转让：走向败落 / 103
三、法院宣告破产：陷入屈辱的绝境 / 104
四、司法制度的弊端：破产的元凶之一 / 106

第九章　《米德尔马契》：权利博弈中的遗嘱继承 / 109
一、爱德华·卡苏朋的遗嘱："死者之手"对生者权利的消解 / 111
二、费瑟斯通的遗嘱：绝对遗嘱自由制下的权利博弈 / 115
三、邓凯克夫人的遗嘱：被窃取的权利 / 119

第十章　《呼啸山庄》：法律成为复仇的工具 / 122
一、不动产抵押制度：希刺克厉夫从呼啸山庄的奴隶到主人的华丽蜕变 / 123
二、夫妻一体制度：希刺克厉夫巧取豪夺画眉山庄的帮凶 / 126

第十一章　《枉费心机》：情与法的纠缠与较量 / 130
一、亲情与法的纠缠与冲突 / 131
二、爱情与法的纠缠与冲突 / 137

第十二章　《苔丝》：命运转折背后的法律事件和法律行为 / 142
一、过失责任原则：苔丝一家无法获得赔偿而陷入困境 / 143
二、被强奸而失身：苔丝失去幸福婚姻的基本条件 / 146
三、禁止堕胎：加重了苔丝被强奸的悲剧后果 / 149
四、误解离婚法律：苔丝新婚后被遗弃 / 150
五、土地法律制度：苔丝一家流离失所 / 152
六、不公正的刑事法律：苔丝生命的终结 / 154

第十三章　《卡斯特桥市长》：多元婚姻法律规范的冲突和博弈 / 158
一、传统与现代：民间习惯法规范与国家法规范的冲突 / 159
　（一）传统的合理延续：民间习惯法规范对卖妻行为的认可 / 160
　（二）现代化进程中的无奈：国家正式法对卖妻行为的暧昧态度 / 162
二、世俗与信仰：民间习惯法规范与宗教法规范的冲突 / 163
　（一）圆滑的世俗规范：变通解除婚姻关系的民间习惯法 / 163
　（二）僵硬的宗教信仰：维护神圣婚姻关系的宗教习惯法 / 164

三、认同与选择：不同法律规范之间的博弈 / 165

  （一）民间习惯法与国家法冲突背景下底层民众的选择及原因 / 165

  （二）民间习惯法与宗教法冲突背景下底层民众的选择及原因 / 166

  （三）底层民众内心矛盾映照下的多元婚姻法律规范冲突 / 167

四、时代与阶级：不同法律文化背后的社会基础 / 171

  （一）社会急剧转型凸显了多元法律规范的冲突 / 171

  （二）民众对法的认同是法保持生命力的前提 / 172

  （三）不同阶层的人对不同法律的认同和选择体现出法律的阶级性 / 173

第十四章 《福尔摩斯探案全集》：法律与正义的复杂关系 / 174

一、法律对正义的伸张 / 175

二、正义对法律的回避 / 177

三、正义对法律的补救 / 179

四、法律与正义的背离 / 181

第十五章 《无名的裘德》：自然法观念对现实法律超越的企图 / 185

一、自然法观念和制定法观念的冲突 / 186

二、两种法律观念影响下的不同行为 / 191

三、自然法观念对现实婚姻的评价 / 194

四、两种法律观念交锋对人性的扭曲 / 198

第十六章 《华伦夫人的职业》：对侵害妇女权利的控诉 / 201

一、妇女同工同酬和劳动条件保护的权益被侵害 / 202

二、妇女的婚姻选择权被侵害 / 205

三、妇女的人身权被侵害 / 206

四、妇女的健康权被侵害 / 207

五、妇女职业选择权被侵害 / 208

结语：一个法律与文学研究的富矿 / 212

参考文献 / 214

后记 / 219

第一章

英国维多利亚时期繁盛的文学和变动的法律

那是最美好的时代，那是最糟糕的时代；那是个睿智的年月，那是个蒙昧的年月；那是信心百倍的时期，那是疑虑重重的时期；那是阳光普照的季节，那是黑暗笼罩的季节；那是充满希望的春天，那是让人绝望的冬天；我们面前无所不有，我们面前一无所有；我们大家都在直升天堂，我们大家都在直下地狱。

——狄更斯

维多利亚时期的英国是大英帝国走向全盛的时期，是英国历史上发展的黄金时期。而与此同时，维多利亚时期的贫富分化、阶级鸿沟、信仰危机、道德冲突、妇女问题、儿童问题、城市问题等社会巨变和转型时的种种伴生物，也不断冲击着文学家、哲学家、法学家、社会学家、经济学家的视野。因而，这个时代也是思想观念、精神文化急剧变化的时代，产生了许多哲学、经济学、法学的经典著作，也孕育而生了一大批璀璨的文学作品，它们都深刻反映了这个时代，不管是基于维护还是批判或者颠覆的立场，它们都在思想史和文学史上留下了浓墨重彩的画卷。

一、维多利亚时期英国社会的复杂图景

英国维多利亚女王在位64年（1837—1901），由于适逢英国工业革命后的盛世，英国工业革命极大地推动了经济的发展和国家的繁荣，与此同时大英帝国的海外扩张将世界上许多土地纳入自己的版图，因而，这一时期常常被人们冠之以"维多利亚时代"。维多利亚女王统治时期，君主立宪制得以巩固和完善，国泰民安、社会稳定、文化昌明。当她离世之际，整个英国都感觉"失去了母亲"。然而，在辉煌盛世的背后，仍然

有许多社会问题和危机，呈现出当时英国社会多样、矛盾的复杂图景。某种程度上说，正是维多利亚时期复杂的社会图景，才为文学的繁盛提供了丰厚的土壤。

（一）经济的繁荣与贫富的分化并存

维多利亚时期，工业革命的巨大推动力完全彰显出来，英国经济出现一片繁荣景象。在维多利亚鼎盛时期，英国领土达到了 3600 万平方千米，占世界陆地面积的四分之一，全球四分之一的人口都是大英帝国的子民。大英帝国的经济占全球的 70%。到维多利亚中期，世界其他地区的工业生产量加起来还比英国的工业生产量小，英国成为真正的"世界工厂"。1851—1881 年，英国经济持续增长，国内生产总值从 5.23 亿英镑上升 10.51 亿英镑。这时英国的人均收入已比法国高 50%，比德国几乎高两倍。维多利亚时期最显著的特征之一就是它的富庶，直至它结束时都是这样。[1] 这种空前的繁荣如此动人心弦，以至于保守党的首相本杰明·迪斯累斯把它形容为"翻天覆地的繁荣"。

然而，这种繁荣背后却是惊人的贫富悬殊和许多社会危机。"1851 年，占英国就业总人数 42.3% 的工矿业人员，在国民总收入中所占的份额仅为 17.6%。1867 年，占全国总人口 5% 的最富有阶层在国民总收入的比重竟高达 40%。"[2] 贵族的庄园公馆如同宫殿，而大量的农民却住在破败的茅屋草舍中，工厂主竞相攀比舒适奢华的生活，失业工人却在生死线上挣扎。随着英国工业革命的发展，城市化进程也不断加快。大量农村人口涌入城市，到 1851 年英国的城市人口就开始超过农村人口，这是世界上第一次出现这种现象。城市的飞速发展带来许多城市问题，如城市住房、卫生、交通以及治安等问题，其中住房问题最为突出，当时的英国城市出现了大量的贫民窟，大量农村劳工住在这些拥挤、封闭、潮湿的临时住宅里，生存条件恶劣，也给城市带来大量的社会问题。

（二）阶级的鸿沟与平等的趋向同在

维多利亚时期，经过工业革命后的英国，经济基础和上层建筑都发生了巨大的变化，中产阶级蓬勃兴起。社会的阶级结构也发生了根本性的变化。但是，贵族仍然是社会的上层，土地仍然是最重要的财富，土地贵族仍然是社会中最有权势的人。当时英国占人口总数不到 0.03% 的 7 千多个大地主占有了全国 4/5 的土地。直到 19 世纪末，

---

[1] 钱乘旦，许洁明. 英国通史 [M]. 上海：上海社会科学出版社，2019：270.
[2] 阿萨·勃里格斯. 英国社会史 [M]. 陈叔平，译. 北京：中国人民大学出版社，1991：245.

地租收入仍然占国民总收入的12%，而工资总收入还不到50%，贵族和工人之间是巨大的阶级鸿沟。这一时期，虽然中产阶级的力量不断壮大，工人阶级也逐步通过斗争获得了选举权，但贵族和地主在政治上仍然处在上风，不仅如此，贵族在文化上也掌握着统治权，当时的英国社会流行着一种向上看的风气，下层群体模仿中层群体，中层群体模仿上层群体，贵族的价值观引领着整个社会的风尚，而维多利亚女王又显然是这种风尚的表率和典范。与此同时，中产阶级与下层工农的差距也非常大。虽然19世纪中期英国就完成了工业革命，经济社会快速发展，但社会问题也日益严重，尤其是经济危机的周期性爆发，使英国的失业和贫困问题不断加剧。英国历史学家赫西在《1815—1939年的英国史》中描述道："在这个世界上最富裕的国家里，差不多20个人中有1个就是乞丐；根据济贫法委员会的报告，社会上1/5的人衣不蔽体；根据呈递给枢密院的医疗状况包括，农业工人和城镇中的大批劳动者食不果腹，乃至患上众所周知的饥饿症而命丧黄泉；我国绝大部分居民过着枯燥无味而又不停劳作的生活，年老时毫无希望，赤贫如洗，唯有靠教会救济；有1/3的家庭——如果说不到一半的话——居住极为拥挤，6人同居1室，难以达到符合正派、健康和道德上的最起码的要求。"[①] 虽然中产阶级是一个较为模糊的概念，包括了从大商人、金融家、厂矿业主、农场主到医生、律师以及教师等职业人群，但总体上说他们一般有比较稳定和丰厚的收入。当时中产阶级家庭的标配就是家中雇佣女仆，家庭主妇不用外出工作，只照顾家庭和丈夫。中产阶级整体上过着舒适的生活，有条件的家庭都力争向贵族看齐，享受奢华的生活。在与土地贵族的历次斗争中，中产阶级获益最多，而广大工人阶级仍然挣扎在生死的边缘。这种状况正如迪斯累利所警告的那样：英国社会正在分化为两个国度——一个是富人的国度，一个是穷人的国度。

然而，工业文明的先进性和商品经济内在地要求自由和平等的需求，使得社会普遍接受了资产阶级自由、平等的观念，并在资产阶级、无产阶级同封建贵族一次次的斗争中，在无产阶级争取自身公民权利的斗争中，牢固地扎下根来。维多利亚时期整体上是一个不断追求平等的时代，中产阶级在政治上参与掌权，并通过持续不断的改革来获取更多的权利，无产阶级在斗争中获得了选举权，并通过选举权的行使获得更多平等的权利，尽管社会存在着明显的阶级差别，但追求平等的价值和趋向得到社会

---

① HUSSEY W D. British History 1815-1939[M]. Cambridge: Cambridge Press, 1984: 217.

越来越多的认可。与此同时,男女平等、种族平等的观念也发展起来,公开主张不平等的观念已变得不合时宜。

(三)道德的禁锢与自由的追求交织

维多利亚时期以崇尚道德修养和谦虚礼貌而著称,维多利亚女王本人就是那个时代的道德楷模,她是贤妻,又是良母,是典型的大家闺秀,也是优秀的一家主妇,她自己生活严谨,工作刻苦,对别人又充满责任感。整体而言,维多利亚时期的道德观念是保守的、传统的,这种道德观念代表了日益兴起的中产阶级的要求。按照这种道德观念的要求,男人要勤奋工作,要有获取财富的能力,男人是一家之主,也必然要重视家庭。而这一时期的女人的典范是成为"家庭天使",女人应该温顺或依附于自己的丈夫,其本职就是照顾好子女和家庭,让家庭成为男人幸福的港湾。哪怕是下层妇女为了生计而不得不出去工作,其理想的归宿仍然是成为一位中产阶级的淑女。这一时期的道德禁锢主要体现在对性所采取的压抑态度上,尤其对妇女的要求更为严苛。这一时期有身份的女士很少穿裤装或者露出自己的腿,使用"腿""胸部"甚至"游泳"等词汇是粗俗的。中产阶级女性逐渐被称为"女士",这一直以来是贵族女性特有的头衔,女性也被期望是温柔、苍白、甜美和顺从的。家庭是这一时期道德的基础,《英国通史》中对此进行了准确的描述:

> 多生子女是完善家庭的象征,19世纪中期的英国家庭的平均人口是4.7人,到世纪末这个数字达到6.2人,1/6的家庭有10个以上的子女,维多利亚女王自己就有9个孩子,中产阶级家庭也以多生育为荣耀,在1851—1901年间,英国总人口从1690万上升到3080万,增长了80%以上。[①]

维多利亚时期正处在自由资本主义上升时期,这时的英国社会普遍接受了自由主义的观念,亚当·斯密(1723—1790)、大卫·李嘉图(1772—1823)的学说受到人们的普遍追捧,自由经济的信条得到社会广泛认可,自由放任的资本主义受到赞美,一切政府干涉都受到谴责。与经济上的自由主义相适应,个人主义原则、自由原则、理性原则、平等原则、宽容原则、同意原则、宪政主义原则等自由主义的原则和精神得

---

① 钱乘旦,许洁明. 英国通史[M]. 上海:上海社会科学出版社,2019:273.

到了广泛传播，为人们放心大胆地追求个人利益、个人幸福、个人自由提供思想理论基础。在英国，以杰里米·边沁、约翰·斯图尔特·密尔等古典自由主义思想家为代表的功利主义哲学影响深远，边沁提出"最大多数人的最大幸福"这一功利主义原则，即凡是能将效用最大化的事，就是正确的、公正的。从这一原则出发，密尔在《论自由》中提出：只要不涉及他人的利害，个人（成人）就应该享有行动的自由，政府、社会和他人都不得干涉。而只有当某人的行为危害了他人的利益时，政府和社会才能对其进行惩罚。这些思想为维多利亚时期的人们追求个人财富和自由提供了思想辩护，使整个社会充满着一种自由的气氛。

从维多利亚中期开始，女性中的有识之士和一些男性作家对女性的从属地位发出质疑，鼓励女性特别是中产阶级家庭中受到禁锢的女性冲破家庭的樊篱和对男人的依附地位，争取平等的教育、就业机会，争取支配自己财产的权利，甚至参与政治活动的机会。同时，维多利亚中期，由于英国经济繁荣、社会相对安定，中产阶级女性获得了更多的就业机会，其就业人数增加，就业领域有所扩大。起初，她们主要从事护理职业，还有的成为专业教师和职员。到维多利亚晚期，中产阶级女性的就业领域进一步拓宽了，就业人数增加。妇女普遍就业为妇女独立的意识不断增强，为妇女追求自由和解放创造了条件。维多利亚时期的一些以女性为主人公的文学作品深刻而细腻地反映了这一时期女性受到的压抑和对自由的向往和追求。

（四）科学的进步与信仰的危机相伴

工业革命激发出对科学技术的极大需求，近代以来自然科学的发展为技术的进步奠定了知识基础，整个社会充分地相信人类理性的力量和知识的力量。人类从未像现在这样自信过，维多利亚时期的英国人尤其如此，他们信仰科学进步，对工业革命充满了乐观和信心。这一时期受过教育的人不但为日益进步的科学自豪，还试图用科学去解释未知的任何领域，因而对科学的方法深信不疑。一大批相信科学进步的人孜孜不倦地探索，出现了大量的科学发现和科技成果。代表性的人物如约翰·道尔顿对近代原子理论作出了关键性的贡献；迈克尔·法拉第于1831年作出了关于电力场的关键性突破，永远改变了人类文明；詹姆斯·普雷斯科特·焦耳发现了热和功之间的转换关系，并由此得到了能量守恒定律，最终发展出热力学第一定律，并发现了导体电阻、通过导体电流及其产生热能之间的关系，也就是常称的焦耳定律；尤其是查尔斯·罗伯特·达尔文出版的《物种起源》，提出了生物进化论学说，认为物种是从低级生命形式经过连续不断的"适者生存"的自然过程进化到高级生命形式的过程，从而摧毁了各种唯心的神造论以及物种不变论，整个国家惊奇地了解到世界并不是上帝创造的，这就使传统宗教的必要性受到了彻底的怀疑。进化论者与宗教和保守主义、传统势力因而发生了激烈的论战，这场论战极大地动摇了传统的宗教观念。这一时期，宗教无疑在衰落，虽然多数中产阶级仍然是宗教信徒，但大都是"虚情假意"地参加宗教活动。维多利亚时期，相信科学、崇尚理性使人们更多地接受了达尔文进化论观念，但是，传统宗教的力量依然强大，宗教的观念根深蒂固，这一时期的许多人都纠结于这种矛盾之中，这种矛盾的心理在许多作家的作品中都有所体现。

二、维多利亚时期繁盛的文学

维多利亚时期的文学具有主题宏大和多样的特点。由于这一时期，英国由一个农业国过渡到工业国，中产阶级（主要是资产阶级）兴起并逐步上升为统治阶级，中产阶级的意识形态和思想观念成为社会的主流，因此，维多利亚时期的文学本质上是中产阶级文学。这一时期，自由主义思想得到广泛传播，功利主义的观点得到普遍认同，进化论冲击着人们的宗教观念，而保守道德盛行，社会就在这样充满矛盾和生机的环境中发展，这一时期的文学家（主要是小说家）大都怀着某种使命感描绘、分析、批判这个时代，他们的优秀作品很快享誉世界，成就了维多利亚时期一批文学家的英名。

维多利亚时期，小说广泛流行，出现了查尔斯·狄更斯、威廉·梅克比斯·萨克雷、伊丽莎白·盖斯凯尔、勃朗特三姐妹、乔治·艾略特、塞缪尔·巴特勒、托马斯·哈代、乔治·吉辛、阿瑟·柯南·道尔等伟大的小说家，他们的作品影响太大，以至于掩盖了那个时期诗歌、散文、戏剧的光芒。如果不是维多利亚后期乔治·伯纳德·萧的出现，戏剧仍然会处在一个持续的低迷状态。当然，这一时期仍然有一些伟大的散文家、诗人留下了优秀的作品，如托马斯·卡利尔、马修·阿诺得、约翰·拉斯金等散文家，罗伯特·勃朗宁、阿尔弗雷德·丁尼生、爱德华·菲兹杰拉德等诗人。

维多利亚时期的小说是本书最重要的涉法文学作品，创作这些小说的小说家的生平也大都充满坎坷，恰恰是这些苦难的人生经历为他们了解社会提供了丰富的素材，因而才产生了伟大的小说。

1. 查尔斯·狄更斯（Charles Dickens，1812—1870）

狄更斯是维多利亚时期英国批判现实主义的代表作家，是英国文学中堪与莎士比亚比肩的文学大师，亦为世界文学宝库中的文学巨擘之一。狄更斯是位高产作家，一生著作颇丰，留下了16部长篇小说（最后一部小说《埃德温·德鲁德疑案》为未竟之作），20多部中篇小说，数百篇短篇小说，1部随笔，2部长篇游记，1部《写给孩子们看的英国史》，以及大量演说词、书信、散文、游记、杂诗、时事评论等。此外，中年以后的狄更斯还醉心于戏剧，创作了《乡村莺燕》《冰海深处》等戏剧作品，并先后创办两本期刊：《家常话》和《一年四季》，发现并培养了一批文学新人。

狄更斯全名为查尔斯·约翰·赫芬姆·狄更斯，出生于海军小职员家庭，在家中八个孩子中排行第二。狄更斯自幼便天资颖异，在受过良好教育的母亲的影响下博览群书，但因家庭生活日益窘迫，少年狄更斯只能断断续续地接受学校教育。12岁时，父亲约翰·狄更斯因负债被关入马夏尔西债务人监狱，狄更斯进入华伦黑鞋油作坊做学徒，辛勤劳作，孤苦无依，这段暗无天日的悲惨经历在他心中留下了无法磨灭的印迹。三个月后，约翰的母亲过世，留给他450英镑遗产，于是全家得以还清债务获释出狱。15岁起，狄更斯先后成为律师事务所学徒、法院审案速记员等，19岁时担任其舅父任编辑的《议会镜报》记者，后担任《太阳报》派驻议会的记者。在新闻工作的磨砺之中，狄更斯的写作才能开始崭露头角，并以弟弟的诨名"博兹"为笔名开始发表随笔和特写。1836年，狄更斯的第一部作品集《博兹特写集》出版，包括56篇随笔和特写，广受好评，为其日后成为大文豪奠定了基础。不久，第一部长篇小说《匹克威克外传》以连载形式出版，引起了极大的轰动，使24岁的狄更斯成为英语世界最著名的作家。其后狄更斯辞去报社的职务成为专业作家，于是世界文学宝库中的一系列熠熠生辉的传世佳作先后面世：《雾都孤儿》《老古玩店》《董贝父子》《大卫·科波菲尔》《圣诞颂歌》《双城记》《远大前程》《荒凉山庄》《小杜丽》《艰难时世》《我们共同的朋友》等，最后一部小说《埃德温·德鲁德疑案》因作者脑出血逝世戛然而止，只完成了作者计划中的一半，留给后人无数猜测和想象。

2. 威廉·梅克比斯·萨克雷 (William Makepeace Thackeray, 1811—1863)

萨克雷是维多利亚时期英国著名的批判现实主义作家。萨克雷是独生子，父亲任职于东印度公司，1817年父亲去世后，他被送回英格兰继续上他憎恶的私立小学，随后又转入查特豪斯的一所公立学校，在那里他经常受人欺侮和鞭打，境况悲惨。1829年萨克雷离开那所公立学校进入剑桥大学三一学院，在大学里他只待了一年多。父亲为萨克雷留下了大量财产，但萨克雷盲目投资，生活上挥霍无度，到1834年时便把父亲留给他的遗产挥霍一空，于是不得不开始为生计而奔波。1836年8月，萨克雷同一名叫伊丽莎白·肖恩的爱尔兰姑娘结婚。第三个女儿出生以后，萨克雷夫人精神失常的症状与日俱增，后来不得不被隔离起来。由于婚姻的悲剧，萨克雷不得不独自承担起抚养女儿的责任。妻子活着，他没有条件再娶，因此他的家庭生活无疑孤独凄惨。1848年，他把在《势利人》杂志上发表的作品结集成册，取名为《势力集》。该书的出版为萨克雷赢得了社会讽刺作家的头衔，从此声名鹊起。萨克雷热爱社交，非常向往上流社会的舒适生活，为了获得丰厚的报酬，他利用自己的名声四处讲学。1863年12月他在伦敦的肯辛顿骤然辞世。其代表作是世界名著《名利场》，还著有《当差通信》《班迪尼斯》《霍加蒂大钻石》《玫瑰与戒指》《弗吉尼亚人》等作品。

3. 勃朗特三姐妹（The Brontë sisters）

在英国文学史上，勃朗特三姐妹堪称是一个文学奇迹。她们三姐妹合体作为一个星系在英国文学史的灿烂繁星中璀璨夺目，而分体也作为三颗巨星傲然放出耀眼的光芒。勃朗特三姐妹来自英国约克郡的一个普普通通的牧师家庭，父亲帕特里克·勃朗特是一位爱尔兰裔的圣公会牧师。姐妹几人自幼便历经磨难：家境贫寒，母亲早逝，严苛的寄宿学校对于她们才华出众的心灵无疑是一种囚禁，两位姐姐因肺结核过早凋零，系全家的骄傲和希望于一身的唯一的弟弟因酗酒、吸毒身染沉疴而终。生活的不幸，却孕育催生了三朵艳然绽放、卓尔不群的绝世奇花，姐妹三人先是合作自费出版了一本诗集，然后又于同一年各自出版了自己的代表作品——夏洛蒂·勃朗特的《简·爱》、艾米莉·勃朗特的《呼啸山庄》、安妮·勃朗特的《艾格尼丝·格雷》，三部统统跻身于世界文学宝库经典佳作的行列。勃朗特三姐妹之中最具才华的当属二妹艾米莉·勃朗特。艾米莉·勃朗特性格内向，自少年时代就开始写诗，姐妹三人出版的诗集便是以艾米莉才华横溢、直抒胸臆的诗歌为主。然而，艾米莉·勃朗特在诗歌方面的杰出成就却似乎被她唯一的一部小说《呼啸山庄》的绝世光芒所掩盖。和姐姐夏洛蒂·勃朗特和妹妹安妮·勃朗特不同，艾米莉·勃朗特并无从事家庭教师这一卑微工作的经历，她曾和姐姐夏洛蒂前往布鲁塞尔学习法语和古典文学，回来之后便蛰居在家，沉默寡言的她却有着热情奔放的内心世界，和她的主人公凯瑟琳一样，她宛如旷野的精灵，将她对旷野的全部感受融入了她一生之中唯一的一部小说《呼啸山庄》。

4. 乔治·艾略特（George Eliot，1819—1880）

艾略特本名玛丽·安妮·埃文斯，后借用了情人刘易斯的名字取了笔名。艾略特生活在维多利亚鼎盛时期，是维多利亚时期批判现实主义作家之一，也是英国第一位探究人物内心世界的女小说家，在英美文学评论界占有非常重要的地位。她的父亲曾是木匠，后暴发成为房地产商人。三十几岁时，她因翻译工作而开始文学生涯，之后还担任《西敏寺评论》杂志的编辑；在此期间经由介绍，她认识了一生的挚爱刘易斯，刘易斯已有妻室，但艾略特依旧不顾外在压力与其同居。因为爱人刘易斯的鼓励，艾略特年近40岁才开始写作，发表文章于杂志上。其主要作品有《弗洛斯河上的磨坊》《米德尔马契》《亚当·比德》《丹尼尔·德龙达》等。

艾略特的小说中的生活描述翔实，人物具有代表性，她那种"充满想象和理想主义的现实主义促使她不仅关照外在的现实，而且更加留意自然、社会、人物表象背后的深层次的神秘真实"[①]。正因如此，她的小说忠实地反映了19世纪英国田园生活的风貌特征及乡镇普通老百姓生活的动荡与变迁。"如果我们说司哥特再现了苏格兰农民的善良淳朴，狄更斯'雾化'了十九世纪的伦敦，萨克雷揭示了英国中上层社会的腐败堕落，那么乔治·艾略特则给正在迅速消亡的十九世纪英国乡村注入了生命的活力。"[②] 艾略特的思想沉稳，对生活进行认真的思考并提出疑问，代表了维多利亚鼎盛时期一种较为清醒和深沉的感知模式，她关注世人的生活，赞同维多利亚时期的家庭伦理观，希望能够造福于社会。维多利亚时期的司法变革引起了公众的广泛关注和讨论。作为维多利亚中后期的一位作家，乔治·艾略特见证了这一系列变革，并在她的小说情节中有诸多体现，多次提到有关侵权法、个人破产法等方面的知识，从而使我们对她的小说进行法律视角的解读成为可能。

5. 托马斯·哈代（Thomas Hardy，1840—1928）

哈代是英国维多利亚时代晚期杰出的现实主义小说家、造诣非凡的诗人，被誉为"英国小说中的莎士比亚"。他出生于英国南部多塞特郡的一个小村镇。1868年他完成了第一部小说《穷人与贵妇》，就此开启了小说创作的道路，一发而不可收。在之后的28年时间里，他先后共创作了40余部中、短篇小说和14部长篇小说，其中代表作有《德伯家的苔丝》《远离尘嚣》《卡斯特桥市长》《无名的裘德》《枉费心机》《塔中恋人》等。这些作品的问世使哈代成为当时令人瞩目的小说家。他的小说风格多变、题材广

---

① 马建军. 乔治·艾略特研究 [M]. 武汉：武汉大学出版社，2007：5.
② 马建军. 乔治·艾略特研究 [M]. 武汉：武汉大学出版社，2007：82.

泛、体裁众多、思想深远、艺术高妙,丰富和发展了英国维多利亚时期的文学。他在小说里所表达的创作观念反映了英国维多利亚时代后期社会的矛盾,以及普通人的迷茫、困惑和焦虑。作品深入细致地描绘了新兴资产阶级的工业化和都市文明给古老传统的贵族土地制度的震动、冲击和威胁。作者在小说中大胆地向维多利亚传统道德观和价值观发起反抗和挑战,尤其一些后期作品所表达的观念超越了他所生活的时代,成为英国文学史上承上启下的桥梁。哈代的创作生涯是以诗歌开始,又是以诗歌结束,他晚年转向诗歌创作,创作了近千首短诗。还有长篇史诗剧《列王》等。1910年,哈代获得英国文学成就奖。

哈代是那个时代对法律问题以及相应的司法制度颇为关注的作家。他自学法律,认真研究法律问题,详细摘录当时报纸上报道过的法律案件,甚至旁听当地法院的庭审。哈代的许多小说中都非常巧妙地反映出当时的法律制度、法律行为、司法活动。由于哈代的小说中包含着大量的法律元素,以至于玛丽琳·威廉姆斯认为其"展示了英格兰的真实状态——一个包括文盲和违法的社会"[1]。哈代小说中为读者展现了维多利亚时期的绞刑、审判、诉讼、抓捕等法律活动,描绘了律师、法官、验尸官、刽子手、书记员、警察、罪犯等各种各样的法律人物,内容涉及谋杀、偷窃、重婚等犯罪行为,以及婚姻、遗产继承、经济纠纷、土地权益等法律案件,可谓是维多利亚时代英国社会法律图景的一幅风情画。

6. 阿瑟·柯南·道尔 (Arthur Conan Doyle,1859—1930)

柯南·道尔出生于苏格兰爱丁堡,是维多利亚时期杰出的侦探小说家、剧作家,由于成功塑造了福尔摩斯这样一位足智多谋的大侦探的形象而声名鹊起,成为世界上最有影响的侦探推理小说家。其代表作《福尔摩斯探案全集》由于精心的构思、缜密的推理、奇特的破案和跌宕的情节而成为该类题材小说的典范,他将侦探推理小说推向了一个后人难以逾越的高峰。柯南·道尔曾经获得爱丁堡大学医学学士学位和药学博士学位,并在 1882 年开办了自己的诊所。在开业行医期间,他醉心于文学创作,不断投稿,于 1891 年开始专门从事写作。从 1928 年至 1929 年,所有关于福尔摩斯的探案故事分为短篇和长篇两卷在英国出版。由于所有故事都是以福尔摩斯为中心人物,所以这些作品合起来称为《福尔摩斯探案全集》。柯南·道尔在长达 40 年的创作生涯中,

---

[1] WILLIAMS M. Thomas Hardy and Rural England[M]. London: Macmillan, 1972: 191.

一共发表了4部中篇小说和近70个短篇小说。这些小说大都采用杂志连载的方式呈现给读者，深受读者喜爱。《福尔摩斯探案全集》风靡全世界，是历史上最畅销、最受读者推崇的侦探小说，开辟了侦探小说历史的"黄金时代"。

7. 乔治·伯纳德·萧（George Bernard Shaw，1856—1950）

萧伯纳（乔治·伯纳德·萧）是维多利亚时期著名的戏剧大师，出生于爱尔兰的首都都柏林，早年依靠为报刊做音乐、美术和戏剧评论维持生活，19世纪80年代中期开始对社会主义思想发生兴趣。他阅读了《资本论》，积极参加关于社会主义的辩论和演讲，还加入刚成立的费边社。萧伯纳非常反对"为艺术而艺术"的文艺作品和庸俗无聊的戏剧，极力推崇易卜生的主张，认为戏剧应该关注重大的和迫切需要解决的社会问题。1892年他创作了第一部戏剧《不愉快的戏剧集》，之后开始了他长达60多年的创作生涯，共写了52个剧本。其中代表作有《鳏夫的房产》《华伦夫人的职业》《圣女贞德》《卖花女》等。他的戏剧题材广泛、情节曲折、人物生动鲜活、对话幽默机智，辛辣地揭露和嘲讽了资本主义社会的贪婪、自私、罪恶和虚伪，但是他反对暴力革命，主张用渐进的方法改变资本主义制度。作品也展示了资本主义垄断时代拥有完全不同阶层身份的人们的生活，他们的喜怒哀乐和悲欢离合。他的作品在社会上产生了巨大的反响，给19世纪末英国的戏剧舞台注入了新鲜的活力。为英国现代戏剧的革新作出了重大的贡献。

上述作家不仅是享誉世界的文学巨匠，而且是描述、透视法律现象的高手，他们的文学作品成为那个时代典型的涉法文学代表。

三、维多利亚时期法律的改革与变化

"光荣革命"解决了英国国家根本制度的问题，确立了君主立宪的政体，确立起法律至上的原则和司法独立的制度，使英国的政治和法制进入了一个长期平稳发展的时期。在整个18世纪，英国虽然通过议会制定了一些具体的、实用的新法律，但并未引起法律制度的重大变化。从18世纪后期开始，英国工业革命的开展以及由此引起的经济政治领域内的巨大变化，推动了19世纪英国法律制度的重大变化。

（一）宪法性法律的不断完善和发展

英国是近代宪法的先驱，也是不成文宪法的典范。虽然没有一部统一的被称作宪法的法律，但却是最早制定宪法并实行宪政制度的国家。英国的宪法主要由宪法性的法律、宪法性的判例和宪法性的惯例所组成，其中宪法性的法律是其宪法的主体部分。"光荣革命"前后涉及国家宪法问题和公民基本权利的一些著名的宪法性法律，巩固了英国的政治体制，为英国的长期稳定提供了法治保障，推动了英国社会的不断发展。其中1628年的《权利请愿书》、1679年的《人身保护法》、1689年的《权利法案》、1701年的《王位继承法》等都对英国宪政制度的确立产生了积极影响。但是，在"光荣革命"前后，经济上还不够强大、政治上亦不太成熟的资产阶级，在面对政治经济上依然势力强大的封建贵族选择了妥协与合作。在革命过程中逐步形成的英国宪法充分反映了这些特点：在内容上，它扩大了议会的权力，并确立了议会至上的宪法原则；限制了王权，奠定了议会制君主立宪政体，逐步确立起议会高于国王的理念和制度，但同时又保留了以国王为代表的封建贵族的部分特权。在形式上，英国没有像美国和欧洲大陆国家那样形成一部被称作"宪法"的统一完整的法律，而是形成了由宪法性文件、宪法性惯例和宪法性判例构成的不成文宪法，这些不成文的宪法规范是不同时期资产阶级在反对以国王为代表的封建贵族过程中取得阶段性成果的记载和制度化的结晶。但是，随着新兴资产阶级的不断壮大，随着工业革命的不断发展，特别是无产阶级力量的不断发展，必然要求变革旧的政治体制，从而提出了完善和发展宪法性法律的要求。

1. "宪章运动"和选举法律制度的完善

1836年，伦敦工匠成立了"伦敦工人协会"，不久以后，协会领导人起草了《人民宪章》的一份法律文件，召开大规模群众集会，要求实行《人民宪章》，拉开了宪章运动的序幕。

宪章运动的目标是要对议会进行彻底改革，以使其能够真正代表人民，《人民宪章》提出了实行男子普选制、每年举行一次议会选举、实行平均的选区、每个选区选民数应该相等、议员领取薪金、取消议员的财产资格限制、实行无记名投票等多项主张，这些主张集中地体现了工人阶级要求在政治上获得平等选举权的要求。经过20多年轰轰烈烈的斗争，宪章运动虽然没有取得直接的结果，却推动了随后进行的议会改革，其提出的原则最终大都成为现实。由于宪章运动的刺激和影响，英国社会包括上层统治者也意识到议会改革的紧迫性，"1866年3月，时任首相格拉斯顿提出了《人民代表权法》，将城市选民的财产资格从原来的10英镑房产持有降低为7英镑，农村选民则从50英镑租约金降低为14英镑，这样一来，增加了40万选民，使选民总数达到120万。"① 后来又经过第二次、第三次议会改革，基本上实现了成年男子的普选权。

2. 司法组织制度的改革

19世纪初，英国传统司法制度的弊端越来越明显，原有的司法组织制度到了必须改革的地步。在英国的司法改革制度中，英国的自由主义学说起到了推动的作用，特别是以功利主义哲学大师边沁为代表的法学家，对传统的法律制度进行了猛烈抨击，论证了进行司法改革的必要性。以至于英国近代著名法学家亨利·梅因在1874年不无理由地写道："自边沁时代以来，我不知道哪一项法律改革能不追溯到边沁的影响。"

"光荣革命"没有触动传统的司法组织，整个司法体系不仅保留着普通法和衡平法的二元性特征，而且依然沿袭着爱德华一世时的法院组织。古老的法庭依旧存在，新法庭又不断建立，使整个司法组织体系更加混乱不堪。到18世纪末19世纪初，法庭组织的重叠和权限不清状况更加严重。法庭种类繁多，机构重叠，仅中央一级的高等法庭就有10多所，上诉法庭也有三四所之多，地方法庭更是多如繁星，不计其数。同时，法庭体系混乱，各自为政，各个法庭都有自己的诉讼程序、审判规则和法律术语。普通法法庭实施普通法，衡平法庭实施衡平法，宗教法庭和海事法庭则分别实施教会法和海事法。但是，在许多具体诉讼中，各法庭司法权的职权存在交叉和重叠现象。这就给当事人的诉讼带来极大的不便。在一些诉讼中，当事人有时直到上诉至上议院才发现自己从一开始就选错了法庭。最为典型的例子是1844年的克纳特诉渥斯福德的马魁斯案，在此案中，克纳特因弄错了其所应投诉的法庭而使诉讼拖延了14年之久。②

议会于1846年颁布了《郡法院条例》，建立起一套通行全国的全新的现代地方法院体系。根据方便当事人的原则，新建的郡法院共500个，合理地分布在英格兰和威尔士的59个巡回审判区内。郡法院收费低廉，结案迅速——一般不超过6个月。它的设置大大缩短了诉讼周期，减少了积案，提高了诉讼效率。1857年，议会颁布《离婚条例》，将原来隶属于教会法庭的有关离婚及其他家事的诉讼移交给新成立的离婚法庭，教会法庭只保留颁发结婚证书的权力。

同年，议会通过《遗嘱检验法庭条例》，将教会法庭这方面的司法管辖权移交给新

---

① 钱乘旦，许洁明. 英国通史[M]. 上海：上海社会科学出版社，2019：265.
② 程汉大. 英国法制史[M]. 济南：齐鲁书社，2001：378.

近成立的遗嘱检验法庭。新设立的离婚法庭的法官同时也主持新的遗嘱检验法庭的工作。这就将教会法庭的权力局限于对宗教事务的管理，增强了中央政府的权力，方便了当事人的诉讼。1873年议会制定了《司法条例》，合并当时相互独立的普通法法庭和衡平法庭，统一普通法和衡平法的基本原则，简化诉讼程序，改革上诉程序。这样，英国的法院体系发生重大变化，整个司法制度得以重建。

（二）程序法的统一和发展

19世纪初，司法改革前的英国司法程序烦琐僵化。凡是涉及普通法的诉讼只有通过法定的令状才能进行，而令状种类繁多，不同的令状有不同的格式和适用范围，当事人必须针对不同的侵害选择相应形式的令状起诉，如果找不到适当的令状或者选错了令状，其诉讼请求就得不到法庭的受理，其权利也就得不到保护。因此，在英国素有"无令状则无权利"之说。一旦出现这种情况，当事人必须撤回诉讼，重新选择令状，否则将遭受败诉的命运。案件的审理必须严格根据令状规定的程序方法进行，当事人稍有不慎，就会导致败诉。证据原则的规定也很严格，凡是与案件有利害关系（哪怕是微不足道的）的人所提供的证据均会影响当事人的权利，这套建立在令状制度基础之上的烦琐僵化的诉讼程序，不但严重影响了审判效率，而且极易导致冤假错案的发生。衡平法庭虽然最初具有程序简便的优点，但是，随着衡平法基本原则的确立，也出现了程序烦琐而僵化的缺陷，这样就导致了英国法院诉讼的效率低下得令人难以忍受，极大地损害了当事人权利。因此，英国朝野上下都产生了要求改革的呼声。

19世纪30—60年代的司法改革主要是围绕着简化普通法法庭和衡平法庭的诉讼程序而进行的。议会通过先后制定《统一程序法》（1832年）、《不动产时效法》（1833年）、《民事诉讼法》（1833年）、《普通法诉讼条例》（1852年）、《大法官庭诉讼条例》（1852年）、《普通法诉讼条例》（1854年）、《衡平法修正条例》（1858年）等一系列法律，逐渐改变了英国诉讼法律程序烦琐僵化的弊端，大大节约了社会成员诉讼的时间和成本。

（三）民商法的发展和进步

维多利亚时期，英国为适应现代工业文明社会的时代需要，通过成文立法的形式，对源于普通法的民商法的各分支进行了广泛的改革。

1. *侵权法*

在19世纪以前，英国的侵权法奉行过失责任原则，即只有故意侵害他人的行为，或因未尽到法律所规定的"注意义务"而导致的过失行为给他人造成损害时，侵害人才承担法律责任。换句话说，出于不可抗力的事件所引起，或者其行为结果是正常人智力所无法预料的侵权行为，即无过错行为中的侵害人是不负法律责任的。这一原则对地位低下的劳动人民是不利的，特别是在大量的工伤事故纠纷的处理中，其不合理性尤为明显。19世纪上半期，随着机器大工业的建立和发展，无过错侵权行为案大量增加，于是，一种新的严格责任原则取代了过失责任原则，即行为人或行为人所控制的物产经第三人造成损害后，不论该行为人是否有主观上的故意或过失，都必须承担一定的赔偿责任。这一新原则是通过1868年的"罗兰兹诉福莱彻"案确立起来的。严格责任原则首先适用于采矿、建筑、铁路运输等行业中的侵权案，到19世纪末，随着自由资本主义向垄断资本主义过渡的完成，劳资矛盾进一步激化。迫于社会压力，英国议会于1897年制定了《工人赔偿法》，将严格责任原则扩大到一切工业生产部门，1901年又扩大到农业各部门。

2. 婚姻法与继承法

在传统的英国社会，婚姻案件一向由教会法庭管辖，结婚必须在教堂举行宗教仪式。随着社会的进步，愈来愈多的人不愿采用宗教婚礼，于是，1836年议会制定了《婚姻法》，在规定宗教婚礼为结婚的重要形式的同时，承认了不举行宗教仪式的世俗婚礼的合法性。受教会法影响，英国法对离婚的限制历来十分严格，在封建时代，离婚几乎是不可能的事，唯一方法是依靠议会立法，制定个人法案，进行个别离婚。1857年，议会通过《婚姻案件法》，废除了教会法庭的婚姻案件裁判权，设立了离婚法庭，并在一定程度上放宽了对离婚条件的限制。1837年的《遗嘱法》则加强了遗嘱继承的地位，并对遗嘱的格式和有效遗嘱的条件作了详细规定。这使婚姻和家庭两个方面世俗的事项逐步摆脱了教会的控制和影响。

3. 知识产权法

随着工业革命和商业活动的发展，社会对保护商标、著作权、专利权提出了更为具体的要求。早在1623年，英国就制定了世界上第一部成文专利法——《垄断法》，对发明专利的主体、客体、专利保护期(14年)、取得专利及宣告专利无效的条件都作了基本规定，工业革命中曾给予英国的技术发明以强有力的推动和保护。不过，它毕竟过于简陋、粗糙，所以在1852年，英国政府对其进行了重大修改，简化了专利申请手续，建立了专利局，变过去的"多头管理"为"一元管理"，并规定，在授予申请人以专利权之前，应将发明的内容进行公告，若有异议，可在规定期限内提出，以防止冒名顶替或弄虚作假。工业革命后，由于商品种类日益繁多，商业竞争空前加剧，单靠普通法的保护已不能满足社会的需要，于是，英国于1862年颁布了第一部成文的商标法，建立了注册商标制度，从此，英国形成了普通法与成文法并立的商标法体系。为规范出版印刷市场，议会于1709年制定了《安娜法》，这是世界史上的第一部成文版权法，它变过去的出版商本位制为著作权人本位制，给予著作权人一定期限（14年）的印刷权，以鼓励学术活动。1814年和1842年，政府对《安娜法》进行了两次修改，使之更加完善。此外，该时期英国还颁布了一系列单行的专门版权法，如1833年的《戏剧版权法》、1835年的《演讲版权法》、1842年的《文学版权法》等。通过上述改革，英国初步建立健全了现代知识产权法体系。

（四）刑事及警察监狱制度的改革

改革严酷的刑法是19世纪司法改革的重要内容之一。1837年，议会通过了几个法案，限制了死刑罪的数量，取消了违背人道主义的颈手枷等酷刑，因债务而被监禁的历史也宣告结束。1861年，议会又连续通过6个法案，对刑法进行了较大修改，它们构成了现代英国刑法的核心。这些法案规定，只有叛国，谋杀，武装海盗，纵火烧毁皇家造船厂、军械库或船只才可判死刑；不得在公共场所处决死刑犯人。流放刑事罪犯到澳洲殖民地的制度因日益遭到澳大利亚和本国人民的强烈反对，于1867年宣布废除。上述改革大大缓和了刑法的严酷性。

1837年以前，英国尚未建立全国性警察组织。除伦敦等少数大城市和享有王室特权的切斯特郡等地有正规的警察外，广大农村地区和众多的小城镇主要依靠传统的治安员维持治安。多数治安员出身社会下层，个别地区的治安员是义务性的，由当地居民轮流担任。他们缺乏专业训练，素质不高，效能低下，因此治安状况极其糟糕。在当时的欧洲，除意大利、西班牙外，英国是最缺少安全保障的国家。为加强社会治安管理，政府于1817年决定在各郡建立警察组织。1829年，议会通过《皮尔大城市警察条例》，又建立了伦敦警察局（即苏格兰场），加强了对刑事案件的侦查和对地方警察组织的监督。此后，英国的社会治安状况明显改善。

1824年议会颁布《皮尔条例》，要求每一个郡都要建立一座监狱和一座感化院，以便将罪犯分类关押。随后，政府在1840—1843年规范了监狱的规格标准，提出了单人房间及卫生方面的具体要求。1853年，议会颁布《劳役监禁条例》，建立了罪犯假释制度，允许表现良好的犯人提前获得释放。1854年，议会又通过《青少年犯罪条例》，要求各地兴建儿童教养院或工艺劳作学校。1877年，监狱管理体制改革迈出了关键的一步，全国所有监狱统统纳入内政部的管辖之下，由国务大臣和监狱管理专员具体负责。通过这一系列改革，英国建立起了全国统一的富于理性和人道主义的现代监狱制度。

（五）行政法的发展和完善

维多利亚时期行政法律制度的改革最著名的莫过于文官制度的确立，其文官制度开创了现代公务员法律制度的先河。西方国家公务员法是资产阶级法律体系不可分割的组成部分。在此之前，英国和其他欧洲国家一样实行"恩赐官职制"及"政党分赃制"，这种官员任用制度越来越阻碍了英国社会的发展并造成严重的腐败和效率低下。1854年英国财政部高级官员查理斯·屈维廉和斯坦福·诺斯科特提出了《关于建立英国常任文官制度的报告》，此后，英国进行了改革，以公开竞争考试，择优录用文官、遵循功绩制原则提升职务、统一管理等为特征的现代公务员制度逐步建立。与此同时，维多利亚时期还进行了军队改革，取消了买卖军阶的习惯，把军功作为晋升军阶的唯一标准[①]。文官制度的改革和军队制度的改革，重整了英国的官吏和军官制度，为大英帝国高效、准确执行国家意志奠定了坚实基础。

（六）经济立法和社会立法的变革

1. 经济立法的变革

中世纪后期和近代初期，英国为发展国内经济，击败外国竞争者，奉行重商主义的经济政策，1651年的《航海法》和1815年的《谷物法》就是这一政策的产物。工业革命后，英国一跃成为遥遥领先于世界的头号强国，在与外国的竞争中占据了绝对优势地位。尤其是《谷物法》的目的是维护土地贵族的利益，引起了英国上下的激烈反对，《谷物法》被英国民众诟病为"阶级的立法"。1836年，伦敦一批激进派议员成立了"反《谷物法》同盟"，在英国掀起了声势浩大的政治运动。"反《谷物法》同盟"不仅给政府当局造成了巨大的政治压力，也广泛传播了自由贸易的思想。于是，英国审时度势，改弦易辙，转向了自由贸易政策。1846年和1849年，先后废除了《谷物法》和《航海法》，并取消了东印度公司在印度的贸易垄断，宣布印度市场向一切商人开放。

1720年英国制定了《反欺诈法》，对公司的设立及其法人资格的取得作了种种限制。1855年，英国又借鉴法国经验，颁布《有限责任法》，确立了公司的独立法人实体地

---

① 钱乘旦，许洁明. 英国通史［M］. 上海：上海社会科学出版社，2019：267.

位和有限责任制度，激发了社会投资热潮，促进了英国经济的发展。与此同时，政府还出台了银行法、保险法、证券法，强化对金融业的监管与调控。1833年，议会通过法案，规定只有英格兰银行才拥有货币发行权。随后，又对该银行进行了改组，使之放弃了商业银行业务，成为政府利用升降利息调节金融、稳定信贷的中央银行。1858年的《公司法》将有限责任原则引入银行业，1862年又进一步扩大到保险业，完成了金融保险体制从合伙制向股份制的改造。1845年的《反投机法令》将保险业范围由人寿保险扩大到财产和商品保险。1867年的《保险单法》和1870年的《人寿保险公司法》分别对保险协议的制作与签订、保险单的转让、保险纠纷的处理原则和寿险公司的保证金、财产账户、兼并、清算等，都作了明确规定，规范了保险业的经营。

2. 社会立法的变革

19世纪以前，英国曾制定过两部济贫法：1601年的《济贫法》和1796年的《斯品汉姆莱法》，两部法律规定的济贫方式不同，但实质都是在残酷的资本原始积累时期统治者为缓和尖锐的社会矛盾而采取的权宜之计。工业革命后，工业资产阶级为摆脱济贫税负担和保障充足的自由劳动力来源，推动政府于1834年制定了一部新的《济贫法》。新《济贫法》以当时上层社会广为流行的贫困是由于个人懒惰所致、因而应由"个人负责"的荒谬理论为基础，宣布停止一切户外生活补贴，改为在各地建立济贫院，凡无生活来源、需要社会救济者必须进入济贫院。济贫院内实行监狱式管理，接受救济者被迫从事惩罚性的苦役劳动，生活条件极为恶劣。按照该法制定者的意图，这样做是为强迫"懒惰者""勤奋"起来。可见，新《济贫法》实际上把"救济穷人"变成了一种"惩治穷人"的手段，所以，济贫院被当时的英国下层人民诅咒为"穷人的巴士底狱"。到了19世纪晚期，英国的资本主义进入成熟时期，生产力发展突飞猛进，社会财富成倍地增长。然而，国内仍存在着一支近百万人的失业贫困大军。这一事实迫使某些有识之士开始认识到，贫困问题是社会原因造成的，国家理应承担起救济贫困的责任。在这一新贫困理论的指导下，英国传统的济贫法开始向福利法转变，在20世纪初颁布了第一批福利法律。它们是：（1）1908年的《养老金法》。凡在英国居住满12年的70岁以上的老年人，年收入低于30英镑10先令者，每周可领取1—5先令的养老金。（2）1909年的《劳工介绍法》。政府成立专门常设机构劳工介绍所，帮助失业工人寻找工作。（3）1911年的《国民保险法》。凡投保人员在患病、伤残时可享受免费医疗；失业者可领取15周失业津贴，每周7先令。保险基金由雇员、雇主和国家三方负担。(4)1918年的《教育法》。小学阶段一律实行免费教育。(5)1922年的《住房法》。由政府提供补贴以帮助鼓励私人建房。同一时期，英国还为改变工人的工作生活条件制定了一系列法律制度，1847年的《十小时工作制法》、1875年的《公共卫生法》、1875年的《工人住宅法》、1878年的《工厂与工作场所法》，这些法律一定程度上改善了工人的生存状况，有利于缓和社会矛盾。

四、维多利亚时期文学作品中透视的法律现象

维多利亚时期的文学作品种类仍然是多样的，但小说的光芒似乎掩盖了诗歌、散文等文学作品。由于印刷业的发展和报纸行业的兴起，教育的普及和识字率提高，大量的小说家和其作品走进了维多利亚时期各个阶层的生活中，一家人在晚餐后一起阅读报纸上最新的连载小说是这一时期公众普遍的娱乐方式。维多利亚时期的小说现实主义的风格拉近了小说主人公与读者的距离，使小说满足了读者对与小说主人公相似命运的品味与思考。同时，维多利亚时期的作家大都具有一种使命感，认为他们的作品承担着某种道德教化的作用，即使那些具有强烈批判意识的作家也不例外。因而，文学作品供需双方的默契促进了维多利亚时期现实主义小说的风靡，这样的小说在深刻反映现实生活的同时，必然也深刻反映了当时的法律现象。由此，维多利亚时期的文学作品就提供了一个让我们观察当时法律现象的绝佳的载体和窗口，透过当时的文学作品，我们能够真切而生动地把握、触摸和感受到那个时期的法律脉搏。以小说为代表的维多利亚时期文学作品所透视的法律现象呈现出如下鲜明的特点。

（一）全方位反映的法律制度

其一，维多利亚时期给英国带来了经济的长久繁荣、文化的整体昌明、社会的持续变动，为造就一大批文学家创造了优良的条件。这些文学家出身于不同的阶层，其文学作品也主要反映了不同阶层的生活，丰富了维多利亚时期文学作品的色彩。各个阶层的生活在众多小说中的反映，必然将他们所涉及的法律现象比较全面地展示出来，这样的全景图是很难通过一两个优秀的涉法文学作品的作家展现出来的。

其二，维多利亚时期的文学作品较为全面地反映了当时不同的法律门类（部门法）的状况。维多利亚时期的文学作品中有对当时婚姻法、继承法等家庭法的真实写照，有对当时的刑法和警察监狱制度较为准确的反映，有对土地制度及其变化的描述，有对济贫法的呈现，有对当时司法程序和司法制度的描写，有对各种权利被侵犯和保护

的描绘，有对法官、警察、侦探等法律人物的刻画……，文学作品对法律门类这样较为全面的反映是不多见的。

其三，维多利亚时期的文学作品还较为深入地反映了当时法律的变迁。由于维多利亚时期的时间跨度达60多年，这样长的时间跨度给这一时期不同阶段的作家提供了描写法律变迁的可能性，更重要的是维多利亚时期法律制度不断变革，这种变革被维多利亚时期一些优秀的作家所捕捉并准确地反映在自己的作品里。本书以下各章对每部文学作品的分析就能够让读者看到这些作家这方面卓越的才能。

（二）多维度透视的法律现象

其一，法律制度的维度。维多利亚时期许多小说都很巧妙地反映了当时的法律制度，将法律规范及其实施的后果进行了描述。这些法律制度是与小说的主人公的身份和命运密切联系在一起的，一部小说所涉及的法律制度是有限的，但众多作家的众多主题各异的小说却涉及了许多法律制度，从而为我们了解当时的法律制度及其实施情况提供了一个特殊的窗口。

其二，法律行为的维度。维多利亚时期的很多涉法文学作品都会涉及对某种法律行为的描述，这些法律行为中可能有合法行为，也可能有违法甚至犯罪行为。小说中对这些法律行为的描述使我们对当事人法律行为的分析变得更加生动、更加丰富。

其三，法律事件的维度。维多利亚时期的一些涉法文学作品所描写的事件往往涉及法律问题，是标准的法律事件，能够引起某些法律关系的产生、变更或者消灭。有些小说主人公的命运甚至和法律事件紧密相连，也从一个视角说明了当时的法律与人民的生活密切关系。

其四，法律观念的维度。维多利亚时期的一些文学作品中的人物命运和情节发展不光涉及法律制度本身，许多内容已经深入到对法律观念和法律文化的探讨层面。当然，作家是以一种与法学家不同的方式在进行探讨，但这些探讨对法学家的研究却是不无裨益的。

其五，法律关系的维度。每一个人在不同的场合、不同的时期都处在特定的社会关系当中，而这些社会关系必然或多或少受到法律的调整，成为一种法律关系。在商品经济高度发达、社会关系变动不居的维多利亚时期，人们更是时时处在法律关系当中。维多利亚时期的文学作品全面、生动地呈现了不同的法律关系，无论是生意场上的买卖关系、雇佣关系、竞争与合作关系，还是家庭生活中的父母子女关系、夫妻关系、继承关系、抚养关系、监护关系，诉讼中原被告关系，政府部门和公司中的上下级关系，等等，都在这一时期的文学作品中有所反映，甚至成为许多法律史学家研究的样本。

以上的视角还不能够全面总结出维多利亚时期小说反映和透视法律现象的所有维度，但至少说明这一时期的小说对法律现象的透视已经达到了相当复杂和细致的程度。

（三）高灵动呈现的涉法情节

文学作品所呈现的法律现象之所以富有魅力，就是因为它不会像判决书、起诉书那样生硬、呆板地总结和呈现法律现象（虽然这是职业的法律人所要求的），对法律情节的呈现尤其如此。当读者关注《匹克威克外传》中近乎真实的法庭审判过程，从《雾都孤儿》中发现济贫院董事会成员的贪腐细节，惊叹于《荒凉山庄》中对法官、律师、当事人等人物围绕诉讼各种活动的描绘，看到《名利场》中利蓓加为获得寿险受益权而展开的一系列活动，体会《小杜丽》中债务人监狱环境的险恶，了解《亚当·比德》中对未婚母亲杀死婴儿证据的收集过程，体验《弗洛斯河上的磨坊》中主人公命运与各个法律事件的联系，看到《米德尔马契》中被继承人对遗嘱的订立和修改过程的描写，震惊于《呼啸山庄》中希刺克厉夫对法律工具的巧妙利用，在《枉费心机》中与主人公在情与法的冲突中一起纠结，看到《苔丝》中苔丝受到亚雷性侵前后的无助，惊奇于《卡斯特桥市长》中的卖妻行为，被《福尔摩斯探案全集》中正直、睿智、刚毅的神探福尔摩斯的正义之举所感染，在《无名的裘德》中真切感受作者对当时婚礼现场和结婚登记处的描写，在《华伦夫人的职业》中思考华伦夫人母女关于职业选择、尊严、人身、健康等权利的对话……这些涉法情节，虽然表现方式各异，叙述手法不同，但都会激起读者同情和共鸣，这些文学作品所呈现法律情节之生动鲜活一定与大学教授在课堂上对法律条文的解读大相径庭。

（四）深悠长反思的法律文化

维多利亚时期小说家的创作水平是举世公认的，这一时期出现了那么多享誉世界的小说家就是明证。这一时期的涉法小说往往不限于对法律现象的描述，还引领人们对现实的法律制度、法律行为、司法活动等进行反思。有的时候，这些小说家以无所不在的第三人称向读者全面完整地呈现一个法律现象，使读者不自觉地对这一法律制度、法律行为、司法活动等进行思考。有的时候，这些小说家直接以第一人称的口吻出现在作品里，直面某一个法律现象并进行深刻的评价，令人震撼。更重要的是，有些文学作品还向我们呈现了某一法律现象背后的历史传统、风俗习惯、社会环境，它们与人物的命运联系在一起，强烈地激发了读者对法律所反映的思想、观念和文化的思考和探究，这样的反思与大学中对法科生以实用为目的的法学教育又是不一样的。

"社会生活是法律与文学互相影响的立足点"[①]。文学作品中对法律现象生动的描述和透彻的讨论，显然都是作者对社会生活深入体验和观察的结果。维多利亚时期的涉法文学作品尤其具有这一特点。透过文学作品这一窗口，我们感受到的不光是冰冷生硬的法律条文，而且能够感受到法律运行的生动轨迹，以及人们对不同法律的态度、评价和选择。

---

① 余宗其.法律与文学的交叉地[M].沈阳：春风文艺出版社，1995：428.

第二章

《匹克威克外传》：对重程序轻实体法律传统的讽刺

1836年狄更斯出版了第一部作品《博兹特写集》，包括56篇随笔和特写，分为四大部分：《我们的教区》《场景特写》《人物》和《故事》。狄更斯的这部处女作被喻为一部宏伟戏剧的"彩排"，虽未让狄更斯名噪一时，却成功地引起一家出版商的青睐，请他为著名漫画家罗伯特·西摩先生的一套关于体育俱乐部成员的滑稽故事连环画撰写文字说明。狄更斯认为这类故事陈旧无趣，要求由自己创作具有新意的故事再由西摩先生根据文字画上插图，于是一部伟大的长篇小说《匹克威克外传》横空出世。

狄更斯一生从事过与法律有关的职业，被誉为"作为法律史学家的狄更斯"。狄更斯幼时，其父曾被关押在债务人监狱，再加上作者早年的法律生涯，以及他本人因为《圣诞颂歌》一书被盗版而卷入旷日持久的诉讼官司，等等，使他对维多利亚时代的司法体系有了更多接触和更为深刻的认识。成为作家之后，狄更斯仍然与法律界保持着密切接触，他的很多朋友和熟人都从事法官或者律师工作。于是，他的几乎每一部作品都或多或少涉及法律题材，都有法律和法律人的踪影，更不乏对司法制度的生动描述。1843年，狄更斯最为脍炙人口的作品之一《圣诞颂歌》出版后不幸遭遇盗版，他不得不对一家出版商提起诉讼。然而，一个本该简单的官司却因当时烦冗拖沓的司法程序而旷日持久，在付出700英镑的诉讼费和先后五次诉讼之后，结果差强人意，他却陷入更为棘手的法律纠纷之中。在给好友的信中，他愤然写道：

> 我永远忘不了上次《圣诞颂歌》事件带给我的焦虑感觉，花那么多钱，最后竟然落得个遭受不公平待遇的下场，我当时只不过要求属于我个人该有的权利而已，结果是，我仿佛变成了一个强盗，而不是被抢的人。即使官司

打赢了，除了一堆焦虑与困扰，我什么也得不到。①

两年之后，他的小说再次遭遇盗版，对当时的法律制度尽失信心的他决定听之任之，放弃维权，"我宁可吃个大亏，也比吃法律更大的亏要好"。这次官司成了导致狄更斯对英国司法制度不满的原因之一。诚然，作为一名非职业法律从业者的作家，狄更斯对司法制度的描述和批判必然存在有失偏颇之处，这一方面是出于作者的个人偏见，另一方面亦是由于文学创作中的夸张和想象。然而，由于狄更斯在世界文学中举足轻重的地位，他的这些"法律文学"作品不仅是读者了解维多利亚时期英国法律制度的绝佳途径，亦为法律史学研究者提供了很多正规史料无法提供的珍贵素材，足以让人们将狄更斯视为一位优秀的法律史学家。

《匹克威克外传》是狄更斯的第一部长篇小说，以连载形式按月分期发表，描绘了一位独身的老绅士匹克威克先生和三位朋友历时两年外出游历途中的所见所闻，妙趣横生地展现了当时英国城乡社会生活和风土人情，引起了极大的轰动。小说的主人公匹克威克先生是一位名流，以自己的姓氏命名创办了一个社团"匹克威克通讯社"。为了增长见识，开阔视野，经会议研究决定，匹克威克先生携同三位社团成员——年迈多情的特普曼、附庸风雅的史拿格拉斯和纸上谈兵的文克尔——乘坐驿车到英国各地漫游考察，一路上历经种种滑稽可笑的人和事。这部小说视野开阔、气势恢宏，作者以流浪汉小说的形式，在这部结构松散的小说中独具匠心地运用了夸张、巧合等戏剧手法，制造出一种狄更斯所特有的诙谐幽默，使整个作品充满了青春气息，体现了作者"善恶分明，惩恶扬善"的人道主义和乐观主义精神，真实地勾勒出一幅19世纪初英国社会广阔的生活画卷，惟妙惟肖地塑造了来自社会各个阶层、各种职业的各色人物，剖析了贵族、地主、资本家、政客、军官等上流社会人物的丑恶生活和肮脏灵魂，对受尽苦难的下层人物给予了深切的同情。同时，作者通过主人公和他的朋友的一系列妙趣横生的经历，揭露了当时英国社会极不合理又荒诞可笑的社会现象，批判了英国议会、选举制度、政治、法律、监狱等诸方面中所存在的各种问题，例如，小说中对当时政党竞选活动的描写充满讽刺的意味：伊顿斯威尔的蓝党与浅黄党没有任何本

---

① 威廉·S.霍尔兹沃思.作为法律史学家的狄更斯[M].何帆，译.上海：上海三联书店，2009：导读3.

质的区别，然而为了党派的利益，它们装出有重大分歧的样子，互相对立、互相拆台，在一切小事情上制造纠纷，把一切问题都变成党派之争，互相掣肘，以至于使资产阶级鼓吹的民主选举成为一场闹剧。作者对这场充满了"形式主义"的党派竞争的描写，实际上是对当时英国引以为豪的党派制度和选举制度的无情嘲讽。此外，读者亦可从这些令人忍俊不禁的描述中管窥到当时的法律制度。其中，作者对英国法律制度和法律实践中"重程序轻实体"的传统进行的辛辣讽刺给读者留下了深刻的印象。我们经常说，"形式主义害死人"，英国法律活动中这种"重程序轻实体"的传统不仅害得匹克威克先生成为被告，而且还被关进债务人监狱。最终，匹克威克先生听从律师的劝告，屈从并迎合了法律程序所规定的形式要求，从而赢得了小说中一个大团圆的结局。

一、荒唐的"婚约"：形式外观重于实体内容的契约法

《匹克威克外传》中引人入胜的法律情节莫过于匹克威克先生莫名其妙地被巴德尔太太以违反婚约而起诉的故事了。在这一荒唐的"婚约"中，英国契约法（Contract Law）过分注重形式外观而忽略实体内容的弊端起到了决定性的作用，而怂恿巴德尔太太提起诉讼的讼棍律师道孙和福格也恰恰是利用了这一点以试图达到自己卑劣的目的。

主人公匹克威克先生是狄更斯人道主义和乐观主义精神的体现者。他是一位善良简单、乐于助人的绅士，亦是一个热心风俗民情的学问家。他有着胖胖的身躯和笑容可掬的面孔，戴着小巧的眼镜，古道热肠，有时却又傻里傻气，在与三位朋友的旅行之路上，相貌和言谈举止都显得滑稽可笑的他总是被人利用，遭人欺骗作弄。而书中最具有喜剧冲突的场景当属"巴德尔太太诉匹克威克案"：匹克威克先生在旅途中结识了机灵能干、正直忠诚的小伙子山姆·威勒，意欲雇其做他的仆人，于是回去和房东巴德尔太太商量。巴德尔太太是一位病故的税关职员的遗孀和唯一的遗嘱执行人，是个神情忙碌、相貌可人、体态优美的女人，家里只有房客匹克威克先生和她的小儿子。"整洁和安静统治了全家，而匹克威克先生的意志就是这里的法律"。作者在此处安排了一个喜剧场景：匹克威克先生局促不安、闪烁其词、欲言又止地询问巴德尔太太：

"你觉得养两个人是不是要比养一个人多花钱啊？"

"唷，匹克威克先生，"巴德尔太太说，脸红到帽子边，因为她自以为看到她的房客眼睛里有某种关于男女问题的眼光一闪；"唷，匹克威克先生，这

是什么问题哪!"

……

"而我当然从此以后更多要不辞辛苦地来讨你的欢喜了;但是你真是心肠好,匹克威克先生,你为我的孤独设想得这么多。"

"啊,真的呢,"匹克威克先生说;"我倒从来没有想到这一层。只要我在城里的时候,你总有人陪伴了。毫无疑问是这样的。"

"我相信我应该是一个非常幸福的女人了,"巴德尔太太说。①

匹克威克先生一向好心关照和接济寡妇巴德尔太太,巴德尔太太对匹克威克先生亦心存好感,因此闻言大喜,误以为他要向自己求婚,竟至幸福地晕倒在他的怀里。后来发现匹克威克先生并无此意时,巴德尔太太恼羞成怒,再加上两位贪婪的讼棍律师道孙和福格替她主持"公道",便对他提起诉讼。于是正在房中和朋友聊天的匹克威克先生莫名其妙地收到了一张法院寄来的传票:"因为受了玛莎·巴德尔夫人的嘱托,对你提出了毁弃婚约的控诉,原告要求赔偿损失金一千五百镑;本案兹已由民事诉讼法庭受理发出训令,谨以奉闻。并请复函告知贵方在伦敦的代理人姓名,以便办理正式手续。"②由此可见,巴德尔太太单方面认定当时匹克威克先生是在向自己许下婚约,但是后来又拒不兑现承诺,已然违反契约,因此在道孙和福格律师的帮助下起诉匹克威克先生"毁弃婚约",并索赔1500镑作为损失赔偿金。契约(Contract)也译为合同,自人类社会出现,便是构筑全部人类社会活动的中心与基石。而英国的法律在西方发达国家中起源早、历史悠久,并且在两千多年的发展演化中形成了独特的传统,成为现代西方法律文化的主要渊源之一,对世界法制文明的发展有着举足轻重的影响。何勤华先生的《英国法律发达史》对此进行了总结:

英国契约法的历史渊源于三个方面:1.普通法。它铺就了英国契约法的基本原则。2.衡平法。14世纪逐渐发展起来的衡平法,对于合同法做了一系列的修正补充与完善。如强制履行(specific performance)和禁止令(injunction)

---

① 查尔斯·狄更斯.匹克威克外传[M].蒋天佐,译.上海:上海译文出版社,1979:182-184.
② 查尔斯·狄更斯.匹克威克外传[M].蒋天佐,译.上海:上海译文出版社,1979:293.

制度。3. 制定法。如反欺诈法（Statute of Frauds，1677）、儿童救济法（Infants Relief Act，1874）、货物销售法（Sale of Goods Act，1893）。这些法律从本质上反映了"一个日新月异的经济社会需要对有关法律规定做出适时的相应修改"。①

英国是一个判例法国家，在法学理论上倾向于实用主义，通常重程序而轻理论。因此就契约法而言，通常缺乏一般性原则的归纳概括。在封建社会早期的英国，契约主要有两种形式：正式契约（speciality contract 或 contract under seal），即书面形式呈现并盖有印章的契约；非正式契约（simple contract），即无书面文件的协议。这种非正式契约一开始并不受到法律保护，随着商品经济的发展，这种契约已经成为普遍存在的事实，而由于僵化的普通法院过于强调合同的形式，有关契约纠纷的案件转而求助于衡平法院，于是促使普通法院开始改革，将"违约之诉"（action of assumpsit）应用于契约纠纷。《英国法律发达史》同样进行了描述：

> 作为古典契约法最基本的理论便是契约自由原则。在契约方面，法律不限制缔约的权利，也不会以主持公道为借口对当事人加以干涉。法律要做的仅仅是在一方违约或不履行契约义务之时，帮助另一方而已。这些思想应用在契约法上就表现为鼓励几乎不受任何限制的缔约自由。②

因而，"契约自由"就成为英国契约法建立的基础。1875 年英国大法官乔治爵士的观点代表了当时司法界的一般看法。他认为，成年和有理解能力的人应该充分享有缔约自由，自愿缔结的契约应当被视为公民神圣不可侵犯的权利，并且由法院强制执行。

英国古典的契约自由包含两层意思：以协议（agreement）为基础的契约和自由选择（freedom of choice）下的契约。在"巴德尔太太诉匹克威克先生毁弃婚约案"中不难看出，原告巴德尔太太认为她和被告作为"成年的和有理解能力的人"已然缔结了

---

① 何勤华. 英国法律发达史 [M]. 北京：法律出版社，1999：262-263.
② 何勤华. 英国法律发达史 [M]. 北京：法律出版社，1999：264.

"自由选择"之下的婚约,因此法院也根据"对价原理"受理该案,并强制要求被告给付原告违约金 1500 镑。对价(consideration)又译为约因,意为"考虑、认为",它是除盖有印章的合同以外的一切合同有效成立的必备要素。英国法律认为为对价所做出的许诺构成了一项合同。"所谓对价,就是以自己的诺言去换取对方的诺言;或者说,是为了使对方做出某些有利于自己的行为而以自己对等的行为来作保证。"① 目前已知的英国最早应用对价原理的相关案件是 1557 年的一个婚姻案件"福斯林诉希尔顿案",此后对价原理开始大量运用于各种类型的违约案件之中。经过几个世纪的发展,18 世纪时对价原理已然成为契约法案件审理之时的不二法则,这种对价中心主义时期从 18 世纪初一直持续到 19 世纪末。

从原告巴德尔太太的角度而言,匹克威克先生作为一个成年人向她许下婚约,而她也已然作出允诺,于是原告和被告已经口头缔结婚约,形成了一个有价值的对价。而现在匹克威克先生置此具有法律效力的对价于不顾,公然单方面违约,违反了契约法,作为加害方的匹克威克先生理应对受害方巴德尔太太给予赔偿。而贪婪成性的道孙和福格律师正是基于"对价原理"帮助原告巴德尔太太向匹克威克先生提起诉讼。此外,考虑到匹克威克先生有一定的经济能力,两位律师甚至没有向原告巴德尔太太要求给付诉讼费用,而将这笔开支统统转嫁给富有的被告匹克威克先生。

然而,让讼棍道孙和福格律师始料未及的是,匹克威克先生不但不认为自己已经向原告巴德尔太太许下婚约,还骂他们是骗子,认为这是世上所有无耻和下流的事情中最无耻和下流的。他委托了潘卡作为他的代理律师,后者又帮他聘请史纳宾大律师为他辩护。对于此案的诉讼程序,狄更斯在小说中都有详细的描述:道孙和福格律师经过正式手续发出作为诉讼开始的传票并且在摘要簿上做了记录——"'米德尔塞克斯,拘票,寡妇玛莎·巴德尔控塞缪尔·匹克威克。损失赔偿金,一千五百镑。原告律师,道孙和福格。一八二七年八月二十八日。'完全合乎手续的,先生;完完全全。"② 道孙和福格还给匹克威克先生的三位朋友发了传票要求他们作为证人出庭,因为他们当时目睹了巴德尔太太晕倒在匹克威克怀中;而且,仆人山姆也收到了传票需要出庭作证,因为匹克威克先生曾打发他去巴德尔太太家收拾东西并结清租金之后探听一下

---

① 何勤华. 英国法律发达史 [M]. 北京:法律出版社,1999:265.
② 查尔斯·狄更斯. 匹克威克外传 [M]. 蒋天佐,译. 上海:上海译文出版社,1979:319.

她对于匹克威克先生的看法，而此举被认为是被告向原告"提议和解"。"民事法庭"定于在次年二月十四日大审期过后公开审理这个特别陪审团案件，届时会有十二个陪审官出庭。

在小说的第三十四章，作者用了整整一章来描述法庭审理的情况。法庭的审理形式完备，像舞台上演员的表演，高级律师坐在自己的专用座席上，律师们有模有样地进行交叉询问，携带的诉状、法律书籍等一应俱全。但在这个形式完备、演员演技高超的整个法庭的审理活动中，当事人始终没有到场。因为，按照从15世纪以来就沿袭下来的英国旧法，与案件有利害关系的当事人的陈述不足采信，因此当事人本人禁止出庭作证。这样，对当时的情况最为了解的双方当事人始终没有在法庭上有申辩和澄清事实的机会。从小说的描述可以看到，这些过分重视程序和契约外观形式的法律人，包括法官、律师，都没有认认真真去了解当时双方当事人真实的意思表达这一实体内容，而是全副武装地投入到关于程序和形式外观的战斗中。在这个善于争讼的民族的法律传统中，僵化而刻板地纠结于各种复杂的程序游戏在狄更斯的小说中被反复提及，而这次只是最为滑稽和充满戏剧的一幕。

法庭上一番唇枪舌剑的交锋之后，陪审团得出的裁决是：支持原告巴德尔太太，被告匹克威克先生须向原告给付赔偿款七百五十镑。面对洋洋得意的道孙和福格，匹克威克先生义愤填膺地表示，纵使以后的生命都消耗在债务人监狱，他也绝不会给付半点罚金。于是，从巴斯度假归来后，因为拒付法庭开出来的诉讼费用和赔偿金，经过一系列法律程序，履行"人身保护法"[①]的手续以及在狱警的监督之下"坐着画像"，匹克威克先生"如愿"进入弗利特债务人监狱坐牢，得等巴德尔控匹克威克案所判的赔偿金和诉讼费用的总数完全付清才能出来。

二、戏剧化的入狱和出狱：破产法僵硬的标准

小说中，主人公匹克威克先生因为拒绝讼棍道孙和福格以违反"婚约"讹诈而被宣布破产投入债务人监狱，善良的仆人山姆为了去监狱陪伴照顾主人假装欠父亲的债不还而顺利进入债务人监狱，巴德尔太太因为拒绝支付讼棍道孙和福格的诉讼费而被

---

① 人身保护法是源出"大宪章"的法令，于1679年颁布实施，主要为防止滥行拘押，由法官训令将被拘押者本人提到法庭审判，并由12人组成陪审团决定其有无犯罪，凡被捕者最晚须在20日内送交法庭正式审讯。

一个透视法律现象的文学窗口

投入债务人监狱。他们都是因欠债不还,被原告申请宣告其破产而入狱的。可见,在当时的破产法律实践的过程中,破产法庭只关注是否符合破产法规定的起诉条件,至于案件的真实原因则不加理会,哪怕对山姆父子间离奇古怪的债务纠纷也不加深究,他们全部的精力都集中在对破产法规定的起诉条件上。《破产法》(Bankruptcy Law)是他们入狱的原因,这个死结也只能从破产法中去寻找突破口。聪明的律师潘卡正是从破产法的规定入手,说服固执的匹克威克先生消解了这些案件起诉的要求,从而使宣布他们破产的条件得以消除,这样才使他们重获自由。在这里,法律规定成为一个可以被双方利用的对象。而之所以这样,就是因为英国重程序轻实体的法律传统使法律程序、法律规范变得过于僵化,给当事人提供了可以利用的机会。三个小说主人公入狱又出狱的戏剧性的情节描述,辛辣地讽刺了当时这种充满形式主义的法律传统。

由于拒绝给付赔偿金和诉讼费用,匹克威克先生被宣布破产,置身于弗利特债务人监狱的围墙之内。"他这样的破产者倒少见呢……他使那些办公事的人窘死了!他们说要押他,他却根本看不起他们,先生。"[①]在黑暗污秽的监狱里,独自置身于粗俗的人群之中,想到自己被囚禁而没有释放的希望,匹克威克先生不由得沮丧消沉,心情沉重不已。为了能够住在一个相对舒适、方便的单间里,经过斡旋,他用每周一镑的价钱租了一个高等法院的犯人的房间。忠实仗义的仆人山姆决定去监狱陪伴照顾主人,便想出一条妙计:让自己的父亲维勒先生借给自己二十五镑,然后向儿子讨债。儿子自然不会还钱,于是父子"反目",债权人父亲将债务人儿子起诉到破产法庭,拒绝儿子"承诺"的每月六便士还款,在付了五镑的诉讼费之后"成功"地将儿子送入弗利特债务人监狱,于是主仆团聚。

狡诈贪婪的律师道孙和福格在起初代理寡妇巴德尔太太的诉讼时并没有向她索取诉讼费,因为他们想把这笔开支记在富裕的被告匹克威克先生账上。因为匹克威克先生宁愿坐牢也坚决拒付诉讼费用和赔偿金,使寡廉鲜耻的讼棍道孙和福格律师的如意算盘落了空。恼羞成怒之下,二人便以"强制偿付诉讼费"为由,将原告巴德尔太太也关入弗利特债务人监狱,致使巴德尔太太再次昏厥,然而可怜的寡妇巴德尔太太这次却不是喜出望外地晕倒在"未婚夫"匹克威克先生的怀里,而是急怒攻心之下晕倒

[①] 查尔斯·狄更斯.匹克威克外传[M].蒋天佐,译.上海:上海译文出版社,1979:676.

在监狱冰冷的地板之上。

事已至此，几位朋友便力劝匹克威克先生自认倒霉，缴付罚金以恢复自由。倔强的匹克威克先生坚决不肯，于是朋友们和潘卡律师极力游说，劝他解放忠诚依恋他的仆人，不要让山姆无辜陪他坐牢，并且劝他以德报怨，把可怜的寡妇巴德尔太太从悲惨和痛苦的境地中解救出来。在精通法律的潘卡律师的策划之下，匹克威克先生交付了原被告双方的诉讼费一百五十镑，原告巴德尔太太给潘卡律师发去自我声明，表示先前受到道孙和福格的教唆，状告匹克威克先生，后来省悟自己是做了烦扰和伤害他人的工具，非常后悔，希望潘卡律师出面调解并请求匹克威克先生原谅，这样便可以完全免除清偿赔偿金。善良的匹克威克先生最终接受了大家的劝告，缴付了原被告双方的诉讼费用，最终三人重获自由，恢复了平静的生活。

破产法最早可以追溯到古罗马时期。按照古罗马《十二铜表法》第三条规定："债务人如果无法清偿债务时，债权人可以将其处死或出卖。"[①] 按照这种制度，债务人的生命、自由、肉体等均可成为执行的标的物。在莎士比亚的喜剧代表作《威尼斯商人》中，商人安东尼无法清偿高利贷放贷者夏洛克的债务而被按约索取一镑肉便是这种制度的文学体现。随着生产的发展，对债务人的处罚也有了多种形式，对财产的执行制度逐渐取代了对人的执行制度——债务人的全部剩余财产可折价拍卖，所得价款按比例分配给债权人，这种方法逐渐成为处理债务纠纷的固定手段。

英国的第一部《破产法》制定于亨利八世统治时期的1542年，受《罗马法》影响很大，早期的英国《破产法》多为程序法规定，条文简单，法制不完善，在破产问题上采用公力救济与私力救济相结合的宗旨，其后再根据判例法不断丰富完善，严格限定欺诈行为。经过1571年、1811年、1869年、1883年的多次修改和判例法的补充规定，英国《破产法》逐渐发展完善，基本可适应简单商品经济和自由资本主义发展的需要。到了20世纪，英国破产法的理论随着社会的急剧变革进行了调整改变。

英国《破产法》规定了九种具体准许提起破产的行为。匹克威克先生的破产行为便是这九种破产行为的第一条规定："债权人已取得了尚有750英镑以上欠款未曾收讫的法院判决书。"[②] 法庭判决他应给付赔偿金750英镑，而他拒绝清偿，于是被宣布破产，

---

① 何勤华. 英国法律发达史 [M]. 北京：法律出版社，1999：362.
② 何勤华. 英国法律发达史 [M]. 北京：法律出版社，1999：367.

并被关进债务人监狱。而仗义护主的仆人山姆被宣布破产由此得以顺利进入债务人监狱是根据这九种行为的第五条："如债务人宣称他将不偿还其债务,任何债权人均得提出破产申请。"① 为了照顾坐牢的主人,山姆要求父亲借给自己 25 英镑,然后再让父亲以儿子无法清偿债务之名将儿子起诉至破产法庭。可怜的巴德尔太太也是因为无法给付诉讼费 75 英镑而被道孙和福格律师以"强制偿付诉讼费"为由关进了债务人监狱。最后匹克威克先生在朋友的规劝之下付清了原被告双方的诉讼费 150 英镑,然后与原告巴特尔太太达成和解,这场官司才算是落下了帷幕。

《匹克威克外传》是狄更斯的早期作品。19 世纪 30 年代至 40 年代初是维多利亚初期,是推进议会改革的《改革法案》通过的时代,是无产阶级争取政治权利的宪章运动的时代,也是司法体制改革的时代。这个时期英国的阶级矛盾、社会矛盾还不是十分尖锐,因此在《匹克威克外传》中,作者对英国社会、道德的批判的思想内涵尚不占主要地位。然而,曾经从事过法律工作的狄更斯在这部作品中展现了当时的法律制度并抨击了当时英国的司法制度的弊端:

> 狄更斯通过对班德尔太太②诉匹克威克一案的描述,向我们介绍了普通法诉讼程序的三个重要特征:第一,法院的部分惯例实践与法律拟制;第二,诉讼证据规则及其效果,根据该规则,当事人或与诉讼结果有利害关系者不得出庭作证;第三,法院判决的执行方式,债权人据此可以拘捕债务人。③

通过解读该作品,可以管窥维多利亚时期英国的法律制度及其执行情况,尤其是惯例实践及拟制情况,如诉讼程序的启动方式、确保被告出庭的措施、答辩规则及其法律效力、判决及其执行规则以及法庭上的某些突发事件等。

---

① 何勤华. 英国法律发达史 [M]. 北京:法律出版社,1999:368.
② 此处的班德尔太太,在本书中译为巴德尔太太。
③ 威廉·S. 霍尔兹沃思. 作为法律史学家的狄更斯 [M]. 何帆,译. 上海:上海三联书店,2009:128.

第三章

《雾都孤儿》：底层穷人生活样态背后的法律世界

狄更斯的第一部长篇小说《匹克威克外传》使得他声名鹊起，于是出版商理查德·本特里便邀约他再写两部长篇小说，还聘请他担任《本特里杂志》的主编。其中一部小说自1837年2月起在该杂志连载长达两年之久，这便是狄更斯的第一部伟大的社会小说《雾都孤儿》的面世经过。《雾都孤儿》其实具有某种自传色彩。狄更斯12岁时父亲被关进债务人监狱，母亲和其他孩子也随之去了监狱。孤苦伶仃的狄更斯在鞋油作坊当学徒，受尽苦难。童年的苦难和坎坷在狄更斯心里留下了永久的伤痕，那段惊悸的日子一直萦绕不去。在这部作品中，狄更斯无情地揭露和鞭挞了当时资本主义社会的黑暗和虚伪，并通过孤儿奥利弗的悲惨生活，揭露了贫民救济所和学校教育的黑暗。奥利弗本性善良纯净，即使身处贼窝也绝不同流合污，最终他的执着和高贵帮他赢得了好心人的帮助，使他的悲惨命运出现转机。语言大师狄更斯在这部小说中运用讽刺、幽默和夸张的手法，塑造了一系列栩栩如生的人物形象，为读者揭示了深刻的社会内涵，细致地描绘了当时英国下层社会的种种黑暗，以批判的视角深刻揭露了当时的诸多社会问题和法律问题，如底层穷人的艰难生活、童工的悲惨境遇、青少年犯罪问题等，作者在小说中尤其抨击了英国议会刚刚通过的《新济贫法》。

《雾都孤儿》讲述了孤儿奥利弗·特威斯特的悲惨遭遇和曲折人生。出生于救济院的奥利弗，从小经常被欺凌，很小就被迫到棺材铺当学徒。由于不堪忍受黑心的教区主管邦布尔等人的迫害而逃到伦敦，结果误入贼窝，被贼窝的首领费金和赛克斯控制。历尽磨难的奥利弗后来得到善良的布朗劳先生和梅里太太等好心人的帮助，得以摆脱悲惨命运，并且他的身世也真相大白，最终与姨妈团聚，过上了平静幸福的生活。

一、穷人的"巴士底狱":不人道的《新济贫法》

《济贫法》(Poor Law)是西方国家政府救济制度出现的标志之一,也是近代西方国家社会救助制度的核心,更是现代社会救助制度的直接渊源,而英国是系统颁布和实施济贫法制度的代表性国家。英国的社会福利起源于贫民救济,尤其是以《济贫法》为核心的一整套法律制度。英国《济贫法》已有四百多年的发展历史,为此后英国"福利国家"的制度建设以及民众对政府全面承担社会保障责任角色的认同与接受提供了强大的历史惯性与精神动力。《济贫法》源于长期以来的习惯、传统和社会实践,从《汉谟拉比法典》到亚里士多德,从古代基督教教义到《寺院法》,都对英国的《济贫法》产生了深远的影响,即人类应该常怀悲悯之心,同情弱者,关心贫病老幼。英国的济贫法制度经过近400年的发展和改革之后渐趋成熟,从中世纪晚期济贫法制度开始萌芽,到17世纪济贫法制度的实施和18世纪济贫法制度的变化,再到19世纪新济贫法制度的出现、实施和变化,直至1948年,英国的《济贫法》被《国民救助法》所取代,完成了其历史使命。

在中世纪的英国,医院是提供慈善帮助的主要机构,兼具了现代福利院的功能。此外,教会也一直致力于救助需要帮助的人。早在8世纪,英国约克大主教爱格伯特就下令什一税收入的一部分必须用于社会救济。亨利八世于1534年实行宗教改革以后,随着教会势力的减弱,原来由教会进行的济贫工作便成了世俗国家的主要职能。此外,圈地运动以后,大批流离失所的农民沦为盗贼、乞丐和流浪者,社会不安定因素加剧。1536年英国颁布法案允许地方教区征税来进行救济,1572年又规定强制征收济贫税。1601年,伊丽莎白女王正式颁布济贫法,确认由国家担负起解决贫民问题的职责。《伊丽莎白济贫法》是英国第一个济贫法,确立了济贫法制度的基本原则,被称为世界上最早的社会保障法。

根据《伊丽莎白济贫法》,在全国设立济贫院,收容并救济孤儿、老人、残疾或失去劳动能力的贫民,由地方教区承担社会救济工作。每个济贫区须委任三至四名贫民救济官以帮助贫民及其家属就业,济贫官在教区征收济贫税,然后根据情况发放救济,但是救济请求者必须返回原始济贫区。从救济管理体系的演变来看,英国济贫法的发展经历了三个阶段:1601年至1642年为成型阶段,由中央政府尤其是枢密院发出各项指令,然而这个行政化和中央化过程却被1642年的英国资产阶级革命所打断;1642年内战至1782年通过吉尔伯特法案为成熟阶段,中央开始放任地方政府自主进行济贫事务，以前的贫民救济官由贫民管理官所取代，各济贫区可自愿组成联合济贫委员会，由贫民管理官选出的委员会负责管理；1782年至1834年为改革阶段。1834年英国议会通过《济贫法（修正案）》，史称"新济贫法"，严厉限制救济津贴，并在济贫院实行严苛的苦役制度，由济贫法专员署管理贫民和救济基金。1905年以来，为了大力推行福利主义以缓和日益尖锐的社会矛盾，英国政府再次对济贫法进行改革，1914年起由卫生部取代地方管理委员会主管济贫事务，1925年起济贫税成为各个地区必须征收的固定税收，1930年起贫民救济官和贫民管理委员会职能改由卫生部监督，各郡或郡属自治市承担。1948年，《国民救助法》取代了《济贫法》，至此，英国的《济贫法》正式完成了其历史使命。

《雾都孤儿》一开篇，作者就用反讽和幽默揶揄了济贫院的冷漠无情和惨无人道：

> 在某座城镇一个历来常见的机构——济贫院，一个婴儿诞生了，他的名字就在本章中出现。教区医生将这个婴儿迎进了这个充满悲哀和苦恼的世界之后，孩子究竟能不能活下来并拥有自己的名字，长期以来一直是一个相当值得怀疑的问题。事实是，要诱使奥利弗利用自己呼吸的功能有相当的难度。他在褥垫上躺了一会儿，喘息着，在今生与来世之间徘徊。显然，在徘徊中后者占了上风。他身边除了一个贫民老太太和教区医生外，再没有任何人。老太太因啤酒喝得太多而处于迷迷糊糊的状态，而医生则是按照合同来履行义务的。经过几番挣扎之后，奥利弗呼吸了，打了个喷嚏，并发出一声啼哭，开始向济贫院的居住者们宣告：从此教区又添了一张嘴，增加了一个新负担。①

主人公奥利弗一出生就成了孤儿，在冷漠之中来到了这个"充满悲哀和苦恼的世界"。此后的八个月或十个月中，尚在襁褓之中的小奥利弗又成了"一系列背信弃义和欺上瞒下行径的牺牲品"，由济贫院当局向教区当局汇报这个孤儿的饥饿和贫困情况。按照当时的济贫法规定，贫穷儿童由指定的人家寄养，到一定年龄送去作学徒。于是，小奥利弗被送到一个老妇人处寄养，由济贫院每周付给老妇人七便士半的伙食。济贫院分院这位精明、"慈善"的曼太太将寄养的二三十个小孤儿的津贴据为己有，只留给

---

① 查尔斯·狄更斯. 雾都孤儿 [M]. 黄水乞, 译. 合肥：安徽文艺出版社, 2014：1-2.

他们少得可怜的津贴勉强苟活。如果胆敢喊饿，等待他们的就是一顿狠揍。九岁时，面黄肌瘦的奥利弗经由董事会决定被接回济贫院，每天早上六点就得开始做撕麻絮的工作。可怜的孤儿们每天从事繁重的体力劳动，一天却只能喝三顿粥。"每个男孩只给一小碗粥，再没有了——除非遇到什么盛大的节日或喜庆的场合，可以外加二又四分之一盎司的面包。那些碗从来不用洗。孩子们用汤匙刮，直到它们闪闪发亮为止。"① 经过三个月慢性饥饿的折磨之后，饥肠辘辘的孩子们饿得发疯，其中一个男孩甚至威胁说，再这样下去，他就要把睡在他旁边的孩子吃掉。走投无路的孩子们经过商议做出了一个大胆的决定：大家一起抽签，抽中者晚饭后到大师傅面前要求再添点粥。结果，奥利弗"荣获"这项任务。然而，他的这一要求让大师傅和正在召开秘密会议的董事会成员无比震惊，一位穿白背心的先生甚至预测他将来会被绞死。于是，大逆不道、渎神不敬的奥利弗被单独禁闭起来，每隔一天在用餐大厅被当众鞭打以示警诫，并且发布告示，以五英镑的赏金悬赏愿意接替教区照管奥利弗的人。经过一番讨价还价，董事会同意扫烟囱的甘菲尔德先生以三英镑十先令的价钱招他为学徒，但是善良的地方行政官看到奥利弗苍白惊恐的脸后拒绝批准该项处置。随后，这个教区的"累赘"便成了棺材铺的学徒，临走之前他被警告：如果胆敢抱怨或者逃回教区，他将被送去当海员，或者被溺死，或者被敲破脑袋……

狄更斯创作《雾都孤儿》时，正值1834年《济贫法（修正案）》刚开始实行。新济贫法允许穷人接受公共援助，但要求被救济者须为被收容在济贫院中的贫民，且必须进行必要的劳动。当时的济贫院内生活条件极为恶劣，劳动极其繁重，以阻止穷人依赖公共援助。正因如此，当时的济贫院被称为劳动者的"巴士底狱"，很多穷人宁死也不愿意寻求公共援助。狄更斯就是在这样的时代背景下创作出《雾都孤儿》，描述了孤儿奥利弗悲惨跌宕的命运，揭露批判了资产阶级的凶残本性。当时的英国正经历一场巨变，从一个农业社会转向城市和工业社会，社会问题层出不穷。正如作者给主人公所起的名字：Twist（特威斯特），意为"扭曲"，作者的用意不言而喻，这个社会正是一个扭曲的世界。总体而言，新济贫法没有提高穷人阶级的生活水平，却对最无助和无奈的下层阶级施以惩罚。穷苦人民在济贫院中过着衣不蔽体、食不果腹的日子，他们必须遵守严格的规章制度，动辄还会遭受打骂、虐待以及各种体罚。在《雾都孤儿》

---

① 查尔斯·狄更斯. 雾都孤儿[M]. 黄水乞, 译. 合肥：安徽文艺出版社, 2014：6.

中，狄更斯在前七章以大量笔墨描述了奥利弗所生活的济贫院，陈述了英国政府为救助穷人以改善其生活状况所采取的措施，另一方面揭露了资产阶级对底层人民实施救助的根本目的是加强社会控制，以维护并巩固其阶级政权。政府的意图其实就是通过建立一个具有威慑力的体制来大幅削减其在济贫方面的支出。

按照新济贫法规定，治安法官以教区为单位管理济贫事宜，征收济贫税及核发济贫费。根据人群的不同实施不同的救济，凡年老及丧失劳动力者，在家接受救济；贫穷儿童则在指定的人家寄养，到一定年龄送去作学徒；流浪者被关进监狱或送入教养院。教区联合组织即济贫联合会，负责济贫院的运行管理，由救济官（guardian）具体管理，救济官通常由当地商人来担任。济贫院中采用严苛的管理模式：孩子被迫与家人分离，送到其他地方，身着统一制服，头发要刮得干净，衣服须经沸水消毒。《新济贫法》实施"济贫法检验"方法（Workhouse Test），将以前的院外救济改为院内救济，因为英国政府认为旧济贫体系内的"斯宾汉姆兰制度"存在种种弊端，如鼓励人们轻率结婚从而引起人口激增等问题，此外院外救济会助长人们不劳而获，甚至导致人们铺张浪费，有悖于勤俭节约的美德。因此，按照"济贫法检验"方法，受助者需进入济贫院并且承担繁重的劳动，不得随意外出，穷人便从某种程度上与其他阶层分隔开来，甚至被控制起来，导致穷人骨肉分离，妻离子散，而且穷人在济贫院中还必须接受惩戒，仿佛他们的困境应归咎于他们自身的素质，穷人似乎成了罪犯的代名词。他们被"放在济贫院中，并予以准监狱式的严格管理，以使穷人道德完善并使懒汉勤奋起来"[1]。在上流社会的人们眼中，这些穷人好逸恶劳、伤风败俗，对文明社会构成了很大的威胁。《雾都孤儿》中让奥利弗胆战心惊的"穿白色马甲的人"便是他所在的济贫院中的济贫委员会的主席利姆金斯，是当时那些冷酷无情、自以为是的救济官的典型代表。当然，地方行政官员中也不乏具有悲悯之心的善良人士，比如看到奥利弗惊恐、苍白的面容后拒绝批准济贫院让他跟随令人憎恶的甘菲尔德先生去扫烟囱的安排的官员，让奥利弗得以免去可能和其他小男孩一样被闷死在烟囱中的厄运。

《新济贫法》颁布实施之后令英国民众十分不满，人们反对《新济贫法》的"劣等处置"原则，尤其是将济贫院内贫民按年龄严格分开，使得骨肉离散的非人道作法，将济贫院称为穷人的"巴士底狱"，斥责将贫穷等同于罪恶的荒谬理念。由于人民的强

---

[1] 陈晓律. 英国福利制度的由来与发展[M]. 南京：南京大学出版社，1996：26.

烈反对，《新济贫法》推广实施得极为缓慢，政府还建立了联合教区济贫院和济贫监督局。此外，虽然《新济贫法》禁止院外济贫，但院外济贫的方式依然存在，并且人数还在逐年增长。据调查，"1844年，英格兰和威尔士济贫院中院内救济人数为23.1万人，院外救济人数124.7万；1848年，前者人数30.6万人，后者157.1万人。"[①] 法律的规定和具体实施过程中的差异，催生了一批在法律的空隙中游走的假公济私、中饱私囊之徒。狄更斯在小说中便将济贫院董事会成员揶揄为"聪明透顶、深谋远虑的哲人"。奥利弗九岁以前所寄养的济贫院分院的曼太太便是这样一位"哲人"，她克扣孩子们的津贴，将其据为己有，只留给他们少于规定标准的费用以保证他们生命的延续。后来，她又嫁给了济贫院的食堂管理员邦布尔先生，两个臭味相投的蠹虫一起大肆敛财。在济贫院的穷人饥肠辘辘之际，他们却在无耻地享用董事会为医务室订购的葡萄酒。对于院外救济一事，他们认为将穷人不想要的东西给予他们，这样他们就"懒得来了"。他们甚至卑劣地勾结蒙克斯（意欲独霸遗产的奥利弗的同父异母兄长）来设计陷害奥利弗，最终机关算尽，阴谋败露之后失去一切。更为讽刺的是，二人被革职之后因为贫困也被收容在昔日作威作福的济贫院中，体现了作者对于这些济贫官员们的态度：他们才是真正失去劳动能力的人，是真正需要被惩戒和控制的对象。

狄更斯在《雾都孤儿》中对于济贫院的描述和抨击并不是完全基于作家的想象。著名学者罗斯·理查德森考证后在《狄更斯和济贫院：奥利弗·特维斯特与伦敦的穷人》中指出：狄更斯曾经居住在伦敦诺克福街道10号，与克利夫兰街济贫院仅隔几户人家。克利夫兰街济贫院位于一栋被包围起来的四层建筑里，大门紧闭，臭气熏天，申请入住的穷人在外面排着长长的队伍，看门人对于出入通道严格管控，访客须逐个接受搜查。从街道对面能看到济贫院的窗户后晃动的人影，济贫院中定时响起的洪亮钟声催促着接受救济的穷人开始起床、工作、用餐或就寝。理查德森还指出，《雾都孤儿》中的很多细节都体现出克利夫兰街的显著特色：奥利弗的棕色布料帽子正是克利夫兰街济贫院中男童的制服颜色，小说中提到的女总管前往的当铺也能在狄更斯一家所住的房屋斜对面找到原型，就连将仗义施救奥利弗的南希残忍打死的恶魔比尔·赛克斯也能找到原型：克利夫兰街济贫院正对面有一家售卖由动物脂肪制成的蜡烛和廉价灯心草烛的店铺，当时外面的广告牌上很可能写着店主经营的生意以及店主姓名，而店主的名

[①] 克拉潘.现代英国经济史：上卷[M].姚曾廙，译.北京：商务印书馆，1964：710-711.

字正是比尔·赛克斯。此外，小说中善良的绅士布朗洛先生也确有其人，他便是当时坐落于伦敦道提街的伦敦弃儿院的秘书长，在弃儿院工作了58年，因为他本人也曾是一个弃儿。并且，狄更斯在创作《雾都孤儿》时正住在道提街。

当然，英国政府制定《新济贫法》的初衷并不是压制穷人，而是鼓励穷人自助自足、自立自强，抑制少数穷人好逸恶劳的恶劣行径，如奥利弗在孤儿院中的小伙伴诺亚，他过于贪吃，不懂节制，最终堕落无能，和情人投靠了"贼头"费金。然而，《新济贫法》矫枉过正，采取了一种过激的方式，将很多穷人推向万劫不复的深渊。正是由于以狄更斯为代表的英国知识分子的抨击和呼吁，英国政府对《新济贫法》做出进一步的修改和完善，使其成为英国走向福利国家的一个重要的里程碑。

二、触目惊心的青少年犯罪：定罪与量刑

狄更斯在《雾都孤儿》中除了抨击当时冷酷残忍的《济贫法》，还描绘了诸多令人触目惊心的犯罪世界，其中最使人不寒而栗的便是以犹太老头费金为首的盗窃团伙。

离开济贫院之后，奥利弗在棺材铺当学徒，陪伴他的只有饥饿、虐待和侮辱。在另一个学徒诺亚辱骂他已故的母亲之后，盛怒之下的奥利弗发狂似地将他打倒在地，结果惨遭殴打和禁闭。于是，忍无可忍的奥利弗决心只身逃往伦敦。他一瘸一拐地走了七天之后，误入了贼窟，这个贼窟的贼首便是干瘦丑陋的犹太老头费金。贪婪扭曲的费金收留了一帮流浪儿童，给他们提供食宿，训练他们成为窃贼，让他们每天出去为他"干活"，而他虽然留在家里，却无时无刻不在监控着这些"少年犯"。在狄更斯的笔下，费金年迈干瘦，"他那恶棍似的模样和令人厌恶的面孔被乱蓬蓬的红头发遮蔽着"[1]，活脱脱一幅魔鬼形象。身体畸形的他心灵也同样扭曲，本应天真无邪的孩子在他反社会的毒害浸淫之下成了不辨是非、为他敛财的工具。费金这个人物形象复杂而又丰满，他凶残狡诈，从行为到思想都牢牢控制着这些无辜的孩子，而另一方面，他又给了这些无依无靠的孩子们一种别样的温情和关爱。从作者对他的描述之中不难看出，狄更斯对犹太人有一种强烈的鄙视和偏见。

进了贼窟没几天，奥利弗初次和另外两个男孩一起出去"干活"，却在震惊之中目睹两个小伙伴偷了站在书摊上看书的一位绅士的丝质手帕。出于慌乱和恐惧，他拔腿

---

[1] 查尔斯·狄更斯. 雾都孤儿 [M]. 黄水乞, 译. 合肥：安徽文艺出版社，2014：33.

狂奔，却被众人误以为是小偷抓进警察局。受伤的奥利弗被带到即决裁判所，虽然善良的"原告"布朗洛先生并未认定奥利弗是窃贼，并且希望法官能对这个虚弱、受伤的孩子从宽处理，冷酷的警务司法官依然在未加审理的情况下便宣布判处奥利弗三个月拘禁，也就是服苦役。所幸，好心的书摊主人及时赶到，证明自己亲眼看见是另外两个孩子偷了布朗洛先生的丝质手帕，无辜的奥利弗才获当庭释放。

按照英国普通法上的分类，"犯罪总是被划分为重罪（felonies）和轻罪（misdemeanours）。随后，议会在规定新的犯罪时也采取了这种分类。主要的重罪是杀人罪（homicide）、强奸罪（rape）、盗窃罪（theft）、夜盗罪（burglary）、抢劫罪（robbery）和放火罪（arson），轻罪如伪证（perjury）、共谋（conspiracy）、欺诈（deception）、诽谤（libel）、骚乱（rout）与企图伤害（assault）"[①]。对于重罪罪犯，警察可以实施无证逮捕，并且所有重罪都会导致财产的没收。此外，在对重罪罪犯进行审判时无须传唤证人，罪犯也无权请任何人为其辩护。因此，在认定奥利弗实施了盗窃犯罪行为（重罪）之后，警察对他实施了无证逮捕，而且在对奥利弗的审理之中，法官并未传唤证人便直接量刑。不过，在英国普通法的日渐完善过程中，重罪和轻罪的种种区别被逐步废除，1967年的《刑事审判法》（Criminal Justice Act）彻底废除了重罪与轻罪之间的所有区别。

在审判方式上，犯罪可分为应予起诉罪（indictable offences）和简易审判罪（summary offences）。简易审判罪较为轻微，由治安法院审理。应予起诉罪较为严重，由王座法院（Crown Court）的法官和陪审团审理，具体审理方式由治安法院根据公诉人的意见、被告和案件事实作出决定。

此外，刑事责任能力也是量刑的一个重要依据。未满18岁的未成年人根据具体年龄所应承担的刑事责任能力不同。在英国，10—14岁之间的未成年人为孩童，14—17岁之间的为少年，少年犯则指14—21岁之间的人。按照英国法律，10岁以下的儿童无刑事责任能力，10—14岁的孩童被推定为无实施犯罪行为的能力，但若证实罪犯有犯罪意图，并且在实施犯罪行为时具有对危害行为的辨别能力，则前述推定就被推翻。

在具体的量刑方面，英国的刑罚体系主要由监禁和非监禁两种刑罚构成，监禁刑是在正常情况下使用的唯一自由刑，按刑期可分为终身监禁（life imprisonment）和

[①] 何勤华．英国法律发达史［M］．北京：法律出版社，1999：409．

有期监禁（fixed-term imprisonment），按执行方式可分为立即执行的监禁（immediate imprisonment）和暂缓执行的监禁（suspended sentence imprisonment），即缓刑。在治安法院按简易程序判处刑罚时，最高期限为六个月，而刑事法院按起诉程序判处时则不受此限制，一般盗窃的法定最高刑期为10年监禁。不过，按照英国刑法，监禁不适用于少年犯，少年犯如需限制人身自由，可使用青少年拘禁刑罚（youth custody），拘押期限为3周至4个月，具体期限由法庭决定。

奥利弗九岁生日以后离开寄养的济贫院分院返回济贫院，在棺材铺当学徒一个多月之后出逃，也就是说，在以"盗窃罪"接受审理之时年届十岁，属于孩童犯罪，已不属于无刑事责任能力的10岁以下孩童。诚然，如按现在的刑法规定，14岁以上才算少年犯，不过，一来当时的社会状况较为混乱，而且狄更斯的很多故事都发生在英国司法改革之前，再者文学作品本来就是虚构作品，狄更斯只是曾经担任过律师事务所学徒和法院审案速记员，对于高端法律职业了解不够全面，因此对具体的法律行为了解不尽准确实属正常。

三、杀人案中的加害人：共犯的认定与审判程序

《雾都孤儿》中生动描述了一起杀人案以及对案件的审判，在这起杀人案中加害人和受害人都非常复杂。受害人南希性格复杂，既有邪恶的一面又有极其善良的一面，她对贼窝的二号人物赛克斯充满了恨和爱交织的矛盾情感。加害人复杂是因为贼首费金和二号人物赛克斯在杀害南希的过程中所起到的作用是不一样的，赛克斯直接杀死了南希，而费金在此之前有显著行为唆使、建议甚至鼓励赛克斯实施犯罪，因此被刑事法庭认定为事前从犯而被处以绞刑。杀人罪（homicide）是一种古老的犯罪，同时也是一种复杂的犯罪，狄更斯生动描述的犯罪和审判场景，为我们研究当时的英国刑事法律和审判程序提供了鲜活的素材。

狄更斯在《雾都孤儿》中综合运用夸张、幽默、讽刺等众多写作手法，生动地表现了英国社会最底层的生活状态，小说中的人物个性鲜明，富有感染力，尤其是贼窝中的各色人物。除了主人公奥利弗和贼首费金，另一个让人印象非常深刻的人物便是南希。南希不是《雾都孤儿》中最重要的人物，但她毫无疑问属于核心人物之一。在贼窝中，她是仅次于贼首费金和二号人物赛克斯的三号人物，并且亦是赛克斯的情妇。她很小便成了孤儿，误入贼窝，长大后被凶狠邪恶的赛克斯买下成为他的情妇，于是，

终其一生她都被赛克斯所牢牢掌控。她和费金一样都是非常复杂的圆形人物，但她却是这个非黑即白的邪恶世界中唯一的一个异类，也就是说，她是个亦正亦邪的人物。在小说开头，她和赛克斯一起在费金的指示之下费尽心机地将逃出牢笼的奥利弗诱逼回到贼窟之中，尽显她的邪恶形象，而当奥利弗受到费金的毒打和其他贼匪欺负之时，她又挺身而出，成了可怜的奥利弗的保护神。得知费金和蒙克斯的阴谋之后，她冒着生命危险找到罗斯小姐，将奥利弗的身世和所处的险境和盘托出，而当罗斯小姐承诺会帮助她之时，她却说不能离开"其中一个最胆大妄为的强盗"，而且也不想让他被捕、丧命。多年混迹于这个贼窟之中，她对这些丑陋奸诈、凶狠残暴的恶徒深恶痛绝，但她又难以舍弃这个见证了自己成长的匪窟。她清楚赛克斯是个灭绝人性的至恶之徒，但她又深爱这个对她残暴无情的恶棍。她的善良本性使她对奥利弗心怀内疚，懊悔自己诱逼奥利弗重返贼窟，因此才会不顾一切地帮助奥利弗。然而，当赛克斯知道南希的背叛行为之后，这个丧失人性的冷血恶徒却毫无情意地将她活活打死，一个善良义气、敢爱敢恨的女子就这样惨死在自己爱人的荼毒之下。残忍杀害南希之后，赛克斯带着他的狗仓皇出逃。被众人发现之后，这条慌不择路的丧家犬不慎从房顶跌落，脖子被自己准备套杀狗的一条绳子的活扣套住而气绝身亡。

谋杀案发之后，贼首费金落入法网，因为南希的死他难辞其咎。准确地说，他是共犯。南希的异常表现让这个老奸巨猾的贼首心生疑虑，因此他安排诺亚跟踪监视南希，发现她与罗斯小姐和布朗洛先生密会，并且偷听到了他们的谈话内容。在他的怂恿甚至授意之下，赛克斯将南希活活打死。狄更斯在小说中借卡格斯之口传达了这样的法律信息："如果他们审讯结束，同时，博尔特肯定会招供的，那么，他们可以证明费金是事前从犯，并于星期六举行审判。这样，老天做证，从现在起再过六天，他就得上绞刑架！"① 果然，经刑事法庭审理，陪审团裁定他有罪，于是审判长依法判处费金死刑，判决书上的最后一句是：将他处以绞刑。

"英国法律在各个历史时期，总是把杀人罪看成极端严重的行为。先前，对杀人罪的定罪处罚存在着客观归罪即只要死亡结果可归因于一个人的主动行为，他就要承担毫无差别的刑事责任，而且也不存在承认任何免责事由的情况。"② 后来，随着"犯意"——

---

① 查尔斯·狄更斯. 雾都孤儿 [M]. 黄水乞, 译. 合肥：安徽文艺出版社, 2014：219.
② 何勤华. 英国法律发达史 [M]. 北京：法律出版社, 1999：450-451.

罪犯的心理状态——在犯罪构成要件中地位的日益显著,杀人罪又被分为谋杀、非预谋杀人、杀婴和危险驾车致人死亡。谋杀罪在传统上被定义为:"任何精神健全并达到责任年龄的人,在事前怀有明示或法律默认的恶意的情况下,在国内任何一郡非法杀害任何活着的,且在国王治安保护下的任何有理性的人。"[1] 由此可见,谋杀罪的犯意为恶意预谋(malice aforethought),而英国法律中恶意预谋开始指一种隐蔽或狡诈的杀人,后来又指被告人行为中的客观罪恶,并且是自愿行为。在19世纪时,恶意预谋不仅意味着被告人必须是自愿地行动,而且意味着他一定预见到这种行为过程将会或可能导致一个人的死亡。"恶意预谋有四种不同的形式:(1)杀人故意;(2)重伤故意;(3)预见到死亡结果极大可能发生;(4)预见到重伤结果的极大可能发生。"[2] 此外,英国法律还规定杀人罪中被害人死亡的时效原则是一年零一天规则(death within a year a day),即无论谋杀还是非预谋杀人,杀人行为与死亡结果之间的间隔期以一年零一天为限。

《雾都孤儿》中赛克斯杀害南希的行为毫无疑问属于恶意预谋杀人。从费金处得知南希竟敢背叛自己将他、费金和蒙克斯的密谋透露给他人,并且居然偷偷让他服下鸦片酊,盛怒之下他发誓要让她受到炼狱之火的惩罚,并且在进门之后在门上上了两道锁,还抬了一张很沉的桌子抵住房门,说明他早已决定夺去南希的生命。他的恶行虽然没有受到法律的制裁,却受到了上帝的制裁。而费金被认定为事前从犯,因为他很清楚赛克斯要回去杀了南希,而且当南希反常地执意要晚上出去时,赛克斯对费金说如果她再这样就要"给她放一点血",费金对这一"治疗方案"意味深长地点头表示赞同。按照英国过去的习惯法,共同犯罪分为四类:一级主犯,二级主犯,事前从犯,事后从犯。事前从犯在学理上是按照共同犯罪故意形成的时间为标准划分的一种从犯形式,即帮助、建议、唆使或者鼓励他人犯罪,而他人犯罪之时本人不在犯罪现场者。费金的行为无疑属于这一范畴,虽然赛克斯实施犯罪之时他不在现场,并未协助赛克斯杀人,但是他事前知道赛克斯要回去杀死南希,他在犯罪实施之前有显著行为唆使、建议甚至鼓励赛克斯实施犯罪,因此被刑事法庭认定为事前从犯而被处以绞刑。现在,随着重罪与轻罪界限的废除,英国法律已不再划分事前从犯与事后从犯,一般只划分

---

[1] 朱华荣.各国刑法比较研究[M].武汉:武汉大学出版社,1995:213.
[2] 何勤华.英国法律发达史[M].北京:法律出版社,1999:451-452.

主犯与共犯。此外，随着社会文明的推进，英国在 1965 年颁布了《谋杀罪法》，废除了谋杀罪的死刑，对于不受军事法管辖的平民，只保留了叛逆罪和海盗罪的死刑。

从小说中费金被刑事法庭判处死刑一案还可以窥到英国的陪审团制度（juries）。英国自 12 世纪起就将陪审团制度广泛应用于司法审判之中。"在 19 世纪以前，陪审制度被英国人普遍视为是保护个人权利、反对特权和滥用司法权力的有效手段，是英国自由传统的基石。"[1] 在 1948 年以前，英国刑事审判中存在大陪审团（grand jury）和小陪审团（petty jury），而民事案件审理中只有小陪审团。大陪审团由 23 人组成，以前的作用是将当事人送到巡回审判的皇家法官或季审法庭的法官面前，后来行使预先调查权（preliminary investigation），也行使审判职能。1933 年的《审判组织法》开始废除大陪审团制度，至 1948 年彻底废除。小陪审团由 12 人组成，和现代陪审团一样。小陪审团起初召集当地了解案情的人，陪审员实际充当证人的角色而非法官的角色。随着询问独立证人实践的发展，陪审团的作用逐渐演变，直至 15 世纪，陪审团其实起着事实上的法官的作用。到了 19 世纪，陪审团制度因无法适应社会快速高效发展而逐渐走向衰落，经过 19 世纪和 20 世纪一系列司法改革和调整，陪审团制度仅应用于较大的刑事案件审理，在民事案件和一般的刑事案件中，只有在极特殊的情况之下才会采用陪审团制度。按照英国普通法，陪审员的职责就是参加庭审，在听取双方律师提出的证据之后进行评议，就诉讼中的争议事实作出裁定，还就被告人是否有罪作出裁定。英国法律历来要求陪审团中 12 位陪审员一致同意才能作出裁定，1967 年以后改为多数裁定原则。在陪审团作出有效裁决之后，法官才能依法量刑，作出正式判决。

四、穷人善有善报的美好契机：遗嘱继承制度

在《雾都孤儿》中，仍然对生活和社会充满希望的狄更斯为善良的孤儿奥利弗设计了一个美好的结局：根据利福特先生的遗嘱，奥利弗有权得到父亲的全部财产。虽然，不是每一个像奥利弗一样的穷人都如此幸运，但善有善报的良好心愿总能让人看到活下去的希望。奥利弗继承了一笔数量可观的遗产，满足了读者的期待，同时也必然成为狄更斯描写当时继承法律制度的一个契机。由是，作者在小说中很好地展现了《继承法》中的遗嘱继承制度。

---

[1] 程汉大. 英国法制史[M]. 济南：齐鲁书社，2001：460.

《继承法》在英国的法律体系中占有非常重要的地位。英国《继承法》一般包括三个部分：优先继承权（某些法律制度赋予死者的某些亲属对死者的遗产享有指定份额的优先继承权的继承方式）、遗嘱继承（被继承人生前以立遗嘱的方式来决定其死后财产分配的继承方式）和无遗嘱继承（又称为法定继承，即被继承人生前未立遗嘱或所立遗嘱被认定无效时，遗产按照习惯法规定分割的继承方式），[1]在实践中遵循着遗嘱继承优先于无遗嘱继承的原则。英国的遗嘱继承发展较早，动产和不动产都可立遗嘱继承，不过不动产主要沿袭长子继承制度，13世纪以后形成了可由任何继承人继承的"单纯继承制"和仅限直系子孙继承的"限嗣继承制"，而动产继承则通常分为三份，妻子、子女和教会各继承一份。早在1540年，英国法令中就规定了土地的遗嘱继承，动产继承也可通过遗嘱继承，并可设立遗嘱执行人。1642年资产阶级革命之后，英国《继承法》发生了很大变化，遗嘱继承得到了进一步的加强。1837年英国颁布了《遗嘱法》，规定只有有效的遗嘱才能通过遗嘱继承，如果无遗嘱或遗嘱无效则只能按照无遗嘱法令继承。[2]1925年《遗产管理法》颁布，调整了无遗嘱继承方面的法律关系，同年又颁布了《财产法》和《信托法》，废除了长子继承制度以及继承方面男性优先于女性的不平等原则，并进一步提高了配偶的法定继承权。此外，在1938年以前，遗嘱继承采用的是绝对遗嘱自由制。"绝对遗嘱自由制的主要特征是：遗嘱设立人的遗嘱不需经过任何人的同意，只要通过一定形式作出意思表示，即发生法律效力。遗嘱可剥夺任何法定继承人的继承权，可自由地处分自己的财产。"[3]后来由于继承方面的诉讼增多，1938年颁布的《继承法（家庭条款）》规定，无人赡养的受赡养人可提出申请，要求从遗产中划拨生活费用，包括死者的配偶、未成年的儿子、未婚嫁的女儿、无劳动能力或无法维持生活的子女以及被继承人死亡时尚未再婚的前配偶。此后又经过1966年和1969年的修订，具有上述法定权利的继承人范围进一步扩大，死者的婚生子女、非婚生子女、养子女等均属此范畴，沿袭多年的绝对遗嘱自由制度逐渐演变成为相对遗嘱自由制度。表现为：

"不论遗嘱继承还是无遗嘱继承，都是一种综合性继承，即：继承人一方

---

[1] 何勤华.英国法律发达史[M].北京：法律出版社，1999：320.
[2] 何勤华.英国法律发达史[M].北京：法律出版社，1999：324.
[3] 徐尚清.当代英国法律制度[M].延吉：延边大学出版社，1990：185-186.

面要继承被继承人的权利，同时也要继承被继承人的义务。这种继承法原则的目的是使被继承人的身份得以延续，从而使等级制的社会结构得以维系，这反映了家族等级观念对继承法的影响。"①

《雾都孤儿》中的主人公奥利弗出生在济贫院，出生后母亲便撒手人寰，其身世成谜。后来在好心的布朗洛先生帮助下，他的身世之谜终于揭开，原来奥利弗是布朗洛先生的挚友埃德温·利福特的私生子。埃德温·利福特和妻子因不睦而分居多年后，爱上了一位新朋友的女儿艾格尼丝·弗莱明并与其订婚，隐瞒了他有妻子和儿子的事实，希望有朝一日能够"把自己的姓氏给予她"。利福特先生的一位富有的亲戚曾经为了家族利益和名望牺牲了利福特先生的幸福，作为补偿，他死后给利福特先生留下一大笔财产。利福特先生匆匆奔赴罗马继承遗产，却不幸身染重疾，不治而死。在他临死前一天，分居的妻子带着儿子自巴黎抵达罗马料理财产事宜，但是利福特先生当时已经神志不清，昏睡至第二天便一命呜呼。由于死者没有留下遗嘱，结果遵照无遗嘱继承制度，遗产按照习惯法规定分割，全部财产都理所当然地由妻子和儿子爱德华·利福特继承。

然而，爱德华·利福特是个不肖之子。他十八岁就离开母亲，还抢走了她的珠宝首饰。他嗜酒如命，挥霍成性，伪造欺诈，后来又逃到伦敦。在伦敦他结交了伦敦最为低下的流浪汉。他的母亲患上痛苦的不治之症之后，几经辗转找到儿子并带他回到巴黎，临死之前告诉儿子一个惊天秘密：埃德温·利福特在罗马发病之前留下一封寄给布朗洛先生的信，内附两份文件，一份是给艾格尼丝的信，另一份则为遗嘱。遗嘱中谈到妻子给他带来的痛苦以及独子爱德华的忤逆不驯、邪恶欲念以及爱德华因受母亲影响对父亲的憎恨。遗嘱中还明确说明：给妻子和独子爱德华各留下八百镑年金。

> 他大部分的财产平分成两份：一份给艾格尼丝·弗莱明，另一份给他们的孩子——如果能够活着生下来并到达法定的年龄的话。如果生下来的是个女孩，她可以无条件地继承这笔财产；但是如果是男孩，则必须符合一个条件，在他未成年的时候，不得以任何耻辱、卑鄙、懦怯或罪恶等公开的行为玷污

---

① 程汉大.英国法制史[M].济南：齐鲁书社，2001：28.

自己的姓氏。如果他对这一期望感到失望，那么，这笔财产就由你蒙克斯继承，因为那时候，而且只有到了那个时候——当两个孩子都是一样的孬种时，他才愿意承认你对财产的继承有优先权。①

此处提到的"你"和蒙克斯均指利福特先生的婚生子爱德华·利福特。爱德华的母亲偷偷将丈夫的遗嘱烧毁，只留下那封提及无法和艾格尼丝结婚的信件，并将这个"耻辱"的真相添油加醋地告诉艾格尼丝之父。出于羞愧和耻辱，艾格尼丝之父带着两个女儿逃到威尔士的一个偏僻角落，隐姓埋名隐居起来。得知已然怀孕的大女儿艾格尼丝为了掩饰自己和父亲的耻辱偷偷离家出走并且结束了自己的生命之后，年迈的他难以承受打击，心碎而死。知晓真相的爱德华化名蒙克斯，想方设法查到了奥利弗的下落，并给了利欲熏心、毫无人性的老同谋加密友费金一大笔酬金，欲置自己同父异母的弟弟奥利弗于死地。

经过正直善良的布朗洛先生的努力，一切终于真相大白。根据利福特先生的遗嘱，奥利弗有权得到父亲的全部财产。但是，父亲留下的财产已然被败家子蒙克斯挥霍殆尽，仅剩六千英镑。布朗洛先生想给蒙克斯一个改邪归正、从事正当职业的机会，于是建议已被他认作义子的奥利弗将这剩下的六千英镑与哥哥平分。善良无私的奥利弗欣然接受，于是奥利弗和爱德华（即蒙克斯）各得三千英镑。

在一连串的巧合和悬念之后，作者赋予《雾都孤儿》一个大团圆结尾：凶残的赛克斯死于非命，狡诈的贼首费金被送上绞刑架，诺亚因自首并告发费金被女王赦免无罪，济贫院的邦布尔夫妇被免去圣职，穷困潦倒之下沦为昔日作威作福的那所济贫院的贫民，奥利弗的姨妈罗斯·弗莱明和哈里·梅利结了婚，善良的梅利太太与儿子和儿媳生活在一起，主人公奥利弗则和义父布朗洛先生以及年迈的女管家过着平静充实的生活。整部小说表现了狄更斯的人道主义思想和批判现实主义思想，小说最后的结语更是意味深长地体现了作者对于人生的感悟："没有强烈的爱，没有仁爱之心，没有对以慈悲为准则、以对世间众生的爱心为伟大特征的上帝的感激之情，是永远得不到幸福的。"②

---

① 查尔斯·狄更斯.雾都孤儿[M].黄水乞，译.合肥：安徽文艺出版社，2014：229-230.
② 查尔斯·狄更斯.雾都孤儿[M].黄水乞，译.合肥：安徽文艺出版社，2014：244.

第四章

《荒凉山庄》：对腐朽司法制度的控诉

　　《荒凉山庄》是狄更斯后期的代表作品，是作者最长的作品之一，也被认为是狄更斯的最高成就之一，为狄更斯"城市三部曲"中最重要的作品。小说以错综复杂的情节揭露了英国司法制度、司法机构、司法人员的腐朽、罪恶与黑暗。

　　《荒凉山庄》被誉为第一部法律小说，狄更斯在这部小说中以人道写实主义的笔触，勾勒出维多利亚时代中期英国社会的一幅全景图，将体制的不公不义和司法的腐败傲慢令人触目惊心地揭露起底。除了假借贯穿整部小说主要线索的"贾迪斯控贾迪斯"案来抨击陈腐拖沓的大法官庭，从《荒凉山庄》中还可借一斑窥到当时英国司法制度的全豹。这部卷帙浩繁的史诗巨著以抽丝剥茧的形式，讲述了冰美人德洛克夫人终日保守着一个不堪回首的秘密，最终却被别有用心的律师图金霍恩揭开了谜团的故事。小说规模宏大，结构复杂，以娴熟的艺术手法辐射了当时英国社会的纵深处，上至达官显贵，下至街头贫民，戏剧性地呈现了多层主题和多重线索，对维多利亚时期的英国社会进行了全方位的批判。切斯尼山庄的女主人德洛克男爵夫人早年曾与军官霍顿上尉有过一段刻骨铭心的情史，还有一个私生女埃丝特·萨默森。埃丝特由姨母抚养长大，对自己的身世一无所知。从寄宿学校毕业后，她的一位远亲约翰·贾迪斯邀请她来到其府邸"荒凉山庄"，给他的被监护人婀达·克莱尔做伴，一同前来的还有贾迪斯先生的另一个被监护人理查德·卡斯顿。三个年龄相仿的青年和他们的监护人贾迪斯先生一起生活在荒凉山庄，相处甚欢。婀达和理查德这对表兄妹在共同的命运之下渐生情愫，他们同为一宗旷日持久的"贾迪斯控贾迪斯"案件的当事人，如果终审裁决，其中一方将获得一笔巨大的财富。心浮气躁的理查德在尝试了医生、军人、律师各种职业后均半途而废，偏执地将全部精力和微薄的财力都投入到这起持续了几十年的案件当中，期望能够一夜暴富，最终在幻灭之中身染恶疾撒手人寰，留下新婚妻子和他们的遗腹子孤苦无依。纯真善良的埃丝特默默地爱上了年轻有为的医生阿伦·伍德科特，然而出于对温和慷慨的监护人约翰·贾迪斯的感激之情，她答应了年长很多的贾迪斯先生的求婚，宽厚无私的贾迪斯先生在得知埃丝特的心事之后主动解除了婚约，埃丝特和伍德科特医生有情人终成眷属。累斯特·德洛克男爵的法律顾问图金霍恩律师无意当中察觉德洛克夫人的异常表现，于是暗中对她进行秘密调查，最终发现了她苦心保守的秘密，意欲以此要挟男爵夫人获取私利。德洛克夫人怕事情败露令丈夫和自己身败名裂，便仓皇出逃，最终在风雪之中寂寂而终。

这部六十多万字的传奇巨著以现代侦探小说和悬疑小说的形式徐徐展开，深入探讨了道德与人性、理想与现实、正义与邪恶、高尚与伪善等诸多问题，尤其是借贯穿小说的线索"贾迪斯控贾迪斯"对于维多利亚时期英国政治和司法系统针砭起底，不但启示了卡夫卡的《城堡》与《审判》，也让"体制之恶"浮出水面，由此被认为是第一部"法律小说"。

一、腐朽司法之荒唐：贾迪斯控贾迪斯案

《荒凉山庄》中贯穿整个小说的核心线索便是"贾迪斯控贾迪斯"案，这起衡平法案件将所有的人物和所有的事件串连起来，讽刺了英国古老的大法官庭——英国司法体制颟顸无能、邪恶腐败的象征。

英国法的发展源头是古代的原始习惯，其主流是普通法。普通法（common law）、衡平法（equity law）、制定法（statute law）被人们统称为现代英国法的三大历史渊源。衡平法源于衡平（equity）思想，其萌芽可追溯到古希腊时期。最先将衡平原则与方法应用于司法实践的是罗马人，但是在属于罗马法系的大陆各国中，衡平法并未发展成为一个法律体系，只有在英国，衡平法发展成为一个独立体系，拥有独立的诉讼程序和执行机构。在英国法律中，普通法与衡平法并存，普通法院与衡平法院并存。然而，这两种司法体制并不是相互对立的，而是相互配合、相互补充、相辅进行。1066年威廉一世征服英国以后，为了统一管理纷繁多样的地方习惯法，设立了由国王直接管辖的中央司法机关——王室法庭，定期委派法官到全国各地进行巡回审判，并监督各地的司法活动，逐渐形成了一套通行全国的法律体系——普通法。普通法属于判例法，其规范与原则都包含在大量的判例之中。到了12—13世纪，随着商品经济的不断发展，

一个透视法律现象的文学窗口

原有的僵化保守的普通法已无法适应新的社会经济关系和财产关系的发展需要,于是在早期普通法的司法实践中,出现了本着衡平原则对惩罚的救济,以缓和普通法的严苛性。英国的衡平法产生于14—15世纪,属于不成文的判例法。英国自普通法形成时起就有一种习惯:当事人若在普通法庭上蒙受了冤屈,可直接向国王及其谘议会请求主持公道,国王或者直接做出决定,或者交给谘议会、议会或大法官处理。到1400年前后,绝大多数请愿书都是直接写给被誉为"国王良心的守护人"的大法官,到了15世纪末,大法官庭逐渐由秘书机构演变为衡平法庭。"衡平法庭建立后,衡平法拥有了自己独立的物质载体,即专属自己的执行机构,从而有可能脱离普通法而单独存在。"[①]

在17世纪,"衡平法效力优先原则"逐步确立,即当衡平法与普通法发生冲突时,前者优于后者并使其成为定制。1852年和1858年英国国会制定《衡平法法院诉讼条例》和《衡平法修正条例》,从而使衡平法与普通法的诉讼程序趋于融合。

然而,在很长一段时间里,衡平法与普通法之间存在着尖锐的矛盾和对立。17世纪以来,大法官庭由于卖官鬻爵等腐化行为而声名狼藉,其诉讼形式也愈加机械僵硬,拖延之风盛行,各种弊端绵延长达数世纪之久,大法官庭成了各类司法弊端最为集中之地,对其进行改革的呼声很高。狄更斯本人就曾经饱受其苦:1844年,由于《圣诞颂歌》遭遇盗版,他经历了令人心力憔悴的漫长诉讼过程,对当时的大法官庭拖沓烦冗的司法程序愤懑至极,他对法律的"傲慢与粗暴"已经无法忍受。此外,在《荒凉山庄》的序言中,作者提到了一起延续二十余年的衡平法案件:

> 这个案子的内容是由一位正直人士说出的,他由于职务的关系,非常熟悉这个奇冤案的全部原委。目前(指1853年8月——原注),大法官庭正在审理一桩约在二十年前提出的案子;据说,同时出庭的律师有时多至三四十位;诉讼费高达七万英镑。[②]

其实,"贾迪斯控贾迪斯"案本质上是大法官庭的一个骗局。在这个案件的漫长诉讼过程中,法官、律师、书记官、抄写员等都煞有其事地忙碌着从而消耗着当事人的财产,

---

[①] 程汉大.英国法制史[M].济南:齐鲁书社,2001:173-174.
[②] 查尔斯·狄更斯.荒凉山庄:上册[M].黄邦杰,陈少衡,张自谋,译.上海:上海译文出版社,1979:2.

直至当事人被榨干耗尽。

通过《荒凉山庄》里有关司法和律师为恶的描述，狄更斯对法律体系的虚假不义、律师假借公义之名而大行讹诈欺瞒之事等法律的"恶之花"做了全面的揭露和抨击，对19世纪英国政治、司法系统以及由此延伸出来的"体制性邪恶"彻底起底针砭。

> 狄更斯对大法官法院与衡平法程序的批评，引起了社会强烈反响。有人甚至认为，正是这部小说导致了议会对大法官法院的改革。英国原民事上诉法院院长丹宁勋爵后来曾说过，狄更斯小说对司法改革的贡献，远远超过了杰里米·边沁。①

然而，也有专业人士指出，狄更斯对大法官庭和衡平法程序的批判有失公允，如果《荒凉山庄》中的诉讼发生在1827年，书中所记载的情形倒有可能与事实相符，但是该小说所讲述的故事发生在1852年3月与1853年9月之间，这个时期英国已然经历了一系列的改革措施，大规模的司法改革已经告一段落。

> 1850年，大法官委员会实施变革的结果就是1852年的《大法官法院程序法》。该法改革了法庭的答辩与申诉机制。起诉状格式也进行了调整。……原来只属于普通法法院的一些权利，现在也转移至大法官法院，反之亦然，所以大法官法院再不能以某些问题属普通法法庭管辖为由，拖延案件的审理。②

然而，文学作品虽然源于生活，亦高于生活，文学作品中所反映的社会现象，有时可能经过了一定的艺术加工。《荒凉山庄》发表于1852年至1853年之间，但小说中所反映的司法腐败和司法弊端却不一定是1852年至1853年之间的事情，作者记录的可能是早些年的社会情形。不管怎么说，《荒凉山庄》这部不朽的杰作让人们更加关注司法改革，对英国现代司法制度的发展和确立做出了一定的贡献。

---

① 威廉·S. 霍尔兹沃思. 作为法律史学家的狄更斯[M]. 何帆，译. 上海：上海三联书店，2009：4.
② 威廉·S. 霍尔兹沃思. 作为法律史学家的狄更斯[M]. 何帆，译. 上海：上海三联书店，2009：120.

二、腐朽司法之罪：对案件当事人的侵害

狄更斯在《荒凉山庄》中描述的"贾迪斯控贾迪斯"案是一桩由大法官庭审理的遗产诉讼官司。这个案件纠缠延续数十年，无数法官和律师们围绕这个案件，似兀鹰一般无所不用其极，采用诡辩、拖延等各种各样的方式分享该案的利益。那些期待从这个案件得到遗产利益的人，或死或疯。理查德·卡斯顿和表妹婀达·克莱尔都是这个案件的当事人，这对青年男女的监护人——荒凉山庄的主人约翰·贾迪斯——也是这个案件的当事人。约翰·贾迪斯对这个旷日持久、荒诞不经的案件早已心灰意冷不抱任何希望，他多次告诫理查德不要徒劳无益地过于关注这个案件，并积极支持理查德从事一个正当体面的职业。理查德是个天资聪颖的青年，他善良厚道，乐于助人，忠于爱情，看重友情，如约翰·贾迪斯所说，理查德一出生就受到"贾迪斯控贾迪斯"案的影响，于是逐渐变得浮夸幼稚，玩世不恭。他先后尝试了许多职业，然而都是一时的热度，无法持之以恒，还因为贾迪斯先生在得知他和婀达的恋情之后善意规劝他们冷静考虑清楚而对后者心生怨怼，他唯一能够持之以恒地倾注精力的便是"贾迪斯控贾迪斯"案。他如偏执狂一样执着于此案，希望胜诉之后能够继承巨额遗产一夜暴富，并且将自己和妻子婀达微薄的财产悉数投入诉讼，还铤而走险借下高利贷，最后不得不卖掉军职以抵债务。然而最后，虽然该案中真正有效的一份遗嘱被人在废纸堆里找到，理查德终于胜诉，可是结局却是一个莫大的讽刺：高达数万英镑的遗产都被延宕数十年所产生的巨额诉讼费抵消得一干二净。身染恶疾的理查德不堪打击撒手人寰，徒留怀有身孕的新婚妻子婀达痛不欲生。一个天资聪颖、本性善良的青年在一件徒劳无果的事情上耗费了一切，包括生命，他倾尽所有追求的不过是一个海市蜃楼，一个精心包装的谎言，他的努力并没有给任何人带来好处，包括他自己，最终除了惨痛的教训以外一无所获。

除了理查德，还有一位主要人物也是"贾迪斯控贾迪斯"案的当事人——德洛克男爵夫人。这位冰美人在阅读案件的有关文件时突然觉得有一份抄件的字迹非常熟悉，于是暗中派人查访这位抄写员的下落。德洛克男爵的法律顾问大律师图金霍恩察觉到男爵夫人的异常后亦暗中开始对她进行调查。经过调查，真相逐渐浮出水面：这位化名尼姆的抄写员曾经是一位军官——霍顿上尉，年轻时曾经和男爵夫人有过一段恋情，并且有一个私生女，这个孩子便是由姨妈抚养长大的埃丝特。图金霍恩意欲借此要挟

男爵夫人，德洛克夫人唯恐这段不堪的过去毁掉丈夫和自己的清誉，于是离家出走，最后在风雪之中死于非命。

狄更斯在小说中还塑造了一位次要人物弗莱德小姐。这位老处女也是"贾迪斯控贾迪斯"案的受害者，她打了一辈子官司，每天都疯疯癫癫地出入大法官庭等待宣判，回到家里只有她养在笼子里的一只只小鸟与她相伴，她给它们取名为"希望""快乐""青春""宁静""憩息""生命"等，象征着弗莱德小姐悲剧性的一生中被这个荒唐至极的案子所断送的一切。

上述的人物都是与"贾迪斯控贾迪斯"案有关的当事人，他们都在这个荒唐案件漫长的司法程序进程中被耗尽了最后的精力、时间、金钱乃至生命，成为英国当时腐朽司法制度的牺牲品。

三、腐朽司法之恶：靠案件发不义之财

法律本是正义的象征，司法活动是维护人们权利的最后一道屏障。然而，在"贾迪斯控贾迪斯"案中，案件有意被拖延几十年，肥了审理案件的法官和相关人员。小说中入木三分地刻画了那些靠腐朽的司法制度来获取不义之财的人。

狄更斯在小说中成功地塑造了两个和"贾迪斯控贾迪斯"案关系密切的法律人物。理查德的法律顾问霍尔斯是个慈父加孝子，他的老父亲靠他赡养，他还得给三个女儿积蓄一些钱财，然而，他的业务并不多，所以他就得抓住每一笔业务，不能错过每一个机会。理查德正是在他的不断怂恿之下卷进了那场灾难性的诉讼案，而霍尔斯就像一个吸血鬼，吸干了理查德的最后一滴血，让这个青年一步一步地走向疯狂，走向毁灭。霍尔斯正是狄更斯笔下腐朽的法律之食人本质的绝佳代言人。另一个代言人当属大律师图金霍恩，德洛克男爵的法律顾问。他的职业素养让他敏感地觉察到德洛克男爵夫人的异常，于是处心积虑、穷追不舍地对德洛克夫人进行跟踪调查，最终"成功"地探查到德洛克男爵夫人的秘密，导致男爵夫人离家出走，凄凉悲惨地死于冰雪之中，也导致他自己最后死于非命。图金霍恩俨然是冰冷的法律机器的化身，他寡言冷酷，扭曲邪恶，体现了资产阶级腐朽法律的非人本质。他之所以不择手段追索德洛克夫人的秘密，完全是出于职业的需要和癖好。如他所说，他这样做是为了保全德洛克家族的名声，为此就算摧毁一切也在所不惜：

"除了他的职业，他对一切都是无所谓的。他的职业就是要掌握别人的秘密，要取

得摆布别人的力量,而不让任何人过问那些秘密。"①狄更斯的大多数小说中都会出现律师这种人物形象,这与作者早年曾从事法律工作这一经历息息相关。这些律师大致可以分为四种类型:恶诉师、正直型、职业型、法律机器。②

图金霍恩便是法律机器的代表人物,"这类人完全被自己'僵化的法律观念所奴役,这种观念作为独立的力量支配着他'。他们自觉地把自己作为庞大的法律机器的一个零件,泯灭了自己的人性和个人的感情好恶,完全和法融为一体"。③

《荒凉山庄》中还描写了形形色色从事法律工作或是靠法律吃饭的人物,除了图金霍恩和霍尔斯这两位最能代表"法"的律师,还有大法官和其他法律从业者。小说中的大法官被描述成毫无人性的"法"的化身,还有一位"山寨"大法官——破布废纸收购店老板克鲁克。这个颇具怪癖的老头儿靠经营大法官庭的废旧文件为生,整日待在堆积如山的废纸堆中,肮脏邪恶,作者似乎以这个人物来影射当时英国法律之腐朽。此外,还有一些小人物也盘旋围绕在大法官庭周围,如法律事务所的雇员威廉·格皮和以放高利贷为生的斯墨尔维德等,这些阴暗扭曲的人物也都寄生在法律这个腐朽的国家机器之上。

小说从一开始,狄更斯就详细描述了"雾都"伦敦的雾,无处不在的雾笼罩着一切,吞噬着一切,而这雾便象征着黑暗的大法官庭。"就在那浓雾的中心,坐着那位大法官庭的大法官。哪怕雾再浓,泥泞再深,也还是比不上大法官庭——在这些白发罪人④当中,大法官庭是罪大恶极的一个——当天在天地鬼神眼中的那种摸索和愈陷愈深的情景。"⑤

四、腐朽司法之殇:对流浪者的无情惩罚

流浪罪是英美法系刑法中的一个罪名,是指一个人没有固定住所,并且在没有切实或合法的谋生手段的情况下,从一个地方转移到另一个地方的行为。

---

① 查尔斯·狄更斯. 荒凉山庄:下册 [M]. 黄邦杰,陈少衡,张自谋,译. 上海:上海译文出版社,1979:656.
② 赵炎秋. 狄更斯长篇小说研究 [M]. 北京:社会科学文献出版社,1996:187-189.
③ 赵炎秋. 狄更斯长篇小说研究 [M]. 北京:社会科学文献出版社,1996:189-190.
④ 白发罪人:hoary sinner,影射披戴假发的法官、法吏。
⑤ 查尔斯·狄更斯. 荒凉山庄:上册 [M]. 黄邦杰,陈少衡,张自谋,译. 上海:上海译文出版社,1979:5-6.

自 15 世纪末以来，由于圈地运动，大批农民被剥夺了生产资料乃至生活资料，不得不背井离乡到处流浪，从而沦为乞丐、盗贼和流浪者等。在宗教改革以前，教会的各类慈善机构为他们提供大量的救济。宗教改革之后，大量的教会慈善机构被取缔，许多流浪者为了生存常常铤而走险，成为社会不安定因素，对社会秩序产生严重威胁。16 世纪 20 年代前后，人文主义者开始致力于研究贫困对社会的威胁问题。英国政府颁布了"血腥立法"，禁止流浪，规定在公共场所乞讨为违法行为，轻则监禁，重则死刑。爱德华六世（1547—1553）统治时期，为打击流浪犯罪，规定初次犯流浪罪者，其胸口将打上"V"字烙印，还要被罚做两年奴隶；如果无人收留则送去城里或是教区做工，拒绝劳动者加倍处罚，在其脸上或额头打上"S"字烙印代表奴隶身份，并罚终身为奴或直接处死。1572 年又颁布法令，再次恢复用严刑酷法制止流浪，规定第一次因流浪被捕要受鞭打和耳朵穿孔，第二次按重罪判刑，第三次则直接判处死刑。1598 年再次颁布《禁止流浪汉、流民和身强体壮的乞丐法案》，恢复 1531 年法案以前的严酷刑法，凡乞讨流浪者一经查获将被缚于马车后鞭打，然后强制遣送回家，治安法官有权把屡教不改者投入监狱或感化院、放逐出本国后罚做划船苦工等。[①] 16 世纪中叶以前的反流浪法严格限制身强体壮的贫民流浪，迫使因圈地运动丧失土地的农民成为雇佣劳动力。著名作家托马斯·莫尔在他的代表作《乌托邦》中就明确提出了禁止行乞、强迫所有身强体壮的穷人参加劳动的主张。

18 世纪英国国会又颁布法令，规定凡是流浪一个月还未找到工作的人，一经告发就要被卖为奴隶，其主人可以任意驱使他从事任何劳动。该法令主要是强制流浪者找工作，即成为产业工人，为工业革命提供了大量劳动力。1824 年，英国颁布了《反流浪法》，规定在英格兰和威尔士，公共场所乞讨为非法行为，在特定区域乞讨将面临罚款，等等。凡是以乞讨为生者，都将被移交警方并留下犯罪记录，此外他们还将被处以一笔数目不小的罚款。被定罪的乞丐最多被罚 1000 英镑或收监一晚，但实际上，他们往往只判罚 50 英镑和拘留数小时。1824 年《反流浪法》将犯流浪罪者划为三类：（1）闲荡和败俗者，包括无营业执照的流动摊贩、街头活动的妓女，闲荡并在公共场所行乞或唆使、鼓励儿童行乞者；（2）流氓和流民，包括两次以上犯前列罪行者，到

---

① 李建彬. 英国都铎时期的社会贫困与慈善、救济政策[J]. 华东师范大学学报（哲学社会科学版），1998（6）：62.

处流浪或随地露宿者，在公共场所故意展示淫秽印刷品者，旨在侮辱女性而故意公开裸露身体者，以暴露伤痕或畸形以求施舍者，以欺骗求得施舍或捐助者，以假装算命、看手相或其他技巧欺骗公众者；（3）不可救药的流氓，包括两次以上被定为流氓或流民者，以武力抗拒流浪罪的被逮捕者，因流浪罪被监禁但越狱逃跑者。1824 年《反流浪法》虽然几经修订，但至今仍然在英格兰和威尔士地区有效，在苏格兰地区，它则被《1982 年公民政府（苏格兰）法》所取代。1857 年，英国议会通过关于工业学校（儿童教育学校）的第一部法律——《工业学校法》，规定那些犯了流浪罪的 7—14 岁儿童，可由两名或两名以上治安法官决定是否将其送入工业学校。在《荒凉山庄》中，狄更斯除了愤怒谴责当时英国法律的诸多弊病，还聚焦英国底层百姓的苦难生活，如以孤儿查理和其弟妹为代表的贫民在死亡边缘苦苦挣扎，以及被"体制"迫害致死的孤儿乔。乔是一个可怜的孤儿，出入于"托姆独院"贫民窟，无依无靠，忍饥挨饿。"托姆独院"贫民窟也是"贾迪斯控贾迪斯"案中争议财产的一部分，在未结案前，任何人都无权亦无义务对其进行修缮。乔就住在这个破败不堪的叫作"托姆独院"的贫民窟中。

狄更斯在这部小说里对伦敦贫民窟的"废墟书写"堪称是一种首创。伦敦作为英国的最大城市，人口密集度高，人员构成复杂，社会流动性大，财富较为集中，也是各种犯罪集中的地方。狄更斯笔下的伦敦，是上流社会的享乐天堂，犯罪分子的冒险乐园，也是贫穷百姓的绝望地狱。如果说《荒凉山庄》表现了一个病态的社会，那么社会弊病的集中点便是贫民窟。这些如蝼蚁一般无足轻重的贫民，在"托姆独院"贫民窟中绝望地挣扎以求苟活。"托姆独院"这些"令人可羡"的房产自然是归大法官庭管理，这里的整条街也是被"贾迪斯控贾迪斯"案那场官司而弄到现在荒无人居的地步。乔就是"托姆独院"贫民窟中无数"蝼蚁"中的一个，通过扫街来维持最低的生存条件，终日与饥饿和寒冷为伴。"假如不仅有人告诉他，他不能算是一个人（上次他被人叫去作证的时候，人家就没有把他当作人），而且他自己根据一生的经历也体会到自己不算是一个人。"[①] 警官抓到他，欲以流浪罪逮捕他，送他去贫民习艺所，最后在好心的法律文具店老板斯纳斯比的担保之下才得以逃脱。机缘巧合之下，乔和德洛克夫人的秘密有了某种联系：乔认识死去的尼姆，也就是霍顿上尉，德洛克夫人昔日的情人，尼

---

① 查尔斯·狄更斯.荒凉山庄：上册[M].黄邦杰，陈少衡，张自谋，译.上海：上海译文出版社，1979：289.

姆生前经常关心照顾乔,然而正是他的善意关怀给可怜的孩子带来了灭顶之灾。得知尼姆的死讯,德洛克夫人假扮佣人找到乔,询问关于尼姆的情况,还让他带她去看尼姆的住处以及埋葬他的地方,并给了他一块金币作为报酬。正是由于这件事情,无辜的乔成了意欲探究德洛克夫人秘密的那些"兀鹰"们的众矢之的,被人拦劫,被人追踪,被人驱赶,历经折磨之后又身染瘟疫,虽然有幸得到埃丝特、伍德科特先生、弗莱德小姐、乔治先生等好心人的帮助,最终还是悲惨死去。"可怜的乔"正是维多利亚时代中期弱肉强食的英国资本主义社会的牺牲品。狄更斯借乔的死于非命,对以大法官庭为代表的压迫者的世界发出最强有力的控诉:"死了,陛下。死了,王公贵卿。死了,尊敬的和不值得尊敬的牧师们。死了,生来就带着上帝那种慈悲心肠的男女们。在我们周围,每天都有这样死去的人。"[①] 借此,狄更斯直接向统治阶级和王公贵卿们发出最强烈的抗议之声:害死可怜的乔的这个病态的社会,本身也无法逃脱必将覆灭的命运。

总之,在《荒凉山庄》中,各条线索都直接或间接地牵涉到代表腐朽司法制度的大法官庭,通过抨击大法官庭的腐败拖沓,狄更斯揭示了整个司法体系的腐朽僵化,最终归结到对整个资本主义司法制度的批判和控诉。

[①] 查尔斯·狄更斯. 荒凉山庄:下册[M]. 黄邦杰,陈少衡,张自谋,译. 上海:上海译文出版社,1979:831

第五章

《名利场》：维护私有制的法律秩序

　　《名利场》是维多利亚时期英国著名批判现实主义作家威廉·梅克比斯·萨克雷创作的长篇小说。小说当时大获成功，尚未全部发表就已经被公认为是当代杰作。小说中，萨克雷为读者生动描绘了 19 世纪英国上层贵族和资产阶级虚伪、狡诈、贪婪、自私的本性，为读者呈现出一个建立在生产资料资产阶级私有制基础上的尔虞我诈、钩心斗角的名利场。

　　《名利场》以两个年轻女子蓓基·夏泼（利蓓加·夏泼）和爱米丽亚·赛特笠两个人的一生为主线而展开。善良、笨拙、生活在富有家庭中的女子爱米丽亚和机灵、自私、放荡不羁的孤女利蓓加于 1813 年乘坐同一辆马车离开她们就读的平克顿女子学校，随后，爱米丽亚的父亲破产。而利蓓加的聪慧美丽得到了克劳莱家族的认可。利蓓加和爱米丽亚都在遭到家庭反对的情况下于 1815 年结婚，分别嫁给即将参加滑铁卢战役的两名英国军官罗登·克劳莱和乔治·奥斯本。新婚不久，爱米丽亚的丈夫乔治战死沙场，利蓓加的丈夫罗登战后生还并荣升为上校。两个好朋友的命运从此发生了逆转，利蓓加和丈夫在巴黎的上流社会如鱼得水，回国后利蓓加又利用丈夫罗登家族的影响，四处结交权贵，在英国的上流社会招摇撞骗，甚至有幸被国王接见。她利用与斯丹恩勋爵的不正当关系，获得了钱财，还得到了一份任命丈夫罗登加官晋爵的委任状。而这种不正当的关系引起了丈夫罗登的不满，在撞见利蓓加与斯丹恩勋爵的私情后，盛怒之下的罗登痛打了斯丹恩勋爵。虽然此事得以和平解决，但名誉扫地的利蓓加被斯丹恩勋爵赶出英国，丈夫罗登坦然地拿着妻子利蓓加以屈辱换来的委任状赴任，并实际上遗弃了利蓓加。利蓓加从此命运急转，在欧洲各国开始了流浪生活。但爱慕虚荣的她依然自称贵族在欧洲四处招摇撞骗，一心想跻身于上流社会，但每每被人知道过去的经历后又被大家孤立。

后来，利蓓加偶遇爱米丽亚的哥哥乔斯·赛特笠，获得一直爱慕她的乔斯·赛特笠的信任，乔斯·赛特笠死后，她获得一笔数量可观的财产。小说的另一条主线是爱米丽亚，失去丈夫的爱米丽亚一直生活拮据，不得不把儿子交由其外公奥斯本抚养。爱米丽亚的丈夫乔治本是花花公子，但乔治死后爱米丽亚将其作为神灵一样供奉，对深爱着她的威廉·都宾的感情一直回避和拒绝。后来，当从利蓓加处得知乔治过去的劣迹后，终于醒悟，留住威廉·都宾并嫁给他，从此过上了安逸的生活。

《名利场》中人物众多、关系复杂，场景变换频繁，仿佛为人们上演了一出情节复杂、生动有趣的话剧。这部长篇小说追求对真实现实的描写，不仅深深触动了维多利亚时期读者的心灵，而且与依然生活在现实世界的现代人的灵魂上产生了极大的共鸣。从某种程度上说，小说所描写的那个时代已经过去了，但小说所呈现的人世间追名逐利、尔虞我诈、见利忘义、世态炎凉的社会样态却依然如旧，因为资本主义社会维护私有制的法律秩序没有变，资本逐利的本性对人性的异化没有变，社会贫富的分化和巨大的阶级鸿沟没有变。这或许就是小说真正的魅力所在。

一、名利场是一个建立在私有制法律秩序上无限追逐私人利益的舞台

建立在生产资料的资产阶级私有制基础上的一切上层建筑都被打上了资产阶级私有制的烙印，无论是作为其观念上层建筑的政治法律思想、道德、艺术、宗教、哲学等意识形态，还是作为政治上层建筑的国家政治制度、立法司法制度、行政制度以及国家政权机构、政党、军队、警察、法庭、监狱等政治组织形态和设施，其目的都是维护资产阶级的私有制。也正是在这样一个在维多利亚时期日益巩固的资产阶级私有制经济基础上建立起的商品社会，对私有财产的法律保护赋予了追求财富动机最大化的正当性，人们放心大胆地追求个人财富，虽然使社会财富的总量飞速增加，国家日益富庶，但是对个人财富的疯狂追逐，使得人性中的自私自利被前所未有地激发出来，整个社会充满了对私人利益的追逐，为此可以不择手段，衡量人成功和地位的价值尺度是金钱和物质，人成为金钱的奴隶，人被应该为人所支配的物所异化，整个社会尤其是上层社会成为一个充满铜臭、物欲的名利场，这个"天下熙熙皆为利来，天下攘攘皆为利往"的名利场正是资产阶级私有制法律秩序保护的对象，也是这个法律秩序保护的必然结果，人们在这个无限追逐私人利益的舞台上悲喜哭笑、费尽心机，上演了一幕幕人间活剧。小说描写道：

一个透视法律现象的文学窗口

> 一般说来，娴静知礼的小姐少不得把物色丈夫这件工作交给妈妈去做，可是夏泼小姐没有慈爱的母亲替她处理这么细致繁难的事儿，她自己不动手，谁来代替呢？……咱们亲爱的利蓓加，无依无靠，比她朋友更需要丈夫，自然更应该努力了。①

少男少女正是情窦初开的年龄，心中充满了对神圣、忠贞爱情的憧憬。可是，利蓓加小小年纪就已经在过去的苦难里明白了一个道理，那就是把婚姻当作进入上流社会的跳板，自然，她也就不相信有什么真正的爱情。无数家长和小姐们所做的一切，都是为了提高女孩子吸引男人的素质，无论是优雅的举止、艺术才能的展示还是容貌的修饰，都是为了在这个名利场上争取更大的胜算。在这里，小说家走到了前台为利蓓加所做的辩护，更加说明了利蓓加的所作所为不仅仅是个人道德出了问题，更是这个为私有制法律秩序所保护的自私自利、冰冷无情的社会出了问题。小说描写道：

> 随便什么老太太，银行里有了存款，也就有了身份。如果她是我们的亲戚（我祝祷每个读者都有二十来个这样的亲戚！），我们准会宽恕她的短处，觉得她心肠又软，脾气又好。郝伯斯和陶伯斯律师事务所里的年轻律师准会笑眯眯地扶着她上马车——她的马车上画着斜方形的纹章，车夫是害气喘病的胖子。她来玩儿的时候，你总是找机会让朋友们知道她的地位……②

亲情原本是人类自然、纯真而恒久的感情，在资产阶级私有制法律秩序所维护的现实社会中，亲情也不可避免地被商品经济的价值标准所衡量。小说中，克劳莱一家人对亲戚麦克活脱小姐（毕脱·克劳莱爵士同父异母的姐姐）的来访异乎寻常地热情、周到、谦卑，让读者看到为了得到麦克活脱小姐遗产的克劳莱一家人滑稽而令人厌恶的表演。在一个追功逐利的世界里，一个人有了数量可观的财产，就会处处被人重视，甚至得到亲戚们超规格的礼遇和曲意奉承：克劳莱一家的女眷们不时地为麦克活脱小姐送各种小礼物，做各种手工，以博得她的欢心。家里面跟过节一样，每天都是美食

---

① 萨克雷.名利场[M].杨必，译.北京：人民文学出版社，1957：20.
② 萨克雷.名利场[M].杨必，译.北京：人民文学出版社，1957：81.

美酒，哪怕自己家的太太、小姐们在冰冷的卧室里挨冻，也要让麦克活脱小姐的房间里温暖如春。大家围在麦克活脱小姐的身边一起奉承她、巴结她，使这个老小姐仿佛成了女王。一切都那么荒唐，但又那么真实。在这个以私有制为基础的商品世界里，一切都可以作为商品来论斤两，亲情也不例外。在抽象的法律秩序里，只有"私有财产神圣不可侵犯"的理念，只有"私有财产权""遗产继承权"，至于各种亲切的称谓和亲情关系，只不过是这个供人们追名逐利的舞台上的道具而已。

二、上层贵族的特权依赖于维护私有制的法律秩序

维多利亚时期，资本主义生产关系的统治地位得到进一步巩固，中产阶级登上政治舞台，但土地贵族仍然在政治上处于优势地位，随着土地贵族的资产阶级化，这种优势地位得到进一步巩固。土地贵族不仅在政治生活中拥有更多的话语权，处在社会的上层，拥有很多特权，而且在精神上也是整个社会效仿的对象。他们的特权和奢侈的生活得到了资本主义法律秩序的维护。这既是英国资产阶级革命不彻底性的结果，也是封建法律制度和资本主义法律制度都把维护私有制作为根本目的这一共通之处的必然结果。一个贵族，只要他仍然拥有土地和财产，就仍然处在社会的上层，仍然是上流社会这个名利场的宠儿，法律仍然保护他的财产、身份、名望、爵位。小说中有一段对斯丹恩勋爵祖上留下的财产的描写很具典型性：

> 除了伦敦的公馆之外，侯爵在英格兰、苏格兰和威尔斯各地都有古堡和府邸。关于他各处的产业，旅行指南里全有记载。他在夏能海岸有强弩堡，附带还有个树林子。在威尔斯南部加马登郡有岗脱堡，英王理查第二当年就在那里被俘。在姚克郡有岗脱莱大厦，里面据说单是供客人吃早饭的银茶壶就有两百个，其余一切也都穷奢极侈，跟这势派相称。在汉泊郡还有个静流别墅，算是所有的住宅之中最简陋的。侯爵死后，别墅里的家具什物由一位有名的拍卖专家当众拍卖，想来大家还记得那些东西多么讲究。①

正是由于斯丹恩勋爵拥有巨额的财富和特权，他才能出任高官，才能在上流社会

---

① 萨克雷. 名利场 [M]. 杨必, 译. 北京：人民文学出版社, 1957: 443.

呼风唤雨，才能使利蓓加愿意依附于他。正是由于私有制的法律秩序保护他的财富和特权，他才能够在家庭中享有绝对的权威，过着骄奢淫逸的生活。

上层贵族不仅在经济上依然拥有巨大的财富，在政治上也享有特权，甚至是腐败的特权。对克劳莱镇的描写中就涉及了英国当时"腐败的选区"中的问题：

> 到现在女王的克劳莱镇已经不像蓓斯女王在位的时候那么人口稠密，堕落得成了一个所谓"腐败的选区"。虽然这么说，毕脱爵士却不服气。他的话说得又文雅又有道理，说道："腐败？呸！我靠着它一年有一千五百镑的出息呢"。①

"光荣革命"后，英国确立了君主立宪的政体，议会成为政治活动的中心。选举权是一个涉及政治权利的宪法问题，但这一重要问题却没有及时得以解决。议会中的上院由贵族组成，不存在选举的问题。而下院的议员选举中，贵族依然可以稳操胜券。当时英国的议席分配和选区划分仍基本沿用中世纪的方式，选区分为农村选区和城镇选区，称为"选邑"，英格兰各郡产生两名议员，但202个选邑中有125个是在爱德华一世时期确定的，几百年过去，许多地方已经衰败不堪，成为所谓的"衰败选邑"。然而不合理的是，所有这些选邑都可以选出两名议员，平均一两个选民就可以选出一名议员。相比之下，像伦敦、米德尔塞克斯这些巨大的选区会有成千上万的选民，它们也选出两名议员。选区这种不合理的分布状况，只能造成一个后果，即选民人数尽可能少，因而选举就容易受到控制。②甚至会出现小说中所讲的"腐败的选区"，即议员的名额可由控制了选区的贵族出卖给别的选区的人。当然，由于后来英国新兴资产阶级和无产阶级的持续反对，英国议会改革后逐渐改变了这一不合理的保护贵族选举权和被选举权的法律规定。

三、资产阶级的兴起借助于维护私有制的法律秩序

保护私有财产是维护私有制的核心，对私有财产的所有者而言，对其私有财产有侵犯之虞的不外乎两类：一是来自以国家为代表的公共权力的侵犯，二是其他私人主

---

① 萨克雷.名利场[M].杨必，译.北京：人民文学出版社，1957：59.
② 钱乘旦，许洁明.英国通史[M].上海：上海社会科学出版社，2019：233.

体的侵犯。哪怕在封建时代，英国也没有出现像中国一样强大的王权，封建领主、教士、骑士们与国王始终处于一种微妙的博弈之中。因此，保护封建领主、教士、骑士等封建特权阶层的权利不受国王的侵犯，在中世纪的时候就以法律的形式确定下来。著名的1215年《自由大宪章》不仅确立了"王在法下"的原则，而且明确了不经议会许可国王不得随意征税和剥夺贵族财产的相关规定，在后来的资产阶级革命过程中，这些对封建特权阶级权利的保护变成了普遍的"人权"，为英国民众特别是新兴的中产阶级防止国家公共权力对私有财产的侵犯提供了基本的法律保护。同时，英国在迈向世界强国的过程中是一个靠商业立国的国家，商人在社会中享有较高的地位，为了保护商品经济的发展，降低交易成本，对新兴工商业资本家的私有财产必须予以比较严格的保护。正是由于对私有财产、契约、知识产权等权利较为充分的保护，才为资本主义生产关系开辟了道路，新兴资产阶级也正是借助于维护私有制的法律秩序才不断在经济上取得统治地位并在政治上参与掌权。当然，英国财产法的核心是土地法，在前工业化时期，社会的主要财富都直接或间接地来源于土地。由于英国革命的不彻底性，在维多利亚时期土地贵族仍然处于社会权力的顶端，这种情况直到1925年的财产法改革以后才真正清除了土地制度中的封建因素，确立了工业革命后符合英国实际的财产关系，为现代英国财产法奠定了基础。[①]

在小说中，对爱米丽亚父亲破产的一段描述以及对破产后拍卖其财产场景的描写都非常细致生动。破产法律制度是为了保护债权人的利益不受更大损害，并使经营不善或无法经营的债务人能够退出经营，以使有限的资源配置到更有效率的经营活动中去。从历史纵深的角度来看，英国破产法发端于1542年。后经多次修改及判例法的不断补充完善，基本适应了简单商品经济和自由资本主义发展的需要。1914年英国又颁布实施新的破产法，并于1926年、1952年和1959年分别颁布了《破产法（修正案）》《破产规则》和《破产费用令》，到1976年又颁布了《无偿付能力法》，这一系列的单行法和判例法所确定的规则，构成了现行英国破产法的主干。[②] 在不同的历史时期，英国的破产法秉持的理念不同，维多利亚时期的破产法整体上注重保护债权人利益。通过小说对破产和拍卖的描写，以及破产后的爱米丽亚一家人搬入简陋住处的描写就能

[①] 何勤华. 英国法律发达史 [M]. 北京：法律出版社，1999：261.

[②] 何勤华. 英国法律发达史 [M]. 北京：法律出版社，1999：365-366.

够得以证实。虽然这时的破产法注重对债权人利益的保护,甚至对债务人过于严苛,但是,这种对债权人利益的严格保护符合资产阶级私有制法律秩序的基本要求。

从小说的描述可以看出,维多利亚时期的破产法对债权人利益的保护是很严格的,约翰·赛特笠破产后,按照当时的法律,没有考虑为债务人及其家属留下必要的生活保障,家中的房屋和家具被悉数拍卖偿债。

小说中有一段对拍卖现场的生动描写,说明按照当时的破产法,对债务人的财产无论价值大小都拍卖偿债。这也从一个侧面体现出当时债权人优先的法律理念。从小说中的描写可以看出,那时的破产法对债务人是很严苛的,连酷爱弹钢琴的爱米丽亚也不能把家庭中这个她最喜爱的财产带走就是一个明证,甚至小到日常生活中吃饭用的银匙和银叉都要被悉数拍卖。

为了保障债权人的利益,当时的英国还存在债务人监狱,小说中也描写了利蓓加的丈夫纨绔军官罗登·克劳莱三次进入债务人监狱的情景。罗登·克劳莱还在单身的时候就因欠债被关进债务人监狱,她有钱的姑妈把他救了出来,而第二次因欠债被关进监狱,是利蓓加四处奔波筹钱把他救了出来。第三次他又因欠债被关进债务人监狱,是他嫂子把他救了出来,而满以为他还在监狱的利蓓加在家中与斯丹恩勋爵私会时被回到家中的罗登撞见,罗登盛怒之下痛打了斯丹恩,改变了利蓓加和他的命运。

《名利场》中对债务人监狱的描写与狄更斯小说中所描绘的债务人监狱相比多些人情味,入狱的当事人的心情也大为不同,这或许与债务人的身份有所不同,罗登·克劳莱上校毕竟是位有身份的军官,况且,监狱知道罗登·克劳莱有能干的妻子和有钱的亲戚帮他还债,所以,并没有为难他,只是增加他还债的压力。维多利亚时期债务人监狱的存在虽然是不文明时代制度的遗存,但这种不人道的制度设计确实能够更好地保护债权人的利益,从某种程度上维护了商品交易的安全,连罗登·克劳莱这样靠招摇撞骗获取钱财的人也不得不乖乖在入狱后找人清偿债务,有效防止了债务人恶意欠债的行为。

四、私有制法律秩序所维护的资产阶级道德

作为社会意识形态的道德,是社会存在的反映,人们归根结底总是从他们阶级地位所依据的实际关系中,从他们进行生产和交换的经济关系中,吸取自己的道德观念。资产阶级道德是建立在生产资料私有制基础上的道德伦理观念和道德实践活动。在资

产阶级道德中有他们宣扬的所谓"平等""自由""博爱"的道德观念,有他们所提倡的积极进取的冒险精神、强烈的敬业精神、重视家庭、诚信待人等美德,这是维多利亚时期维系社会道德的正向力量,不承认这些道德观念的积极作用就无法理解维多利亚时期英国经济的富庶、文化的繁荣和社会的相对稳定,学术界对产生这些道德观念的诸多分析,如英国的"绅士文化""新教伦理""开放的社会结构""自由主义的传统"等方面的论述都说明了资产阶级道德观念对资本主义社会发展积极的作用。但是我们必须看到,建立在私有制基础上的资产阶级道德有其虚伪性,应该带着批判的态度深刻认识私有制法律秩序所维护的资产阶级道德的局限性。作为批判现实主义大师的萨克雷在《名利场》中正是采取了这种批判的态度去分析资产阶级道德的。

首先,资产阶级的职业道德的基础是谋取更大的利润,在这一过程中,"金钱至上"是其内在驱动力。资本家成功的信条就是"赚钱、赚钱、再赚钱",为了赚钱可以去冒险、可以成为吝啬鬼,当然也可以无底线地压榨工人的剩余价值。为了获取更高的利润,资本家在扩大市场、改进技术的同时拼命降低成本,导致工人的劳动条件非常恶劣,工资也被压得很低。这样,工人成为任其摆布的"机器"的一部分。厂主常常延长劳动时间并尽可能压低工资,"实现这种文明抢劫的办法就是把时钟向前拨半小时"[①]。厂主为了更多牟利,大量使用劳动报酬较少的童工及女工。1839 年,在大不列颠的 41.956 万工人中,有 19.2887 万人年龄在 18 岁以下[②],童工占全部工人数的 46%。他们的状况甚至比在殖民地的奴隶更加悲惨[③]:"在大工厂里,1/4 或 1/5 的孩子或者是跛子,或者手足变形,或者由于过分的辛劳,有时因残酷的虐待而变成终身残疾。小孩子很少能坚持 3—4 年而没有严重的疾病,往往过早地死亡。"[④] 女工也受到不公正待遇,"全日制女工的平均工资大约是男工平均工资的三分之一到三分之二左右"[⑤]。所以,牛津历史学家弗雷德里克·约克·鲍埃尔在 1901 年写道:"英国人民从来不是

---

① 罗伊斯顿·派克. 被遗忘的苦难:英国工业革命的人文实录[M]. 福州:福建人民出版社,1983:42.

② 马克思. 资本论:第 1 卷[M]. 北京:人民出版社,1973:479.

③ TREVOR M. An Economic and Social History of Britain 1760-1970[M]. New York: Longman, 1987: 67.

④ THOMAS B. The Industrial Revolution and the Atlantic Economy[M]. London: Routledge, 1993: 134.

⑤ HUNT E H. British Labour History 1815-1914 Atlantic Highlands[M]. New Jersey: Humanities Press, 1981: 104.

由于瘟疫、饥馑或战争,而是由于建立了没有正当保护措施的工厂制度,才使自己的生命力遭到如此致命的打击。"①

其次,资产阶级家庭道德的双重道德标准。生产资料的资产阶级私有制基础上建立起来的社会,其婚姻家庭领域的道德也打上了私有制的烙印。在对待婚姻问题上,虽然纯真的爱情令人赞叹,但很多人却想让婚姻和商品交易一样有利可图。小说中,纨绔子弟乔治·奥斯本的父亲反对他与已经订婚的破产家庭的爱米丽亚结婚,强迫他与相亲的姑娘施瓦滋小姐结婚,目的是获得财产,财富在婚姻关系中占据着重要的地位。小说中这段描写很形象:

> 老头儿嚷道:"这样肉麻的话,全是胡说八道,假惺惺,少跟我来说。我家里的人,可不准跟叫花子结婚。你现在只要一开口就能得八千镑一年的进款,你要扔掉这么好的机会也由你,不过请你卷铺盖离了我这儿就是了。干脆一句话,你到底听我的话还是不听我的话?"
>
> 乔治扯起衬衫领子,说道:"要我娶那杂种黑丫头吗?我不喜欢她的皮色。你叫弗利脱市场对面那扫街的黑人娶她去吧,我可不要这么个黑漆漆的蛮子美人儿做老婆。"②

乔治·奥斯本赌气和爱米丽亚迅速结婚,但婚后,面临经济的拮据,他又立即后悔了。本质上,他和父亲并没有区别,只不过他更注重享乐、爱慕虚荣,又容易冲动。而他的父亲则老于世故得多,他代表了资产阶级主流的婚姻观念,当然,也不能说当时的人们不向往纯真的爱情,和任何时代一样婚姻和爱情是一个在物质享受和精神追求之间难以抉择的选择题,维多利亚时期的人们也不例外。

再次,更重要的是,资产阶级家庭道德的双重道德标准体现在对两性不同的道德要求上。维多利亚时期对女人的道德要求保守而严格,流行的中产阶级的道德观念中,妻子应该依附于家庭和丈夫,成为甜蜜的"家庭天使"。小说中描写的爱米丽亚在丈夫乔治·奥斯本战死后依然为他守寡和抚养儿子,奉行着维多利亚时期的贞洁观。连维

---

① 阿萨·勃里格斯.英国社会史[M].陈叔平,等,译.北京:中国人民大学出版社,1991:225.
② 萨克雷.名利场[M].杨必,译.北京:人民文学出版社,1957:203.

多利亚女王本人也是这种贞洁观的代表,她本人就非常反感寡妇改嫁。中产阶级妇女没有独立的经济地位,介于玩偶和主妇之间,由于自身的软弱、传统的道德和家庭压力,她们不可能也不愿出去工作,不得不屈从和依附于男人。父亲破产、丈夫阵亡后,爱米丽亚失去了生活来源,被迫将儿子送给公公抚养,忍受着母子分离的痛苦,直到她与都宾结婚,才摆脱了贫困。小说中,毕脱爵士的第二任妻子遭受丈夫的虐待而不敢反抗,斯丹恩勋爵家的女眷们不得不看丈夫和公公的眼色行事,当斯丹恩勋爵要求她们邀请自己不喜欢的利蓓加来家做客时,她们稍微表示异议就遭到勋爵的训斥而噤若寒蝉。小说中的这段对话说明了这种不平等的关系:

> 乔治夫人嚷起来道:"我给您家里带过来的嫁妆——"
> 侯爵恶狠狠地答道:"你的钱等于买了一个未来的承继权。如果岗脱死了,他的爵位就是你丈夫的,将来还能传给你的儿子。除此以外,说不定还有别的好处。太太们,在外面,随你们怎么趾高气扬,怎么假装贤慧,我全不管。可是在我面前摆架子可不行。至于克劳莱太太的品行,根本不必我出头说什么话。如果说她这样冰清玉洁、无可责备的完人还需要别人代她辩护,反而玷辱了她,也降低了我的身份。她来了之后,你们得殷殷勤勤招待她。我请到这所房子里来的人,你们怎敢怠慢?这房子?"他笑了一声,"这房子是谁的?这房子是什么?我就是这所贤德庙堂的主人。如果我把纽该脱监狱里的犯人和贝德冷疯人院的疯子请回家,你们也得招待。"[①]

在《名利场》里,资产阶级的小姐太太们表面风光,在体面生活之下却是经济地位的低下,她们甚至终身都被局限在狭小的家庭领域,处于一种被法定奴役的地位,无所事事,缺乏自信、自尊,空虚萎靡,在精神上受到更多的压抑。

五、私有制法律秩序对人的异化

《名利场》中,萨克雷笔下的人物个个栩栩如生,虽然看过小说的人必然会对其中的人物有不同的态度和评价,但又会对这些人物命运背后的社会根源进行反思。在这

---

① 萨克雷.名利场[M].杨必,译.北京:人民文学出版社,1957:462-463.

一个透视法律现象的文学窗口

个充满名利、私欲、虚伪、欺骗和斗争的舞台，每一个人的命运都仿佛被一种无形的力量所左右，想要进行自由的选择但最终都被这种无形的力量所影响。这正如小说开头和结尾相互呼应的对戏台的描写所暗喻的那样："唉，浮名浮利，一切虚空！我们这些人里面谁是真正快活的？谁是称心如意的？就算当时遂了心愿，过后还不是照样不满意？来吧，孩子们，收拾起戏台，藏起木偶人，咱们的戏已经演完了。"[①] 其实，在名利场上的那些角色哪个不是像牵线木偶，被无形的力量左右着做出了命运的选择？决定这些人物命运的社会力量就是建立在资本主义私有制基础上的社会制度，资本逐利的本性不外乎是这个私有制条件下人贪婪本性的外化，资本主义社会运行的基本的逻辑就是资本的逻辑，就是追逐私利的逻辑，这一资本的逻辑所主导的法律秩序必然作为一种外在的力量异化了名利场上的人们。

其一，利蓓加——一个被名利异化了的女人。小说中最吸引人的角色就是利蓓加了，萨克雷花费了最浓重的笔墨刻画了利蓓加这一形象，她出身贫寒却野心勃勃，一心要步入上流社会，过上穷奢极欲的生活。从这个角度看，萨克雷是对她持批评态度的，但同时又对她充满了同情。在贫富悬殊的英国维多利亚时期，身为孤儿的她没有任何依靠，只能依靠坚毅、聪明，以及能够迷住上流社会男人们的美貌和艺术才华。她工于心计，却能够洞悉人性，对于那个爱米丽亚终身幻想膜拜的花花公子乔治·奥斯本，她一眼便看出了他纨绔子弟的本性。虽然，都宾不喜欢她，蔑视她的自私虚伪和轻浮放荡，但她知道都宾是一个真正有道德、有担当、懂得爱的绅士，在都宾将要放弃爱米丽亚的时候，她能够向软弱糊涂的爱米丽亚说明真相，使爱米丽亚挽回了都宾的爱。从这一点来看，利蓓加身上还存在人性的光辉。她之所以变成一个道德的反面角色，是因为自身的贫穷、爱慕虚荣，更是由于这个无限追逐私利的社会，更是由于她很小就看到了资本逻辑主导下的社会中金钱和权力的重要性，所以，她必须为了得到这两样东西的庇护而不择手段。当然，这个维护私有制的法律秩序也蒙蔽了她的良知，使得她变得自私、虚伪，以至于流亡欧洲也要把自己装扮成一个高尚的贵族。所幸的是，利蓓加在生活日渐窘迫的时候遇到了乔斯·赛特笠，赢得了他的信任，因而，乔斯·赛特笠去世前将利蓓加指定为寿险的受益人，使利蓓加如愿以偿，最后过上了高尚贵族的生活。这个聪明的女人一辈子都试图用美貌和才艺去诱惑男人，并从中得到名利，

[①] 萨克雷. 名利场[M]. 杨必, 译. 北京: 人民文学出版社, 1957: 658.

她确实也成功了。但在不知不觉中,她已经被这个私有制法律秩序掌控的名利场异化为一个失去初心的女人。

其二,爱米丽亚——一个被虚伪道德异化的"家庭天使"。小说中的爱米丽亚是另外一条叙事的主线,然而,这个符合维多利亚时代中产阶级道德观念的标准的"家庭天使"却命运坎坷。和父亲争吵而一气之下离家出走的纨绔子弟乔治·奥斯本,在好友都宾的安排下与深爱着他的爱米丽亚结婚,婚后,这个公子哥很快就后悔了,由于忤逆自己的父亲而被取消继承遗产和父亲的供给,他责备好友都宾让他变成了穷光蛋。在滑铁卢战争前夕,这个花花公子竟然企图抛下自己的新婚妻子去勾引利蓓加私奔。他战死后,爱米丽亚却像神灵一样把他供奉在心目中最高的位置,并为他守寡和照顾出生的孩子,期间,深爱着爱米丽亚的都宾一直暗中照顾她们母子。后来,由于生活艰辛,爱米丽亚无法给孩子好的生活条件,被迫把孩子交给公公抚养,从而得到与赛特笠家族交恶的奥斯本家庭的资助,在屈辱中生存。后来,爱米丽亚遵守维多利亚道德行为,最终感动了公公奥斯本先生,在公公去世后得到遗产的一部分,生活才有所改观。对于都宾的深情,爱米丽亚始终拒绝,仍然愚蠢地坚信着自己的幻想为那个不值得的花花公子守寡,当终于被消磨完情感和耐心的都宾准备离开爱米丽亚时,在利蓓加告诉当年乔治·奥斯本的劣迹后,幡然悔悟的爱米丽亚来到了都宾身边,但小说暗示,一切却没有想象中那么美好。在离开爱米丽亚时都宾的一番表白说明了,都宾终于明白了爱米丽亚是一个怎样的人:

威廉忧郁地说道:"爱米丽亚,你这话不是当真吧?难道我一时匆忙说错的几句话,竟比一辈子的忠心还重吗?我认为我的行事,并没有侮辱乔治的地方。假如咱们彼此责备,我想乔治的老婆,乔治儿子的母亲,总不能再抱怨我。以后到——到你有了闲空,你再仔细想一想,你的良心准会收回你现在说的话。你现在已经把它收回了。"爱米丽亚低了头。

他接着说:"你激动的原因,并不是昨天的一席话。爱米丽亚,那些话不过是个借口。这十五年来我一直爱你,护着你,这点儿意思还猜不出来吗?多少年来我已经懂得怎么测度你的感情和分析你的思想了。我知道你的感情有多深多浅。你能够忠忠心心地抱着回忆不放,把幻想当无价之宝,可是对于我的深情却无动于衷,不能拿相称的感情来报答我。如果换了一个慷慨大度的女人，我一定已经赢得了她的心了。你配不上我贡献给你的爱情。我一向也知道我一辈子费尽心力要想得到的宝贝物儿不值什么。我知道我是个傻瓜，也是一脑袋痴心妄想，为了你的浅薄的、残缺不全的爱情，甘心把我的热诚、我的忠心，全部献出来。现在我不跟你再讲价钱，我自愿放弃了。我并不怪你，你心地不坏，并且已经尽了你的力。可是你够不上——你够不上我给你的爱情。一个品质比你高贵的人也许倒会因为能够分享我这点儿爱情而觉得得意呢。再见，爱米丽亚！我一向留神看着你内心的挣扎。现在不必挣扎了。咱们两个对于它都厌倦了。"①

这是小说中最精彩的告白，是最深刻和富有哲理的地方，一向被人们认为是维多利亚时期道德化身的爱米丽亚，在同都宾多年的消磨中，让都宾看到了这个典型的中产阶级颂扬的"家庭天使"的软弱、依赖、无知和自私。小说中，萨克雷很少从否定的角度描写爱米丽亚，她总是把善良、柔弱、优雅的形象展现给读者，使读者在无限的爱恋和同情中丧失了对这个浅薄的中产阶级道德所美化的"傻白甜"的"家庭天使"的辨别力。爱米丽亚的遭遇是悲惨的，虽然最后给了她一个看似完美的结局。但是，爱米丽亚自始至终只不过是私有制法律秩序下资产阶级道德的牺牲品。新婚不久，丈夫便对她心生厌倦，与爱米丽亚结婚一半是因为都宾的催促，一半是因为与父亲赌气，还有一点点对刚刚破产就被父亲解除婚约的赛特笠家族的同情。新婚不久，乔治的花花公子本性便故态复萌，让爱米丽亚受尽煎熬，爱米丽亚不可能感受不到她的丈夫究竟是一个什么样的人。但是，丈夫死后，她活在自己编织的幻想里，把丈夫供奉在神灵一样的位置，不容他人置疑，难道她不知道她短命的丈夫只是没有足够的时间来向她展示自己的本性？就在这样骗人骗己的幻想和回忆中，她蹉跎了人生，差一点错过了深爱她的真正的绅士，用自己的无知、固执、浅薄和软弱消磨了世间真正的爱情。终于，让都宾认清了她"配不上"贡献给她的爱情。可以想见，都宾虽然最后与爱米丽亚结合，但爱米丽亚仍然还是一个这样的人，一个被私有制法律秩序下资产阶级道德异化了的"家庭天使"。

其三，罗登·克劳莱和乔治·奥斯本——一个被私有制的法律秩序异化了的堕落者。

---

① 萨克雷.名利场[M].杨必，译.北京：人民文学出版社，1957：640.

罗登和乔治分别是利蓓加和爱米丽亚的丈夫，这两个人的共同之处有很多，他们都是军官，都是花花公子和纨绔子弟，都上了战场打仗却不是为了爱国而是为了获得利益和地位。所不同的是，罗登活得长些，有足够的时间展现他人性中的弱点，而乔治年纪轻轻就战死，失去了更多展现他堕落本性的机会。他们都想不劳而获，通过军阶的晋升获得更多的金钱和荣誉，都喜欢打牌赌博、勾引女人，以至于罗登三次被抓进债务人监狱，而乔治在这方面的花销都由父亲承担，和父亲闹翻后他立即后悔与爱米丽亚结婚，主要还是因为经济上被断了来源。他们看上去都很重视荣誉，但新婚不久的乔治就能在肉欲的驱使下勾引妻子的朋友私奔，而罗登在发现妻子利蓓加与斯丹恩勋爵私通后痛打斯丹恩，发誓要雪耻，但是，面对妻子为他向斯丹恩勋爵求来的官职时，他却坦然接受了。这两个纨绔子弟都一样的思想腐化、自私自利、利欲熏心，他们都是被这个人人无限追逐私利的社会毒化的青年，在私有制法律秩序之下，他们的人格、思想乃至可怜的尊严都被异化了。

其四，约翰·奥斯本——一个被私有制的法律秩序异化了的狠心商人。乔治·奥斯本的父亲、爱米丽亚的公公约翰·奥斯本先生是一个成功的商人。在爱米丽亚父亲约翰·赛特笠破产以前，两家关系密切，还定了爱米丽亚和乔治的婚约。但是，当约翰·赛特笠破产后，约翰·奥斯本成为债权人会议上对约翰·赛特笠最为残忍苛刻的人，他还单方面宣告解除两家的儿女婚约，表现出一个势力而精明的狠心商人"应有"的素质。在逼迫儿子乔治与其他女子结婚的命令受到挑战后，父子闹翻，狠心的父亲取消了儿子的遗产继承权、断绝了对儿子的经济供应。当儿子战死，守寡的儿媳生活拮据的时候，他乘机以给儿媳爱米丽亚经济资助为条件得到了孙子的抚养权。后来，他在临终前，看到儿子战死前写给他的悔过信，在都宾的斡旋下，修改了遗嘱，给爱米丽亚分得一部分遗产。老奥斯本的一生是一个典型的英国商人的写照，精明、敬业、吝啬，在老朋友、未来亲家破产时令人寒心的表现充分展现出这颗被私有制法律秩序异化了的心有多硬：

> 债权人会谈的时候，他对赛特笠的态度又狠毒又轻蔑。把那身败名裂的人气个半死。奥斯本立刻禁止乔治和爱米丽亚往来，一方面威吓儿子，说是如果他不服从命令，便要遭到父亲的咒骂，一方面狠狠地诋毁爱米丽亚，仿

一个透视法律现象的文学窗口

佛那天真的小可怜儿是个最下流最会耍手段的狐狸精。[①]

和维多利亚时期英国的无数工商业经营者一样,约翰·奥斯本要在竞争激烈的生意场上生存,就必须变得残忍和冷血,还要学会精于算计,遵循资本运行的逻辑,否则,就会被别人算计。在资本运行逻辑支配的私有制法律秩序下,资产阶级自身也成为资本的奴隶,实际上在精神上也被异化了。

---

① 萨克雷. 名利场 [M]. 杨必,译. 北京:人民文学出版社,1957:169.

第六章

《小杜丽》：对债务人监禁制度的批判

《小杜丽》是狄更斯的第十一部小说。和狄更斯的其他作品一样，这部作品起初也是采用连载形式，自1855年12月至1857年6月，历经19个月，1857年5月出版了单行本，狄更斯又写了一篇序言。《小杜丽》描绘的内容之深刻，情节之复杂，社会画面之广阔，影响之深远，创作手法之多样，是他前期的任何作品都无法企及的，也是他所有作品之中最切中时弊的一部。整个小说分为上下两部，上部描述主人公小杜丽的父亲因无力还债被终身监禁于马夏尔西监狱，其家人也随其一同身陷囹圄。下部描述由于正直高尚的亚瑟·克莱南等人相助，小杜丽的父亲继承了一笔巨额财产，于是他不仅还清了债务得以出狱，并且让全家人都得以跻身于上流社会，过上了奢华的生活，但是浮华的背后却是世态炎凉。这部脍炙人口的佳作集中体现了狄更斯后期作品的特点：思想内容更趋于深刻丰富，人物与情节的驾驭能力更趋于圆熟。作者围绕主人公小杜丽的身世和小杜丽父女继承的遗产，抽丝剥茧地展开了一系列错综复杂的情节和人物关系，令人读来欲罢不能，有评论家甚至将其称为"一座交织着无数情节的浓密森林"，其中对于债务人监狱的描述更是触目惊心。

一、马夏尔西监狱：债务人的噩梦

主人公小杜丽的父亲威廉·杜丽经商失败不幸破产，因无法清偿巨额债务被终身监禁于马夏尔西监狱，他因此被称为"马夏尔西狱之父"，全家老少也遭连累先后随其一同生活在监狱之中。主人公小杜丽在这所监狱之中诞生、成长，被称为"马夏尔西狱之女"。瘦小腼腆的她心地善良，隐忍坚强，丝毫没有受到这个金钱社会的腐蚀，身处逆境却依然难能可贵地保持着纯洁和崇高的心灵。她勤恳体贴地侍候父亲，并瞒着父亲在克莱南夫人家里当佣人。她凭借缝纫挣得的微薄报酬，帮助哥哥和姐姐离开了马夏尔西监狱。她在偶然的机会结识了克莱南夫人的独子亚瑟·克莱南。在高贵善良的亚瑟的帮助下，威廉·杜丽意外得知自己是一笔巨额遗产的继承人，因此得以携全家离开生活了二十多年的债务人监狱，过上了上流社会的奢华生活。

狄更斯12岁时，父亲约翰·狄更斯因无法清偿债务被关入伦敦泰晤士河对岸南沃克区的马夏尔西债务人监狱，母亲和几个年幼的子女也随约翰·狄更斯一起住进监狱。无依无靠的少年狄更斯则寄宿在别处，周日在狱中度过，后来搬到监狱附近的阁楼。当时，年幼的狄更斯辍学在一家鞋厂当包装工，白天辛苦劳作，晚上回到马夏尔西债务人监狱与家人团聚。三个月后，约翰·狄更斯继承了其母留下的450镑遗产，因此得以还清债务获释出狱。然而，这段孤苦悲惨、暗无天日的经历在狄更斯心中留下了终生难忘的烙印。他将这段黑暗记忆深藏心底，对妻子孩子都保守秘密，每每回忆起来，他还是会在暗夜里潸然泪下。《小杜丽》中小杜丽的父亲和家人所处的马夏尔西债务人监狱正是狄更斯父亲和家人所关押的地方，狄更斯的多部作品中都提及债务人监狱，而《小杜丽》中对于马夏尔西债务人监狱的描写尤其全面细致，成为19世纪中叶英国债务人监狱的缩影。

狄更斯在《小杜丽》中对于债务人监狱以及狱中人的生活有着详细的描述。小说一开始就有这样一段对监狱的描写：

> 那里什么东西都有一种监狱的色调。被监禁的空气，被监禁的光线，被监禁的潮湿，被监禁的人，在监禁中一切都每况愈下。正如被囚禁的人脸色苍白，面容憔悴，铁格栅也长满了锈，石块是黏糊糊的，木头霉烂了，空气很稀薄，光线非常暗淡，监狱像一口井，像一座地下教堂的墓穴，像一座坟墓，从不曾见识过外界的光明。[1]

从这里我们可以看到债务人监狱环境的恶劣。比起环境的恶劣，债务人监狱对债务人精神上的摧残更为可怕。亚瑟·克莱南因为投资失利而破产，被关进马夏尔西债务人监狱：

---

[1] 查尔斯·狄更斯.小杜丽[M].金绍禹，译.上海：上海译文出版社，1993：6.

第六章 《小杜丽》：对债务人监禁制度的批判

> 炽热的焦躁在心中萌发了，一种对于监狱的痛苦的急躁情绪，一种深切的信念，以为他是要在这监狱里伤心而死的，这样的心情给他带来了不可名状的痛苦。他对这个地方已是极为惧怕，极为憎恨，甚至感到在这里吸一口气都是一件艰难的事儿，那种仿佛被窒息的感觉，有时那样难熬地压迫着他。他真的会站在窗前抓着自己的喉头直喘气。然而他的渴望，别处的空气渴望越过这堵没有门窗的大墙，又使他感到仿佛他必定会因了这强烈的愿望而发狂的。①

从上面这一段亚瑟在监狱里的切身体验不难看出债务人监狱对债务人精神上的摧残和打击。债务人即便偿清债务出狱，狱中的生活依然会给他留下终生的阴影和挥之不去的噩梦。

按照法律，债务人若无法还清债务就会被监禁于债务人监狱，债务人全家会与其一同住进监狱，有些债务人被经年累月关押于此。被称为"马夏尔西狱之父"的威廉·杜丽便被关押二十余年，期间全家与他同住马夏尔西债务人监狱，小杜丽甚至就出生在监狱。债务人监狱允许访客探望，但是访客滞留不得超过晚上十点，届时晚钟敲响提醒大家关门时间快到。小说中亚瑟·克莱南初次到马夏尔西债务人监狱去找小杜丽，因未来得及在晚上十点关门前离开，不得已滞留在监狱度过了一个难忘的夜晚。"锁住了，唔？你只好等到天亮再回家了——噢！是你呀，克莱南先生？"②最后在支付了宿夜费后，亚瑟在狱中酒吧的桌子上临时搭个铺凑合了一宿。

狄更斯对维多利亚时代早期的司法制度持批判态度，对当时的监狱制度，尤其是债务人监狱进行了猛烈的抨击。在这部小说中，他结合自己一家过去不堪的悲惨经历，不仅描写了债务人监狱的阴森恐怖和狱中人的悲惨生活和众生百态，还指出了债务人监狱这种暴力性的存在对于囚禁于此的债务人一生的巨大影响。号称"马夏尔西狱之父"的威廉·杜丽在一夜暴富之后终于离开了被关押二十余年的债务人监狱，带领全家过上了上流社会的奢华生活，但是监狱那堵高墙在他心中留下了永恒的阴影，他拒绝说起或想起一切与过去的耻辱历史相关的人和物。当马夏尔西狱看守的儿子小约翰带着

---

① 查尔斯·狄更斯. 小杜丽 [M]. 金绍禹，译. 上海：上海译文出版社，1993：1051.
② 查尔斯·狄更斯. 小杜丽 [M]. 金绍禹，译. 上海：上海译文出版社，1993：120.

一捆雪茄来到他下榻的旅馆来看望他时,他却神经质地勃然大怒,训斥他不该找上门来坏了他的名声:

> "喂,先生,"当房间里只剩下他们两人,没有旁人听他们说话的时候,杜丽先生朝着小约翰转过身来,一把揪住了他的衣领,说道,"你这是安的什么心思?"
>
> 约翰脸上呈现出的惊讶与骇怕——因为他原是等着接下来让杜丽先生来拥抱的——是那样有力地表现出来的惊讶与骇怕,杜丽先生见了也就松了手,只是朝着他直瞪眼睛。
>
> "你怎么敢做这种事?" 杜丽先生说道,"你怎么敢到这里来找我?你怎么敢来侮辱我?"①

至于对他全家恩重如山的亚瑟,威廉·杜丽先生也是漠然地退避三舍,因为任何的见面和接近都会让他想起那段不堪的往事。二十多年牢狱生活的影响始终笼罩着他,让他无法摆脱,最终在一个上流社会的聚会上,当着一众他最不愿意让其知道自己卑微出身的人,他突然戏剧性地精神失常道出了牢狱中的一切,然后黯然死去。

从作者给这个悲剧性人物安排的结局之中,读者可以窥到狄更斯幼时随父亲入狱的经历给他内心留下的难以磨灭的阴影。然而,不可否认的是,狄更斯对于当时监狱制度的批判主观性过强,有研究者也指出,狄更斯小说中的监狱并非英国监狱的全部真相。"为了达到批判的目的,狄更斯对英国监狱消极一面的描写是夸大了的,如他小说中的监狱看守,往往不是老弱病残,就是社会上的不良分子,其中就有夸大的成分。"②

此外,狄更斯在这部小说中还杜撰了一个"拖拖拉拉部"。小说中的"拖拖拉拉部"堪称是英国当时官僚政治机构的一个缩影,其中心原则就是"想法子不干事",小说中有很多人被这个"拖拖拉拉部"令人瞠目结舌的拖拖拉拉所拖垮而破产。这个"拖拖拉拉部"作为一条线索把《小杜丽》中的主要情节串联起来。首先,威廉·杜丽就是

---

① 查尔斯·狄更斯. 小杜丽 [M]. 金绍禹, 译. 上海: 上海译文出版社, 1993: 879-880.
② 赵炎秋. 狄更斯与晚清中国四外交官笔下的英国监狱:狄更斯小说中的监狱研究之三 [J]. 中国文学研究, 2006 (4): 7.

在"拖拖拉拉部"的控告之下被关进马夏尔西监狱的。其次，为了弄清小杜丽一家负债的根本原因，亚瑟·克莱南自告奋勇去"拖拖拉拉部"调查，结果碰了壁。"有一天，亚瑟·克莱南先生到'拖拖拉拉部'要求见泰特·巴纳克尔先生，前后算起来，那已经是第五回了。"[1] 第五次终于见到了泰特·巴纳克尔先生的少爷小巴纳克尔，办公室弥漫着"如何不了了之"这一笼罩一切的迷惑人心的气派。在一番毫无效率的谈话之后，他被告知可以去家里找泰特·巴纳克尔先生。在他说明来意是想了解债务人威廉·杜丽案件之后，泰特·巴纳克尔先的答复中充斥着各种的"也许""可能""或许""也可能"，因为"拖拖拉拉部"奉行的原则中有一项是：无论如何绝对不给人一个直截了当的答复。然后亚瑟像皮球一样被踢回"拖拖拉拉部"，小巴纳克尔又把他支到秘书处。亚瑟描述自己"已经置身到拖拖拉拉部的狂风暴雨中去了"[2]。"由于甲叫他找乙，乙叫他找丙，因此，这样一来，他便有机会把情况连说三遍，最后，他们都叫他去找丁。于是，他把情况又说了一遍。"[3] 但丁的答复是让他不要多管闲事，否则要填许多的表格。"你绝不会坚持下去的。"[4] 提出请求、得到许可、再提出请求、再得到许可、交请愿书、登记、签字、送回会签等一系列环节，其烦琐的程序、官僚的作风让人崩溃。作者对"拖拖拉拉部"的讽刺是毫不夸大的，它是当时政府迁就党派与家族利益，推行盲目的文牍主义的真实写照，使国家蒙受了巨大的灾难。[5] 此外，小说中亚瑟的朋友12年前完成了一项对国家对同胞非常重要的重大发明，因"拖拖拉拉部"拖拖拉拉的办事作风，在部门间被推来推去，发明无法付诸实施，他却成了政府尽可能想办法拖垮的人。"毫无疑问，他们迫使我感到，"这位发明家说道，"我仿佛是犯了罪。我在一个个办公室里求爷爷告奶奶的，受到的对待老是那样，好像我犯下了大罪，多多少少是那个滋味。我只不过是想要达到高度节约和极大的革新的目的。"[6] 从作者虚构出的这个庞大的"拖拖拉拉部"以及其一向秉承的将任何事情都拖拖拉拉、不了了之的办事原则，可以看出狄更斯对当时英国社会的保守以及英国社会对进步和变革的消极态度的反思和厌恶。

---

[1] 查尔斯·狄更斯.小杜丽[M].金绍禹，译.上海：上海译文出版社，1993：149.
[2] 查尔斯·狄更斯.小杜丽[M].金绍禹，译.上海：上海译文出版社，1993：157.
[3] 查尔斯·狄更斯.小杜丽[M].金绍禹，译.上海：上海译文出版社，1993：159.
[4] 查尔斯·狄更斯.小杜丽[M].金绍禹，译.上海：上海译文出版社，1993：159.
[5] 查尔斯·狄更斯.小杜丽[M].金绍禹，译.上海：上海译文出版社，1993：V（译本序）.
[6] 查尔斯·狄更斯.小杜丽[M].金绍禹，译.上海：上海译文出版社，1993：165.

从这个意义上说，债务人监狱也同时监禁了人们的创造力。

二、债务人监禁制度：英国重商主义的反映

债务人监禁制度有着漫长的历史。在古希腊和罗马时代，欠债人会遭扣押成为债务奴隶，后来债务奴隶因被认为不人道而逐渐废除。中世纪时兴起"债务人监狱"的热潮，在神圣罗马帝国时期，欧洲各领主有权逮捕欠债人及其家属。根据1834年英国议会委员会的报告，当时除了葡萄牙以外，欧洲诸国几乎都存在监禁债务人现象，1868年5月29日，《北德意志邦联宪法》宣布关闭债务人监狱，成为欧陆债务人监狱命运的里程碑。此后除了希腊等少数国家，欧陆各国在一战前都废除了债务人监狱。

英国由于实行重商主义且长期依靠高风险的海外贸易，因此债务人监狱要比欧陆更为发达。英国的债务人监禁制度也历经了数百年的发展演变，早在盎格鲁－撒克逊时期的习惯法中，债务人监禁制度就已存在，1267年的马耳伯勒法最早制定了有关监禁债务人的法律规定。这种制度一直得到延续并发展，18—19世纪是英国债务人监狱的巅峰，一度每年有多达数万人被关进债务人监狱。1869年债务监禁制度被基本废除之前，英国法律对债务人的处罚制度一直未有较大改善。在小说中，亚瑟·克莱南因为对小杜丽的身世好奇而经威廉·杜丽的弟弟弗莱德里克带领第一次来到马夏尔西狱，在聊天的过程中，威廉·杜丽强调说所有到这儿来的人都一定会来拜见他——马夏尔西狱之父。弗莱德里克也颇为自豪地补充道："来见我哥哥的，一天里有多到四五十的。""是的！"马夏尔西狱之父赞同地说道。"甚至还有超过那个数目的时候。到了开庭期，如果是一个天气好的星期天，那真是一个相当盛大的午后接见会——相当盛大。"[①] 从这里我们就可以看出每天出入以及被关押进马夏尔西狱的人数之多。每年有多达数万人被关进债务人监狱一点儿也不夸张。

小说中有一段描写说明威廉·杜丽案情的复杂性：

> 对于合股，当初他糊里糊涂的，也不知道是怎么回事，只知道自己是投了资的。其次，他的事情之所以复杂，还牵涉到一些法律上的问题，如财产的授予，转让，这一头有转让，那一头也有转让，这方面有债权人非法优先

---

① 查尔斯·狄更斯. 小杜丽[M]. 金绍禹，译. 上海：上海译文出版社，1993：115.

权的嫌疑,那方面又有不可思议的偷偷拐走财产的可能。[①]

对威廉·杜丽来讲,这一大堆事务纷乱如麻,他自己也感到无能为力,就连专业的会计师和开业律师也没办法理出个头绪,他就这样被牵扯进来,被关进了债务人监狱,而且一辈子也无法出去。

1914年的破产法中维持了这些规定,1926年的破产法基本上取消了债务人监禁制度,有关债务人处罚的规定后来为1986年的盗窃法所吸收。

三、债务人走出监禁的基本条件:清偿债务

尽管狄更斯激烈地鞭挞了不人道的债务人监禁制度,但是,对小说的主人公来说,毕竟还是要为他们安排一个美好的出路。小说再次安排主人公小杜丽成为一桩遗产的遗嘱继承人,从而结束了主人公被监禁的命运。这再次反映出当时英国法律受重商主义的影响很深,确保债务人的利益不受损害,以此来保证交易的安全。虽然这种把债务人监禁的做法很不人道,但在当时的条件下确实能比较充分地保护债权人的利益。狄更斯只是描写了债务人监禁制度不人道的一面。

小说中的亚瑟·克莱南是狄更斯笔下颇具人道主义的人物。他善良高贵、乐于助人,但是和母亲克莱南夫人关系紧张、长期不睦。克莱南夫人是一个冷漠严厉、手段非常的女人,瘫痪后孤独囿于房中,只有怪诞凶狠的管家和备受虐待的管家妻子照顾她的日常起居。她有着十分极端的宗教信仰,一生都过着清教徒式的生活以赎上辈子的罪孽。善良宽厚的亚瑟在母亲清教徒式的严苛和沉闷氛围中长大,克莱南夫人对这个"独生子"一向严厉刻薄。对家庭及双亲的忠诚和责任使他一直跟随父亲打理家族生意,直到父亲身故才从中国回到英国,回到母亲身边。父亲亡故之后,亚瑟还是无法感受到母亲的一丝温情。蹊跷的是,对"亲生儿子"严苛至极的克莱南夫人却一反常态,对家里雇佣的缝纫女工小杜丽却是态度温和、关怀备至,表现出异常的慷慨和热情。他不由得起了疑心,认定其中必有什么不可告人的端倪。于是亚瑟偷偷跟踪小杜丽,发现她原来生活在马夏尔西债务人监狱。为了揭开小杜丽一家身陷囹圄的原因,亚瑟去"拖拖拉拉部"试图找到一些线索,碰壁之后又求助于私家侦探。在好心人的奔走之下,

---

[①] 查尔斯·狄更斯.小杜丽[M].金绍禹,译.上海:上海译文出版社,1993:83-84.

一个惊天秘密抽丝剥茧地展现出来：亚瑟其实并非克莱南夫人的亲生儿子，而是父亲和一个舞女的私生子。得知真相的克莱南夫人愤怒之下长期对丈夫极尽凌辱之能事，用冷漠、严酷和侮辱来惩罚丈夫当年罪孽深重的背叛。亚瑟的生母也在克莱南夫人的迫害之下穷困潦倒、奄奄一息。走投无路之际，亚瑟的生母向亚瑟的爷爷求助。亚瑟的爷爷得知真相之后意欲出手相助，可惜为时已晚，亚瑟的生母已经撒手人寰。亚瑟的爷爷得知她的死讯后怒而修改遗嘱，为了补偿不幸的舞女，亚瑟的爷爷将一笔巨额遗产留给在亚瑟生母离世之日出生并且同样困顿不幸的女孩。由于小杜丽的叔叔和舞女在同一剧团工作，并且是莫逆之交，于是出生在马夏尔西债务人监狱的小杜丽就被选中，幸运地成为一笔从天而降的巨额财产的继承人。而这一切，小杜丽一家全然不知，因为相关文件均被克莱南夫人扣下隐藏起来。二十一年之后，克莱南夫人雇佣小杜丽来家中做工，对小杜丽的虚情假意正是意在这笔遗产，正是"项庄舞剑，意在沛公"。

得知真相之后，亚瑟不顾专制的"母亲"的阻挠，揭开了克莱南家族黑暗的过去，并勇敢地承担起上一代人所犯下的错误，通过种种努力让小杜丽一家继承了这笔巨额遗产，从而使他们在二十多年的牢狱生涯之后终于离开了这个阴森可怕、充满噩梦的地方。而亚瑟本人和朋友合作办厂，却不幸因为投资失利而破产。为了不连累朋友，他毅然承担了全部责任，被关进马夏尔西债务人监狱。一直倾心于亚瑟的小杜丽闻讯后赶到狱中，悉心照顾他，后来亚瑟的朋友帮助亚瑟出狱，使亚瑟和小杜丽有情人终成眷属。小杜丽和亚瑟这两个主人公的高贵品质和资产阶级之间互相钩心斗角、尔虞我诈的丑态形成了鲜明对比。

当时，债务人脱离监禁的基本条件就是清偿债务。如前所述，在高贵热心的亚瑟·克莱南的鼎力相助之下，小杜丽继承了一大笔遗产，从而使"马夏尔西狱之父"威廉·杜丽在饱受囹圄之苦二十余年之后得以离开这个噩梦一般的债务人监狱，并携全家过上了他们做梦都不敢想的上流社会的奢靡生活。其中，小杜丽继承的这笔遗产正是遵循了当时的"遗嘱继承制度"。

当时英国的继承法包括三个部分：优先继承、无遗嘱继承和遗嘱继承。优先继承即死者的某些亲属对死者的遗产享有指定份额的优先继承权；无遗嘱继承是在死者未留下遗嘱的情况下，根据法律规定来分配遗产；遗嘱继承即遵照死者生前留下的书面遗嘱文件来执行、处理死者的遗产。遗嘱的法定形式通常包括书面形式、签名、对遗嘱的证实等内容，而且，在遗嘱发生法律效力之前，立遗嘱人随时有权撤销或变更遗嘱。

当然，只有在立遗嘱人死亡之后，遗嘱才会发生法律效力。《小杜丽》中亚瑟的爷爷所立遗嘱就是书面形式，在他身故之后，这份重要文件被克莱南夫人获得。她刻意隐瞒了亚瑟爷爷的遗嘱，并且在二十一年之后找到了小杜丽——遗嘱指定的遗产继承人，极尽拉拢之能事，其用意无非就是企图骗取这笔遗产。但是其险恶用心却被自己的"儿子"亚瑟识破，并协助小杜丽继承了这笔遗产，从而使小杜丽一家脱离苦海离开监狱，跻身于上流社会，过上了穷奢极欲的享乐生活。然而，财富并没有给小杜丽一家带来幸福生活，相反，老杜丽和长女、长子的心灵发生了严重的扭曲，变得虚荣伪善，竭力想要忘记甚至抹去曾经困顿不堪、身陷债务人监狱二十余年的耻辱经历，直至最后老杜丽精神失常，骤然猝死。

《小杜丽》是狄更斯创作后期的重要作品，这部巨著对于了解英国 19 世纪中叶的社会面貌具有极大的价值，英国政治制度的腐败、统治阶级的虚伪和欺骗、大资产阶级的贪婪、上流社会的虚妄、下层人民的贫困等等都在作者笔下暴露无遗，从而为读者展现了一幅维多利亚时期英国社会的全景图。

第七章

《亚当·比德》：未婚母亲杀婴案背后的原因

《亚当·比德》是乔治·艾略特于1858年4—9月在慕尼黑和德累斯顿创作的第一部长篇小说，共有五十五章和一个尾声。小说一经出版就获得了巨大成功，一年多连续出版九次，销量超过十五万册，据说维多利亚女王对它也爱不释手。乔治·艾略特出生在英国北沃里克郡的一个农场，自幼熟悉节奏缓慢、自给自足的田园生活及生活在乡间的各个阶层、不同行业的人士。在这部描写维多利亚早期英国乡村生活的现实主义作品中，乔治·艾略特以细腻的笔触向读者展示了她所熟知的这种美好的田园生活以及发生在这片土地上的信仰与矛盾、失望与希冀相交织的生活，字里行间无不流露出作者对昔日恬静乡村生活的眷念。除此之外，艾略特也塑造了一个个栩栩如生的形象：思想传统，但正直善良的乡村木匠亚当，老实本分、勤勤恳恳的兄弟塞斯，笃信基督、乐于奉献的黛娜，漂亮但自私虚荣的农家女赫蒂，意志薄弱略显轻浮的贵族子弟亚瑟，受人尊敬和信赖的牧师欧文先生，少言寡语、心地善良的乡村教师巴特·马西，等等，这些人物形象活灵活现、有血有肉，给人留下深刻的印象。小说对家庭成员之间、朋友之间及邻里之间的友爱、理解与宽恕的关注，体现出浓厚的道德理想色彩。

《亚当·比德》中的故事发生在工业化初期的英国洛姆夏郡一个叫干草坡的地方，当地一派田园风光，民风淳朴，宗教色彩浓厚。勤劳善良的亚当·比德和塞斯·比德兄弟俩都是干草坡一家乡村作坊的木工。哥哥亚当默默爱着美丽的乡村姑娘赫蒂·索雷尔，然而爱慕虚荣的赫蒂却寄希望于当地名门唐尼尚家族的继承人亚瑟·唐尼尚，并经常暗中与他私会。弟弟塞斯·比德对赫蒂的堂姐——虔诚善良的工厂女工兼传道士黛娜·莫里斯一往情深却遭到后者的拒绝。赫蒂明白亚瑟并未打算与她结婚，却依然受他诱骗并与其发生关系。亚当发现二人私情后大为不悦，与亚瑟大打出手，后者

第七章 《亚当·比德》：未婚母亲杀婴案背后的原因

随后写信与赫蒂绝交并参军离开家乡。无奈之下，赫蒂选择与亚当订婚。不久，赫蒂发现自己怀孕，于是便瞒着家人只身前往部队寻找亚瑟帮忙。历经艰难到达目的地后却被告知亚瑟早已被调往爱尔兰，万念俱灰的赫蒂在辗转流离中早产生下孩子，后将婴儿匆匆掩埋在路边树丛中，导致婴儿夭折。事发后，赫蒂被起诉至法庭。一直被蒙在鼓里的亚当得知消息后深受打击，但他依然选择在监狱旁边租住下来陪着心爱之人受审。法庭上，赫蒂神情冷漠，拒绝回答任何问题，因而引起众怒。后被陪审团一致裁定有罪，被判以绞刑。临刑前的一天，善良的黛娜前往监狱探望惊魂未定、情绪失控的赫蒂，并陪她一起忏悔。最终，在黛娜的陪伴与感化下，赫蒂说出真相，真心悔罪。出于内疚，亚瑟立即找人帮忙获得特赦令，赫蒂被从轻发落，改判为流放澳大利亚，最后在刑期将满时客死他乡。对赫蒂一往情深、善良传统的亚当在遭受爱人背叛后痛苦不已，但经过此番磨炼，他变得更加成熟、包容，后与黛娜结为夫妇，生儿育女。该小说根据乔治·艾略特的婶婶伊丽莎白的一次亲身经历创作而成。1802年，伊丽莎白婶婶曾到诺丁汉的一座监狱聆听过一名女罪犯——玛丽·沃思的临终忏悔，这个年轻的女子因谋杀亲生婴儿被法庭判以绞刑，后婶婶将这段经历讲述给了乔治·艾略特，于是便有了小说中的赫蒂·索雷尔这一形象。另外，小说还有两个主要人物亚当·比德和黛娜·莫里斯，则分别以乔治·艾略特的父亲罗伯特·埃文斯和伊丽莎白婶婶为原型。艾略特的父亲曾经做过木匠，和小说中的亚当一样，他勤劳、诚实、正直且有责任心；婶婶伊丽莎白曾是一名卫理公会传教士，虔诚、善良，和小说中笃信耶稣、与人为善的传教士黛娜颇为相似。乔治·艾略特曾在给朋友的信中这样写道："黛娜这个人物产生于我对婶婶的记忆……亚当这个人物，以及与这个人物相关的一些事件，与我父亲的早年生活经历有关。"[1] 贯穿于小说始终的爱与成长的主题承载着人与人之间的友爱、理解与宽容。同时，故事也传达了一个简单而严肃的道理：善恶终有一报。

维多利亚时期的英国，人们越来越意识到社会的不公正性，并开始关注、批判各种不公正现象，其中包括儿童的生存状况。他们对当时存在的虐待儿童和杀婴现象深感担忧，对儿童福利问题也异常敏感关切。乔治·艾略特以其独特的女性视角向读者展示了维多利亚时期女性的生存状态与困境，也第一次将婚前性行为、未婚生子和杀婴这些敏感话题置于叙事中心，为世人揭开当时女性杀婴的一角，让人们对小说中赫

---

[1] 乔治·艾略特.亚当·比德[M].傅敬民，译.上海：复旦大学出版社，2011：4.

蒂的命运起伏唏嘘不已的同时，又不得不对她杀婴背后的原因心生好奇。本章将从小说中赫蒂的杀婴案入手，探讨维多利亚时期女性杀婴现象背后的法律问题、价值观问题及女性生存问题。

一、普遍的杀婴现象：国家蒙羞的流行病

1859年3月30日，一位名叫玛丽·琼斯的年轻女子因故意谋杀私生子而受审，其罪名为：杀婴罪（infanticide）。玛丽·琼斯当时隐瞒了自己的怀孕与分娩过程，邻居觉得她形迹可疑，随后发现了一具被割断喉咙的婴儿尸体与作案工具——一把沾满鲜血的刀。受审时，她"抽泣着说出了一些语无伦次的话"，大意是她在分娩后极度痛苦，并不知道自己做了什么。后医生证实割喉是导致婴儿死亡的原因，陪审团据此裁定琼斯有罪。① 这是发生在维多利亚中期的一起女性杀婴案，最后犯罪者玛丽·琼斯被判死刑，缓期执行。

在维多利亚时期，杀婴行为非常普遍，这在当时引起了强烈的公众焦虑并引发全社会对这一犯罪现象的高度关注，尤其当犯罪者是孩子的亲生母亲时。"到维多利亚中期，杀婴是每天都会发生的事情……这是如此普遍以至于警察也不想再费力去寻找一个死去的孩子，就像不想去寻找一只死猫或一只死狗一样。"② 乔治·贝尔默也曾在《致命的母性：维多利亚中期英国的杀婴与医学观点》一文中写道："从19世纪30年代末到19世纪60年代，官方统计数据显示，杀婴事件急剧上升。"③ 而且维多利亚时代的许多人认为杀婴已经是"一种使国家蒙羞的流行病"。④ 新闻媒体对杀婴行为的关注也到了前所未有的高度：

> 至少可以说，维多利亚时代的人对他们表面上先进的文化中存在的杀婴

---

① GOULD R. The History of an Unnatural Act: Infanticide and *Adam Bede* [J]. Victorian Literature and Culture, 1997（25）：263.

② HANCOCK C R. It Was Bone of Her Bone, and Flesh of Her Flesh, and She Had Killed It: Three Versions of Destructive Maternity in Victorian Fiction[J].Literature Interpretation Theory, 2004（15）：302.

③ BEHLMER G. Deadly Motherhood: Infanticide and Medical Opinion in Mid-Victorian England[J]. Journal of the History of Medicine and Allied Sciences, 1979（34）：423.

④ GOULD R. The History of an Unnatural Act: Infanticide and *Adam Bede* [J]. Victorian Literature and Culture, 1997（25）：263.

现象感到不安和尴尬，他们在大众新闻中给予了这一主题前所未有的关注。几乎不可避免的是，新闻媒体报道的案件都和未婚女性杀害新生儿有关——孩子出生24小时内被杀害。[①]

虽然《亚当·比德》在玛丽·琼斯受审之前出版，但小说中赫蒂·索雷尔的命运却与现实中玛丽·琼斯的命运有着惊人的相似：两个女人都在维多利亚时代被视为受诱惑的受害者，两人都隐瞒了自己的私情和怀孕的事实，生产完都选择杀死自己的孩子，最后两人都被判处死刑，后又经历了一段忏悔，都被从轻发落。

通常，杀婴是一个秘密的行为，多数情况下由孩子的亲生母亲单独实施。在维多利亚时期的杀婴的案件中，犯罪者绝大部分为未婚女性。"在十九世纪英国，谋杀和隐瞒新生儿的被告绝大多数是女性。这是当时犯罪的典型特征。与前几个世纪一样，维多利亚时代因杀害婴儿及其相关罪行而被起诉的大多数妇女都是单身女性。"[②] 很显然，被谋杀的婴儿基本上都是非婚生的私生子。那么维多利亚时期，公众是如何看待杀婴呢？安妮·玛丽·基尔迪（Anne Marie Kilday）在《英国杀婴史》一书中用到 "Pendulum"（钟摆）这个词来形容整个英国社会在杀婴问题上摇摆不定的态度。凯瑟琳·R. 汉考克（Catherine R. Hancock）曾指出"维多利亚时代的人谴责杀婴，但对未婚母亲表现出极大的同情"[③]。对未婚母亲的同情最主要基于认同她们杀死自己孩子的理由——担心失去已有的社会地位和工作。因此可以说，维多利亚时代的许多人对杀婴行为所持的态度比较矛盾：一方面，他们不愿意设立更多的育婴院，用来收容、照顾这些被社会污名化的儿童，降低儿童谋杀率，因为在绝大部分人看来，这样做是对非婚生育的鼓励；另一方面，人们往往对这些绝望的、经常被人利用的妇女的困境深感同情。这种矛盾的心理也体现出人们对母性第一位还是宗法伦理秩序的权威是第一位的思考与纠结，最终的结果是，维多利亚时代的大多数人认为，对杀婴妇女可以象征性惩罚：几年监禁，

---

① HANCOCK C R. It Was Bone of Her Bone, and Flesh of Her Flesh, and She Had Killed It: Three Versions of Destructive Maternity in Victorian Fiction[J]. Literature Interpretation Theory, 2004（15）: 301.

② KILDAY A M. A History of Infanticide in Britain, c. 1600 to the Present[M]. New York: Palgrave Macmillan, 2013: 137.

③ HANCOCK C R. It Was Bone of Her Bone, and Flesh of Her Flesh, and She Had Killed It: Three Versions of Destructive Maternity in Victorian Fiction[J]. Literature Interpretation Theory, 2004（15）: 302.

一旦获释就有机会开始新的生活。因此在维多利亚时期犯杀婴罪的女性是有可能被从轻发落的。

二、"家庭天使"的标签：沉重的道德负累

"家庭天使"这一概念源自英国维多利亚时期诗人考文垂·帕特莫尔（Coventry Patmore）创作的赞颂自己妻子的长诗《家庭天使》。这种称谓要求女性具有优雅、善良、温顺、忍耐、持家等品质，要求女性应当在属于自己的空间——家庭中扮演好贤妻良母的角色。英国步入资本主义社会后，工业革命之前那种危险的、魔鬼般的女性形象逐渐由被动、顺从、甚至是无知的新形象所代替，女性在家庭中的地位也逐渐得到肯定，男主外女主内的家庭模式形成并逐渐被强化。[①] 这一点在维多利亚时期著名诗人阿尔弗雷德·丁尼生（Alfred Tennyson）1847年发表的名为《公主》（*The Princess*）组诗中可窥一斑：男人驰骋沙场，女人打理家务；男人手握利剑，女人穿针引线；男人抛头露面，女人温柔贴心；男人发号施令，女人遵从逆顺。诗中所勾勒出的女性形象是：温柔持家，夫唱妇随，"家庭天使"的形象跃然纸上。"随着资产阶级的上升重新得以复兴的福音教恰好提供了符合这一要求的教义，即将女性看成是'家中的天使'；既肯定她们道德上的影响力，也强调她们必须为男性所控制"。[②] 到了十九世纪三四十年代，"家庭成为女性的天地，她们将扮演守护天使的角色，为男性提供一个宽松、舒适的环境；而男性则在外奋斗、拼搏，通过自己的勤劳与智慧使全家过上更好的生活"。[③] 由此，当资产阶级成为占主导地位的阶级后，女性便成为担负起维持家庭乃至整个社会高尚道德水准的"家庭天使"。

如果说善良、温顺、持家等是"家庭天使"应该具有的美德，那么还有一点是维多利亚时期道德观关注的核心——女性的贞操。维多利亚时期，福音运动盛行于英国。受其影响，人们普遍恪守基督教的信条和道德规范，对性持有一种近乎苛刻的态度，这一时期的道德观认为女性的贞操具有高于一切的价值。失贞的女性，无论原因如何，人们都会把她视为不洁和道德堕落的女人，由此被社会边缘化，陷入万劫不复的境地。

---

① 王萍.现代英国社会中的妇女形象[M].南京：江苏人民出版社，2005：5-6.
② 王萍.现代英国社会中的妇女形象[M].南京：江苏人民出版社，2005：39.
③ 王萍.现代英国社会中的妇女形象[M].南京：江苏人民出版社，2005：53.

第七章 《亚当·比德》：未婚母亲杀婴案背后的原因

《亚当·比德》中的黛娜·莫里斯便拥有"家庭天使"所有的美好品质。在小说中，黛娜第一次布道亮相时便自带圣母玛利亚的光环，"在夕阳下，她的脸色显得安详而生动……这样的脸，会使人想起带有洁白花瓣的花朵。眼睛不算特别的美，却给人一种说不出来的感觉，自然、诚恳、庄重，且充满爱意，在这样的目光下，无论怎样的怒气、不满，都会不由自主地融化"；[①] 她传道时，"声音甜美，语音抑扬顿挫，就像一位音乐天才娴熟而随意地拨弄音质优美的乐器"[②]，连过路的陌生人也被她吸引，驻足倾听。在艾略特的笔下，黛娜自然质朴、纯洁柔和，她像一个天使，在上帝的召唤下讲经布道，拯救众生。当亚当的父亲不幸溺水身亡后，黛娜获悉消息后第一时间赶到他家，陪伴在伤心欲绝的母亲丽丝贝身侧，像天使一样抚慰着她，让她感到了善与爱，获得内心的平静。当赫蒂犯下不可饶恕的重罪时，也是黛娜迅速来到她身边，用热忱的宗教宽慰她、感化她，使其忏悔认罪。用亚当母亲丽丝贝的一句话评价她最恰当不过："我可以肯定那本新圣经上的画画的就是她——那个坐在坟墓旁大石头上的天使"。[③]

在爱情方面，当黛娜面对塞斯热切的表白时，她遵从自己的内心，友好坦率地拒绝他；她并未像赫蒂那样恣意挥霍着仰慕者们对她的爱慕与膜拜，而是对塞斯以礼相待并与他建立起了兄弟姊妹般的情谊。她从一开始便对亚当有好感，但当时的亚当疯狂迷恋着赫蒂，于是她默默隐忍守候，耐心等待心爱的人慢慢成长。当她和亚当互生情愫时，小说中这样写道，"两个人的心灵渐渐靠拢，犹如两条细细的、颤动的雨水，合二为一……那些看似细微的呢喃、眼神的交流和身体接触，都是心灵语言的一部分"，[④] 在艾略特看来，这二人的爱情从萌生到开花结果，都是纯洁美好的，没有掺杂半分情欲和物欲。当二人最终互诉衷肠、表明心迹时，艾略特感叹道，"当两个人的灵魂感到他们终身永结，在一切劳动中相互鼓励，在一切悲哀中相互安慰，在一切痛苦中相互扶持，在最后永诀的那一刻，在静默的、无以言说的回忆中相互融为一体——人生还有什么比这更让人向往？"[⑤] 小说的结尾，在教区的教堂里，在干草坡全体村民的见证下，

[①] 乔治·艾略特.亚当·比德[M].傅敬民，译.上海：复旦大学出版社，2011：18.
[②] 乔治·艾略特.亚当·比德[M].傅敬民，译.上海：复旦大学出版社，2011：22.
[③] 乔治·艾略特.亚当·比德[M].傅敬民，译.上海：复旦大学出版社，2011：124.
[④] 乔治·艾略特.亚当·比德[M].傅敬民，译.上海：复旦大学出版社，2011：443.
[⑤] 乔治·艾略特.亚当·比德[M].傅敬民，译.上海：复旦大学出版社，2011：480.

牧师欧文先生主持了黛娜与亚当的结婚仪式，宣布他们结为合法夫妇。黛娜曾说过，"为人妻，为人母，那是幸福而高尚的事情"，① 从这一刻开始，她便开始履行妻子与母亲这一庄严的天职，她的"家庭天使"形象更趋完美。

《亚当·比德》中黛娜·莫里斯的塑造反映了乔治·艾略特对心目中完美女性的要求与期待，也揭示了维多利亚时代社会对女性道德标准的界定，女性也唯有遵从这种道德观的要求，才不至于再次被妖魔化，回到早期那种"贪婪、淫荡、多言为标志的负面形象"②，遭受社会的口诛笔伐。

三、道德审判：社会舆论的重压

如果说黛娜是维多利亚时期完美的"家庭天使"的话，那么小说中的另一女性形象赫蒂·索雷尔则完全背离了维多利亚时期对女性"天使般纯洁、圣母般崇高"的要求。赫蒂虽面容姣好却内心极其自私冷漠，没有同情心。当她知道深爱自己的亚当失去父亲时，她"看起来很严肃，其实心底并不很在意"，③ 甚至脑海里不停回忆亚瑟·唐尼尚这位富家公子看她的眼神，幻想两人再次相遇的场景，"在此思绪下，赫蒂怎能有心思理会亚当的苦恼，或是分心去想可怜的老赛尔斯被淹死这件事呢？年轻的心灵，处于她这样欣喜若狂的状态就会像吸食花蜜的蝴蝶一样冷酷无情"。④ 甚至她对从小抚养自己长大的舅舅朴瑟先生也毫不关心，就连黛娜也认为她"天性缺乏温暖和奉献的爱"⑤。在这个家庭中，她的舅妈朴瑟太太便是一个衡量她是否符合干草坡女性形象的标尺，时刻提醒她检讨自己是否逾矩，用她的话来说，"她（赫蒂）和孔雀并无两样。就算教区里所有人面临垂死挣扎，她可能仍会在阳光灿烂之时趾高气扬地展开它的尾巴，昂首阔步地走着……她的心就像鹅卵石一样硬"⑥。

维多利亚时期"家庭天使"的标准之一是女人要践行妻子与母亲这一高尚的天职，而且在这个黄金时代的婚姻里，"男人们都充满智慧，具有威严，而女人们都美丽动人，

---

① 乔治·艾略特.亚当·比德 [M].傅敬民，译.上海：复旦大学出版社，2011：29.
② 王萍.现代英国社会中的妇女形象 [M].南京：江苏人民出版社，2005：64.
③ 乔治·艾略特.亚当·比德 [M].傅敬民，译.上海：复旦大学出版社，2011：84.
④ 乔治·艾略特.亚当·比德 [M].傅敬民，译.上海：复旦大学出版社，2011：89.
⑤ 乔治·艾略特.亚当·比德 [M].傅敬民，译.上海：复旦大学出版社，2011：141.
⑥ 乔治·艾略特.亚当·比德 [M].傅敬民，译.上海：复旦大学出版社，2011：139.

深情款款"，①赫蒂无疑是不合格的，她既未做到"深情款款"，又没有成为贤妻良母。

赫蒂渴望爱情与婚姻，但对她而言，所谓爱情是一种满足自己情欲的工具，一种能让她尽情享受通过挥霍美貌而引来的众多追求者的膜拜，而婚姻则是能让她过上阔太太生活、满足她的物质欲望和虚荣心的一条捷径。她明知亚当爱她却心安理得地享受周围其他男性对自己大献殷勤，甚至频频与亚瑟私会，因为她就喜欢这种"将这样一位体格强壮、手艺高超、目光敏锐的男人玩弄于股掌之间"②的感觉。她梦想过上贵族般的生活，但亚当却是"一个要养活年老双亲的穷光蛋，就连她在她舅舅家的这点儿享乐，他在一段相当长的时间内也无法供给"③，除非他"有钱能给她这些东西的话，她就会有足够的理由爱上他、嫁给他"④。和亚瑟开始私会后，她便有意无意向对方索取礼物，并提出结婚要求，期望过上她想要的阔太太生活。对于出身高贵的亚瑟来说，赫蒂只是漂亮但缺乏优雅，一点不符合家族对他婚姻门当户对的要求，这也为他后来抛弃赫蒂埋下伏笔。

对情欲的恣意放纵和对于物欲的不断追求最终导致赫蒂失去贞洁，未婚先孕。在维多利亚时代，贞操被视为女性最珍贵的东西，也是被用来评判女性道德高尚与否的最高标准。失去贞洁意味着赫蒂要在厚颜无耻的不道德和谋杀之间做出选择，而之后她的选择也将自己与家庭的名誉毁于一旦，葬送了自己一生幸福的同时，也将整个家庭拖入万劫不复的境地。在小说中，当赫蒂杀死私生子被捕入狱的消息传开，舅舅家所在的霍尔农场就弥漫在比死亡还要令人伤心的悲惨气息中：

> "家族蒙羞的耻辱太让人伤心了"，一向对赫蒂视如己出的舅舅"也对赫蒂没有什么怜悯了。他和他父亲都只是老实巴交的农民，一直为自己清白的名声感到自豪……他们这个家族世世代代都能昂首挺胸……可现在，赫蒂让他们全家蒙受耻辱，永远无法洗刷的耻辱"。⑤

---

① 乔治·艾略特.亚当·比德[M].傅敬民，译.上海：复旦大学出版社，2011：136.
② 乔治·艾略特.亚当·比德[M].傅敬民，译.上海：复旦大学出版社，2011：87.
③ 乔治·艾略特.亚当·比德[M].傅敬民，译.上海：复旦大学出版社，2011：87.
④ 乔治·艾略特.亚当·比德[M].傅敬民，译.上海：复旦大学出版社，2011：87.
⑤ 乔治·艾略特.亚当·比德[M].傅敬民，译.上海：复旦大学出版社，2011：370.

外祖父老马丁也担心本教区和临近教区没有人愿意给他抬棺了，甚至连老实本分的乡村教师巴特尔·马西都认为那个在狱中的女人"在我眼里简直就是一颗烂核桃，连烂核桃都不如"①，"这种女人越早离开这个世界越好……留着这种寄生虫有什么好处？省下些粮食还可以让那些有理性的人吃啊"②。

自然，这位未婚的母亲没有机会也没有资格成为一位"良母"。起先，舅舅朴瑟先生和舅母朴瑟太太一直希望赫蒂能嫁个好丈夫并且有自己的孩子，成为贤妻良母；热恋着她的亚当则笃定赫蒂将来一定是一位好母亲，她会"被粉嫩圆乎的孩子们围绕着，如同小花朵簇拥着花仙子一般；她丈夫会在一旁亲切地微笑"，"她将如何溺爱她的孩子"。③而在现实中，负责照顾年幼表弟表妹的赫蒂总觉得他们像是大热天耳边嗡嗡乱叫的虫子，是她生活中的倒霉鬼，令她厌烦不已。黛娜也认为，对于"那个前方有着许多麻烦事的甜美女孩（赫蒂）——妻子与母亲庄严的天职——她的思想还没有为这一切准备好"④。在赫蒂向黛娜忏悔时，乔治·艾略特再一次展示了赫蒂对母亲形象的排斥，赫蒂刚出生的婴儿不是可爱的"小花朵"，而是挂在她脖子上的"沉重负担"。在母亲这一形象非常神圣的维多利亚时代，赫蒂先是在法庭上拒绝自己的母亲身份——否认自己生过孩子，后来她又在忏悔中公开承认了对威胁她自由的婴儿的敌意——"我似乎很讨厌它"，她以一种令人震惊的方式拒绝了时代所赋予她的母亲这个神圣角色。

对赫蒂的道德审判从家庭延伸到教区，再延伸到法庭。欧文先生在法庭作证时谈到"赫蒂在自己的教区无瑕的品格，以及在怎样充满伦理道德的良好环境中成长"云云，然而这样的证词并未对陪审团的裁定产生任何影响，社会对这种失贞又杀婴的女性唯一的企盼是她"将被绞刑直至死亡"⑤。尽管最后赫蒂在黛娜的感化下对自己的罪行进行忏悔，但由于她突破道德底线的性行为和极具破坏性的母性已经危及维多利亚时代文化的根基，因此她的家庭、教区永远无法重新接纳她，她的舅舅马丁·朴瑟明确表明，"只要能救她，花多少钱我都愿意，不过我无法再亲近她，也不愿再看到她。她让

---

① 乔治·艾略特.亚当·比德[M].傅敬民，译.上海：复旦大学出版社，2011：373.
② 乔治·艾略特.亚当·比德[M].傅敬民，译.上海：复旦大学出版社，2011：374.
③ 乔治·艾略特.亚当·比德[M].傅敬民，译.上海：复旦大学出版社，2011：136.
④ 乔治·艾略特.亚当·比德[M].傅敬民，译.上海：复旦大学出版社，2011：141.
⑤ 乔治·艾略特.亚当·比德[M].傅敬民，译.上海：复旦大学出版社，2011：391.

我们这辈子吃饭都有苦味儿。无论在这个教区或是别的教区，我们再也抬不起头来"[①]。慈爱的外祖父也禁不住担忧四岁的小孙女会因为有一个因谋杀而受审的表姐受人耻笑。从亲情来看，舅舅和外祖父对赫蒂充满了怜悯，但从道义上，他们已经在赫蒂面前砌起了一堵墙，将她排除到家庭之外。不仅如此，赫蒂在自己的国家也似乎找不到立足之地，唯有被流放至遥远的澳大利亚，才能让她的恶劣影响短暂消失。小说结尾，这个"道德堕落"的女人在经过社会的层层道德审判后依然没有得到救赎，最终变成了别人口中那个连姓名也没有的"不幸去世了的流放者"[②]。

四、私生子的污名化：权利的不平等

英国自封建社会以来，结婚都要求举行宗教仪式。1753 年通过的婚姻法案规定了婚姻必须预先公告的制度。该法案明确要求"当事人须在结婚前三个星期日连续公布结婚预告，禁止私人秘密结婚，同时结婚必须在教堂举行仪式"[③]。这一法案的实施使得下层英国民众缔结合法婚姻的程序复杂化，加速了传统社会道德规范的瓦解，同时导致女性未婚先孕现象增加，私生子出生率增高。早期英国普通法规定，非婚生子女（illegitimate child）为不属于任何人之子女，不承认生父母与非婚生子女间有任何权利义务关系，因此生父母不负抚养义务，非婚生子女则根据济贫法的规定，由教区抚养。济贫院中儿童的生存状况在查尔斯·狄更斯的小说《雾都孤儿》中可管窥一斑。未婚女性所生的孩子为私生子，即便私生子的父母之后结婚也无法改变孩子是私生子的事实。小说中的赫蒂属于未婚产子，她的孩子为法律意义上的私生子，因为她与亚瑟并无法定婚姻关系。此外，英国普通法对非婚生子女的继承权也有明确且严苛的规定。早期英国在财产继承方面，非婚生子女对于生父或生母，皆无继承权可言，但在生母未订立遗嘱就死亡的情况下，非婚生子女可主张继承权。[④]

随着社会的发展和时代的进步，有关非婚生子女的立法有所改进，非婚生子女的权利保障也相对有所改观，如自1926年颁布的新继承法采取了大陆法"事后婚姻准正原则"之后，英国开始承认非婚生子女的生母享有继承权，并承认生父母事后结婚，

[①] 乔治·艾略特.亚当·比德[M].傅敬民，译.上海：复旦大学出版社，2011：370.
[②] 乔治·艾略特.亚当·比德[M].傅敬民，译.上海：复旦大学出版社，2011：484.
[③] 何勤华.英国法律发达史[M].北京：法律出版社，1999：322.
[④] 何勤华.英国法律发达史[M].北京：法律出版社，1999：327.

非婚生子女也有机会取得婚生子女的身份。① 但在维多利亚时期，福音运动发展迅猛，传统的道德伦理观和价值体系往往将非婚生子女与生母（尤其是未婚母亲）因不贞而被社会所贴的道德败坏的标签联系起来。长期以来，在英国历史上非婚生子女不仅不能享受和婚生子女同等的法律权益，而且要背负因生母"不贞"而带来的污名化及社会道德的讨伐和不公正对待。在这种情况下，考虑到私生子出生会带来的社会、经济和情感的影响，女性可能会选择杀害她的非婚生子女。

根据小说中的描写，赫蒂发现自己怀孕后，"恐惧"这个词便一直伴随着她的出场，从她到"斜坡地"打算自杀，到只身离家寻找亚瑟，再到她返回途中产子、埋子，到被诉至法庭，再到最后判决、被判流放，都是她一个人在面对这无底洞般的恐惧。这种恐惧是出于对个人和家族名誉受损的忧虑，对即将遭受的道德审判的恐惧，也可能是出于对即将出世的孩子将要遭受到社会不公正对待的担忧。赫蒂·莫里斯便生活在这样一个时代——一个提及私生子会立即引起强烈耻辱感的年代，一个私生子基本不享有任何基本的合法权益的年代，一个私生子被污名化的年代。假设赫蒂放弃维护自己的个人名誉和朴瑟家族的名誉，勇敢地生下孩子，那么根据当时英国的法律，她的孩子能够顺利长大成人吗？假设她的孩子可以长大成人，那么他的人生能够摆脱污名化吗？小说中描写了她被恐惧折磨得走投无路的状态：

> 一只傻乎乎的迷途羔羊，不谙世事，独自在荒野中越走越远，正品尝着生命中最大的苦楚，却不知去哪儿找寻庇护之所……她那双乌黑的大眼睛越过田野，茫然地望着远方，像是一个凄凉悲苦、无家可归、无人怜爱的人，根本不像即将成为一个勇敢、温柔的男人的新娘。不过，她眼中没有泪水：在那个疲惫的夜晚，泪水在入睡前就流干了。②

她对亚瑟刚开始抱有一丝幻想，于是辗转投靠他，希望他能温存地接待她；寻找亚瑟无果后，困顿无助的她不再幻想亚瑟会带给她幸福，她开始"诅咒"他，对他"切齿痛恨"，因为她心里清楚，根据法律规定，亚瑟完全可以对她和她的孩子不负任何责

---

① 上海社科院法学研究所编译室. 各国宪政制度和民商法要览欧洲分册：下 [M]. 北京：法律出版社，1986：415-416.
② 乔治·艾略特. 亚当·比德 [M]. 傅敬民，译. 上海：复旦大学出版社，2011：325.

任。小说中还有一个值得注意的小细节，在监狱中，赫蒂在对黛娜的忏悔中提到她并没有想要杀死婴儿，相反她希望孩子能够活下来：

> 那小婴儿……我听到他在哭……很远了还在哭……整个晚上……我又回去了……他的啼哭使我心碎，我不敢看他的小手，小脸……我要把孩子放在洞里，用木屑和草皮把他盖起来。我无法用别的办法把他弄死。这件事我很快就做完了。啊，他哭得多厉害啊。黛娜——我不能把他盖严实了——我想也许会有人过来照料他，那样他就能活下来了。我赶忙走出林子，可我一直听见他在哭；等我走到了田野里，就好像被拴住了——尽管我想走，可脚却动不了。我靠着干草垛坐下来，看有没有人经过；我很饿，面包只剩下一丁点儿了，可我还是无法走开。①

这段描写刻画出一位母亲极其矛盾的心理：为了名誉，她不得不抛弃自己的孩子，但是母性的本能又使得她抛弃婴儿后并未走远，毕竟母亲的心理是，有好心人的收养要好过背着私生子的污名生活在济贫院与悲惨死去两者中的任何一个。在小说中，法庭上第二位证人的证言也表明，这位神情恐慌的母亲也是在发现婴儿尸体的地方被捕的：

> 大概上个礼拜一，下午快一点的时候，我在离赫登树林不远的路上碰到了被告。她披着一个红斗篷，坐在离栅门台阶不远的一个干草垛下。她看到我就站起来，似乎是要走另一条路……第二天早晨，治安官找到我，让我带他去发现小孩的地方。我们到那儿的时候，被告正靠着我发现婴儿的树木坐着呢。看到我们她大叫了一声，不过没有动，她的腿上还放着一大块儿面包。②

作为一名未婚女子，赫蒂的生育能力没有得到现行婚姻制度的认可。她的失贞和缺乏母性又必然导致她无法满足维多利亚时期对女性"家庭天使"形象的塑造，与此

---

① 乔治·艾略特.亚当·比德[M].傅敬民,译.上海：复旦大学出版社,2011：404-406.
② 乔治·艾略特.亚当·比德[M].傅敬民,译.上海：复旦大学出版社,2011：388-389.

同时，在一个私生子被严重污名化的年代，赫蒂即便是对自己的孩子难以割舍，又如何能下定决心去抚养他长大成人呢？

五、不人道的法律：畸形的选择

在小说第三十九章"噩讯飞来"中，亚当从牧师欧文先生处获悉未婚妻赫蒂因谋杀私生子而被捕入狱。愤怒的亚当怒吼让亚瑟·唐尼尚负责："这是他干的……就是有罪的话，罪也在他，而不在赫蒂……让法庭审判他……难道要让她一个人承担所有的惩罚，他倒逍遥法外吗？"① 然而彼时唐尼尚家族的这位继承人尚在爱尔兰，对此事一无所知，后来他并未被起诉，也未受到任何惩罚，而赫蒂·索雷尔被判死刑。

维多利亚时期，妇女堕胎是违法行为。1861年英国颁布的《侵犯人身罪法》也明确地将堕胎及其相关活动规定为犯罪：

> 为堕胎而使用药品或者使用器械的，怀孕妇女为给自己堕胎而非法使用有毒物品或者使用其他有毒物，或者使用器械、工具；或者给任何妇女堕胎而非法使用无论该妇女是否真实怀孕，均构成重罪，因此被判宣告有罪的，处终身劳役监禁。②

同时该法案认为，只有在孕妇的生命受到怀孕对其心理或生理健康的影响的威胁时，堕胎才能排除违法性。小说中，被亚瑟抛弃后，赫蒂发现自己怀孕了。在当时这种非常严苛的法律之下，赫蒂不可能冒着触犯法律的危险去堕胎。对于一个年仅18岁的年轻女孩来说，除了等待奇迹的出现能让她流产，她想不到别的解决办法。随着与亚当的婚期逼近，事情越来越紧迫，她只能选择独自一人踏上寻找亚瑟的旅途，期望能得到他的帮助。也正是这次旅途中的颠沛流离及后来寻找亚瑟未果的打击，让赫蒂半路早产，终酿悲剧。

乔治·艾略特通过小说的描述反映了维多利亚中期英国民众对杀婴行为的担忧和对相关法律制度的思考。虽然已婚妇女也会有杀婴行为，但在1624年后，未婚妇女成

---

① 乔治·艾略特.亚当·比德[M].傅敬民，译.上海：复旦大学出版社，2011：366.
② 谢望原.英国刑事制定法精要（1351-1997）[M].北京：中国人民公安大学出版社，2003：143.

为法律集中惩罚的对象。为隐瞒怀私生子的事实，许多未婚女性便冒着触犯法律的危险杀死私生子。19世纪50年代和60年代，英国杀婴罪的相关法律再次受到公众质疑，因为当时的新闻媒体、警察和普通大众都认为新一轮的杀婴浪潮肆虐全国，但法律并未有效地阻止这种犯罪行为。1860年，《泰晤士报》的一位专栏作家就如何阻止杀婴行为征求意见，共收到一千份回复。① 安·希金波坦也曾写道："1862年有关伦敦街头发现150名死婴的报道让《泰晤士报》不禁感叹'在如此多的杀婴敌人面前，伦敦的婴儿必须得偷偷摸摸才能来到人世间'"。② 当时的验尸官和记者一致认为，这起大规模杀婴事件是未婚母亲所为，因为只有她们才有杀害婴儿的动机。也有人认为，这些杀婴女性要么来自社会中的贫苦阶层，即便孩子出生她们也无力抚养，要么来自女仆阶层，对她们而言，意外怀孕则意味着要丢掉生计。由于经济原因无力抚养孩子导致杀婴行为出现的情况在1834年颁布的《新济贫法》中也可以得到印证。该法除了不鼓励为体格健全但无经济来源的妇女提供户外救济外，还对现有的私生子法做了修订，使未婚母亲从父亲那里获得子女抚养费变得更加困难，而且将所有责任几乎全部归于母亲。不难看出，这一法案在某种程度上使得那些被情人抛弃的、经济困顿的未婚母亲有更大的动机杀死自己的孩子。

小说中，赫蒂发现自己怀孕后假借探望表姐黛娜离开舅舅家，实则寻找参军在外的亚瑟以求帮助。为了不让家人起疑，她并未做足长途跋涉的准备，身上带的钱很快便消耗殆尽。寻找亚瑟未果后，她不得不开始典卖随身携带的衣物与首饰以解决生计问题，却依然是杯水车薪：

> 可是这钱维持不了多久，钱花光了，又怎么办呢……对于贫穷的恐惧曾迫使她想过回到舅舅和舅妈身边……但她又像躲开灼热的金属块儿一样打消了那念头。她不能忍受在舅舅和舅妈面前受到的羞耻，在玛丽·伯格、猎场的仆人们、布鲁克斯敦的人及任何认识她的人面前，她丢不起这个脸。③

---

① GOULD R. The History of an Unnatural Act: Infanticide and *Adam Bede* [J]. Victorian Literature and Culture, 1997（25）：265.

② GOULD R. The History of an Unnatural Act: Infanticide and *Adam Bede* [J]. Victorian Literature and Culture, 1997（25）：265.

③ 乔治·艾略特. 亚当·比德[M]. 傅敬民，译. 上海：复旦大学出版社，2011：339.

最后，走投无路的她甚至想到了去乞讨，然而孩子却在这位母亲前途未卜、焦虑不安的时候提前来到了人世间。正如赫蒂在最后忏悔自己的罪行说过的，"我也说不出我对那孩子是一种什么感情。似乎我恨他，他就像是一个挂在我脖颈上的沉重负担"①。最终，陷入生存困境的赫蒂只能选择亲手解决这个"沉重的负担"，尽管作为母亲，她对孩子也有诸多的不舍。

1624年，谋杀私生子被确定为违反道德的犯罪，进入了法令。法令规定任何隐藏私生婴儿死亡的妇女都将被认定为谋杀新生儿，除非至少有一个证人作证出生的婴儿本来就是死胎。一直以来，英国民众对杀婴行为态度矛盾——从温和的谴责到严厉的报复性的反应，不停反复，谋杀婴儿的相关法律也一直处于断断续续的修订状态。1803年，英国出台新法案，废除1624年关于新生儿谋杀的法律条文。新法案规定，凡妇女被起诉杀害法律意义上的私生子——无论男女，只要是活体，法庭将按照其他谋杀案审判中使用的证据规则和推定规则进行审理。②在小说第四十三章"依法判决"中，决定未婚母亲赫蒂命运的关键便是婴儿出生时是否是死胎这一事实。法庭首先传唤了一位名叫莎拉·斯通的中年妇女，她证明赫蒂就是当晚在她家留宿的女人，并且生了一个小孩，同时指认法庭出示给她的婴儿衣服就是她亲手为婴儿穿上的衣服：

> 这几件衣服，都是我亲手做的。我最小一个孩子养大后，我也没舍得丢掉，一直留着。我为这母子俩忙坏了。我忍不住喜欢上了这个小家伙，为他操了不少心。我没有叫医生来，看起来没必要这么做。第二天白天，我要求这位母亲务必告诉我她亲友的名字以及住处，我好给他们写信。她说今天就不用了，以后她自己会写的。她这人很倔，我费尽了口舌，她还是坚持要起来穿好衣服。她说她觉得自己身体状态很好。③

第二位证人是一位名叫约翰·奥丁尔的农夫，他证实在看到被告后不久就发现了被掩埋在树丛里的婴儿：

---

① 乔治·艾略特. 亚当·比德[M]. 傅敬民, 译. 上海：复旦大学出版社，2011：406.
② KILDAY A M. A History of Infanticide in Britain, c. 1600 to the Present[M]. New York: Palgrave Macmillan, 2013: 115.
③ 乔治·艾略特. 亚当·比德[M]. 傅敬民, 译. 上海：复旦大学出版社，2011：387.

第七章 《亚当·比德》：未婚母亲杀婴案背后的原因

在树丛下地面凹陷的地方堆放着很多木屑，这只小手就从那里面伸出来。有个地方留了个洞，我可以望进去，看到婴儿的头；我急忙扒开草皮和木屑，把婴儿抱了出来。婴儿身上的衣服穿得好好的，可身体已经冰凉。我想它肯定已经死了。我急忙抱着它离开树林，抱回家交给了我妻子。我妻子说这小孩已经死了，最好把它抱到教区去，告诉治安官。我说'我敢拿我的生命打赌，这小孩准是我去树林的路上碰到过的那个年轻女人的'，可她似乎已不知去向了。我就抱着这小孩到了赫登教区，告诉了治安官。①

事实清楚，婴儿在出生时是活体，但被掩埋后不久死亡。小说中，杀婴者赫蒂在法庭上一直沉默不语，拒不认罪。法庭上的人对她这种漠然无情、冥顽不化的态度愤怒不已。因此，陪审团一致裁决赫蒂谋杀罪名成立，判决也没有附带任何提请宽恕的要求。

在英国，杀婴罪一直以来是一种死罪。然而，"在19世纪初，判决中登记为死刑者，但实际刑罚是流放或监禁。之所以发生这样的事，是因为法官觉得强制死刑太过严厉。大约60%的死刑判决中，法官记录为'若执行的话，可以处稍低些的处罚'"。② 因此十九世纪杀婴罪 "要求对死刑的强制性量刑只是名义上执行的；通常情况下，女性会被判处死刑，之后会得到内政大臣的赦免"。③ 许多陪审团甚至在最有力的证据面前也拒绝做出有罪判决，因为他们不想为下达死刑判决时造成的精神痛苦负责。这一时期对杀婴罪有一种更常见的惩罚——一种以"隐瞒出生"（秘密生育但未能保证婴儿的生命安全）为罪名的短期监禁。而小说《亚当·比德》中那个扭转乾坤、让绞刑判决发生逆转的却是引诱赫蒂失身的新晋庄园主亚瑟·唐尼尚。小说中对这戏剧性的一幕是这样描述的：

只见一个人纵马狂奔，分开了人群。那匹马全身冒着热气，已经疲惫不堪，

---

① 乔治·艾略特. 亚当·比德 [M]. 傅敬民, 译. 上海：复旦大学出版社, 2011：389.

② 陆伟芳. 从19世纪英国刑罚的变迁看人类文明进程 [J]. 扬州大学学报（人文社会科学版），2012（2）：98.

③ HANCOCK C R. It Was Bone of Her Bone, and Flesh of Her Flesh, and She Had Killed It: Three Versions of Destructive Maternity in Victorian Fiction [J]. Literature Interpretation Theory, 2004（15）：303.

但死命地鞭策还是令它狂奔不止。骑在马上的人，两眼发光，就像疯了一样。他眼中看到的，是别人看不到的东西。看，他手里拿着个东西——他将那东西高高举起，就好像是举着信号灯似的。地方治安官认识他：那是亚瑟·唐尼尚。他手中的东西正是来之不易的死刑赦免令。①

亚瑟以中世纪骑士的姿态在赫蒂生死攸关的时候上演了英雄救美的一幕，很快，赫蒂由绞刑改判为流放。这一幕与美国作家纳撒尼尔·霍桑的小说《红字》中牧师丁梅斯代尔在大庭广众之下袒露了自己的罪责的场景略有相似，不同的是，霍桑让这位悔罪者忏悔完即背负着肉体和心灵双重的十字架倒地死去，而《亚当·比德》的结尾，亚瑟被允许浪子回头，在病痛的折磨中救赎自己，赫蒂却在流放期满返回英国途中香消玉殒。具有讽刺意味的是，维多利亚时代的这种性别偏见在法律的外衣下却更加明显——因为其女性身份，赫蒂受到的惩罚比亚瑟的更为严厉。

《亚当·比德》是一部具有开创性的小说，乔治·艾略特以其敏锐的洞察力捕捉到当时社会中的杀婴现象及公众对这一现象的关注，大胆地把未婚生子与杀婴的主题置于聚光灯下，使得该小说成为维多利亚时期杀婴文学最具代表性的作品之一。在经历了道德的审判与法律的审判后，赫蒂杀婴背后的原因逐渐清晰，其背后反映出来的法律问题如维多利亚时期对杀婴行为的态度及对杀婴罪的相关法律规定也值得进一步研究。同时，透过这起杀婴案，我们可以看到乔治·艾略特对本民族文化中存在的杀婴现象的深深担忧与认真思考，英国民众对当时社会道德整体滑坡的忧虑，也可以借此进一步了解维多利亚时期的道德观、价值观，女性生存状况及法律制度。

---

① 乔治·艾略特. 亚当·比德 [M]. 傅敬民，译. 上海：复旦大学出版社，2011：414-415.

第八章

《弗洛斯河上的磨坊》：人物悲剧命运背后的法律纠纷

《弗洛斯河上的磨坊》是乔治·艾略特的第二部长篇小说，也是她早期的杰作，代表着她艺术水平的高峰。在中国，这部小说与《织工马南》最受读者欢迎，20世纪30年代译成汉语后出过许多版本。这是一部自传色彩很浓的小说，故事中的汤姆和麦琪兄妹俩的原型便是艾略特和她的哥哥依萨克。在弗洛斯河畔的圣奥格镇上，道尔考特磨坊的主人塔利弗夫妇带着两个可爱的孩子汤姆和麦琪幸福地生活着。塔利弗经营磨坊多年，虽然日子不宽裕，但一家人其乐融融。富商皮瓦特买了磨坊上游的土地，并计划从弗洛斯河里抽水灌溉农田，这样做势必会降低水位，影响磨坊的正常运作。为此，塔利弗跟皮瓦特的代理人——律师威根姆打起了官司。后来塔利弗败诉，法院裁决他破产，家产全部被法院强制拍卖，祖传磨坊最后也归威根姆所有。为此，塔利弗便迁怒于威根姆，不许儿子与威根姆的儿子菲利普接近，但女儿麦琪却和菲利普之间产生了深厚的感情。为此感情颇深的兄妹间互生嫌隙，麦琪最终被迫与菲利普断绝往来，离开磨坊。一次家族聚会上，麦琪结识了表姐露西的男友斯蒂芬，两人逐渐互生爱意。一日，麦琪与斯蒂芬划船出游，因潮水原因两人与其他人失散，五日后才辗转返回圣奥格镇。盛怒之下，汤姆将麦琪赶出家门。后在教区长凯恩博士的鼓励开导下，麦琪忍痛割爱，放弃与斯蒂芬私奔的念头。但她内心依然非常煎熬：爱情与亲情、前途与责任统统摆在她面前，让她不知所措。彼时弗洛斯河畔大雨连绵，导致洪水泛滥，磨坊被淹。麦琪独自驾舟到磨坊营救哥哥汤姆，两人在危难中和解，但最终小舟被浪头打翻，兄妹俩在永不分离的拥抱中一同消失在滔滔洪水中。小说自始至终笼罩着一层悲剧色彩，结尾也是以汤姆和麦琪双双葬身于洪水之中收场，这种悲剧性使整部小说显得十分凝重。

小说中有两条比较清晰的情节线：一是围绕道尔考特磨坊展开的诉讼纠纷及由此引发的磨坊主塔利弗一家的命运跌宕，这条线由一系列的法律事件串接起来；二是磨坊主的一双儿女汤姆和麦琪从孩童到成年后关系的变化及麦琪的爱情悲剧，这条线和小说中的法律事件紧密相连。纵观整部小说，两条情节线交织在一起，撞击出一次次的矛盾冲突：家族纷争、朋友失和、仇人决斗、兄妹反目、情人分手等，可以说小说中的人物每一次命运的转折都和一个法律事件紧密相关，法律事件又引发一次次的矛盾冲突，推动着故事情节向前发展，从法律的视角去解读乔治·艾略特的小说《弗洛斯河上的磨坊》，通过文本的描写对主要法律事件进行分析，揭示其对故事情节的推动作用；展示维多利亚时期法律制度在社会生活中所产生的各种效应，同时，在情与法的冲突中，更好地理解乔治·艾略特所提倡的伦理道德观。

一、维护"水利权"被判败诉：陷入债务危机

小说伊始，傍晚的弗洛斯河畔美丽恬静，道考尔特磨坊的轰鸣声夹杂着湍急的水流声让这一片美景更显静谧，一幅"耕罢田畴回家转，炊烟袅袅罩四围"的田园景象。然而很快，这种祥和的氛围在小说的第一部第二章就被打破，磨坊主塔利弗在谈到对儿子汤姆的教育期许时说：

> 我的意思是让汤姆受到好教育，一种使他将来能够谋生的教育……我打算一到施洗约翰节就把他送到一所真正的好学校里去……我父亲给我受的教育，不过是一方面挨打，一方面认得几个字母罢了。可是我却希望汤姆成为一个有点才学的人，能够跟有些人一样，有能说会写的本领。那就可以对我的这些诉讼、调解和许许多多事情都有些帮助……就要这个孩子去当真正的律师……①

父亲对儿子的殷殷希望中隐约透露出自己官司缠身的心酸与无奈，直到小说第二部第二章"圣诞假期"，谜底被揭开，原来富商皮瓦特先生在弗洛斯河的上游买了地，他"正在想方法引水来灌溉这些地，就水总是水这个原则来说，这迟早势必会侵犯到

---

① 乔治·艾略特.弗洛斯河上的磨坊[M].祝庆英，郑淑贞，方乐颜，译.上海：上海译文出版社，2008：5.

塔利弗先生的那份合法的水利权上来。"[①] 这时候读者才会恍然大悟，塔利弗旷日持久的诉讼是为了自己的"水利权"不受侵犯。

"水利权"，即沿岸所有权（riparian ownership），是关于对水资源权利和责任的一系列原则，指的是土地所有人根据与其土地相毗邻的河岸自然地享有水权："流域水权属于沿岸的土地所有者，其精髓是水权私有，并且依附于地权，当地权发生转移时，水权随之转移。"[②] 沿岸所有权制度源于英国普通法和1804年拿破仑法典，后在美国东部地区得到发展，是国际上现行水法的基础理论之一。沿岸所有权制度主张河岸上土地所有人不论是上游或是下游，沿岸所有水权的权利是平等的。在工业革命之前和工业革命早期，英国的灌溉、航行、渔业等水资源利用方式对河流的水质与水量的影响非常微弱，另外，英国降雨量充沛，完全可以满足各种用水需求。这一时期沿岸所有权制度建立在"自然流量理论"基础上，即"邻接地表水体的每个河岸土地所有权人，都享有流经或者流淌于其土地之上的流量处于自然状态的权利，而其他人不得改变流量或者水量、水质。"[③] 到十九世纪三四十年代，工业革命在英国已经基本完成，各大河流沿岸处出现了工厂和磨坊，而且随着生产规模不断扩大，这些工厂和磨坊对水量和水能的需求增长迅速，同时不同的用水方式及工业化带来的水污染逐渐改变了河流的自然状态，河岸所有权人之间的纠纷逐渐增多，正如小说中磨坊主塔利弗和上游土地所有人皮瓦特之间因用水产生的矛盾纠纷。这一时期，沿岸所有权理论为"合理利用理论"，即"邻近河流、湖泊等水道的土地所有权人（即河岸人）所享有的利用水道以及相关水物质的一组权利。河岸人是河岸水权持有人，简称河岸权人。河岸权人的主要权利是：靠近水道的权利，对水道中水流的权利，合理利用水体（如取水、引水、截水、储存水）的权利，享有处于'自然'数量状态下的水流的权利，航行权、捕鱼权等。"[④]

小说中的故事发生在十九世纪的三四十年代，塔利弗在弗洛斯河下游河岸拥有土地和一个磨坊，富商皮瓦特先生则在上游购置了土地，按照沿岸所有权制度，两位所有人对沿岸所有水权享有平等的权利。但在小说第二部第二章"圣诞节假期"中，塔

---

① 乔治·艾略特.弗洛斯河上的磨坊[M].祝庆英，郑淑贞，方乐颜，译.上海：上海译文出版社，2008：141.

② 雷玉桃.国外水权制度的演进与中国的水权制度创新[J].世界农业，2006（1）：36.

③ 万钧，柳长顺.英国取水许可制度及其启示[J].水利发展研究，2014（10）：63.

④ 胡德胜.英国的水资源法和生态环境用水保护[J].国家水利，2010（5）：52.

一个透视法律现象的文学窗口

利弗谈及皮瓦特在上游买地并引水渠灌溉时一再强调对方的荒唐举动一定会使他磨坊里的轮子停止转动：

>……如果你有一座磨坊的话，你就得有水来转动磨坊的轮子；跟我说皮瓦特的引水渠和他的荒唐举动不会使我磨坊里的轮子停止转动，是白说的。水的事情，我懂得还要多一些呢。居然拿工程师的话来对我说！我认为皮瓦特的引水渠一定会对我不利，这是常识。①

很显然，皮瓦特在上游引水浇灌农田势必会降低水位，减少水量，直接影响塔利弗下游磨坊的正常运作，侵害他的合法沿岸所有水权，塔利弗的诉讼是想通过法律手段来维护自己在下游的合法权益。

20世纪之前，英国侵权法的发展大体有两个阶段：早期发展阶段（10世纪—14世纪末）和从绝对责任（absolute liability）到过失责任（negligence）的发展（14世纪末—19世纪末）。②中世纪的英国在处理侵权行为时，采取绝对责任制，认为判断侵权行为的责任与实施行为的主观心理状态无关，只要有损害结果，就必须承担相应责任。这种粗糙武断的绝对责任制在自由资本主义时期的英国，变成了阻碍个人最大限度发挥主观能动性，去冒险、投资、开创新事业的绊脚石，在司法实践中很难做到公平正义，通常带有"血亲复仇"的野蛮色彩。③经过三个多世纪的历史演进，到了17世纪末，英国法院确立了过失责任原则，其基本含义是："所谓过失是没有尽到法律所规定的应当注意的义务；在此前提下由于过失造成了他人的损害，侵权行为人必须负担赔偿责任，"④由此可见，相较于绝对责任制，过失责任原则有利于保障资本主义经济的进一步发展，是历史选择的必然结果。按照当时英国的法律规定，侵权责任的认定实行"过失责任制"。皮瓦特在明知在上游引水修渠很有可能给下游磨坊经营者带来损害的情况下依然执意为之，在此前提下由于过失造成了他人的损害，作为侵权行为人必须负担

---

① 乔治·艾略特. 弗洛斯河上的磨坊 [M]. 祝庆英，郑淑贞，方乐颜，译. 上海：上海译文出版社，2008：142.
② 何勤华. 英国法律发达史 [M]. 北京：法律出版社，1999：273-275.
③ 何勤华. 英国法律发达史 [M]. 北京：法律出版社，1999：275.
④ 何勤华. 英国法律发达史 [M]. 北京：法律出版社，1999：276.

赔偿责任。然而，小说在第三部第一章"家里发生的事情"一开始便交代，经过漫长的诉讼，塔利弗被判败诉，不仅没有拿到任何赔偿，反而欠下巨额诉讼费。这场拖了很久的官司的费用不是塔利弗全部财产所能抵偿的，雪上加霜的是，为朋友瑞里两肋插刀做担保也因朋友的突然去世使得自己的债务又增加了二百五十磅，同时，几个月前借给他五百磅的债主见他输了官司也开始向他讨债，一时间，整个家庭在经济上陷入困境，塔利弗的个人悲剧就此开始。

二、动产抵押据被转让：走向败落

悲剧的大幕一旦拉开，便无法退场。压垮塔利弗的最后一根稻草是来自律师高尔先生的一封信。信上告知塔利弗，因他的债主费尔莱急需用钱，已经把他先前所有的抵押品都转让给别人了，其中包括他的财产抵押权。英国的契约法渊源于三个方面：普通法、衡平法和制定法，其中普通法形成了英国契约法的基本原则，衡平法对于合同法做了一系列的修正补充及完善，制定法如《儿童救济法》（Infants Relief Act，1874）、《货物销售法》（Sale of Goods Act，1893）等，则对判例进行调整、修改。"衡平法允许无形动产的转让，包括债务和其他合同权利，不管这些动产是衡平法上有效的抑或以法律为依据的。"[①] 在小说中，塔利弗曾因欠债无力偿还签下了动产抵押据，将田地抵押给了债主费尔莱。"水利权"官司败诉后，他和他的律师高尔先生沟通完便打算说服拥有田地抵押权的费尔莱买下他的全部财产，包括磨坊和住宅，而且还希望能够把磨坊租下来，同时得到费尔莱的投资。无论这是天真的幻想还是具有现实可行性的计划，对于塔利弗来说，这都是他最后能够改变磨坊命运的希望。然而，急需用钱的费尔莱却并未按照塔利弗的期望行事，他迅速将抵押给他的物品及财产抵押权转让给了这位磨坊主的宿敌——律师威根姆，从而使得威根姆摇身一变成为他的新债权人，给骄傲、自尊的塔利弗致命一击。收到消息后，塔利弗神情恍惚，跌落马背，"半个小时以后，这位塔利弗先生自己的马车夫发现他躺在路旁，已经不省人事了，打开的信在他身旁，他那匹灰色的马不安地在他周围嗅着。"[②]

[①] A. G. 盖斯特. 英国合同法与案例 [M]. 张文镇, 孙蕴珠, 译. 北京：中国大百科全书出版社, 1998：404.

[②] 乔治·艾略特. 弗洛斯河上的磨坊 [M]. 祝庆英, 郑淑贞, 方乐颜, 译. 上海：上海译文出版社, 2008：182.

在英国，1875年之前合法的无形动产是一种通过依法提起的诉讼可执行的财产，威根姆出于对塔利弗的仇恨将他签给别人的动产抵押据以合法的手段获得，反手将仇敌置于自己的掌控之下，使得塔利弗在保护祖辈家业的路上陷入了更加被动和屈辱的境地，从此一病不起。自从塔利弗从马上摔下来以后，"他有时候昏迷，直挺挺地躺着，有时候清醒一会儿，不过，即使在他清醒的时候，他的感觉也还是很迟钝，对那些在他屋子里进进出出的人，他都不大关心。"① 在突然变得冷酷的命运下，塔利弗的家里"早晨不再带来希望，疲乏的、失望的父母突然产生的不满情绪，就像潮湿混浊的空气一样，重重地压在孩子们身上，把一切生活的机能都压得萎缩下去了"。② 父辈之间的宿怨让一双年幼儿女汤姆和麦琪心灵里起了冲突，悲剧也延续至下一代。汤姆曾与律师威根姆的儿子菲利普同窗情谊深厚，妹妹麦琪对菲利普也曾一度心生爱恋，然而因为诉讼官司两家人积怨加深，汤姆选择与菲利普割席决裂，麦琪被迫与菲利普断绝了往来，最终落得个兄妹失和，朋友反目，情人分手。

三、法院宣告破产：陷入屈辱的绝境

法律意义上，破产指的是"债务人的全部资产不足以抵偿其债务所产生的法律上的后果。"③ 在小说第三部第二章"塔利弗太太的家神们"中，塔利弗因负债累累无法偿还，最终被法院宣告破产。塔利弗的一双儿女汤姆和麦琪被家人急召回家后发现，法警守在家里，说着把全部财产都拍卖掉的话，母亲塔利弗太太则一人在储藏室清点就要被法院拍卖的物品。

在英国，破产法经历了很漫长的演变过程。在中世纪，英国并没有成文的破产立法，债务人负债被定性为道德问题，甚至被视为不可饶恕的大罪。这种观念根深蒂固，小说中塔利弗太太一直认为负债就是在金钱方面占别人便宜，是一种道德上的耻辱。

但无论如何，简单商品经济和自由资本主义之下的英国破产法的要旨是保障债权人的利益。但当时为了鼓励债务人配合和协助债权人获得更多相关财产，英国个人破

---

① 乔治·艾略特.弗洛斯河上的磨坊[M].祝庆英，郑淑贞，方乐颜，译.上海：上海译文出版社，2008：203.

② 乔治·艾略特.弗洛斯河上的磨坊[M].祝庆英，郑淑贞，方乐颜，译.上海：上海译文出版社，2008：182.

③ 何勤华.英国法律发达史[M].北京：法律出版社，1999：362.

产法引进了破产免责制度。根据破产免责制度的规定,债务人不再有牢狱之灾,因此小说中债务人塔利弗并未因为欠债而入狱。同时,小说对塔利弗破产事件细致描写真实展示了在十九世纪三四十年代的英国,个人被法院宣告破产后,个人破产法对全体债权人利益的保护。塔利弗被法院宣告破产后,塔利弗太太坐在搁置被单台布及家里所有珍贵的"好东西"的贮藏室里,心情沉重地整理着将要被拍卖的家用物品,"银茶壶从一层层的纸包中拿出来了,最好的瓷器放在一只关着的被单箱子的箱盖上,调羹、串肉扦和勺子一排排地摊在架子上。"[1]虽有诸多不舍,但她并未隐藏,而是按照法律要求,配合法院的破产拍卖。除此之外,小说还详细描述了塔利弗家太太及一双儿女在破产之后的表现,从另一个角度展示当时个人破产法的深入人心,债务人应尽的义务及债务人对法律的尊重。

"在阴沉沉的十二月里,拍卖举行了,屋子里的家具直到第二天下午才拍卖完毕。"[2]"在一月份第二个星期的开头,根据法院的命令,宣布拍卖的单子全贴出来了,饭后在金狮旅馆举行拍卖,先卖塔利弗先生的农具、牲口和别的农业资产,然后再卖磨坊和田地。"[3]随着木槌的一次次落下,塔利弗最终失去了所有财产,同时背负着五百多磅的债款及越积越多的利息,而他的仇人威根姆则既手握他的财产抵押权,又买下了他的祖传磨坊。更让他屈辱的是,他必须在使他破产的仇人威根姆手下做事贴补家用。从此,这位自信倔强的磨坊主暗淡的眼睛再也没有闪出过渴望和快乐的光芒:

> 决不离开家在别的地方逗留。他在市场上一办完事就匆匆忙忙离开,……在他去谈生意的地方,人家留他多待会儿,或者聊聊天,他都一概拒绝……他在各方面都感到自己的自尊心受到损害;只要人家对他有什么举动,不管是和善的或是冷淡的,他总觉察到人家是在暗指他的环境改变。[4]

---

[1] 乔治·艾略特.弗洛斯河上的磨坊[M].祝庆英,郑淑贞,方乐颜,译.上海:上海译文出版社,2008:185-186.

[2] 乔治·艾略特.弗洛斯河上的磨坊[M].祝庆英,郑淑贞,方乐颜,译.上海:上海译文出版社,2008:217.

[3] 乔治·艾略特.弗洛斯河上的磨坊[M].祝庆英,郑淑贞,方乐颜,译.上海:上海译文出版社,2008:224.

[4] 乔治·艾略特.弗洛斯河上的磨坊[M].祝庆英,郑淑贞,方乐颜,译.上海:上海译文出版社,2008:255.

阴郁、沉默、沮丧、耻辱成了他后半生的人生写照，最后在拼尽全力和威根姆决斗结束后大病一场，撒手人寰。破产和法院的强制拍卖不仅给塔利弗带来巨额债务的压力，更带给他永久的耻辱，使得一个骄傲、自信、热情的磨坊主最终沦为一贫如洗的债务人，这种强烈的耻辱感最终导致了他的悲剧。

四、司法制度的弊端：破产的元凶之一

从整部小说来看，故事情节中所涉及的一系列具有连锁效应的法律事件——水利权官司败诉，动产抵押据被转让，无力还债被法院宣告破产，全部家产被拍卖——最终让磨坊主塔利弗的家庭从衣食无忧走向一贫如洗，似乎官司的败诉是整个家庭衰落的导火索，但是如果回看英国19世纪的司法制度，我们会发现塔利弗诉讼案官司背后暴露出的是当时司法制度本身的弊端所带来的危害。

到19世纪初，"英国传统司法制度的弊端越来越明显地暴露出来，特别是在司法组织混乱、法庭权限不清、诉讼程序烦琐僵化和案件审理拖延不决等方面，几乎达到了令人难以容忍的地步。"[①] 英国普通法的鲜明特点是注重诉讼程序，这和大陆法传统中"重实体、轻程序"的原则不同。普通法注重诉讼程序的特点和其特有的令状制（Writ System）密切相关。根据令状制，当事人必须先申请令状后才能在法庭起诉。1875年之前，英国存在着种类繁多的令状，不同的令状有不同的格式和适用范围，代表不同的诉讼形式。因此，当事人必须针对不同的侵害选择相应的令状，如案件涉及两种罪行，当事人则必须申请两种令状，作为两起案件分别起诉。相反，如当事人未找到适当的令状或者选错了令状，其诉讼请求将得不到法庭受理，因此也经常出现当事人因错误地选择了令状而遭受败诉的状况。同时，不同的令状针对不同的诉讼规定了不同的程序规则，法庭对案件的审理必须严格根据规定的程序方法进行。直到1875年，《司法法》才废除了各种诉讼形式。另外，普通法法庭仍沿袭古代习惯，每年开庭仅4次，每次只有3周，案件积压严重。可以说，19世纪的英国诉讼程序复杂僵化，司法审判效率十分低下。

在《弗洛斯河上的磨坊》一书中，艾略特并未详细描述塔利弗打官司的始末，但从小说故事情节中的一些细节，可以推算出塔利弗从诉讼开始到被判败诉的大致时间

---

① 程汉大.英国法制史[M].济南：齐鲁书社，2001：376.

第八章 《弗洛斯河上的磨坊》：人物悲剧命运背后的法律纠纷

跨度。在小说的第一部第二章"道尔考特磨坊的塔利弗先生宣布他对汤姆的计划"中，当和妻子谈论起他给儿子汤姆制定的教育计划时，塔利弗已经提及"我的这些诉讼、调解和许许多多事情"①，很显然，彼时的塔利弗已经深陷诉讼泥潭，内心颇为焦虑，这才表达了希望儿子能受到良好教育后能够在这些方面对他有所帮助的愿望。紧接着，夫妻俩的谈话转移至女儿麦琪身上，谈及女儿的头发时，塔利弗太太说："你怎么能这么说，塔利弗先生？她（麦琪）已经是个很大的女孩子了——快九岁了，而且照她的个子看起来，还不止九岁——怎么可以把她的头发剪短呢？"②由此可以推算，塔利弗维护"水利权"官司在女儿麦琪不到九岁的时候就已经开始了。随着故事情节的发展，小说的第二部第七章"穿过了黄金的门"中描写，在一个阴冷的十一月的早晨，麦琪前去哥哥汤姆的学校告知父亲塔利弗官司败诉将要破产之事，"汤姆有好几个星期没接到家里的信了……他九点钟进了书房，不一会工夫，就听说他的妹妹来了，在客厅里等他……麦琪这时候也长得很高了……她还不过十三岁，……这时候她看上去的确要比汤姆年纪大一些。"③在小说第三部第七章，当塔利弗太太内心挣扎如何说服威根姆不要买下磨坊时，她提到自己的丈夫和威根姆十年来一直打官司。可以推测，这场维权官司足足十年之久，这和当时英国司法制度中诉讼程序烦琐僵死这一弊端所导致的诉讼时间漫长不无关系，可以想象彼时英国普通民众寻求公平正义之路的艰难与心酸。

伴随着烦琐诉讼程序的是高昂的诉讼费用，比如当时一起普通的离婚案必须先要经过议会法案的审批才能进入庭审，一般要经过3次法庭审判，平均花费1000镑到1500镑，这对穷人来说是无法承受的。④因此，当时高昂的诉讼费用支出也是阻碍英国普通老百姓寻求公平正义的原因之一。小说中没有具体交代塔利弗支付诉讼费用的具体数额，但在小说第三部第一章"家里发生的事情"中塔利弗的一段内心描写可以看出他为了这场官司走到了倾家荡产的境地："他看得很明白，这一场拖了很久的官司的费用，并不是他的全部财产所能抵偿的，可是他自以为很有办法，可以防止一切不

---

① 乔治·艾略特.弗洛斯河上的磨坊[M].祝庆英，郑淑贞，方乐颜，译.上海：上海译文出版社，2008：5.
② 乔治·艾略特.弗洛斯河上的磨坊[M].祝庆英，郑淑贞，方乐颜，译.上海：上海译文出版社，2008：9.
③ 乔治·艾略特.弗洛斯河上的磨坊[M].祝庆英，郑淑贞，方乐颜，译.上海：上海译文出版社，2008：175.
④ 程汉大.英国法制史[M].济南：齐鲁书社，2001：382.

能忍受的后果,可以免得在人家面前出丑。"① 在第三部第七章"母鸡运用策略了"中,诉讼终于结束,小说中是这样描写的:"在付清了被告的诉讼费以后,还有那友好的高尔先生(塔利弗的代理律师)的账要付,另外还有银行里的亏空和其他债务,这样,资产一定会很明显地抵不上负债。"② 十分肯定的是,十年官司带来的巨额诉讼费加速了塔利弗的破产,成为导致他悲剧命运的重要原因之一。

在英国,侵权法与财产法、合同法一起构造了私法体系的框架,成为调整人身关系、财产关系的基本法律。③ 在小说《弗洛斯河上的磨坊》中,塔利弗为维护"水利权"与富商进行了旷日持久的诉讼,被判败诉后,高额的诉讼费和欠债使其陷入经济危机。为偿还巨额债务,塔利弗给债主签下了动产抵押据但很快被债主转让给自己的宿敌,让他在经济和情感上遭受重击,一病不起。然而病榻上的他很快因欠债问题再次发生诉讼纠纷,紧接着被法院宣告破产,全部家产包括磨坊和土地统统被法院拍卖,用于清偿债权人。细读《弗洛斯河上的磨坊》会发现,小说中磨坊主塔利弗每一次命运的转折都和一次法律事件紧密相关,同时法律事件引发一次次矛盾冲突,推动故事情节的发展。但小说中交代法律事件并非小说家乔治·艾略特的目的和任务。从法律的角度切入去解读《弗洛斯河上的磨坊》,可以更好地理解在资本主义飞速发展下,英国传统农业社会的宗法秩序、小农经济逐渐解体,农民不断走向贫困和破产的困境;了解充满变革和动荡的维多利亚时期英国的法律制度和诸多法律观念,并从小说的情节和人物跌宕起伏的命运中看到法律实施、其产生的社会效应和英国传统司法制度的弊端;除此以外,当然从法与情的碰撞中,我们也可以看到乔治·艾略特对破坏家庭道德观造成的家庭不幸和家庭关系的破裂的功利主义价值观的批判,对传统伦理道德堕落的担忧及对危机中家庭成员间的患难真情和相互的责任感的倡导。

---

① 乔治·艾略特.弗洛斯河上的磨坊[M].祝庆英,郑淑贞,方乐颜,译.上海:上海译文出版社,2008:179.
② 乔治·艾略特.弗洛斯河上的磨坊[M].祝庆英,郑淑贞,方乐颜,译.上海:上海译文出版社,2008:226.
③ 何勤华.英国法律发达史[M].北京:法律出版社,1999:279.

第九章

《米德尔马契》：权利博弈中的遗嘱继承

《米德尔马契》是乔治·艾略特的第六部长篇小说，全名为《米德尔马契——外省生活研究》。这部小说被誉为现实主义的杰作，被许多批评家认为是乔治·艾略特的代表作。从 1871 年 12 月到 1872 年 12 月，该小说以 5 次双月刊和 3 次月刊的连载形式由布莱克伍德出版社分期出版，1874 年以完整的小说形式再版。按照乔治·艾略特的构思，该小说最初是两本独立的小说，即讲述女主人公多萝西娅故事的《布鲁克小姐》与讲述医生利德盖特故事的《米德尔马契》，后在创作的过程中她将两本书合并进行续写，才有了今天的鸿篇巨制《米德尔马契》。在小说中，乔治·艾略特塑造了一百五十多个职业各异、地位不同的人物形象，并将他们安排在错综复杂的社会关系中，全景式再现了从乔治四世统治时期到议会改革时期的英国社会面貌，重点展示了当时的乡村生活状况及普通小镇生活众生相。

《米德尔马契》描绘的是 1832 年改革法案颁布前后英国洛姆郡东北角的工业小城米德尔马契人们的生活状态，同时也展示了医学发展及铁路的出现等因素带来的文化变革。小说围绕着两条主要的情节线展开：一是女主人公多萝西娅·布鲁克不幸的婚姻与理想的破灭，二是医生利德盖特悲剧性婚姻与事业的失败。

十八岁的多萝西娅和妹妹西丽亚父母双亡，靠父母的遗产生活。后姐妹俩投奔居住在市郊蒂普顿农庄的伯父布鲁克先生。多萝西娅胸怀理想烈焰，虔诚又热情；她崇拜圣德雷莎和安提戈涅那般的殉难精神，幻想自己也能有朝一日实现圣洁高尚的救世理想。在婚姻方面，多萝西娅希望能找到一个学者型的丈夫，这样才有助于提升自己，脱离平庸的现实环境。经过物色，年长她好多的四十五岁的教区长爱德华·卡苏朋进入她的视野。因为这个书呆子牧师有一个宏大的计划——编写一本《世界神话索隐大全》，意欲统一天下的宗教思想，这完全符合多萝西娅对完美丈夫的幻想，于是她不顾众人反对嫁给了卡苏朋。婚后的多萝西娅失望地发现，丈夫所谓的鸿篇巨制只不过是他用来博人眼球的吹嘘罢了。卡苏朋发现自己被妻子看穿后，开始对她冷落、猜疑和防范，夫妻俩渐行渐远。这时，卡苏朋的表侄威尔与孤独的多萝西亚谈得投机并爱上了她，结果被卡苏朋禁止踏入家门。卡苏朋身患重病后立下遗嘱，要求只有多萝西娅承诺在他百年后会继续编书才可以享有他的财产继承权，后又担心多萝西娅担心会在他死后改嫁给他的表弟威尔，他又在遗嘱附录中规定，如妻子将来改嫁给威尔，其财产继承权将被剥夺。最终经过激烈的内心斗争，多萝西娅选择放弃继承权，和威尔结婚。

二十七岁的青年医生利德盖特是个孤儿，虽说有贵族背景但经济窘迫。来到米德尔马契之后，他创立新医院，倡导医疗改革，追求事业上的成功。他的不幸是从与罗莎蒙德——米德尔马契市市长的女儿结婚开始。罗莎蒙德妩媚性感，楚楚动人，是利德盖特心目中理想妻子的化身。然而婚后，罗莎蒙德那颗浮名浮利的世俗之心渐渐显露出来，她爱慕虚荣、性格强势，她的种种行径使得丈夫利德盖特债台高筑，入不敷出，不得不为了一点私利违心行事，后又被卷入资助人银行家布尔斯特罗德私吞别人财产的丑闻中。多萝西娅帮助利德盖特还清债务，挽救了他的婚姻。利德盖特最终也放弃了自己原有的事业抱负，迁居伦敦，不到五十岁便郁郁而终。

在这部小说中，除了以上两条主要叙事线，还穿插着许多其他相关人物的故事，如弗莱德和玛丽的爱情故事，斯通大院上演的财产争夺，银行家布尔斯特罗德不可告人的秘密，等等，故事线索杂而不乱，相互交织，使得该小说成为英美文学史上一部错综复杂的网状小说，全面展示了维多利亚早期的社会全景。

在整个19世纪，对于一个人如何在死后处理他的物品，人们一直争论不休。1833年和1837年，英国分别颁布了《继承法》与《遗嘱法》，但这些法案只是改进了现行法律运作的机制，并没有产生实质性的变化。更多激进的改革要求废除长子继承权，即第一个出生的合法儿子继承整个遗产的权利，赞成立遗嘱可以将遗产分配给多位继承人。在《米德尔马契》中，乔治·艾略特讲述了三种不同的涉及遗嘱的法律事件。第一起遗嘱继承事件和卡苏朋的遗嘱有关。卡苏朋通过立遗嘱的形式将自己所有财产在死后留给妻子多萝西娅，条件一是她要继续帮他完成一本号称是所有神话钥匙的《世界神话索隐大全》，条件二是她不能嫁给他的表侄威尔·拉迪斯拉夫。第二起遗嘱继承事件和费瑟斯通的遗嘱有关。市长文西先生的儿子弗雷德·文西负债累累，渴望能够从姨父费瑟斯通那里继承一笔财产来缓解债务危机，然而病中的费瑟斯通总是对围绕在身边的那些爱钱的遗产继承人们冷落有加。第三起遗嘱继承事件和道貌岸然的银行家布尔斯特罗德有关。布尔斯特罗德是市长文西先生的妹夫，曾向自己的妻子——威尔的祖母撒谎，隐瞒已找到她的女儿及外孙的消息，借此独吞了老人的全部财产。

在《米德尔马契》中的这三个主要的遗嘱事件中，立遗嘱人都有能力对继承人行使权利，即无论遗嘱所体现的权利如何，它都受到受遗赠人的权利和承诺的限制。但在现实中，遗嘱可能取决于受遗赠人是否有能力实现遗嘱的基本意图，也可能取决于中间人的能力，如撰写和阅读遗嘱的律师，另外，遗嘱执行人也有可能干涉遗嘱实现其目的。本章对小说《米德尔马契》中的遗嘱继承事件进行分析，探讨三起遗嘱继承事件中围绕遗嘱展开的权利博弈及权利随着继承发生的转移与消解，进而揭示乔治·艾略特对当时遗嘱不公正现象的批判，同时，借此也可以管窥当时英国的遗产继承法及其局限性，更好地了解当时英国社会状况和法律制度。

继承法是有关个人财产在其死后如何转移给他人的法律。最初，受教会法的影响，遗产中的动产部分可采用遗嘱继承；不动产如土地的继承从 12 世纪末便形成长子继承制。13 世纪以后，英国形成了"单纯继承制"（由任何直系和旁系继承人继承）和"限嗣继承制"（仅限于直系子孙继承）；动产继承则分为三份，妻子、子女、教会各得一份。[①]1540 年，英国在法令中规定了适用于土地等不动产的遗嘱继承，动产继承也可立遗嘱且可设立遗嘱执行人。从 16 世纪起，英国开始由中世纪封建社会向近代资本主义社会过渡。随着 17 世纪资产阶级革命的结束，英国进入资本主义社会，一切阻碍新生资本主义发展的障碍都被毫无保留地清除。这期间，英国确立了议会主权和司法独立制度，倡导法律至上原则。1837 年，英国颁布了《遗嘱法》，规定了遗嘱的订立程序、遗嘱的撤销及生效等。1857 年，英国通过了《遗嘱检验法院法》，撤销了宗教法院在确认遗嘱效力和颁发遗产管理委任状等方面的管辖权，成立了遗嘱检验法庭。

一、爱德华·卡苏朋的遗嘱："死者之手"对生者权利的消解

萝西娅·布鲁克年轻漂亮，依靠父母留下的每年七百磅的遗产衣食无忧，生活体面。然而这位正当结婚妙龄的少女似乎还是一个生活在使徒时代的德蕾莎式的圣者，梦想着扶贫济世，拯救众生；她坚定地认为，女人为时装操心简直就是疯子的行径，只有

---

① 何勤华. 英国法律发达史 [M]. 北京：法律出版社，1999：321-322.

一个透视法律现象的文学窗口

某种崇高和伟大的宗教观念才可以让她心甘情愿献身，于是，她经常深夜独坐，潜心研读古老的神学著作。在她看来，"真正幸福的婚姻，必须是你的丈夫带有一些父亲的性质，可以指导你的一切。必要的时候，甚至可以教你希伯来文。"①因此，当和颜悦色、风度翩翩地从男爵詹姆士·彻泰姆——那位无论她说什么都唯唯诺诺，点头称是的人向她频频示爱时，她断然拒绝了。在她的心里，年过半百、形容枯槁的书蠹爱德华·卡苏朋才是理想的丈夫人选。卡苏朋虽然没有彻泰姆的容光焕发、气宇轩昂，但他有着洛克式深陷的眼眶和阿奎那式的脑袋，在多萝西娅看来，"这个人是能够理解更崇高的内心生活的，跟这样的人才会有精神上的共鸣，不仅如此，他可以用最广博的知识照亮你的原则，他的学识几乎已足以保证，他的任何信念都是正确的！"②更重要的是，他还在潜心筹备一部鸿篇巨制——《世界神话索隐大全》。最终，多萝西娅激动地接受了这个年长她近三十岁的老学究的求婚。怀着孩子般的依赖之心，听凭神圣意识的指引，她把自己完全交托给了一直仰慕的偶像——这位在见解和知识上都超过她的、集神圣与博学于一身的卡苏朋。

婚后，多萝西娅与卡苏朋来到罗马，一边度蜜月，一边为卡苏朋著书立说收集资料。然而，多萝西娅想帮助丈夫整理笔记这样一个小小提议却引发了夫妻间的第一次争执，卡苏朋愠怒不已，多萝西娅独自涕泣。与此同时，多萝西娅与卡苏朋的表侄威尔在梵蒂冈偶遇后的两次来往让卡苏朋对妻子心生不满与怀疑，他甚至直接告知妻子，威尔未来的发展不属于他们夫妻二人操心的范围。从罗马回到洛伊克后，多萝西娅对婚姻的美好憧憬逐渐破灭，她的心也随着丈夫一次次对她的不信任不断地滑进凄凉失望的深渊。一日，威尔写信给多萝西娅表达了想要来洛伊克做客的愿望，正是这封信让卡苏朋夫妻再生嫌隙。多萝西娅意识到丈夫处事愚昧荒谬，极不公正；卡苏朋也认为妻子缺乏作为一位贤惠妻子应具备的条件，太浅薄，对一切都自以为是。这一次的争吵让卡苏朋情绪激动进而心脏病猝然发作。医生利德盖特认为卡苏朋患有心脏病会引起突然死亡，这让多萝西娅沉默如一尊大理石雕像，让卡苏朋开始考虑自己的身后事——立遗嘱。

19世纪三四十年代，英国第一个进入现代资本主义工业社会，《米德尔马契》背景刚好是英王乔治四世和首相威灵顿公爵统治时期（1820—1830）到议会改革（1832）

---

① 乔治·艾略特. 米德尔马契：上 [M]. 项星耀，译. 北京：人民文学出版社，2006：8.
② 乔治·艾略特. 米德尔马契：上 [M]. 项星耀，译. 北京：人民文学出版社，2006：20.

时期。进入工业社会给英国的家庭生活结构及婚姻继承制度带来了巨大影响：结婚与离婚自由逐步实现，夫妻平等地位加强，财产的分配开始以人为着眼点，不再单纯地强调财产的完整性等，这些从多萝西娅的婚姻中可管窥一斑。当多萝西娅决定嫁给年长自己近三十岁的卡苏朋时，遭到家人及朋友的集体反对，尽管如此，她的伯父布鲁克先生并未通过经济制约——剥夺继承权的方式来反对她的婚姻。从这个层面上说，多萝西娅实现了结婚自由。婚前，卡苏朋对自己身后的财产做了安排，主要是对自己未来的妻子授予财产，以保证她未来的生活。而这个婚前财产协议也为后来财产继承中的权利博弈埋下伏笔。

当卡苏朋从利德盖特那里了解到自己有可能随时病发死亡时，有两件事困扰着他：一是他的鸿篇巨制《世界神话索隐大全》很可能要中途夭折，毕生想要著书立说的愿望可能化为泡影；二是表侄威尔·拉迪斯拉夫不顾他的劝阻决定在洛伊克附近定居生活，对他这位博文广识的长者不屑一顾但对他的妻子热情有加，直觉告诉他威尔肯定会在自己死后娶多萝西娅，夺取他的财产。相比之下，第二件事更使他焦虑不安，肝火直冒。在当时的英国，遗嘱继承已经逐渐取代了法定继承的支配地位，成为遗产继承的主要方式，同时也可以设立遗产执行人。于是，卡苏朋在得知自己身患重病后便立下遗嘱，要求只有妻子多萝西娅承诺在他死后继续推进他的工作，即完成《世界神话索隐大全》的编写才可以享有他的财产继承权：

> 遗嘱人如果在其生前想变更、修改或增加遗嘱内容，可以不必重新书写遗嘱，而将这些变更的内容写成附录并入遗嘱中。该附录即为一种有效的遗嘱附件，在执行遗嘱时，将与遗嘱一起受到检验，即使由于某些原因遗嘱本身被拒绝检验，附录也可以作为独立的文件而得到检验。①

因为担心多萝西娅有可能在他死后改嫁给他的表侄威尔，卡苏朋在遗嘱中增加了附录：如果妻子多萝西娅在他死后嫁给威尔·拉迪斯拉夫，她将失去已有遗嘱中规定的财产的继承权。

小说《米德尔马契》中的故事情节并非一条线，而是一张错综复杂的网，它展示

---

① 厦门大学法律系. 厦门大学法律评论 [M]. 厦门：厦门大学出版社，2001：271.

一个透视法律现象的文学窗口

着各种各样权利的博弈、消解与平衡。卡苏朋是这样一张不断变化的社会权利关系网中的一员，他视自己为权利的中心，通过设立遗嘱将自己的生活简化为两种权力关系：一是对工作的掌控，二是对妻子多萝西娅的掌控。只要他还活着，他的编书工作便可以继续推进，他的妻子仍会在法律约束下捆绑在他身边，协助他完成《世界神话索隐大全》的编撰；只要他还活着，他就不可能被热情浪漫的假想情敌威尔取而代之，让后者代替他成为权力的中心。尼尔·赫兹（Neil Hertz）认为，这位身患心脏病而濒死的老学究似乎是一个寓言式的人物，是遗嘱这种书面文字的化身，[①] 如果活着的卡苏朋是书面文字的象征，那么死后的他便成功地被自己留下的书面文字——遗嘱所代替。在这种情况下，他将自己的意志力转移至遗嘱这种稳固的、具有法律效力的书面文字，使他对工作和妻子掌控的权力超越肉体死亡继续延续，从而让他在社会关系网中保持自己原有的权力中心地位，也就是说即使他离开人世，他的妻子多萝西娅依然会受到遗嘱所传递的法律力量的约束：通过具有法律效力的遗嘱，活着的卡苏朋的权利转移到遗嘱表述的字里行间，再通过遗嘱执行人和受遗赠人的代理，继续存在于人世间的权利关系网中。不难看出，一个女子婚前享有的财产支配权，是以她婚后的顺从为代价的，而且这种顺从一直要延伸至丈夫死后，体现在她对丈夫遗嘱的忠诚。遗嘱体现了社会关系网中权利的转移，那么这种权利转移所暴露出来的遗嘱的不公正性又是怎样体现的呢？

在小说中，多萝西娅在婚后慢慢对丈夫一直忙着编写却永远停留在口头的那本《世界神话索隐大全》失去兴趣，觉得这就是用一些不可靠的材料去说明一些更加不可靠的原则，这些"只是支离破碎的木乃伊，是由历史废墟中五花八门的遗物拼凑而成"[②]，而"她对这种研究常常感到厌倦和不耐烦，认为这只是一种毫无意义的猜谜活动，根本不是在探索一门高深的学问，它也不可能使她的生活变得更有价值！"[③] 因此，当卡苏朋在去世之前，试探着问自己的妻子，"万一我死了，你是不是肯按照我的愿望行事，也就是说，避免做我不赞成的一切，努力实行我要你做的一切"[④]，多萝西娅并未

[①] HERTZ N. The End of the Line: Essays on Psychoanalysis and the Sublime[M]. New York: Columbia UP, 1985: 78.
[②] 乔治·艾略特. 米德尔马契：下[M]. 项星耀, 译. 北京：人民文学出版社，2006：454.
[③] 乔治·艾略特. 米德尔马契：下[M]. 项星耀, 译. 北京：人民文学出版社，2006：454.
[④] 乔治·艾略特. 米德尔马契：下[M]. 项星耀, 译. 北京：人民文学出版社，2006：453.

立刻给出一个肯定的答复，这让卡苏朋颇为失望，也进一步证明他增加遗嘱附加条件以保证他的权利在他死后继续存在的必要性。对于卡苏朋来说，遗嘱是他意志的体现，可以保证他的掌控权在他死后可以继续存在，可以约束妻子完成他未尽的工作，了却自己的心愿；对于多萝西娅来说，遗嘱无疑是一种敲诈勒索，以财产继承权为要挟将她和她并不喜欢、不感兴趣的工作通过法律效力捆绑在一起，而这个工作就像这本《世界神话索隐大全》的名称一样，是一个虚构的、不存在的"神话"，但同时这个"神话"却时时要主导多萝西娅未来的生活，这对多萝西娅来说，是不公平的。卡苏朋最担心的是威尔会在他死后娶多萝西娅以侵占他的财产，因此依然通过增加遗嘱附录的形式去寻求一种确定性，从而让多萝西娅对他的遗产负有一种义务与责任。然而在他们婚后没多久，多萝西娅就意识到卡苏朋并不是她心目中想象的那个人，她对他的情感敬佩逐渐变成了怜悯和责任，对他狭隘的眼光越来越强烈的感觉也时刻提醒她，自己的职责可能存在一定的危险。在他临死前不久，卡苏朋问她是否愿意在他死后听从他的命令，她迟疑了。从某种程度上说，卡苏朋的遗嘱体现了"死者之手"的力量，这种力量通过遗嘱将活人置于契约义务之下，从而达到维护他作为合法丈夫的地位和名誉。遗嘱的附录暗示多萝西娅与威尔之间存在不正当的关系，从而激起了多萝西娅对威尔的爱情渴望及她对卡苏朋《世界神话索隐大全》的放弃，使她从这项契约责任中解脱出来。小说的结尾，多萝西娅选择与威尔结为夫妇，由此，卡苏朋试图从坟墓内伸手控制她的愿望落空了，"死者之手"的权利随着遗嘱及遗嘱的附加条件出现，又随着多萝西娅和威尔的结合最终消解。

二、费瑟斯通的遗嘱：绝对遗嘱自由制下的权利博弈

在小说《米德尔马契》中，彼得·费瑟斯通的遗嘱最具喜剧性。这位吝啬鬼当年在谁也没有想到的地方发现了锰矿之后摇身一变成了远近闻名的大财主，但造化弄人，他接连失去了两位妻子，一位是高思先生的妹妹，一位是文西太太的姐姐，而且两任妻子没有给他留下任何子女。腰缠万贯又独居在斯通大院，费瑟斯通吸引着众多同宗亲属和无血统关系的亲戚——他们都希望自己能够成为幸运的那一个，随时可能因费瑟斯通改变想法而出现在他的遗嘱条款中。费瑟斯通本家族的兄弟姐妹分为两派：一派是家境殷实的索洛蒙兄弟和简恩妹妹，一派是家境贫穷的乔纳兄弟和玛撒妹妹。殷实派认为亲哥哥在制定遗嘱的庄严行为中绝对不会无视他们对他的财产享有的崇高权

利；贫穷派则认为照这些比较穷的、不得宠的人看来，自己的哥哥一辈子没为他们做过一件好事，因此到临终的时候他理应想起他们，用意想不到的遗嘱使亲友们大吃一惊。两派的兄弟姐妹一致认为，当"一个同胞手足'躺在那儿'，两腿浮肿，必然会想起血比水浓、疏不间亲这个道理，假如他不修改遗嘱，他身边一定放着不少现款……必须让他的同宗亲属待在他的家里，监视那些根本算不得亲戚的人"①。于是，在费瑟斯通病重卧床后，这些天然不会忘记血缘关系的亲戚们更是纷纷登门请安造访，斯通大院每天上演着这样的情景："在镶护壁板的客厅里，也经常有一双双虎视眈眈的眼睛在注视着一切，那些本家亲戚一个个都表示愿意当义务陪夜人。"②

然而，无论是对待自己的兄弟姐妹与侄子外甥，还是对待其他姻亲亲戚，费瑟斯通总是喜欢用嬉笑怒骂的方式来打击、奚落他们，让他们时刻感到自己很有可能会出现在他的遗嘱中但又随时会有失去继承权的危险。虽不受欢迎，仅有一杯白开水的待遇，但费瑟斯通的亲戚们依然乐此不疲地把斯通大院当作是他们理应朝拜的圣地。面对不顾禁令闯入他卧室的索洛蒙兄弟和简恩妹妹，老费瑟斯通怒火中烧，马上抓起身边的金柄手杖，一边前后挥舞，一边大声嘶吼并正告二人："出去，沃尔太太！出去，索洛蒙……我不会想到你和你的孩子们，我不会想到你们任何人。我已立好遗嘱，我告诉你们，我已立好遗嘱。"③被赶出家门的二人并未感到被冒犯，而是婉称自己先"暂时告退"。弗莱德·文西——费瑟斯通第二位妻子的外甥，一向厌恶自己的这位守财奴姨父，对他的命令也是阳奉阴违从不照办，但对继承姨父财产的渴望导致他在向别人借款时借机吹嘘了这还未到手的遗产，本是年少轻狂、不谙世事之言，却让听闻此事的费瑟斯通极为不悦，要求弗莱德必须让其姑父布尔斯特罗德——消息的散布者和一个对他成见满满的银行家写一张条子，证明他并未假借所谓的遗产抵押借款。对弗莱德来说，这本是一种赤裸裸的戏弄和羞辱，他也深知姨父的要求愚蠢，但他更清楚如果不照办后果只会更加不堪设想。最后在弗莱德父亲文西先生的威逼之下，布尔斯特罗德最终做出让步，送去了一封可以还弗莱德清白的信，然而依然换来费瑟斯通另一轮嘲弄与戏谑。那么，是什么让费瑟斯通家族的人甘愿忍受屈辱和戏谑，坚持拜访这位性格乖戾跋扈、卧病在床的老费瑟斯通？是什么驱使年轻的弗莱德一次次面对姨父

---

① 乔治·艾略特.米德尔马契：上[M].项星耀，译.北京：人民文学出版社，2006：289.
② 乔治·艾略特.米德尔马契：上[M].项星耀，译.北京：人民文学出版社，2006：291.
③ 乔治·艾略特.米德尔马契：上[M].项星耀，译.北京：人民文学出版社，2006：292.

第九章 《米德尔马契》：权利博弈中的遗嘱继承

无理的要求和挑剌时忍气吞声、低声下气？又是什么让装腔作势的博斯洛普·特朗布尔——当地著名的单身汉和拍卖商、费瑟斯通的远房表侄以及处心积虑的文西先生和文西太太等，全都对斯通大院里的这位年老体弱的老财主言听计从？

不难看出，一切的源头正是费瑟斯通的遗嘱。在英国，1938 年之前的遗嘱继承实行绝对遗嘱自由制，即遗嘱设立人的遗嘱无须经过任何人的同意，可以选择任何人作为他的继承人，遗嘱只要通过一定的形式做出即发生法律效力。立遗嘱人享有几乎是绝对的遗嘱自由，可以剥夺任何法定继承人的继承权，可以自由地处分自己的财产，如削减或剥夺自己子女的份额，使之身无分文。因此，遗嘱便是一切权利关系的中心，遗嘱一旦订立，其法律效力便使得遗嘱在各种复杂的社会关系中成为人们权利博弈的筹码和条件。在当时的英国，遗嘱继承已取代了法定继承的支配地位，成为遗产继承的主要方式。小说中老财主费瑟斯通将这种绝对的遗嘱自由运用到了极致，没有浪费任何一次利用遗嘱来彰显自己的权利、控制主导别人的机会。他非常清楚遗嘱的法律效力，一旦身边的人和事不能如他所愿，他可以随时随地威胁修改自己的遗嘱，他和他的遗嘱变成了社会关系网中引发权利博弈的那个结节，由此向四周发散形成新一轮的权力较量。同宗亲属不遗余力诋毁姻亲亲戚，最有可能的遗嘱受益人不断被抹黑，凡此种种，皆透露出遗嘱继承之下的权利博弈、消解。

费瑟斯通想要通过遗嘱在最后关头实现他的意志的愿望最终化为泡影。垂死之际，老守财奴向陪护玛丽·高思提出想要修改自己的遗嘱：

> 他们都是大傻瓜。你听着，小姐儿。现在是早晨三点钟，我神志清醒，一切正常，跟平时完全一样。我知道我有多少财产，我的钱放在哪里，一切都明白。我已做好准备，要改变我的主意，实行我最后的意愿。小姐儿，你在不在听？我的一切机能完全正常。[1]

当时的英国法律规定："有效遗嘱订立的正式程序必须是书面文件，且由遗嘱人签名，或者是由他人当着立遗嘱人的面，或在他的指导下在遗嘱末端签名，并且由两

---

[1] 乔治·艾略特. 米德尔马契：上 [M]. 项星耀, 译. 北京：人民文学出版社, 2006：301.

名以上的证人当场签名证实。"① 然而，当费瑟斯通请求玛丽协助撤销他的第二份遗嘱时，并不符合当时法律规定的遗嘱订立程序，且玛丽的另一个身份是费瑟斯通第一位妻子的侄女——绝对遗嘱自由制下一位潜在的遗嘱受益人，因此无论费瑟斯通请求玛丽帮助销毁他的第一份遗嘱还是叫来她的恋人弗莱德·文西——一位最有可能的遗嘱受益者，玛丽都断然拒绝，甚至对方提出两百英镑的酬劳她也不为所动。恼羞成怒的费瑟斯通使出浑身的力气朝玛丽扔出了自己的手杖，可惜已经无济于事，手杖掉在地上床角旁边。玛丽的拒绝最终导致她的恋人弗雷德·文西失去了一份一万英镑的遗产，更重要的是，她的拒绝令这位曾经高高在上、颐指气使的遗嘱订立者失望不已却又无力回天——生命的最后一刻他无法说服他的看护人实现他最后的意志，他控制自己身后财产命运的权利就这样被剥夺了。和卡苏朋的"死者之手"一样，他的"死者之手"最终也变得无能为力，他对家人的无能在他去世后立即得到了最富象征性的表现："彼得·费瑟斯通死了。他的右手紧握着一串钥匙（放遗嘱的铁箱子的钥匙），左手搭在一堆钞票和金币上。"② 就这样，一手握着无法更改的遗嘱，一手握着金钱的守财奴在无助中离开了人世。

在中世纪的英国，遗嘱继承并无特别程序，也无有效遗嘱与无效遗嘱的区分，且遗嘱一旦订立便不能撤销或变更。在小说中，遗嘱可以用明示或者暗示的方式撤销，但灯枯油尽的费瑟斯通却没有丝毫的能力去完成遗愿。最后，按照法律规定，律师当众宣读了两份遗嘱，由于当时的英国采用推定撤销的方法，因此两份遗嘱中，后立遗嘱具有撤销前立遗嘱的法律效力，费瑟斯通的私生子乔舒亚·李格获得了几乎全部遗产，在场的亲戚都没有得到遗产，还有一部分遗产用作修建养老院，亲戚们愤愤不平但又无计可施。在律师宣读遗嘱的声音中，费瑟斯通本想销毁的第二份遗嘱却产生了法律效力，而他想利用自己的遗嘱权利最后一次按照自己的意愿改写众多遗嘱受益人命运的机会化为乌有。具有讽刺性的是，正是这两份遗嘱，让小说之前描述的亲戚们之间的剑拔弩张瞬间戛然而止，让围绕着遗嘱的权利博弈之网瞬间失去了张力，走向平和。在小说的后半部分，费瑟斯通死后对自己财产事务的权威受到了进一步消解，他的私生子兼继承人乔舒亚·李格将父亲的"斯通大院"和田产卖给了其最鄙视的银行家尼

---

① 何勤华. 英国法律发达史 [M]. 北京：法律出版社，1999: 324.
② 乔治·艾略特. 米德尔马契：上 [M]. 项星耀，译. 北京：人民文学出版社，2006：304.

古拉斯·布尔斯特罗德。至此，费瑟斯通遗嘱所引发的权利博弈在斯通大院及田产易主后画上了句号。

三、邓凯克夫人的遗嘱：被窃取的权利

在《米德尔马契》中，尼古拉斯·布尔斯特罗德一亮相便是一位成功的银行家，同时他也是公益事业的创办人和一些工商企业的匿名合伙人。布尔斯特罗德从小在商业慈善学校长大，后入职银行，因其善于计算，口齿伶俐，又爱好神学，生活得如鱼得水，十分自在。但他的人生从被请进当地富豪邓凯克先生家的豪华别墅后开始发生天翻地覆的变化。卓越的宗教天赋和得天独厚的商业才干使得他很快赢得了男主人的器重和女主人的赏识，因此在男主人一个亲密的合伙人去世后，他便一跃成为其当铺的心腹会计，并逐渐学会了当铺的生财之道：对来历不明的货物一律照收，从不仔细查问。天有不测风云，邓凯克的豪华别墅连遭厄运，先是莎拉·邓凯克离家出走，杳无音信；后来唯一的儿子又死了；没过多久，邓凯克也撒手人寰，仅留下头脑简单虔诚富有的邓凯克夫人。邓凯克夫人决定在女儿没有下落之前不再嫁人，于是"热心"的布尔斯特罗德便主动承担起帮其寻女的任务。在被布尔斯特罗德告知其穷尽各种寻人方法仍寻女未果后，邓凯克夫人终于相信，莎拉再也找不到了，这样，她同意嫁给了布尔斯特罗德，财产也毫无保留地交给了丈夫。婚后五年，妻子便离开人世，布尔斯特罗德手握巨资，用心经营，成为一名实力雄厚的商界巨头。

邓凯克夫人的遗嘱在小说中并无细节的描述，但从故事的情节可以推断出布尔斯特罗德之所以能在婚后继承邓凯克夫人的全部财产，其原因是后者未能找到失散多年的亲生女儿。从布尔斯特罗德与邓凯克夫人步入婚姻殿堂开始，遗嘱便产生法律效力，其背后体现的对财产的处置权便从邓凯克夫人身上转移至布尔斯特罗德身上，而这种转移是建立在一个弥天大谎基础之上的：当年，布尔斯特罗德是通过隐瞒莎拉还活着的信息骗取了与邓凯克夫人的婚姻进而独吞了其全部财产。带着盗窃得来的财产处置权，布尔斯特罗德在商界风生水起。然而，自从布尔斯特罗德从乔舒亚·李格手中买下斯通大院准备与第二任妻子开始退休养老后，拉弗尔斯——这位曾被雇来寻找莎拉的人便开始了对他无休止的敲诈。这位光鲜亮丽、事业有成的银行家再一次被拉回到当年第一任妻子的遗嘱中，过去不为人知的秘密呼之欲出。当遗嘱的潜在受益人，莎拉的儿子——威尔·拉迪斯拉夫被找到后，遗嘱规定的财产处置权又指向一个新的方向，

一个透视法律现象的文学窗口

布尔斯特罗德对财产的权威受到威胁与挑战,以遗嘱为中心的社会关系网中权利的博弈再次上演。

为掩盖其窃取财产的秘密,布尔斯特罗德与拉弗尔斯、威尔、利德盖特先后展开博弈,先是用金钱换取拉弗尔斯保守秘密,后又借女佣之手巧妙地杀死他以绝后患。为将骗取财产的影响力降至最低,消解遗嘱背后权利博弈的紧张感,布尔斯特罗德做出了一个艰难的决定:向威尔·拉迪斯拉夫坦白曾经的秘密并对他做出经济补偿:

> 你是由于我而遭受损失的唯一活着的人,因此我想对你提供补偿。我相信,你理解我的目的,拉迪斯拉夫先生,它涉及的不仅是人间的权利关系,还有更高的意义。正如我刚才说过的,它完全不带有法律上的强制性质。我预备对我自己的财力和我家庭的未来作出适当的限制,分出一部分钱给你。我想,在我生前,我可以每年给你五百镑,在我死后,留给你一笔相应的资产。①

而威尔最后做出的回应则让遗嘱背后权利的博弈瞬间趋于平缓,"我的名誉必须保持清白。我也不允许我的出身以及与我有关的人,受到任何玷污……过去我的母亲感到了这点,她尽力保持她的清白,如今我也得这么做。你还是把你那些不义之财,自己留着吧。"② 威尔对外祖母遗嘱继承的放弃和多萝西娅对丈夫卡苏朋遗嘱继承的放弃前后呼应,使得遗嘱背后的权利博弈逐渐被消解,结果是威尔保持了自己的清誉不受玷污,多萝西娅得到了心仪的爱情与婚姻。小说中一场雷雨的突然降临为这对恋人创造了一个世界末日的场景,多萝西娅和威尔双手紧握,像两个孩子一样,望着外面的暴风雨,不禁让人想起弗洛斯河上磨坊的最后一幕,塔利弗兄妹紧紧相拥,消失在滚滚的河水中。除此之外,布尔斯特罗德给毫不知情的医生利德盖特一千英镑的借款,助其渡过难关,目的也是让利德盖特对拉弗尔斯的死亡睁一只眼闭一只眼。邓凯克夫人的遗嘱事件中所有的权利博弈都是由布尔斯特罗德窃取财产继承权引发的,博弈的过程也是由激烈最终走向消解。

米歇尔·福柯认为,权力概念是非中心的、多元的、异质的,权力关系就像一张

---

① 乔治·艾略特.米德尔马契:下[M].项星耀,译.北京:人民文学出版社,2006:589.
② 乔治·艾略特.米德尔马契:下[M].项星耀,译.北京:人民文学出版社,2006:590.

网,所有人都被安置在这个不断变化、没有中心的网上。乔治·艾略特在《米德尔马契》第十五章这样写道:"拿我来说,我有许多人生悲欢离合需要铺叙,看它们怎样纵横交错,变成一张大网,我必须把我所运用的一切光线,集中在这张特定的网上,不让它们分散在包罗万象的大千世界中。"[1]在乔治·艾略特看来,整个社会是一个特殊的"网",她也在小说中多次将社会关系比喻为网或者织物,这个网虽然没有中心,但它将生活在米德尔马契的150多个不同个人网络在一起,使他们相互关联、相互牵制。

《米德尔马契》中的三个主要的遗嘱事件,清晰展示出米镇这个社会关系网中几个主要人物之间的纵向的亲戚关系:在第一起遗嘱继承中,多萝西娅与卡苏朋是夫妻(遗嘱继承关系),威尔·拉迪斯拉夫是卡苏朋的表侄(威尔的祖母与卡苏朋的母亲为姐妹);在第二起遗嘱继承中,费瑟斯通与索洛蒙兄弟和简恩妹妹、乔纳兄弟和玛撒妹妹分别是同宗兄弟姐妹(有潜在的遗嘱继承关系),与玛丽·高斯和弗莱德·文西分别是姻亲亲戚(有潜在的遗嘱继承关系),与乔舒亚·李格为父子关系(有潜在的遗嘱继承关系);在第三起遗嘱继承中,布尔斯特罗德是邓凯克夫人曾经的丈夫(遗嘱继承关系),莎拉·邓凯克和邓凯克夫人是母女(遗嘱继承关系),而威尔·拉迪斯拉夫又是莎拉·邓凯克的儿子、邓凯克夫人的外孙。横向来看,这三起主要的遗嘱继承事件中的人物也有千丝万缕的关系,他们相互交织、互相影响,形成一个复杂的社会关系网。三个遗嘱继承线及其背后的权利博弈与消解使得米镇的社会关系网时而紧绷,时而松弛,充满了故事性和戏剧性。

另外,透过这三起遗嘱继承事件,我们也可以看到尽管在维多利亚时期,遗嘱继承已基本取代了法定继承的支配地位,迅速成为遗产继承的主要方式,但其采用的遗嘱绝对自由原则使得滥用遗嘱权利或干涉实现遗嘱的基本意图成为可能,由此引发一些遗嘱不公正的现象,进而造就一幕幕悲欢离合、发人深思的人间悲喜剧,同时也让我们借此了解当时英国法律制度和社会众生相。

---

[1] 乔治·艾略特. 米德尔马契:上[M]. 项星耀,译. 北京:人民文学出版社,2006:137.

第十章

《呼啸山庄》：法律成为复仇的工具

《呼啸山庄》是艾米莉·勃朗特一生之中唯一的一部小说。她是勃朗特三姐妹之中最具才华的一位。艾米莉性格内向，娴静文雅的表象之下是一颗敏感热烈、自由不羁的心。三姐妹的家地处荒凉偏僻的山区，虽临近豪渥斯工业区，但这所住宅恰恰位于城镇与荒野之间，极目远眺，唯有茫茫旷野和石楠丛生的沼泽。离群索居的勃朗特姐弟常常流连于旷野之中，感受自然的召唤，任凭她们清奇丰富的想象力信马由缰，恣意驰骋。昏黄的夜晚，奇妙瑰丽的文字世界便成了她们孤寂渴望的灵魂的全部寄托、让她们徜徉在一个个离奇动人的故事之中。可以说，艾米莉·勃朗特的《呼啸山庄》便是一部描述极端爱情和人格的"最奇特的小说"，表现了作者心灵之中的非凡热情和强烈情感，令人震撼，成为英国文学史上一朵奇瑰之花。

《呼啸山庄》是一个令人心碎的爱情悲剧，亦是一个黯黑畸形的复仇故事。"呼啸山庄"的老主人恩萧先生收养了一个弃儿希刺克厉夫，带他回家和儿子辛德雷、女儿凯瑟琳一起生活。善良的恩萧先生对于养子疼爱有加，让儿子辛德雷心生不满，经常偷偷欺负这个粗鄙的"下等人"，并因此被严厉的父亲呵斥惩罚，而女儿凯瑟琳却和希刺克厉夫格外亲近，并且在朝夕相处之中二人渐生情愫。然而好景不长，恩萧先生去世以后，长子辛德雷继承了呼啸山庄，成了山庄的新主人。此刻脱离了严父的约束、高高在上的他将希刺克厉夫贬为奴隶，对其百般虐待，并禁止妹妹和他来往。凯瑟琳和希刺克厉夫在共同反抗专制暴虐的辛德雷的过程中感情愈加浓烈。然而，出于虚荣无知和对现实的考量，凯瑟琳渐渐对温文尔雅的富有邻居"画眉山庄"的少爷埃德加·林惇心生好感。遭到背叛的希刺克厉夫不堪打击，一言不发愤而离去。经年之后，神秘暴富的希刺克厉夫再度归来，面对昔日爱人凯瑟琳——林惇夫人，已然扭曲的他展开了一系列的报复行为。他诱使嗜赌成性的辛德雷向他借款，并一步步地成为呼啸山庄的主人，将昔日仇人辛德雷和其子哈里顿置于他的铁腕控制之下，然后又勾引埃德加的妹妹伊莎贝拉——一个天真无邪、对他产生了盲目的迷恋之情的姑娘——并与其成婚。婚后他对伊莎贝拉百般虐待，因为他娶伊莎贝拉完全不是因为爱，而是因为恨——他要报复她的哥哥埃德加，也要报复当初弃他而去的凯瑟琳，而且，他还制定了一系列更为冷血的报复计划。郁郁寡欢的凯瑟琳在生下女儿凯蒂之后便撒手人寰，辛德雷和伊莎贝拉也相继辞世，本应在父亲死后成为呼啸山庄新主人的哈里顿却沦为此刻强势冷血的希刺克厉夫的奴隶，备受欺凌，完全成了幼年希刺克厉夫的翻版。希刺克厉夫强迫昔日情人的女儿凯蒂嫁给了自己弱不禁风的儿子林惇，使原本温和醇厚的绅士埃德加因接连失去爱妻爱女和妹妹，悲愤之下气绝而死，于是，呼啸山庄和画眉山庄都成了希刺克厉夫的个人财产。可是，"圆满"完成复仇计划的恶魔希刺克厉夫却是一个彻头彻尾的失败者——他孤独抑郁，空虚扭曲，时刻等待着凯瑟琳的鬼魂来找他。不择手段赢得仇人辛德雷的呼啸山庄和埃德加的画眉山庄之后，他却更不快乐。羸弱的儿子死后，他在处于他的掌控之中的哈里顿和凯蒂身上分明看到了幼时的他和凯瑟琳的影子，两个年轻人在联合反抗他的专制暴虐的同时也滋生了强烈的情感。终于，他在另一个世界和凯瑟琳团聚了，而呼啸山庄和画眉山庄也拥有了新的主人——哈里顿和凯蒂。

艾米莉生活的维多利亚时期是一个充满变革的时期，也是一个社会矛盾激越的时期，作者用非凡的想象力向人们展示了一幅畸形社会的生活画面，勾勒了被这个畸形社会扭曲了的人性及其造成的种种可怕的事件。《呼啸山庄》通过艺术的想象表达了这一时期人们精神上的压迫、紧张和矛盾冲突，赤裸裸地展现出了一幅毫无理想主义、毫无虚假伪饰的充满动物本能的弱肉强食的残酷画面。此外，从希刺克厉夫的复仇过程之中亦可窥到当时的诸多法律现象。

一、不动产抵押制度：希刺克厉夫从呼啸山庄的奴隶到主人的华丽蜕变

希刺克厉夫复仇计划的第一个目标便是辛德雷。呼啸山庄的老主人恩萧先生去世之后，农庄便由其子辛德雷继承。辛德雷以前就很讨厌希刺克厉夫，认为这个吉卜赛弃儿出身卑微，还偷走了父亲对自己的爱。善良的恩萧先生将其视若己出，经常为此责骂亲生儿子。辛德雷继承房产成为呼啸山庄的主人之后，便将希刺克厉夫贬为奴隶，将其赶到马厩去住，并且禁止他和妹妹凯瑟琳接触。希刺克厉夫被迫每日辛苦劳作，

还经常遭到辛德雷的辱骂和毒打。但是为了和心爱的凯瑟琳在一起，哪怕只是远远地看她一眼，他甘愿忍受一切侮辱。然而，他无法忍受的是来自爱人的轻慢。凯瑟琳在结识温文尔雅的富有绅士埃德加·林惇之后，内心掀起涟漪，纠结不已。她意识到自己和希刺克厉夫之间的阶级差异，向往画眉山庄宁静祥和的生活环境，希望过上上流社会的优雅生活，而这一切是希刺克厉夫绝对无法给予她的。无意中听到凯瑟琳和乳母耐莉的谈话之后，万念俱灰的希刺克厉夫离家出走，离开了让他魂牵梦萦的凯瑟琳和带给他诸多耻辱和甜蜜的呼啸山庄。

  三年之后，神秘暴富的希刺克厉夫以一副绅士派头回到呼啸山庄，迎接他的却是令人心碎的物是人非的景象。凯瑟琳已为人妻，仇人辛德雷因为妻子去世一蹶不振，沦为酒鬼和赌徒。看到风光回归的昔日"奴隶"希刺克厉夫，他的眼睛却只盯着希刺克厉夫的钱袋。希刺克厉夫对此自是心知肚明，他先是以高额租金为诱饵，堂而皇之地住进呼啸山庄，心安理得地享受辛德雷的曲意逢迎，慷慨大方地给处于困顿之中的辛德雷不断借钱，让其越陷越深，无法自拔，最终欠下巨额债务，只能将呼啸山庄抵押给希刺克厉夫。于是希刺克厉夫摇身一变成了呼啸山庄的新主人，而原主人辛德雷和其子哈里顿却被迫沦为"奴隶"。辛德雷对希刺克厉夫恨之入骨，意欲拔枪置其于死地。当耐莉问他为什么这么恨希刺克厉夫，既然如此仇恨他让其离开岂不是更为明智之时，辛德雷·恩萧大发雷霆："啊，天杀的！我一定要拿回来：他的金子，我也要；还有他的血；地狱将收留他的灵魂！有了那个客人，地狱要比以前黑暗十倍！"[①] 最终，酩酊大醉的辛德雷带着对希刺克厉夫刻骨的仇恨离开了这个苦难的世界，让尚且年幼的儿子哈里顿成了孤儿，并且是一个负债累累的孤儿。虽然哈里顿是呼啸山庄的合法继承人，可是由于父亲欠债已将山庄抵押给希刺克厉夫，可怜的哈里顿已然一无所有：

  客人如今是呼啸山庄的主人了，他掌握不可动摇的所有权，而且向律师证明——律师又转过来向林惇先生证明——恩萧已经抵押了他所有的每一码土地，换成现款，满足了他的赌博狂；而他，希刺克厉夫，是承受抵押的人。于是，哈里顿原该是附近一带的第一流绅士，却落到完全靠他父亲多年的仇人来养活的地步。他在他自己的家里倒像个仆人一样，还被剥夺了领取工钱

[①] 艾米莉·勃朗特. 呼啸山庄[M]. 杨苡, 译. 江苏：译林出版社，1990：139.

的权利。①

至此，冷酷残忍的希剌克厉夫圆满完成了第一个复仇计划，逐步实现了呼啸山庄曾经饱受欺凌的奴隶——让主人又恨又爱的金主客人——专制跋扈的农庄主人的这一系列"华丽"蜕变。

英国的房地产抵押制度始于12世纪，虽然从未有成文的法律，但是历经数百年的演变，已经发展得相当完善。"简单地说，英国的房地产抵押共分为两大类，即法定物权（legal estate）抵押和衡平法利益（equitable interest）抵押，这两种不同的物权是由于历史上从普通法到衡平法的演化发展造成的。在这两大类下又分为五种形式和八种设立方式，它们的主要区别是在于历史上沿用的文件形式、设立的程序和手续，以及两大司法体系（即普通法和衡平法）所给予的不同的术语和解释。"②

抵押权是一种担保物权，债务人将标的物抵押给债权人，并有权继续使用标的物，但是如果不能及时偿清债务，债权人可将被抵押物完全据为己有以抵偿债务。"在12至13世纪，英国最初的物业抵押方式为：债务人借贷之后，把自己的土地转移给债权人。如果把地租作为债务人还债的一部分，叫作'活押'。如果债权人占有土地和土地收益，叫作'死押'。在这两种形式中，如果在租约到期时债务人还未付清债务，债权人就会把土地据为己有，不记土地价格与债务之间有无差价。"③早在11世纪，普通法对土地的转让、赠予、继承等设置了重重障碍，并且附加了繁重的附带义务，长期以来都实行长子继承制，剥夺了长子以外的其他人的继承权以及当事人的赠予权。为了避税，也为了打破传统的长子继承制度，人们在实践中就采取了用益权制度，即当事人在生前将土地让与他人，受托人占有并管理当事人的土地，死后再将土地交给指定的第三方。"早期英国财产法严格限制土地的自由转让，为规避法律导致'用益权'（The Use）产生，接着进一步催生了'信托制度'（Trust），此外土地法还与婚姻家庭法、继承法、契约法、诉讼法紧密相关。"④17世纪以后，由于衡平法的介入，英国的抵押关系出现了新的观念。依照衡平法，不动产的抵押是为了保证债务人清偿债务，而不

---

① 艾米莉·勃朗特.呼啸山庄[M].杨苡，译.江苏：译林出版社，1990：185.
② 曹培.英国的房地产抵押制度（之一）[J].中外房地产导报，1994（010）：34.
③ 曹培.英国的房地产抵押制度（之二）[J].中外房地产导报，1994（011）：32.
④ 何勤华.英国法律发达史[M].北京：法律出版社，1999：255.

是为了帮助债权人侵占债务人的房产,因此,衡平法规定,即便还债时间已到,债务人只要能够还清所欠本息以及其他费用,债权人须将被抵押的房产归还给债务人,这便是衡平法所规定的"回赎权"。1925年,英国颁布了一部《财产法》,规定债务人将标的物抵押后依然享有其所有权和使用权,无须将自己的财产转给债权人然后再将其回赎,并且抵押期间房产的增值部分还是归债务人所有,债权人仅仅得到在该标的物上设立的债务担保。也就是说,如果债务人破产无法清偿债务,债权人享有优先于其他非保险债权人的清偿权。这种抵押关系也是现代银行抵押贷款的雏形。

然而,《呼啸山庄》的时间背景是英国19世纪维多利亚时期,耽于赌博和酗酒的辛德雷将呼啸山庄抵押给神秘暴富的昔日"奴隶"希刺克厉夫,由此希刺克厉夫作为债权人合法拥有了呼啸山庄的土地和所有土地收益,最终由于辛德雷无法清偿所借债务,在他死后希刺克厉夫便成了呼啸山庄的合法主人,而本应是其主人的辛德雷的独子哈里顿却成了依仗"强盗"希刺克厉夫庇护的"乞丐"。由是,希刺克厉夫凭借法律的支持,顺利完成了其复仇计划的第一步:成为呼啸山庄的主人。

二、夫妻一体制度:希刺克厉夫巧取豪夺画眉山庄的帮凶

在封建社会时期,由于罗马法和教会法的影响,英国的婚姻家庭法遵循绝对夫权、一夫一妻和永不离异三大基本原则。按照基督教教义,结婚是圣典礼之一,一夫一妻制度是上帝的恩赐和安排,是神圣的,因此教会法严格禁止离婚,"父权至上"和"男尊女卑"思想是中世纪各个国家婚姻家庭法普遍遵循的原则。英国早期的婚姻家庭法受到罗马法中的"家父制度"影响,"家父"是一家之主,对妻子、儿女等家庭成员有绝对支配权,家庭成员必须无条件地服从"家父"的最高权威,即"家长权":对于妻子,"家父"行使绝对夫权;对于子女,"家父"行使绝对父权;对于被监护人,"家父"行使绝对监护权;对于奴仆,"家父"行使绝对物权支配权。除"家父"外,其他家庭成员没有独立的民事法律上的人格,也就是说,没有民事行为能力,他们的所有财产悉数归"家父"支配。"中世纪英国奉行夫妻一体主义,妻子的人格被合并到丈夫身上,妻子没有财产权,没有契约能力和诉讼能力。"[1] 自中世纪时起,"夫妻一体原则"就被纳入英国普通法,成为英国法律的一个非常重要的组成部分,一直沿袭到19

---

[1] 李喜蕊.英国家庭法历史研究[M].北京:知识产权出版社,2009:6.

世纪中叶。按照英国普通法，已婚妇女没有法律上的独立性，她们依附于丈夫，被完全置于丈夫的绝对控制之下，法律把夫妻视为一体，妻子的所有东西都同时属于丈夫，就连儿女也是完全属于丈夫。"通过结婚，丈夫和妻子在法律上就成了一个人，即一进入婚姻，这位女人的存在，或她在法律上的存在，立即就被中止了，或至少已被合并和强化进她丈夫的存在中去了……尽管我们的法律通常将男人和妻子视为一个人，但在某些情况下仍将被分离出来加以考虑，如女人低劣于男人，女人必须在男人的强制下行事等。所以，在被保护期间她所做的一切，她的全部行为，在法律上是无效的。"[①]在维多利亚时期，由于宗教福音主义和传统习俗，这种绝对父权在法律上又得到了加强。福音主义维护并强调父权至上原则，支持在婚姻家庭法上的男性主导、妻子顺从和婚姻父权制，女性被认为是低劣于男性，没有处理公共事务的能力，她们的天赋仅局限于审美的感性、母性的智慧和优雅的社交才能等，她们的专属领域便是家庭。"英国习惯法规定，妇女一旦进入婚姻状况，就意味着法律上的'死亡'；她丧失绝大部分人权，就像当今的重罪犯进入监狱时一样。她没有全权支配她的劳动所得，不允许选择自己的住所，不能合法地处置自己的财产、签署文件或充当证人。也就是说，妇女在结婚以后，就与罪犯、白痴和未成年人一样丧失了公民权，其法律地位是虚无的。"[②]

自16世纪以来，随着英国衡平法的出现和信托财产制的创立，法律开始赋予已婚妇女独立财产权。19世纪后半叶随着英国司法制度的改革，已婚妇女的独立财产权也不断扩大，女性的社会地位也不断得到提高，她们在教育、选举、财产、离婚等各个方面也开始享有更多的权利，传统的夫妻一体原则也因饱受诟病而逐渐解体。1870年英国颁布了第一部《已婚妇女财产法》，规定已婚妇女对以下财产拥有独立的财产权："本人的收入（own earnings）、依据协议或遗嘱获得的不超过200英镑的财产、无遗嘱死亡的近亲属转让给她的任何动产、作为女继承人而继承来的地产（不动产）所产生的任何租金或收益。"[③]1882年，英国又颁布了素有"革命立法"之称的1882年《已婚妇女财产法》，进一步扩大了已婚妇女独立财产权的范围，从法律上承认了已婚妇女的独立人格，为现代的男女平等思想奠定了坚实的基础。

---

① 凯特·米利特. 性的政治[M]. 钟良明，译. 北京：社会科学文献出版社，1999：100-101.
② 李宝芳. 维多利亚时期英国中产阶级婚姻家庭生活研究[M]. 北京：社会科学文献出版社，2015：103.
③ 李喜蕊. 英国家庭法历史研究[M]. 北京：知识产权出版社，2009：172.

《呼啸山庄》一书出版于1847年，此时英国尚未颁布《已婚妇女财产法》，已婚女性依然囿于传统的"夫妻一体原则"的藩篱之中。《呼啸山庄》讲述的是一个令人扼腕叹息的爱情悲剧，也是一个饱受欺凌的"弃儿"不择手段复仇的故事，更是一个关于阶级冲突的政治寓言。呼啸山庄和画眉山庄不可调和的矛盾表面来看是爱情引发的冲突，实则是两个阶级之间的根本对立，是文明和野蛮的二元对立。呼啸山庄的老主人恩萧先生当然属于上流社会，但是他治家无方，听任儿子辛德雷和女儿凯瑟琳在一个荒凉破败、充满野性、缺乏文明和爱的环境中恣意成长，他对养子希刺克厉夫视若己出，而邻近的画眉山庄却是一幅完全不同的画面：埃德加·林惇是一个温文尔雅的绅士，他温和有礼，对妹妹伊莎贝拉关爱有加，画眉山庄祥和温暖，是文明的化身，与萧瑟破败的呼啸山庄迥然不同。如果说画眉山庄是"超我"的象征，那么呼啸山庄就是"本我"的象征，是原始和野性的象征。

在画眉山庄，男主人埃德加·林惇拥有"绝对父权"：他同时拥有对妻子凯瑟琳和妹妹伊莎贝拉的控制权，妻子凯瑟琳的财产也归其所有，然而，软弱隐忍的他却无法"支配"妻子的精神世界，他心里明白，虽然她已为人妇，但在精神上，她依然属于希刺克厉夫。当妹妹伊莎贝拉执意要嫁给他的情敌希刺克厉夫时，他勃然大怒，一方面是因为"恶魔"情敌不但夺走了妻子凯瑟琳的心，现在还要夺走他唯一的妹妹，并且他很清楚希刺克厉夫并不爱伊莎贝拉，他只是通过这个方式来报复昔日背叛了他的凯瑟琳和"横刀夺爱"的埃德加·林惇。此外，林惇也明白，希刺克厉夫此举不仅仅要在精神上刺激他和凯瑟琳，还要在物质上对他们进行报复，因为娶了伊莎贝拉之后，他便成了伊莎贝拉的主人，伊莎贝拉的所有财产也便成了他的财产。

对埃德加·林惇打击最大的不仅仅是妹妹伊莎贝拉的悲剧命运，因为她的不幸婚姻是他预料之中的事情。让他最无法承受的，是在爱妻凯瑟琳逝去十七年后，希刺克厉夫居然将复仇的魔爪伸向了与他相依为命的女儿凯蒂。精神崩溃的凯瑟琳生下女儿之后郁郁离世，负债累累的辛德雷酩酊大醉之后一命归西，十三年后伊莎贝拉也抛下孱弱多病的儿子小林惇含恨而终，唯一在世的埃德加·林惇心如死灰，隐忍认命。然而在将仇人逐个"歼灭"之后，希刺克厉夫仍然意犹未尽，他还要让下一代人继续付出惨痛的代价。辛德雷的儿子哈里顿因为父亲将呼啸山庄抵押给希刺克厉夫而沦为一无所有的"乞丐"和奴隶，希刺克厉夫又软硬兼施强逼凯瑟琳的女儿凯蒂嫁给自己孱弱的儿子林惇·希刺克厉夫。埃德加·林惇在得知女儿的婚讯之后不堪打击，一病不起，次月便撒手人寰，与妻子凯瑟琳在另一个世界得以团聚。埃德加死后，画眉山庄由外甥兼女婿林惇·希刺克厉夫继承，作为丈夫的林惇·希刺克厉夫同时也是妻子凯蒂的财产的合法拥有者。在他临死前，希刺克厉夫诱骗强迫儿子将所有财产赠予父亲，并因此名正言顺地成为画眉山庄的主人：

> 希刺克厉夫上楼去过一次，给她看林惇的遗嘱。他把他所有的以及是她的动产全遗赠给他父亲：这可怜的东西是在他舅舅去世，凯瑟琳离开一个星期的那段时间受到威胁，或是诱骗，写成那份遗嘱的。至于田地，由于他未成年，他不过问。无论如何，希刺克厉夫先生也根据他妻子的权利，以及他的权利把它拿过来了；我想是合法的；毕竟，凯瑟琳无钱无势，是不能干预他的产权的。①

由是，"夫妻一体原则"成了助纣为虐的利器，在法律的"帮助"之下，希刺克厉夫成了画眉山庄的合法主人。

就这样，希刺克厉夫顺利完成了所有的复仇计划：从仇人辛德雷·恩萧手中"拿"回呼啸山庄，又从"情敌"埃德加·林惇手中夺走了画眉山庄，先后直接或间接地逼死了凯瑟琳、辛德雷、伊莎贝拉、埃德加，又将复仇的怒火衍生烧向下一代，将哈里顿贬为一无所有的野蛮奴隶，逼小凯蒂嫁给自己赢弱无用的儿子林惇，儿子死后又将哈里顿和凯蒂置于自己的绝对控制之下。然而，这个丧心病狂的恶魔暴君在完成了所有的复仇计划之后并不快乐，绝食四天之后带着无限怅惘和期待，与他的挚爱凯瑟琳在另一个世界终于重逢了。

艾米莉·勃朗特在《呼啸山庄》中塑造的主人公希刺克厉夫无疑是个畸形的魔鬼，一个冷漠自私、残暴专制的复仇使者，同时也是英国维多利亚时期父权社会的代言人。通过这个可怖、可憎又可怜的复杂人物，作者对当时不合理的"夫妻一体原则"进行了无情的揭露和鞭挞。英国普通法中的"夫妻一体原则"无疑成了以希刺克厉夫为代表的拥有绝对父权的"家父"们为所欲为、迫害女性的助推器，这无疑成了对法律正义性的莫大讽刺。

---

① 艾米莉·勃朗特.呼啸山庄[M].杨苡，译.江苏：译林出版社，1990：289.

第十一章

《枉费心机》：情与法的纠缠与较量

情与法的冲突向来是文学作品中永恒的主题之一，维多利亚时期的很多小说都涉及了对情与法冲突、博弈的描写，《枉费心机》就是其中的典型代表。《枉费心机》是哈代于1871年发表的第一部长篇小说。这部惊悚小说以爱情、凶杀、侦破为主线，最终的情节发展充满了悬念和阴谋。作为哈代的处女作，这也是他小说家生涯的开端。小说对阶级、性别及命运的探讨，成为后来哈代一系列重要小说的根基所在。小说中的人物塑造比较复杂，体现了作者对女性社会地位的理解和同情，从小说中我们看到了社会强加给女性的性别角色与女性的内心情感之间的巨大差异，也反映了哈代对人生命运的思考。

小说描写了女主人公塞西利亚·格雷与男主人公爱德华·斯普林罗夫的爱情遭遇。塞西利亚和哥哥欧文在父亲意外去世后陷入了窘境，迫于生计，欧文去做了建筑学徒，而塞西利亚当了响水山庄的女主人阿尔克利芙小姐的侍女。碰巧的是阿尔克利芙是父亲以前的情人，阿尔克利芙在了解了塞西利亚的身世后，对她很是殷勤，竭力想促成自己的私生子埃涅阿斯·曼斯顿和塞西利亚的姻缘。阿尔克利芙先是大费周章地通过招聘，任用曼斯顿当上了响水山庄的管家，曼斯顿对塞西利亚是一见钟情且隐瞒了自己已婚的事实，但是塞西利亚爱的却是哥哥的朋友斯普林罗夫，于是在曼斯顿的要挟与恳请下，阿尔克利芙小姐一方面费尽心思用租约给斯普林罗夫施压，要挟他娶之前有过婚约的表姐；另一方面又想方设法地离间塞西利亚和斯普林罗夫。后来经过一系列的阴差阳错，曼斯顿的妻子被认定在一场火灾中意外"丧生"，加上曼斯顿的各种手段与讨好，最后为了给哥哥治病，塞西利亚不得已答应了曼斯顿的求婚。可是在新婚当天，哥哥欧文和斯普林罗夫得到了曼斯顿的前妻有可能健在的消息，他们追回了前往蜜月旅途中的塞西利亚。塞西利亚和斯普林罗夫渐渐冰释前嫌,并与哥哥欧文在教区长以及律师等人的帮助下,查明了事情的真相:曼斯顿的前妻并没有在火灾中丧生,而是被曼斯顿失手杀死。为了掩人耳目,他就将计就计,制造了火灾中丧生的假象。后来因为事情露出端倪,担心败露,曼斯顿找来了他的旧相识安妮做他前妻的替身。然而最终真相大白,曼斯顿因谋杀罪入狱,并在狱中留下自白书后自杀。阿尔克利芙小姐得知了儿子的境遇后大受刺激,脑出血而死。她在遗嘱中将财产留给曼斯顿夫人塞西利亚。最终塞西利亚和斯普林罗夫有情人终结百年之好,并得到了丰厚的遗产。

《枉费心机》显示了哈代的早期作品中为了故事情节的发展而使用的婚姻法和相关法律,哈代将法律、法律程序和法律人融入第一部小说的方式十分引人注目。除了重婚调查情节之外,小说还运用了哈代在遗产法、遗嘱和继承、保险政策、离婚程序、遗弃和赔偿程序方面的知识,还涉及质询证人以及大法官法庭在他们的父亲死后执行格雷家的资产,以房地产抵债等法律情节。哈代引用了租约,提到了重婚案件所遵循的刑事诉讼程序,使用法律术语来评估塞西利亚成功申请离婚的可能性,并提到皇家法官也觊觎阿尔克利芙小姐的遗产,打算以谋杀罪把财产充公,可事实上又不是这么回事,皇家法官也就算了。在小说的整个情节中可以看到每一个法律时刻都强化了将整部小说整合在一起的主要隐喻——女性的生活被视为一个不断发展的、令人困惑、混乱的法律场景,无论这个时刻指向的是法律的不确定性、法律可能性,还是最终法律问题的解决。小说通过它来描绘女主人公塞西利亚的困惑和不断变化的婚姻状况,因此给读者勾勒出了一幅维多利亚时代的妇女生活在一个由男人制定的法律世界的社会地位和情感画卷。小说通过一系列的涉法阶段——隐瞒已婚事实、遗弃发妻、重婚、谋杀妻子——来追踪曼斯顿的婚姻状况,所有这些都是法律问题。阿尔克利芙小姐与曼斯顿的亲情关系,欧文与爱德华的友情关系,爱德华与塞西利亚的爱情关系,塞西利亚与曼斯顿的婚姻关系等交织在一起。我们也发现在这部小说中每一个涉法情节中都交织着爱情、亲情和友情,这些情感构成了维系人物之间关系的重要纽带,而这些重要人物也正是在处理这些关系的过程中表现出了他们各自的伦理道德取向,进而在他们心里产生了法与情的纠结、法与情的冲突、法与情的博弈。

一、亲情与法的纠缠与冲突

每一个社会个体的自然人都具有双重身份,他既是社会的一员,而同时又是家庭的一员。换句话说，他同时具有社会身份和伦理身份，那自然就同时具有两种责任和义务。一方面要履行以国家统治为基础的法律义务，另一方面要履行基于家庭伦理关系而形成的亲情义务，而两者之间常常又会存在矛盾。因此，法与亲情之间的冲突往往是不可避免的，那么在两者发生冲突的时候，人们又会如何选择？美国著名经济学家加里·斯坦利·贝克尔在《家庭论》中认为，在家庭亲子关系中，利他主义绝对是大部分父母在处理亲子关系时候的基本准则，只要看一看父母经常为孩子所做出的牺牲就不难证明。[①] 在维多利亚时期，中产阶级由于收入的增加，家庭的稳定，对他们的孩子更具利他主义，亲子感情亲密，特别是对于母亲一方，更加看重孩子的地位。维多利亚时期基于中产阶级的"两分领域"观念和 "家庭天使"观念的影响[②]，相对于父亲，母亲和孩子的感情更加亲密。中产阶级的妇女有更多的责任来照顾孩子。有更多与孩子在一起的时间，并在孩子身上投入更多的精力、资源和情感。中产阶级对家的崇拜让他们觉得这种关注是应该的。小说中阿尔克利芙小姐由于在儿子的成长过程中缺失母爱而倍感愧疚，以至于在后来的一系列事件中，她的所作所为让我们看到了在情与法的冲突与较量中，每一次都是法就于情。因为对孩子这种畸形的爱让她一步一步不断地丧失理智，最终不惜一切代价维护儿子的利益，以至于不管这种利益是否合法。

1. 法被亲情压制：帮助儿子在招聘中胜出

阿尔克利芙小姐年轻的时候跟他的表兄有过一段恋情，之后被无情地抛弃，却留下了一个私生子，就是后来的管家曼斯顿。当时这个婴儿被寄养在一个校长的遗孀家里，一直没有相认。若干年以后，阿尔克利芙小姐的父亲过世，她继承了响水山庄，于是就希望能够经常与儿子相见。为了这个目的，她可谓费尽心机，大费周章地想通过招聘来聘用儿子作响水山庄的管家。正常的招聘应该是本着公平、公正的原则，去选择最适合、最有才干的人。她并没有直接去请曼斯顿来给她当管家，而是在两份报纸上刊登诚聘管家的招聘广告，这证明她在形式上、在程序上还是追求这种公平公正的录用原则。但是实际上并不是，在每一个程序里面都有违公正原则，因为她只想录用曼斯顿。她甚至专门跑到伦敦去询问父亲曾经的律师尼特林顿关于招聘广告的结果。

---

① 加里·斯坦利·贝克尔. 家庭论[M]. 王献生，王宇，译. 北京：商务印书馆，1998：390.
② 李宝芳. 维多利亚时期英国中产阶级婚姻家庭生活研究[M]. 北京：社会科学文献出版社，2015：169.

由于生怕漏掉了曼斯顿的求职信，她甚至漠视了律师为她筛选好的有查看价值的回函，执意用飞快的速度翻看所有四十五个回函。由于完全没有看回函的内容，这让律师尼特林顿觉得不可思议。当发现曼斯顿并没有求职的时候，阿尔克利芙小姐不顾律师的反对决定再登一次广告。甚至不辞劳苦专门去找曼斯顿在伦敦的地址，然后偷了一个建筑学院社团的信封，专门把那则广告从报纸上剪下来，亲自寄给曼斯顿。在伦敦又等了一个星期之后，阿尔克利芙小姐终于在又收到的十封回函中看到了曼斯顿的求职信。然后，她装模作样地按照程序让律师从一共五十五封回函中挑选出色的应聘者参加面试。尼特林顿律师精选了五位，阿尔克利芙小姐假装边审读边从律师完全不考虑的那一摞中挑出了包括曼斯顿在内的三位加入参加面试的行列。阿尔克利芙小姐亲自参加了面试。在律师尼特林顿看来，曼斯顿不够真诚、满不在乎、肆无忌惮，还有点骄奢放荡。可是出人意料的是，阿尔克利芙小姐不顾尼特林顿这位极其客观公正、目光敏锐、饱览世情的律师的强烈反对，执意聘用了曼斯顿。

原本程序公平、公正的招聘就在阿尔克利芙小姐的主导和干预下不公正、不体面地收场了。为了让招聘显得公正，她没有省略任何一个程序，但是私下里甚至不惜放下尊严，去骗获地址，偷信封给儿子传递招聘消息。在决定候选人的时候，还特地让塞西利亚留下，让她见证挑选过程的民主。阿尔克利芙小姐内心清楚地知道律师尼特林顿的每次建议都是专业、客观、公正、合法的，但是为了给儿子扫清所有障碍，她不惜放弃公正，她会为自己说的话而脸红，用不快的神色、不耐烦的语气争辩着，尽管每次和律师的争辩都显得是那么的不自然，没底气，但她却从没有放弃过，以至于几乎要大发雷霆来反对律师尼特林顿的选择，直到很不光彩地达成所愿，甚至不惜被尼特林顿律师猜忌为爱上了曼斯顿。在亲情面前，招聘过程的合法性被亵渎了，招聘程序的公平、公正被戏弄了。

2. 法被亲情利用：帮助儿子争取爱情

曼斯顿当上了响水山庄的管家，并且对塞西利亚一见钟情。当时他隐瞒了自己已婚的事实，直到那场火灾将他的妻子"烧死"。曼斯顿觉得公开追求塞西利亚的机会到了，可是塞西利亚的情人爱德华却是一个障碍。阿尔克利芙小姐一开始并不愿意帮助儿子去拆散爱德华和塞西利亚，阻止爱德华与表姐解除婚姻。尽管她也非常希望塞西利亚能成为自己的儿媳妇。可她也是骄傲的，是有底线的，她认为那样做是不光彩的，是有损自己响水山庄女主人的身份和地位的。即使在儿子的威胁下，她一开始也没有让步，但是当儿子提到母亲对自己多年的漠不关心，而现在又用伎俩把自己弄到身边时，阿尔克利芙小姐所坚守的良知和底线发生了动摇。曼斯顿一步一步地开始教阿尔克利芙小姐如何利用租约给斯普林罗夫一家施压，依据租约的条款，她有权强迫他们把每座烧毁的房子都重新盖起来或者交出租契。当然，免除赔偿的条件就是爱德华在年底前答应娶与自己早有婚约的表姐为妻。尽管她知道这是一个阴谋，实在不愿意参与其中，同流合污。但是当儿子由威胁变为恳求的时候，她脸色变了：

"我不会这么做。——这是个阴谋。"

"为我也不肯吗？"他急切地问。

她脸色一变。

"我现在不是威胁你，而是恳求你。"他说。

"因为你要想的话，你还是可以威胁我，"她不无哀伤地回答。"可是为什么要这样呢？……我该怎么做呢？"①

她的内心是挣扎的，涌起了悲伤。亲情与法律，道德与正义在纠缠着。她的哀伤来自几十年对儿子的亏欠，从没为儿子做过什么事情，儿子也从来没有求过自己，她的哀伤也来自明知不可为而为之，她要放弃良知，利用租约和法律参与到儿子设计的阴谋中来。就在这样的内心挣扎中，她慢慢地放弃了守法的底线，一步一步地走进了儿子精心设计的阴谋中。接下来，阴谋开始按照计划一步一步地实施。曼斯顿去探老斯普林罗夫的口风，让老人家清楚地意识到如果按照法律条文做的话，大概要花六七百英镑才能重建那些被烧毁的房屋。在火灾前，由于保费的上涨，他们恰好没有投保险，这就更让处境雪上加霜。为了减轻父亲的焦虑，爱德华·斯普林罗夫亲自去找阿尔克利芙小姐，希望她能网开一面，因为这个巨大的债务是他们家无法承受的。阿尔克利芙小姐按照曼斯顿的计划，提出了免除赔偿的条件，本想着最糟的结果是会被冷漠地拒绝，可是却没想到遭到了爱德华的激烈反抗和无情的攻击。"我不接受你的免除赔偿的条件。……你根本没权利就这个非常微妙的话题提出你的希望和意见，这

---

① 托马斯·哈代. 枉费心机 [M]. 张谷若, 译. 北京：人民文学出版社，2018：199.

件事与别人无关。"①原本阿尔克利芙小姐还心存愧疚，认为"曼斯顿那不可告人的目的原本只是强加给她的，现在却成了她自觉自愿、全力以赴要达到的目的……"②。在暴怒之下，又为了维护女主人的颜面，阿尔克利芙小姐想方设法不惜采用卑劣的手段离间塞西利亚和斯普林罗夫，在双管齐下、两面夹击中，斯普林罗夫终于妥协了。

阿尔克利芙小姐为了儿子和亲情把法律当成了一种工具，她不是按照正常的租约来解决她与佃户之间的分歧，而是充分利用了在租约中的优势地位，威胁当事人放弃选择自由婚姻的权利以获取免责条件，为了亲情，她放弃自己的法定利益；为了亲情，她也放弃了自己所坚守的骄傲和良知；为了亲情，她戏弄了法律。当遭到无情的攻击和嘲讽的时候，她的心态是极其失衡的，以至于做出了更加卑劣的，与自己的身份极其不相称的反击。在情与法的纠葛和冲突中，亲情战胜了法律，但是也扭曲了人性。

3. 法被亲情蒙蔽：包庇犯罪的儿子

为了得到塞西利亚，曼斯顿在一次意外中失手杀死了自己的太太，为了掩人耳目，他就将计就计，制造了曼斯顿夫人在火灾中丧生的假象。后来因为事情露出端倪，出于担心败露，曼斯顿找来了他的旧相识安妮做他前妻的替身。而这一切都瞒过了响水山庄的女主人阿尔克利芙小姐。直到真相快浮出水面的时候，教区长兰汉姆先生来拜访阿尔克利芙小姐，因为她对管家表现出的异乎寻常的关注对众人来讲一直是一个谜，所以兰汉姆先生想从她这里打探到更多的真相。在得知那个替身并不是真正的曼斯顿太太的时候，阿尔克利芙小姐异常震惊，尽管她嘴上说不相信这个荒谬的故事，但是从她言辞热切、面色发红，我们不难看出她已经意识到出事儿了，只是想不出来这背后的动机是什么。

从阿尔克利芙小姐之前的所作所为，我们不难猜测她这个时候的选择，她一定会挺身而出，全力以赴地帮曼斯顿解决困境，可是如果曼斯顿犯了法，她又该如何选择呢？在法与情面前她会选择包庇吗？她焦急、纷乱，"如坐针毡般地等待夜幕的降临，以便掩护自己的行动。在苍茫暮色中径直朝旧宅走去"③。夜幕刚刚降临，就立刻去给曼斯顿通风报信。在质问曼斯顿为什么两边骗的时候，她的神情是傲慢不逊、严厉的。

---

① 托马斯·哈代. 枉费心机[M]. 张谷若，译. 北京：人民文学出版社，2018：207.
② 托马斯·哈代. 枉费心机[M]. 张谷若，译. 北京：人民文学出版社，2018：207.
③ 托马斯·哈代. 枉费心机[M]. 张谷若，译. 北京：人民文学出版社，2018：368.

一个透视法律现象的文学窗口

自己的儿子做出这样不诚信的事情是她不愿意看到的。一开始曼斯顿还有所隐瞒，在阿尔克里芙小姐的责备和追问下，曼斯顿慢慢地供认了所有的罪行，并请求她想办法掩盖真相。她开始的回答是坚决的：

"我绝不会，"她说，"这是犯罪行为。"

他恳切地望着他，"若是这关系到我的生命，你也不会帮我把骗局维持下去吗？你不会吗？"曼斯顿阴郁地重复了同样的话："我的生命就取决于你是否帮我——我仅有的生命啊。"①

在得知曼斯顿误杀了自己太太后，她是痛心疾首的，说话的时候已经颤颤巍巍了。听到自己唯一的孩子的乞求——"我的生命就取决于你是否帮我"时，她再一次面临着情与法的抉择，如果自己不帮他，他很可能就没命了。尽管阿尔克利芙小姐知道这是犯罪行为，尽管她知道自己帮了就是在包庇犯罪，可是在儿子恳切的目光中，不断的乞求中她别无选择，仍然选择了屈从。当天夜里，阿尔克里芙小姐极其恐惧和担忧，她选择了帮助自己的孩子逃避法律的惩罚。她想知道教区长的下一步计划，便前去监视，看到了侦探离开教区长家，便一直跟踪到曼斯顿的住处，就在曼斯顿选择于种植园处埋藏尸体的时候，阿尔克里芙小姐一直悄悄地在暗中给曼斯顿放哨，并且向他透露了已经被侦探监视的消息，曼斯顿才得以袭警暂时地逃脱。小说中提到了拘审阿尔克利芙小姐的情节，但是由于各种相关的证据表明她与这宗复杂的谋杀案无关，而没有被牵扯进来。她在临死之前向塞西利亚真心忏悔了自己的过错并乞求她的宽恕。"无常变化的生活中的挫折使阿尔克里芙小姐更清醒地认识了自己"②。

根据1861年《从犯和教唆犯法》的规定，在共同犯罪中只是实施了帮助、教唆、商议、促成等其中之一或更多的行为的是从犯。在共同犯罪人中，在一级主犯实施犯罪之后，帮助他逃脱司法追究的犯罪人属于事后从犯。③尽管阿尔克利芙小姐在犯罪事实发生之后，的确有帮助曼斯顿逃脱司法追究的情节，但是按照当时的法律并不属于共同犯罪中的共同犯罪人，因此在拘审调查之后，被无罪释放。尽管她的行为并没有

---

① 托马斯·哈代. 枉费心机[M]. 张谷若, 译. 北京：人民文学出版社, 2018: 372-373.
② GURU G P. Thomas Hardy: The Artist and the Thinker[M]. Sambalpur: Menaka Prakashani, 1998: 43.
③ 何勤华. 英国法律发达史[M]. 北京：法律出版社, 1999: 438.

被追究法律责任，但是她包庇了犯罪，在曼斯顿逃跑的过程中或许会导致进一步的犯罪发生。因此她的内心是无法平静和安宁的。在法律义务和亲情义务发生冲突的时候，人们既不想伤情，又不想损法。但是通常情况下，不想伤情就得损法，不想损法势必伤情。阿尔克里芙小姐也在情与法的纠缠中，坚守过，彷徨过，煎熬过，但是最终还是选择了亲情。这也从一定程度上符合中国古代法律在解决这类问题中所倡导的"亲亲得相首匿"的刑罚原则。

二、爱情与法的纠缠与冲突

爱情是人生永恒的主题，维多利亚时期的人们也不例外，在小说中爱情与法律的纠缠和冲突从来没有停止过。身处其中的人们渴望着、迟疑着、彷徨着、纠结着。在爱情和法律的每一次冲突中人们的选择总是改写着人物的命运。

1. 为了爱情而犯罪

在一个雷雨交加的下午，曼斯顿第一次在响水庄园偶遇美丽的塞西利亚的时候，便对她一见钟情。"看到她娇美的容貌，优雅的风度，他掩饰不住内心的惊叹与倾慕"[1]，借着邀请她在房内避雨的时光，曼斯顿用一曲接着一曲的风琴弹奏，使得塞西利亚不由得情思翩翩，心旌摇荡，于是他便借着送琴谱的由头，想进一步接近塞西利亚。但是在爱意渐浓的时候，他显然在竭力地隐瞒、克制自己的情感，从来不公开示爱。因为内心深处，他清楚地知道，在法律上他已婚的身份是不容许他越雷池半步的。尽管他向众人隐瞒了他已婚的事实，向太太隐瞒了他现在的住址（而他的太太尤妮斯正在伦敦翘首企盼着和他团圆），他依然费了好大的气力自律地维持着自己的体面和检点。尽管他已经疯狂地爱上了塞西利亚，但是他不得不将这份爱慕之心藏在心底。阿尔克利芙小姐曾告诉他，尽管爱德华已经和他的表姐订婚，但是塞西利亚仍然深深地爱着他，这个消息让他难掩对情敌的愤怒和敌视，以至于塞西利亚哥哥的来访都能让他心生嫉妒，心烦意乱。这个时候的曼斯顿仍然是理智的，是有道德感的，在爱情与法的天平上，他对法是敬畏的，而且认为"诚实总是上策"[2]。这充分说明他并不想通过隐瞒自己在法律上已婚的事实而骗取塞西利亚的感情，去触犯法律，带上重婚罪的枷锁。维多利亚时期"婚姻可以因为一些法定事由而被宣布为无效婚姻而取消，这些法定事由主要

---

[1] 托马斯·哈代.枉费心机[M].张谷若，译.北京：人民文学出版社，2018：138.
[2] 托马斯·哈代.枉费心机[M].张谷若，译.北京：人民文学出版社，2018：151.

包括未到结婚年龄、重婚、劫持、性无能、三代血缘关系等等"[1]。其中重婚是一种在法律上认可的可以被宣布为无效婚姻的违法情节。所以，当他的太太从伦敦找到了响水庄园，他痛心疾首道"亲爱的人，塞西利亚，永远都不会是我的，永远不会"[2]。太太出人意料的短暂造访，让曼斯顿彻底决定斩断情丝。可见，这时的曼斯顿对婚姻法律仍心存敬畏，他不想违法。但是从之后他的太太尤妮斯写给阿尔克利芙小姐的求助信中，我们了解到曼斯顿内心一直是纠结和挣扎的。婚后他很快就厌弃了自己的妻子，又不能离婚，所以表面上他依然和妻子保持着联系，但是实质上是通过伪装后的遗弃来规避法律的束缚。阿尔克利芙小姐了解到事情的真相之后，劝他将太太接到响水山庄，尽管很恼火、懊悔、心有不甘，曼斯顿最终还是答应履行做丈夫的职责，这样既合情、合法，又能获得女主人的信任。

然而事情发生了戏剧性的逆转。由于曼斯顿的粗心疏忽，看错了时刻表，没有按时去火车站接到太太，而使她卷入到一场意外的火灾中，被大家误认为在火灾中丧生。这时候的曼斯顿"很自私、很残酷地，然而却是发自内心地、无法言表地感谢这场刚刚发生的灾难"[3]。对曼斯顿而言，他最大的痛苦来源于他结了婚，却爱上了塞西利亚。对他这样一个并没有完全丧失良知和道德底线的人来讲，在爱情与法的冲突和较量中，他没得选择，因为他不能违法，也不想违法。但是这次火灾却是天赐良机，让他从无法离婚的婚姻中解脱出来，让他从他所厌恶的女人的束缚中解脱出来，这就意味着他从此真正地逃离了法律的束缚，可以正大光明地追求塞西利亚，得到自己的爱情。尽管太太刚刚"去世"，这也难掩他内心的窃喜，因为他从无爱的婚姻中得到了救赎。然而乐极生悲，福过灾生，当天夜里，他的太太突然出现在他的院落，这是何等地从天堂到地狱。正如小说中所描写的，"我绝望而愤怒的咬牙切齿：我已经失去了塞西利亚……我刚刚感谢过的上帝，现在却像一个狞笑的恶魔在嘲弄我。我觉得自己简直气疯了"[4]。听着太太的抱怨和威胁，曼斯顿怒不可遏，一股无名之火促使他抡圆胳膊，用尽全身力气朝她扇去，失手杀死了自己的太太。曼斯顿太太尤妮斯的"死而复生"让曼斯顿彻底失去了再次追求爱情的可能，这也就意味着他将再次不得不回到婚

---

[1] 王晓焰.18-19世纪英国妇女地位研究[M].北京：人民出版社，2007：43.
[2] 托马斯·哈代.枉费心机[M].张谷若，译.北京：人民文学出版社，2018：153.
[3] 托马斯·哈代.枉费心机[M].张谷若，译.北京：人民文学出版社，2018：193.
[4] 托马斯·哈代.枉费心机[M].张谷若，译.北京：人民文学出版社，2018：399.

姻的牢笼中。他的内心是崩溃的、不甘的，尽管他是失手杀死了自己的太太，但他的潜意识里一定是恨不得亲手杀死她，正是这种潜意识才导致了他的暴怒行为。因为尤妮斯此时已经成为他指日可期的幸福爱情的绊脚石，为了塞西利亚，这时候爱情已经完全战胜了法律。在爱情与法的一次又一次的较量中，曼斯顿最终失去了理智，从响水山庄一个较为体面的管家沦落为一个杀人犯。为了获得爱情，不惜以身试法。在维多利亚时期，随着"犯意"在犯罪构成要件中地位的日益显著，杀人罪被分为谋杀、非预谋杀人、杀婴和危险驾车致人死亡4种。这个时候曼斯顿并没有主观的恶意预谋，而是在激愤的情况下杀人，是属于非预谋杀人罪。

  曼斯顿杀人之后，藏匿了尸体，将计就计，制造了太太火灾中丧生的假象，并在阿尔克利芙小姐的帮助下如愿以偿地迎娶了塞西利亚。但是纸里终将包不住火，他的太太并没有在火灾中丧生的事实渐渐浮出水面，而且曼斯顿又意外地偷听到有偷猎者证实在当天夜里听到了他们的争吵和打斗，并且怀疑他的太太在当天夜里就被谋杀了。爱情和法律再次纠缠在一起，要想逃避法律的制裁，他就不得不放弃那违法所得到的爱情。在维多利亚时期，谋杀罪或者非预谋杀人罪都是要判绞刑的，为了避免死在绞刑架上，他权衡利弊，不得不放弃了塞西利亚，找了一个旧相识安妮来代替他的太太。从一开始用伪装后的遗弃来规避法律的束缚，曼斯顿就已经开始游走在法律的边缘，后来由于被爱情冲昏了头脑，他失手杀死自己的太太后，就已经走上了一条不归路，尽管罪行当时被隐瞒了下来，后来为了怕真相被揭穿，他放弃了新婚的塞西利亚，让安妮假扮他的太太再次回到他身边。为了逃脱死罪，他不惜再次犯了遗弃罪和通奸罪。

2. 为了爱情放弃对权利的救济

  命运被改写的不只是曼斯顿，他的太太尤妮斯也是在爱情与法的纠缠与较量中改写了自己的命运。曼斯顿的太太尤妮斯在婚后很快就遭到了曼斯顿的厌弃，但是碍于婚姻法律，曼斯顿暂时找不到和妻子离婚的合法理由，于是便选择了维多利亚时期丈夫们普遍用于规避法律、逃离婚姻的做法——遗弃，他借到响水山庄求职之名，将太太独自留在了伦敦，唯一不同的就是他依然和妻子保持着联系，但是用威胁的手段迫使她隐瞒婚姻状况，不容许她使用婚名，让她一等再等。由于没有经济来源和丈夫的资助，尤妮斯贫困潦倒、因欠债而流离失所，独自忍受着弃妇的残酷遭遇而得不到法律救济。尽管受到了如此不公正的待遇，我们从尤妮斯给丈夫的一封封信的字里行间中，除了埋怨，仍然看到了浓浓的爱意。"亲爱的丈夫""非常爱你的尤妮斯""尽管你怠慢我，我依然爱你。我是痴心难改，无法自拔——我天生就是这样。我真怕这会把我的一生毁掉"[1]。这句话不正是她的悲剧人生的写照吗？她对曼斯顿的爱毁了她。尽管尤妮斯知道丈夫这样做是对自己的遗弃，她本来可以用法律来捍卫自己的权利，她本来可以就此向教会法院提起诉讼，请求恢复夫妻间的权利义务关系。但是对丈夫的爱又让她止步不前。在迫不得已的情况下，她写信给响水山庄的阿尔克利芙小姐，控诉丈夫对自己的遗弃。尤妮斯也考虑起诉曼斯顿，但是又非常担心会引起公众的注目，搞得众人皆知，有损丈夫的形象，她害怕对丈夫提起法律诉讼，并认为这是一种过激的做法，恐惧是被遗弃的女人保持沉默的主要原因。她只是祈求阿尔克利芙小姐能迫使自己的丈夫用一种体面而体贴的方式把自己接到卡里福德教区的家中。出于对丈夫的爱，在丈夫的违法事实面前，她选择了隐忍，正是因为这种爱，她不愿看到丈夫在离婚法庭或者其他法庭受审，受到法律的制裁而名声扫地。正是她的这种不作为，才使得像曼斯顿这样抛弃妻子的男人有恃无恐，以至于把她看作自己追求幸福生活的羁绊。如果尤妮斯提起法律诉讼，也许她的命运会改写。

在小说中被遗弃的，除了尤妮斯，还有一个重要的人物就是塞西利亚。塞西利亚和曼斯顿的教堂婚礼已经是既成事实，可后来为了逃避法律的制裁，曼斯顿遗弃了塞西利亚，与他第一任合法太太的替身安妮走到了一起。当欧文·格雷向他的妹妹塞西利亚提议对曼斯顿进行调查，并拿到可靠的证据后指控其犯重婚罪时，塞西利亚却表达了对继续进行调查的无所谓，在面临是否查清真相，追究曼斯顿的违法行为的时候，塞西利亚是动摇的、是迟疑的。她不知道法律能给她带来什么，而且高昂的律师费也是他们所负担不起的。她起初并不想求助于法律。"我倒不怎么觉得这事非做不可，"她低声道："这究竟对我们有什么好处呢？""说这话太自私了。当然有好处——你去南安普敦的前后因果便会水落石出，谣传也会平息。另外，曼斯顿便会受到惩罚——这对你和其他女人，还有爱德华·斯普林罗夫都是公正之举。"[2] 欧文的回答指出了调查对个人和对公众的重要意义，也阐明了贯穿这部小说中的对正义的理解。在这里，欧文相信正义终将得到伸张，无辜者将洗清冤屈，有罪者将受到惩罚。对欧文来说，他为揭露真相所做的一切，证明了正义的力量。更重要的是塞西利亚代表的不仅仅是

---

[1] 托马斯·哈代. 枉费心机 [M]. 张谷若，译. 北京：人民文学出版社，2018：361.
[2] 托马斯·哈代. 枉费心机 [M]. 张谷若，译. 北京：人民文学出版社，2018：310.

她自己，因为她的婚姻状况已经发生了法律上的转变，其他妇女也会有同样的遭遇，女性是否能获得正义取决于塞西利亚案件的结果。欧文的话唤醒了塞西利亚，激起了她在《卡斯特桥记事》的验尸报告中查找曼斯顿太太地址的决心。后来，当塞西利亚再次打退堂鼓，不愿意用任何方式报复曼斯顿，觉得这有损自己作为一个女性的尊严时，欧文再次提醒妹妹，"正义是有尊严的"[①]。欧文的话表明，在法律和道德上，对曼斯顿的追捕都是正确的。法律和道德是不可分割地联系在一起，这一观点在小说中兰汉姆也反复提及。作为卡里福德教区的牧师和执政官，他代表着双重身份，作为欧文和塞西利亚的另一个监护人——父亲——法律形象，他说："婚姻是神圣的结合，所有重要的事情，不管是法律上的还是道德上的，都应该考虑进去，把一切事情都搞清楚是你的责任。"[②] 最终在律师蒂姆斯、地方执政官兰汉姆和爱德华的帮助下，欧文和塞西利亚查明了真相，将曼斯顿绳之以法。塞西利亚在法律面前动摇过、迟疑过，但最终运用法律维护了自己的权益，赢得了幸福的爱情。如果她当时拒绝追究曼斯顿的违法行为，那么她和爱德华的爱情也可能会无疾而终。

[①] 托马斯·哈代.枉费心机[M].张谷若，译.北京：人民文学出版社，2018：315.
[②] 托马斯·哈代.枉费心机[M].张谷若，译.北京：人民文学出版社，2018：347.

第十二章

《苔丝》：命运转折背后的法律事件和法律行为

《德伯家的苔丝》是英国著名小说家和诗人托马斯·哈代所写的最后两部重要的长篇小说之一，是"威塞克斯系列"中的一部。小说问世于1891年。这部作品让哈代在小说艺术创作的道路上达到一个高峰，也代表着哈代在小说创作领域内最出色的成就。被公认为哈代最个人化、最优秀、最受欢迎的代表作品，并被列入世界古典文学阆苑。这部小说最成功之处在于哈代用极其细腻的笔触勾勒出一位在小说世界中直击人心灵深处、让人无法忘却、最具魅力的女性形象——苔丝。围绕着苔丝命运的跌宕起伏，我们看到了英国在维多利亚末期所经历的社会变革和思想冲击。小说对主人公苔丝不幸命运的描述表现了人的命运、人与社会的关系、社会的等级差异和贫富不公等丰富深刻的内容，给人以众多的认知、启迪和警示。

女主人公苔丝是哈代无与伦比的女性画廊里最令人难忘的一个形象[①]。小说中，苔丝在父亲约翰·德北醉酒无法送蜂窝进城的情况下，为了不耽误生计，自告奋勇地和弟弟一起驾马车去送货，但由于疏忽大意，驾车的马被邮车撞死，全家的生活因此陷入困境。在父母不断的劝说下，满心自责的苔丝不得已去德伯家"认本家"，在德伯家的养鸡场工作。德伯太太的独子亚雷觊觎苔丝的美貌，不断地纠缠、挑逗并伺机强奸了苔丝，导致苔丝怀孕生子。失去贞洁和孩子的苔丝为了逃离村里人的指责，来到远离家乡的塔布篱牛奶场当了一名挤奶工并与克莱热恋而结婚。在新婚之夜，克莱在苔丝向自己坦白了她的遭遇之后无法原谅妻子而远走巴西，苔丝的生活陷入了困境。不久后父亲的离世造成全家人流离失所、且有入狱之危的极端困境。苔丝为了家人，

---

① W. 特伦特. 托马斯·哈代的长篇小说（1892）[M]//陈焘宇. 哈代创作论集. 北京：中国社会科学出版社，1992：207.

第十二章 《苔丝》：命运转折背后的法律事件和法律行为

迫不得已做了亚雷的情妇。克莱在巴西大病一场后，幡然悔悟，回国找到苔丝，但为时已晚。绝望的苔丝在激愤之下杀死了亚雷，被判绞刑，结束了她短暂而悲惨的一生。《苔丝》是英国文学史上重要的悲剧作品，特伦特甚至说它是"伊丽莎白女王时代以来所创作的最大的悲剧"[①]。

对《苔丝》中的法律事件和法律行为进行系统分析会发现，苔丝命运的每一个转折点都有一个法律事件或法律行为起着直接和关键的作用。这些法律事件和法律行为形成的链条一步步把美丽善良的苔丝送入了悲剧的深渊。小说中不仅反映出了维多利亚时代的法律制度，也表现出了维多利亚时代的法律理念和司法活动。

一、过失责任原则：苔丝一家无法获得赔偿而陷入困境

在《苔丝》中，第一个不得不提及的改变了全家人命运的非常重要的法律事件便是苔丝家的老马"王子"被邮车撞死。因为这场突如其来的变故，直接使苔丝家的小贩经营陷入绝境。原本矜持、骄傲的苔丝处在深深的愧疚和自责中，认为是自己的疏忽大意才将全家陷入一团烂泥中，因而经不住母亲的软磨硬泡才答应去德伯家攀亲戚。以往的文学评论总是针对这一事件的经济性质进行分析。它表明农民已经不能在他们原来的经济基础上生存下去了。[②] 那些传统的小私有者和农民的破产大多是由于资本主义的生产方式对偏僻落后的广大乡村地区的入侵造成的。小农经济解体，古老秩序破坏，这些都给以农业劳动者为主体的各阶层人们带来了不幸和厄运，农民们所依赖的原有的经济基础正在土崩瓦解。苔丝生活的德伯家族的没落只是这样一个大的经济发展背景下的样本。

英国十九世纪七八十年代，法律制度随着资本主义的不断发展，也处于不断的变革之中。当时的侵权行为归责原则遵循的是过错责任，正是这样的归责原则致使苔丝家的老马被邮车撞死，而侵害主体在侵权结果发生之后却不用承担赔偿责任。主要生活来源依仗老马的小贩营生在老马被撞死后陷入绝境，而拿不到任何赔偿使苔丝一家的困境雪上加霜。

英国私法体系的框架由三部分组成，包括侵权法、财产法和合同法。这样的一个

[①] W.特伦特.托马斯·哈代的长篇小说（1892）[M]//陈焘宇.哈代创作论集.北京：中国社会科学出版社，1992：203.

[②] 聂珍钊.悲戚而刚毅的艺术家[M].武汉：华中师范大学出版社，1992：216.

一个透视法律现象的文学窗口

基本法律体系调整着法律主体的人身关系和财产关系。英国侵权法的归责原则大体经过了血亲复仇——绝对责任——过失责任——严格责任及比较责任的发展过程。[①] 绝对责任原则（absolute liability）是中世纪的英国在处理侵权行为时所普遍遵循和采纳的原则。从十四世纪末到十九世纪末，逐渐发展到过失责任原则。苔丝所处的时代，侵权责任采取的是过失责任原则。从十九世纪末到二十世纪六七十年代，由过失责任逐渐发展到严格责任与比较责任时期。

十九世纪末二十世纪初，英国的自由资本主义完成了向垄断资本主义的蜕变。"随着大机器生产的普及，经济危机、环境污染、产品责任、劳资矛盾的问题日益突出，严格责任在这样的历史背景下被逐步确立。同时，过失责任原则也有了进一步的丰富和完善，标志性的成就就是提出了比较过失原则（comparative negligence），即在双方当事人都存在过失的前提下，如果仅从起因来判决由一方承担损害后果是显失公平时，则对案件当事人各方的过失进行比较，最后按照各自过失的大小来分担相应的责任。促使比较过失责任产生的直接动因恰恰是交通事故的频发，当时在一个人满为患的小岛（如英格兰），在十万公里的路段上，每年都有七八千人丧生，十万人遇到严重伤害……而这成千上万者都得不到赔偿。"[②] 比较过失责任原则在交通事故的认定中能够更为合理地确定各方责任，它利于在区分当事人各方过失大小的情况下，进行责任的界定，有利于维护社会稳定，化解矛盾。

在《苔丝》中，由于前一天聊起让苔丝去德伯家认本家、攀亲戚而醉酒的父亲约翰·德北，无法凌晨按时动身去卡斯特桥送蜂窝，苔丝为了不耽误这已经有点晚了的营生，虽然不善于驾马，仍自告奋勇决定和弟弟亚伯拉罕替父亲送货。可是不幸的是在去城里的路上，老马出事了。本就衰老枯瘦，摇摇晃晃的老马，被迎面疾驰的邮车撞死了。小说是这样描写当时的情形：

> 一辆早班邮车，像经常那样，沿着那些篱路走起来都像飞的一般，它那两个轮子，一点声音也没有，现在跟她那走得既慢又没亮儿的车、马纠缠在一起了。邮车尖尖的车辕，像一把刀似的，直对不幸的王子，穿胸而入，鲜

[①] 何勤华. 英国法律发达史 [M]. 北京：法律出版社，1999：279.
[②] 李仁玉. 比较侵权法 [M]. 北京：北京大学出版社，1996：202.

第十二章 《苔丝》：命运转折背后的法律事件和法律行为

血从伤口往外汩汩直喷，落到地上还嘶嘶有声。①

在这样的一个突发事件中，从当时的情形来看，飞驰的邮车撞死了苔丝家的老马，那位驾邮车的人的驾车行为与侵权的结果的发生存在直接的因果关系，但是在这个事件中，按照当时英国法律的规定，侵权责任的认定实行"过错责任"。从小说的描写中我们知道在事故发生的时候，苔丝睡着了，是被车子的猛然颠簸给惊醒的，而她的弟弟亚伯拉罕自始至终就一直处于酣睡之中，直到出事后被姐姐摇醒。驾邮车的人说："你该靠那一边儿走才对。" 这是小说中对归责重要因素唯一的一句表述，从这句话和前面的描述中我们不难看出，事发前，苔丝和弟弟都睡着了而导致她们的马车驶入了对向车道。"没有亮儿的车"说明本可以提醒对面来车的马灯，也不知道在什么时候熄灭了。综合这些情况来看。在认定责任的时候，按照当时的法律规定，尽管驾邮车的人的驾车行为和侵权结果的发生存在因果关系，但是受害方苔丝没有尽到注意的义务，存在主观上的过错。这样一来，驾邮车的邮差尽管造成了损害后果的发生，但是由于没有主观上的故意或过错，因而不再承担赔偿责任。小说中自始至终没有提到邮局和邮差赔偿苔丝家损失的事，是符合当时英国法律规定的。

尽管这匹老马衰老枯瘦，可是它是全家人的依靠，是一家人挣饭吃的主儿。从事情发生后，弟弟亚伯拉罕眼泪汪汪，"脸上添了50年的皱纹"以及埋葬老马的时候，那声震四壁的号啕哭声这些细节中，我们也不难看出这匹老马对苔丝家这样的小贩营生的重要性。"现在老马一死，营生跟着就解体了"②，没有了营生的运输工具，法律上的"过错责任"原则又使得苔丝一家得不到邮局和邮差合理的赔偿，一个普通的家庭立刻陷入经济的困境。

到了20世纪，英国的侵权行为法归则原则从过错责任改为严格责任和比较责任。如果按照这样的归责原则，邮局和邮差就要因这样的侵权结果给苔丝一家进行赔付，这会极大地改善他们的生活窘境，就不至于出现之后苔丝由于过分的愧疚和自我的谴责，被迫去德伯家认亲而导致之后的一连串不幸了。可见法律的归责原则在苔丝的命运里起了非常重要的推波助澜的作用。这样的法律规定似乎成了苔丝命运的一个分水

---

① 托马斯·哈代.苔丝[M].张谷若，译.北京：人民文学出版社，1984：36.
② 托马斯·哈代.苔丝[M].张谷若，译.北京：人民文学出版社，1984：39.

岭。从这一刻起,她的悲剧命运似乎已经拉开帷幕。

二、被强奸而失身:苔丝失去幸福婚姻的基本条件

苔丝失身历来是一个有争议的话题,存在着不同的分析和解读,例如:强奸说、奸淫说、诱奸说等。而"弄清这一法律问题,对于我们分析亚雷这一个人物形象及其性格特征,对于理解苔丝的反抗以及苔丝的形象意义,都是一个不可忽略、不可逃避的重要前提"。[①] 从小说中对事件当天所发生的事情的种种描述和不多的有效证据可以认定苔丝是被强奸的。这一法律事件,在小说中具有重大的转折意义,也注定了苔丝的悲剧命运,而亚雷对苔丝的强奸行为固定了这个浪荡公子的丑恶形象。

英国刑法规定:"一名男子若有下述行为即被认为实施了强奸:违背了他人意志而与之性交并且该男子明知道对方不同意性交或者根本不考虑对方是否同意性交。"[②] 英国刑法规定的强奸罪也是两个要件,即性行为的发生和性行为违背了妇女的意志。凡男子在妇女无意识中(或因疾病,或沉醉,或熟睡),或冒充丈夫,或以他法欺诳,而与之交合即构成强奸罪,应依该罪论科。[③] 有一个与《苔丝》中描写非常相似的真实案例更能说明苔丝是被强奸的。英国有一个著名的案件"拉特尔案",在此案中,被告与一名14岁的少女性交,而此少女自始至终看上去都在沉睡,其行为仍旧构成了强奸。可见,英国当时的刑法规定和判例都表明,如果受害者不曾同意,而行为已经发生,则无论其不同意的理由如何,都构成犯罪。[④]

从小说中我们可以看到,自从苔丝认亲来到德伯家以后,亚雷就一直觊觎苔丝的美貌,不断地轻薄、挑逗、强吻,尽管遭到苔丝的厌恶和激烈反抗,却一直死性不改,毫不收敛。那天正好赶集和赶会碰在同一天,所以苔丝买完东西天就快黑了,于是决定等参加舞会的同伴一起回家。等了几个小时的她在回去的路上,遇到泼妇卡尔因为被别人嘲笑而迁怒苔丝,两人差一点打起来,在遭到了滔滔不绝的怒骂后,苔丝为了赶快摆脱眼前的窘境,顾不得天黑、道偏,一心想逃离。亚雷不早不晚、偏偏在这个时候骑马出现,乱了方寸的苔丝也顾不得对亚雷的惧怕,不假思索地跳上马,只希望

[①] 吴笛.哈代新论[M].杭州:浙江大学出版社,2009:76.
[②] J.C.史密斯,B.霍根.英国刑法[M].马清升,译.北京:法律出版社,2001:507.
[③] 靳克斯.英国法[M].张季忻,译.北京:中国政法大学出版社,2007:155.
[④] J.C.史密斯,B.霍根.英国刑法[M].马清升,译.北京:法律出版社,2001:509.

第十二章 《苔丝》：命运转折背后的法律事件和法律行为

能尽快离开羞辱她的地方。可亚雷却是心怀不轨，骑马带着苔丝，偏离了主路，来到了一片古老的树林。察觉到亚雷的企图之后，苔丝执意要下马，拗不过苔丝的亚雷让苔丝在一丛灌木处休息，自己去找路，因为为了和苔丝多待一会儿，他随意而驰，有点迷路了。等亚雷返回的时候，苔丝已经睡着了。

小说中，在苔丝刚跳上亚雷的马背的时候，作者就不惜笔墨地描述了苔丝在经历了这么多事情之后的疲惫不堪，为之后她沉沉地睡去埋下伏笔，让亚雷有了可乘之机。在过去整整一个礼拜里，苔丝都每天5点起床工作，一刻不停。当天去赶集，还多走了3英里（4.83千米）路，等了同伴三个钟头，又累又急、一口没吃、滴水未进。在回家的路上又多走了1英里（1.6千米），还和卡尔吵了一架。时间已经到了凌晨1点。"德伯弯着腰俯下身去，听到了一种匀称、轻柔的呼吸。他跪了下去，把腰弯得更低，她喘的气暖烘烘地触到他脸上，他的脸也一会儿就触到她脸上了。她正睡得很沉，睫毛上的眼泪还没全干。"[①]这是小说中唯一的一段对苔丝失身简短而含蓄的描述。作者太喜欢自己创作的这个纯洁的人物形象了。因此，舍不得用过多的笔墨来描写这一人间悲剧，甚至不忍心明确说明苔丝被强奸的事实。她太累了，睡得很熟，完全不知道亚雷回来了。亚雷正是在苔丝熟睡的状态下对她进行了性侵。这既不是为了满足性欲的你情我愿，也不是贞洁意识淡漠下的半推半就，从之前的种种描述中，我们不难看出苔丝对亚雷的态度是坚决的。刚上马的时候，睡意袭来，苔丝的头靠到了亚雷的身上，当亚雷刚准备搂她的腰的时候，苔丝本能地醒来，采取防卫，还差一点把亚雷推到马下。刚发现亚雷不怀好意策马走入树林的时候，苔丝故作凶悍泼辣，惊慌地质问亚雷，甚至不顾自己滚下马的危险，用手把他的手指掰开，执意下马。因此如果不是在无法反抗无法表达的沉睡状态下，苔丝是绝不会给亚雷任何机会的，亚雷也绝不会得手，苔丝一定会拼死反抗。作者之后的感慨也佐证了苔丝是被强奸的。"哪儿是保护苔丝的天使呢？哪儿是她一心信仰护、庇护世人的上帝呢？"[②]作者甚至悲愤地质疑，难道上帝在消遣、在旅行抑或睡过了头而顾不上来保护苔丝。为什么往往是粗鄙地把精致的据为己有，绝难匹配的男人把女人据为己有。可见苔丝一定是不情愿的，被迫的，而不是半推半就。否则完全不需要让上帝来保护苔丝，也完全谈不上谁把谁据为己有。从

[①] 托马斯·哈代. 苔丝[M]. 张谷若，译. 北京：人民文学出版社，1984：90.
[②] 托马斯·哈代. 苔丝[M]. 张谷若，译. 北京：人民文学出版社，1984：90.

这一连串诘问中，我们可以看到作者的意图，苔丝被亚雷强奸是符合作者创作原意的。

苔丝是被亚雷强奸的，那么为什么亚雷没有受到法律的制裁？当时的英国，对强奸行为是有明确的、成文的法律惩罚规定的。当然，当时资产阶级法律的阶级性质注定了法律的不平等不公正，但这只是其中的一个原因。从法律视角来看，苔丝没有报案，应该是另一个更为重要的原因。在一般的强奸案件中，如果在只有侵害方和受害方的情况下，如果没有受害方的指控，哪个国家的警察也无法主动去认定这是一起强奸案还是双方自愿的性行为。尽管小说没有交代，但是我们可以从小说中推测出苔丝没有报案可能有以下原因。一是苔丝对法律的无知，少不更事。从小说中我们可以看到，在这样一个农村家庭成长的孩子，没有什么文化，也没见过什么世面，父母每天为生计而奔波，根本无暇顾及孩子的教育，也没有能力给他们提供更好的受教育的机会。所以苔丝完全不知道遇到这种事情该怎么办。在遭到强奸后，她完全不知道如何用法律手段来保护自己。事后，苔丝告诉了母亲实情，但是并不愿意嫁给亚雷，而母亲带着埋怨的口气责备她，如果并不想嫁，那自己就应该更加小心才对。这时候我们看到了苔丝的满心剧痛和心碎。她回应说自己出门的时候年幼无知，而妈妈也从未告诉过她男人的坏心思，也没有警告过她该提防什么，她对男人的鬼把戏一无所知。不像那些大户人家的小姐，有机会学习，有机会看小说。二是苔丝所处的社会地位和道德观对人的束缚让苔丝不敢也不愿去控告亚雷。苔丝认了本家后，在亚雷家的养鸡场工作，是处于社会底层的弱势群体，她不能也不敢得罪自己的主人和东家，因为她不能丢掉这样的一个赚钱机会，以弥补因为她的大意给家里带来的经济损失。因此，之前无论她多么地讨厌亚雷，讨厌他对自己的轻薄和不断的调戏，但是为了一个养家糊口的工作，她也只能忍辱负重、委曲求全。当亚雷告诉苔丝给她的父亲送去了一匹新马，并给弟弟妹妹们买了一些玩具时，苔丝在表示了感谢之后却觉得非常地难过，痛哭起来。因为她心里清楚，这所有的赠予和施舍都是因为亚雷想得到她，那么这就意味着她的处境会更加地被动，更加地束手束脚。她没有选择，在接受亚雷动机不纯的施舍的时候，苔丝感到的不是喜悦而是耻辱和无奈。即便被强奸以后，她也只能自己吞下苦果，在这样的一个贫富悬殊的社会，即便她去控诉，会有结果吗？更何况在这种传统的道德观的束缚下，她也不敢把这样的事情公之于众。维多利亚时代的繁荣掩盖不了贫富的剧烈分化，像苔丝这样濒临破产的农民，在这样一个弱肉强食的社会，除了本能地选择忍气吞声，还有其他选择吗？

第十二章 《苔丝》：命运转折背后的法律事件和法律行为

如果说苔丝家的老马被撞死为她的悲剧命运拉开了序幕，那么苔丝被亚雷强奸就成为她悲剧命运最重要的转折点。似乎苔丝之后的悲剧命运都是从这一刻就注定了，因为这一法律事件的发生使苔丝失去了维多利亚时代女人最重要的资本——贞洁。失贞和名誉不好对维多利亚时期的妇女来讲是毁灭性的，这样的女人注定被唾弃、被蔑视、不得善终。因此苔丝从被强奸的那一刻开始，她的幸福，她的希望，她的一生就已经被亚雷毁了。

三、禁止堕胎：加重了苔丝被强奸的悲剧后果

被强奸给苔丝的身心造成了巨大的创伤。她认为自己是有罪的，郁郁寡欢、无精打采、离群索居，而更大的灾难却是未婚生子，孩子的出生让这件给女人带来耻辱的事情，很难再完全遮盖过去，家庭的名誉因此受损，孩子的各项权利都得不到认可和保障。在孩子出生后，苔丝拼命地干活来麻醉自己，让自己忘却不光彩的过去，承担起一个母亲对孩子的爱和呵护。对这样的一个私生子，为避免张扬家丑，苔丝的父亲拒绝请牧师来家给孩子洗礼，"这件事遮盖还恐怕遮盖不过去，哪儿还能在这时候，找一个牧师来家，对自己的家丑横加刺探，不能请牧师。他把门锁了起来，把钥匙放在自己的口袋儿里。"[①] 孩子得了重病快不行的时候，由于担心他死后下地狱，苔丝自己在家里暂行教职，给孩子行洗礼[②]，让孩子在死后能够得到安息。在希望能够按照教会的仪式把孩子埋葬被否后，她又不惜忤逆教堂、忤逆牧师而做最后一搏，让孩子顺利地安葬。尽管苔丝的遭遇在马勒村并不是人尽皆知，可是未婚生子让她无法在家乡继续拥有维多利亚时代的一个好女人的名誉。失身后的苔丝，在世俗眼中已经失去了为人处世的资格。尽管哈代称苔丝是一个纯洁的女人，但是苔丝的命运悲剧却因为未婚生子而继续进一步延伸，这一法律事件加重了苔丝被强奸的悲剧后果。

按照我们现在的观点来看，既然苔丝不爱亚雷，是被强奸而导致怀孕，那么她当时完全可以通过堕胎来隐瞒自己被强奸的事实，那么为什么要将孩子生下来，让自己未婚先孕的事实公之于众？通过分析英国1861年颁布的《侵犯人身罪法》第57条的规定，我们就明白了苔丝生子是迫不得已，没有选择。按照当时法律的规定，堕胎是

---

① 托马斯·哈代.苔丝[M].张谷若，译.北京：人民文学出版社，1984：116.
② 根据基督教的观念，人一生下来就是有罪的，因此必须受洗来洗去罪恶的标志，被允许进入教会。小孩不及受洗就死去是不能上天堂的，要永远在地狱里受苦。

违法行为，是重罪。根据法律规定：怀孕妇女为堕胎而使用药品或者使用器械的，为给自己堕胎而非法使用有毒物品或者使用其他有毒物，或者使用器械、工具；或者给任何妇女堕胎而非法使用无论该妇女是否真实怀孕，均构成重罪，因此被判宣告有罪的，处终身劳役监禁。[①]有了这样的法律规定，苔丝怀孕以后，不会有人冒着犯重罪的风险协助她堕胎的。苔丝也不敢冒着犯重罪的风险去强行堕胎，在这样严格的法律规定下，她只能生下这个因为被强奸而与自己厌恶的人所怀的孩子，从而使自己失身的事情被昭示在众人面前。因而，苔丝不能在熟悉的故乡马勒村继续生活下去，她甚至常常自问，"女人的贞洁，真是一次失去了，就永远失去了吗？"[②] 苔丝选择了一个她认为能够掩盖过去的陌生的地方——塔布篱牛奶场，在那里他再次见到了克莱，作为一个"失身的女人"，怀着复杂的心情孕育着与克莱的爱情。

禁止堕胎的法律又一次成为苔丝悲剧命运的垫脚石，为她之后的爱情悲剧埋下伏笔。

四、误解离婚法律：苔丝新婚后被遗弃

在塔布篱牛奶场，苔丝和克莱双双坠入爱河，他们一起度过了幸福而美好的时光，克莱疯狂地爱上了寥廓清朗、不染尘寰的苔丝，为她的自然和朴实所倾倒，并热烈地向苔丝表白，但是，同样深爱着克莱的苔丝因为过去悲惨的遭遇一直没有答应克莱的求婚。害怕失去幸福和负疚的苔丝在结婚前没有把过去的经历告诉克莱，虽然苔丝也同样地深爱着克莱，把克莱看作她的性命，当成她的心肝儿。可正是爱，才让苔丝深深地陷入悔恨往事之中，总觉得自己配不上他。面对克莱的爱慕和热烈追求，苔丝用各种理由拒绝着心爱的人。因为她很害怕自己的过往会玷污他们的爱情，影响克莱的名声，也担心克莱知道实情后不会原谅她。在绝对的快乐和绝对的痛苦中苔丝挣扎着斗争着。有好几次她鼓起勇气准备向克莱坦白，可是到了最后，不管是出于自卫的本能，还是害怕失去，这种勇气都被压制了下去。苔丝最终犹豫迟疑地答应了克莱的求婚，可是却哭得肝肠寸断，因为她始终觉得保持缄默就是对克莱的不忠、不信。她决定不顾母亲的警告，将自己的历史对克莱和盘托出，所以即使订了婚，可是婚礼却遥遥无期。她设想着坦白后的各种情形，一再地推迟婚期。日子定下来后，苔丝在矛盾复杂

---

① 谢望原.英国刑事制定法精要（1351-1997）[M].北京：中国人民公安大学出版社，2003：143.
② 托马斯·哈代.苔丝[M].张谷若，译.北京：人民文学出版社，1984：124.

第十二章 《苔丝》：命运转折背后的法律事件和法律行为

的心情中任由克莱操办婚事。尽管在婚礼前，她也想通过写信的方式不再隐瞒过去，可无奈婚礼的忙碌筹备使得克莱没机会看到信。苔丝后来几次想坦白，都被沉醉在喜悦和幸福中的克莱阻止了，苔丝就这样被推着走进了婚姻。可是新婚之夜，当他们彼此坦白了自己的过去之后，尽管克莱表面上想不在乎，可是他的一系列反应和表现已经说明了一切：脸上憔悴苍老、心里瘫痪了一般、迥异的狞笑、拼命地挣扎、极力做出温柔的样子，甚至出现了梦游的癔症。而苔丝被吓得魂飞魄散、几近晕厥、泪如泉涌。他们的感情几乎到了冰点，以前是一盆烈火，现在是一堆残灰。

苔丝之所以最后下定决心答应克莱的求婚，也许是因为爱情的自私，或者是过分害怕失去幸福。小说向我们描述了，面对克莱接二连三的示爱、求婚和表白，在客观上苔丝没有恰当的机会向克莱坦白历史，主观上除了挣扎、惧怕，还有一个更重要的原因，就是苔丝对当时英国法律就离婚的具体规定不清楚，对法律的无知导致了苔丝同意与克莱结婚。因为她分析了最坏的结果，并一直笃定地认为，即便婚后克莱知道了她的过去而依然无法原谅，无法接纳她，最终也是有让他脱身的办法，那就是离婚。而且她也告诉克莱通过自己对过去的坦白也足以构成离婚的理由，从而给克莱自由，而不用非得和她绑在一起。按照苔丝的固有知识和理解水平，她把离婚想得过于简单。克莱告诉苔丝一旦结婚就无法那么容易地离婚，称苔丝太幼稚、缺少知识、浅薄、不懂得法律。"我压根儿就没想到，你会不能跟我离婚！"[1] 从苔丝的话中我们不难看出苔丝不是为了满足私欲而用婚姻束缚住他，苔丝对克莱的爱是不掺一点杂质的、是纯粹的，只是这个善良的农村姑娘不了解英国当时的法律，做出了和克莱结婚的决定，从而又把自己的身心推向了另外一个深渊。苔丝被遗弃后再次回到父母身边，和母亲的谈话也同样印证了她对法律的无知以及当时结婚后再离婚的可能性极低。母亲说，"可是你先嫁他后告诉他，那不也就够坑害他的了吗？""……我本来可觉得，他要是一定不肯通融，他可以用法律解决，和我离婚。"[2]

在当时的英国，只有经过教会、法院的批准和认可，英国人的结婚和离婚才能生效。一直以来，在传统的道德观念中，在教会法中男女缔结婚姻是上帝的安排，是圣事，是不能离婚的。1857年之后虽然婚姻具有了世俗的性质，法律允许人们通过世俗法院

---

[1] 托马斯·哈代.苔丝[M].张谷若，译.北京：人民文学出版社，1984：303.
[2] 托马斯·哈代.苔丝[M].张谷若，译.北京：人民文学出版社，1984：326.

的判决离婚,但是法律上严苛的离婚条件,让那些想通过世俗法院的判决离婚的人望而却步。小说中苔丝对有关离婚的法律似懂非懂,按照自己天真的想法,答应和克莱结婚;克莱也由于不知道苔丝的过往而走入婚姻,在无法说服自己原谅苔丝的情况下又不能离婚重新给自己和苔丝以自由,因此也陷入了婚姻的法律牢笼。为了摆脱婚姻的束缚,克莱选择了逃避,远走他乡,事实上遗弃了苔丝。这也是维多利亚时期的男人为规避法律给离婚设置的各种苛刻条件而通常采用的做法。

克莱虽然有先进的思想,善良的用意,但是在真正的考验来临的时候,他连自己都没有意识到,自己的思想仍然屈从于从小所受的训诫。因此,在新婚之夜,当听到苔丝的坦白之后,虽然自身也并不纯洁,曾经跟一个素不相识的女人有过 48 小时的放荡生活。但是却不肯对苔丝报之以同样的宽宥,最终还是做了陈规陋习的奴隶和帮凶,将苔丝遗弃。

五、土地法律制度:苔丝一家流离失所

苔丝在克莱远走巴西之后又回到了马勒村,经济陷入了困境。不仅如此,苔丝全家也因为母亲重病而生存困顿。克莱走后,苔丝已经不可能重新去塔布篱牛奶场打工了。为了解决家中的燃眉之急,她把克莱临走时留给她的钱大部分给了家里,自己四处打工。但是,屋漏偏逢连夜雨,病得很重的母亲脱离了危险,而得了一点小病的父亲却先母亲而去。苔丝的父亲去世是小说中又一个重大的法律事件。虽然苔丝的父亲生前无所事事,于家无补,可是他的重要性在于,他的健在就是一家人遮风避雨的那所房子的保障。而现在,他的去世带来了重要的法律后果:

> 他们住的那所房子,典约只限三辈,轮到德北身上,恰好期满。一来那时房子正缺,本村的佃户早就想把这所房子腾给长工们住;二来一个终身典房人,一切都不合群,简直和小自由保产人一样地讨厌,惹得村里的人都不喜欢,所以一到房子期满,租约就绝不继续。①

英国封建土地占有关系的特点是只承认国王是全国土地的唯一所有者,其他人只

---

① 托马斯·哈代. 苔丝[M]. 张谷若,译. 北京:人民文学出版社,1984:444.

第十二章 《苔丝》：命运转折背后的法律事件和法律行为

能是土地持有人或租借人。[①] 英国普通法规定了三种土地保有制度，即自由保有制、公簿持有制、租赁保有制三种。苔丝一家人住的房子属于租赁保有制的形式，他们的祖上与不动产所有人订立的是三代终身制的契约。而苔丝的父亲是这契约规定的第三代，他一去世，租赁契约就终止了。在苔丝他们家族的历史上，也曾经有把无地可耕的人驱逐的事情，现在轮到他们自家的后代。苔丝的父亲属于终身保产人，可是像苔丝的父母这样住在农村但不事农业的人，村里的人都不喜欢。而苔丝未婚生育的事情又使这个家庭蒙羞，所以村里人都暗中算计，只要苔丝的父亲一死，典约一满，她们家的人就得全部滚蛋。苔丝的父亲去世后，村里人拿有伤风化说事，让他们赶快搬走，原因还包括这一家人在节制、在贞操上没有给村里树立好榜样，这让苔丝觉得自己是祸水。否则，母亲和弟弟妹妹还可以作为星期租户，暂时有遮风避雨的地方，而现在连这样的资格都没有了。苔丝及弟妹无权继承父亲的房产而母亲作为配偶的权利也无法得到保障。这反映出当时的英国法律在对待遗孀权利方面的不平等。在英国，贵族土地保有权享有人享有"亡夫和亡妻的遗产权"，寡妇活着的时候享有其亡夫三分之一的土地上的权利，当她去世后，这份财产重新回到丈夫的遗产序列而被继承人继承。这就可以保障夫妻中后去世一方的生存权利，不至于使他们流离失所。然而，对于公簿持有制和租赁保有制持有人的配偶，法律却没有规定类似的保障制度。因此，按照英国当时的法律规定，苔丝的父亲去世后，一家人注定了要面临被逐出马勒村的命运，他们原本准备回到父亲的祖坟所在地王陴，在那一个窟窿眼儿一般的小地方租赁房子，可是找好的房子已经被租出去了，他们只好在夜间栖息在教堂先祖的墓地上。但即使这样也是违反英国当时的法律的。英国于1824年颁布了骇人听闻的《流浪犯罪法》，目的是将破产后流离失所的农民驱赶进工厂。该法规定：四处流浪，将自己置身于任何公共场所、街道、高速公路、走廊，并且上述行为的目的是乞讨或者追求施舍；没有合理解释，四处流浪，栖身于马棚或者其他附属建筑物或者任何被遗弃或者无人占有的建筑物中，或者露宿于户外或者棚子或马车中，将被认定为是流氓，应当认定为犯罪。[②] 在全家人因为露宿墓地而面临入狱的威胁时，苔丝彻底绝望了，她不能眼睁睁地看着自己的弟妹和母亲受到牢狱之灾，她多次写信给克莱求助但是迟迟没有回音，

[①] 曾繁正，赵向标.西方国家法律制度、社会政策及立法 [M].北京：红旗出版社，1998：18.
[②] 谢望原.英国刑事制定法精要（1351-1997）[M].北京：中国人民公安大学出版社，2003：71.

于是不得已做了亚雷的情妇。

由上可见，苔丝委身于亚雷，实在是事出有因、迫不得已。苔丝在新婚之夜遭到嫌弃而终被遗弃，父母的猜忌和不信任、朋友、邻居对她疏离冷淡，闲言碎语，飞短流长，恶棍农夫对她欺凌盘剥，流氓恶少对她不断骚扰、纠缠，而命运与感情的唯一依靠克莱又对她冷若冰霜，避之不及，长期音讯全无。这一系列的遭遇和打击虽然使苔丝心力交瘁不堪重负，但并没有让苔丝畏惧退缩、灰心丧气、自甘堕落。然而父亲去世后，一家人流离失所，无处安生，甚至露宿街头；她自幼呵护的弟妹，敬重的母亲的生活没有了着落、陷入困境，这让她才不得不在亚雷的威逼利诱、不断地骚扰和纠缠下做出了牺牲自己的抉择，被迫答应和她厌恶的亚雷再次同居。现实的残酷让苔丝再一次丢掉了骄傲和固有的美德。

六、不公正的刑事法律：苔丝生命的终结

克莱离开苔丝，远离了被陈规陋习统治的国家，去了原始蛮荒的巴西腹地，在淳朴自然的环境中，他不断追忆往昔与苔丝耳鬓厮磨的种种情景，纯洁善良的苔丝又鲜活地出现在他的脑海中，而被世俗成见歪曲了的苔丝渐渐地淡出了他的记忆。克莱对苔丝的旧情复萌，他开始重新审视、质疑对苔丝道德的审判。在巴西大病一场后，克莱幡然悔悟，回国找到苔丝，乞求她的原谅，想要与苔丝重新开始。命运给可怜的苔丝又开了一个天大的玩笑。已经委身于亚雷的苔丝见到克莱后绝望后悔，在亚雷用令人难听的话刺激她时，她情绪失控，在盛怒之下杀死了亚雷。苔丝也因此而被判死刑，结束了她短暂而悲惨的一生。

苔丝杀死亚雷是小说中最重要的法律行为，这一行为直接导致了苔丝悲剧人生的结束。从苔丝的讲述可知，这一案件中"过失杀人或是防卫过当的情节都是不存在的"[①]。尽管如此，苔丝也罪不至死。依照当时的法律规定和法律执行的情况，苔丝的死说明了当时的法律和司法机关对一个处于社会底层的穷人权利的漠视以及不公正的审判。

首先，从实体法的角度分析。小说完全没有苔丝受审的描写，而只是在结尾处用非常隐晦的笔法让读者了解到苔丝的命运结局。在温屯寨的监狱里，"钟声打过之后，

---

① 吴笛.哈代新论[M].杭州：浙江大学出版社，2009：83-84.

第十二章 《苔丝》：命运转折背后的法律事件和法律行为

又待了几分钟，高秆上慢慢地升起来一样东西，在风里展开。原来是一面黑旗①"②。黑旗徐徐升起表明苔丝被执行完死刑。当时英国法律规定的杀人罪有两种：谋杀及杀人，谋杀（murder）是最严重的罪名，系以预谋故意杀人。谋杀罪本刑为死刑，法官无斟酌的余地。而杀人罪之处刑，为各种严重罪名中最富有斟酌余地，得自罚金起至无期徒刑止。③苔丝是以谋杀罪判决的。而从小说关于苔丝杀人前后的描写来看，完全不存在有预谋的故意杀人，应属于杀人，这就完全存在回还的余地。小说中提到，克莱走后，苔丝回到房间，苔丝跪在椅子前，脸伏在椅子上痛苦地呻吟，当亚雷问她怎么了，苔丝没有回答，"只是自己继续念叨，这种念叨的腔调，说是呼痛，还不如说是自语，说是自语，还不如说是哀鸣。"④看到自己日思夜想的丈夫克莱出现在自己面前，而自己现在的身份却无法与他破镜重圆的时候，苔丝是绝望的，这是一种绝望的呻吟。直到这个时候，苔丝并没有犯罪的企图和预谋。她痛苦万状，咬破了嘴唇，看到自己的丈夫被病痛折磨得像一个黄瘦的骷髅更是痛心不已。苔丝不能自已地向亚雷当面控诉。尽管她不停地细数自己是如何一步步地被诱骗，再次落入亚雷的陷阱。"你老口口声声，说我妈妈要什么，我妹妹要什么，我弟弟要什么，老用这些话来打动我的心！……你又说，我丈夫不会回来了，一辈子也不会回来了……你到底把我弄得没主意啦，信了你的话啦，由着你的意啦！"⑤但是，在主观上苔丝并没有想杀死亚雷，以解心头之恨，只怪自己不坚定，轻信了他的甜言蜜语，而将自己置于非常尴尬的境地。苔丝完全没有想到杀人，也不准备杀人，她既没有犯罪的意图，更没有为犯罪做预谋的策划和准备，只是充满了无尽的悔恨。直到亚雷又说了几句更令人难听的话，刺激了她，在被激怒的情况下，苔丝杀死了亚雷。这样看来，苔丝杀死亚雷属于典型的激怒杀人，"英国《1957年杀人罪法》中就明确规定了激怒杀人属于一般杀人罪。事实上，这种新变化并不是创设了一种新制度，而只是接受了它的原有的存在，并加以完善。"⑥在当时的情境下，亚雷非常轻易地就能激怒苔丝。从之后苔丝对克莱讲述她杀人的过程，我们就

---

① 黑旗是执行死刑的标志，死刑在监狱执行之后，黑旗立即在监狱上空升起。
② 哈代.苔丝[M].张谷若,译.北京：人民文学出版社,1984：502.
③ 靳克斯.英国法[M].张季忻,译.北京：中国政法大学出版社,2007：152-154.
④ 托马斯·哈代.苔丝[M].张谷若,译.北京：人民文学出版社,1984：481.
⑤ 托马斯·哈代.苔丝[M].张谷若,译.北京：人民文学出版社,1984：481.
⑥ J.C.史密斯,B.霍根.英国刑法[M].马清升,译.北京：法律出版社,2001：417.

能清楚地看到她是如何被亚雷激怒的。"不错,死啦。他听见我因为你哭,就拿话来挖苦我,来呵斥我;并且还用脏话骂你;我受不住啦,就把他杀啦。我心里真忍不下去了,他从前已经拿你挖苦过我多少回了。"① 是亚雷一手制造了苔丝的悲剧,正是亚雷对她的强奸行为毁了她的人生,毁了她与克莱的幸福,而亚雷不仅不愧疚,而是极尽难听之言来侮辱苔丝,更要命的是他不但挖苦苔丝,还用脏话来辱骂苔丝最爱的克莱。长期以来亚雷对苔丝的挖苦、侮辱她都忍了,可是这次,她不能忍受亚雷对克莱的攻击,长期的积怨很容易被激发出来,这成为压倒骆驼的最后一根稻草。亚雷的死也是他咎由自取。另外,小说中多次提起苔丝作为德伯家族的成员,有一种"精神迷乱"的遗传特质,当苔丝杀了亚雷,追上克莱告诉他实情后,克莱看着她脸上出现了动人痛怜的惨笑,以为她有些精神错乱。当克莱听完苔丝讲述杀死亚雷的经过后,"他就打量她,同时心里纳闷儿,不知道德伯氏的血统里,究竟有什么令人不懂的特征,才会让苔丝做出这种离经反常的事来。"② 随后又联想起德伯氏马车跟杀人的传说,或许就是因为大家都知道,这是德伯家人常干的事儿。可见,哈代在小说中为苔丝的杀人行为埋下了伏笔,暗含了多种辩护的理由,但对苔丝的审判显然根本没有考虑这些减刑理由,她很快就被判处死刑并执行了。

其次,从程序法的角度分析。当时英国的专业法官大都集中在上诉法院、王室法院等高等法院,人数很少,而业余法官占据了治安法院的大多数。据统计,当时大约97%的罪犯都是在治安法院接受审判的。③ 而业余法官的任职资格除了必须世代居住于任职郡内并熟悉当地的法律习惯和风土人情外,还有一项重要的条件就是年收入的要求。18世纪的法律规定,业余法官必须由年收入100英镑的自由土地所有人担任,这一财产资格的要求直到1906年才取消。④ 审判苔丝的正是这些带有阶级偏见而没有多少法律专业知识的治安法院的业余法官,这如何能确保审判的公正?同时,当时英国的审级制度实行一审终审制,重罪不允许上诉。从小说中我们可以看到,尽管苔丝在治安法院受到了不公正的审判,但其实也无处上诉,只能蒙冤受屈。从程序上进一步分析,在审判苔丝的过程中,法官完全可以利用陪审团制度使苔丝获得减刑,因为苔

---

① 托马斯·哈代. 苔丝 [M]. 张谷若, 译. 北京: 人民文学出版社, 1984: 486.
② 托马斯·哈代. 苔丝 [M]. 张谷若, 译. 北京: 人民文学出版社, 1984: 487.
③ 杰佛里·威尔逊. 英国刑事司法程序 [M]. 姚永吉, 译. 北京: 法律出版社, 2002: 91.
④ 杰佛里·威尔逊. 英国刑事司法程序 [M]. 姚永吉, 译. 北京: 法律出版社, 2002: 158.

第十二章 《苔丝》：命运转折背后的法律事件和法律行为

丝是一个彻彻底底的受害者，她的遭遇一定可以获得陪审团的同情，罪不至死，从而获得减刑。她杀死的是强奸了她的人——亚雷，而正是因为强奸，让她失去了维多利亚时期女性非常看重的贞洁，从而失去了获得幸福婚姻的机会和可能，被深爱她的丈夫遗弃。即便是被判处了死刑，在死刑执行时也可以选择流放而不立即执行。因为当时英国被执行死刑的罪犯并不多。在 18 和 19 世纪只有部分死刑判决得到了执行，死刑判决被改判为流放的比例日益增加。而不幸的是，由有产者组成的法庭面对可以从轻从宽的各种理由和情形，仍然将这个贫穷可怜的女子送进了地狱。

可以说，苔丝命运的每一个转折点都有一个法律事件或法律行为起着直接和关键的作用，而这都成为引发苔丝命运发生变化的最重要的因素，这些法律事件和法律行为形成的链条一步步把美丽、善良的苔丝送入了悲剧的深渊。小说中这样的法律事件和法律行为还有不少，它们都对苔丝悲剧命运的发展起到了推波助澜的作用。比如，资产阶级新贵的代表，亚雷的父亲——发了财的商人西蒙·司托就是利用和得益于英国当时的法律窃取了破产贵族德伯家族的姓氏和房产的。19 世纪以来，掌握了政权的英国资产阶级通过了旨在打击封建贵族的《谷物法》《遗产税法》《土地转让法》《时效法》等法律，英国通过《谷物法》放开了从国外进口谷物的限制，使以农作物为主要收入的封建土地贵族收入锐减；通过《遗产税法》使许多封建土地贵族因交不起高额的遗产税而放弃继承祖先的房产和土地；通过《土地转让法》《时效法》使资产阶级新贵以低廉的价格取得无人继承的封建土地贵族的房产和土地。对《苔丝》中的法律事件和法律行为进行系统分析会发现，法律的局限性和苔丝自身的局限性共同造成了苔丝悲惨的命运。

《苔丝》这部涉法文学作品生动地向人们展示了当时英国的侵权法、刑事法、婚姻法、禁止堕胎法、土地法等法律制度，对这部伟大的涉法文学作品中的法律事件和法律行为的深入分析，为我们认识英国维多利亚时代的法律和司法制度提供了重要的参考。

第十三章

《卡斯特桥市长》：多元婚姻法律规范的冲突和博弈

哈代的作品《卡斯特桥市长》是"威塞克斯"系列小说中的一部，发表于1886年。这部作品像《俄狄浦斯王》或《李尔王》一样，是一部描写了人物性格和命运的悲剧作品，主人公亨察尔的失败与伐尔伏雷的成功，既是维多利亚商品经济时代精神对古老传统骑士精神的颠覆与取代，也是人物性格较量的结果。对《卡斯特桥市长》中主人公亨察尔卖妻事件的描写进行细致的分析，就能发现当时英国婚姻法律规范和文化的多元共存、矛盾冲突、相互博弈。

小说的主人公亨察尔是社会底层的一名打草工，因为醉酒而将妻女出卖，酒醒后追悔莫及，从此滴酒不沾，发奋致富。经过不懈的努力，亨察尔当上了卡斯特桥市长，后来妻女回到了他的身边。但由于他的刚愎、偏执，与原来的合伙人闹翻，并在竞争中陷于破产，当年出卖妻女的丑闻也被揭发以致身败名裂。破产和羞辱使他陷入狼狈的境地，在孤独中悲惨地离开了人世。

卖妻事件拉开了小说的序幕，也是展开亨察尔悲剧性格和造成其悲剧结果的重要情节和线索。现代人一定会认为小说中的卖妻事件荒诞不经，但是，亨察尔的卖妻行为在当时的英国维多利亚时期却是真实存在于下层社会的。其实，哈代在创作这部小说时曾认真研究了当时一些典型的卖妻事件，小说中对亨察尔卖妻行为的细致描写恰恰来源于生活而并非作者完全虚构。哈代在他的笔记本上保存了许多法律案件和新闻故事。哈代于1884年春开始在多尔切斯特担任地方法官时的经历对创作这部小说颇有裨益，哈代在他的笔记本上抄录了19世纪20年代报纸上报道的三则真实的典妻公告。这些典妻事件来自卡斯特桥和周边小镇的真实历史，正如哈代在小说的序言中所写的那样，包含了许多和小说虚构情节中相同的细节。克里斯汀·温菲尔德认为以下内容

第十三章 《卡斯特桥市长》：多元婚姻法律规范的冲突和博弈

很可能是小说中卖妻这一情节的来源：

> 布莱顿的一个男人领着一个穿着整洁，脖子上套着绞索的女人走到市场的一个货摊拍卖，很快就找到了买主，他以30先令的价格买下了她，然后在人群的嘲笑和哄笑中带着这笔划算的买卖离开了。在这之前要支付1先令的过路费，花1先令买绞索，另1先令给执行拍卖的人，由市场簿记员记录这笔交易。我们知道他们是乡下人，这个女人和她的丈夫生了两个孩子，其中一人他同意留下，另一个作为交易的附送品。[①]

因此，他的小说中对涉法事件或案件的描写都不是随意的，而是能够比较深刻地反映出当时的法律现象。我们透过《卡斯特桥市长》这扇窗口所展现的卖妻事件，就会敏锐地发现当时国家正式法、宗教法、民间习惯法之间存在一种内在的张力，这实际上反映出英国维多利亚时期多元婚姻法律规范之间的冲突和博弈。

一、传统与现代：民间习惯法规范与国家法规范的冲突

哈代在《卡斯特桥市长》中对亨察尔卖妻行为的描述反映了19世纪的英国在底层民众中依然存在着卖妻的民间陋习，它是底层民众在无法离婚禁止离婚的时代民间离婚的一种方式。一种民间习惯能够长期存在是因为其背后有一种规范或者规则在起作用，这种规范或者规则就是法学界所称的"民间习惯法"。习惯意识和习惯使用法在近代的英国普遍存在。英国著名学者爱德华·汤普森在《共有的习惯》中指出"习惯既可以被看作惯例，也可以被看作法律，习惯的发展，培育和形成，都是在世俗之人中发生的，因此被称为一般大众的习惯法"[②]。出现于16世纪晚期，在18世纪盛行的典妻行为，就是因为其存在的合理性而在民众当中获得"法律"效力，成为大众的习惯法：

> 19世纪初，典妻成为一件经常被报道和评论的事情，典妻变得有新闻价值，

[①] DAVIS W A. Thomas Hardy and The Law: Legal Presences in Hardy's Life and Fiction[M]. Cranbury: Associated University Presses, 2003: 107.

[②] 爱德华·汤普森. 共有的习惯[M]. 沈汉，王加丰，译. 上海：上海人民出版社，2001: 1.

恰恰是因为这一时期典妻被界定为一种公共丑闻。原来因为典妻的广泛存在，人们认为他不值得报道，只有那些臭名昭著的或者非常有趣的典型事件，才在记载上留下痕迹。19世纪50年代，典妻是一种残余[①]。

同一时期，作为国家法的英国婚姻法律制度却处在变动之中。1836年之前，英国合法婚姻是在国教牧师的主持下才被认可的。到1836年，合法婚姻也承认由政府签发的婚约。1857年的《离婚法案》有了更详细的规定，妻子与别人通奸是丈夫提出离婚的前提条件；而丈夫与别人通奸，并且伴有施暴或遗弃行为是妻子可以提出离婚的条件。在这样一个传统向现代转型的时期，作为传统的民间习惯法规范与作为现代化结果的国家法规范的冲突便展露无遗。

（一）传统的合理延续：民间习惯法规范对卖妻行为的认可

在现代文明社会的人看来，亨察尔的卖妻行为是匪夷所思的，不仅为人伦道德所不容，而且应为法律所禁止。但是，在19世纪的英国，卖妻行为却在底层民众中存在并得到底层社会的认可。小说中不同人物的表现也说明大家是认可这桩荒唐卖妻行为的合法性的。

1. 卖妻人亨察尔的心理认同

亨察尔在醉酒的时候，理所当然地认为自己有权利像拍卖牲口一样拍卖妻子和女儿。小说中，当亨察尔听到帐篷外有人拍卖老马的吆喝声时说道："为什么不能把她们也拿来拍卖，卖给那些需要这种货色的人？怎么，喔，老天在上，要是有人要买我这个，我马上就卖。"[②]这虽然是亨察尔在醉酒后所说的混话，但是从亨察尔的这番类比中，我们也可以看出，维多利亚时期的人们的婚姻观在很大程度上仍然受到中世纪英国奉行的夫妻一体主义的影响，认为妻子在婚姻状态中依附于丈夫，没有独立的人格，没有财产权。一个丈夫对妻子拥有绝对的所有权和处置权，由于习惯认同，那当然可以像买卖牲口一样想卖就卖。当卖妻的买卖成交后，亨察尔的妻子警告他不要继续胡闹时，亨察尔大声叫道："我拿钱，水手带你走。这是再清楚不过了。随便什么地方都有人干这种事——为什么这里干不得呢？"[③]亨察尔的表态代表了当时底层社会卖妻行为的普

[①] 爱德华·汤普森. 共有的习惯 [M]. 沈汉, 王加丰, 译. 上海：上海人民出版社, 2001: 489.

[②] 托马斯·哈代. 卡斯特桥市长 [M]. 侍桁, 译. 上海：上海译文出版社, 2002: 7.

[③] 托马斯·哈代. 卡斯特桥市长 [M]. 侍桁, 译. 上海：上海译文出版社, 2002: 12.

第十三章 《卡斯特桥市长》：多元婚姻法律规范的冲突和博弈

遍性。"随便什么地方都有人干这种事"，可见他并不是第一个也不是最后一个以这种方式卖老婆的，这是一种非常司空见惯的，在很多地方都上演着和发生着的解除婚姻关系的方法。只要买卖双方达成一致，交易就能立刻完成。换句话说，他也同其他底层的社会成员一样事实上认同卖妻是解除婚姻关系的一种方式。

2. 亨察尔妻子的态度认同

亨察尔的妻子苏珊在被拍卖的前后所表现出的态度，体现出她对这桩买卖行为的认可，其实是对可以卖妻的民间习惯法规范的认可。当亨察尔数次向帐篷里的人大声表达卖妻的意愿时，妻子苏珊也数次悄声劝说亨察尔："你从前在人家面前已经说过这种无聊的话。玩笑归玩笑，但你当心点，可不能老是没完地这么讲。"[①] 从这里可以看出，她不是对卖妻这种陋习的否定，而是劝说亨察尔不要"胡闹"。当水手纽逊买走了苏珊后，头脑单纯的苏珊"由衷地相信他买了她就得到在道德上真正而合法的权利，虽说她对于这种权利的确切含义和合法限度是模糊的"[②]。在之后的岁月里，她一直坚持认为至死也不能对丈夫有二心。纽逊在海上殒命的消息传来之前，苏珊"依照道理拿他当作丈夫，怀着顽强的信心依附于他"[③]。当水手纽逊"去世"后，苏珊为了女儿从国外来到卡斯特桥找到亨察尔时，明确向他强调说如果纽逊健在的话，自己是绝不会来麻烦亨察尔的，而且她现在也是以纽逊遗孀的身份来的。苏珊去世以后，死里逃生的纽逊最终找到了亨察尔，他们二十一年后再次谈起那桩买卖的时候，纽逊评价苏珊非常的单纯，起初是完全认可了那桩交易的约束力。从小说这一系列描写中可以看出，作为卖妻事件受害人的苏珊虽然对这种行为的合法性的认识是模糊的，但是作为一个乡村妇女她不可能超出当时大多数和她一样的女性对这种陋习的认知。也就是说，她对卖妻的民间习惯法规范的效力总体上是认可的。

3. 买妻人纽逊的合意

任何交易行为都是建立在买卖双方的契约之上的，光有卖妻人亨察尔的主张，没有买妻人纽逊的合意，这桩买卖行为是不能发生的。买妻人纽逊在精神状态正常的情况下，笃定自己的行为受民间习惯法规范的保护，所以在进了帐篷还不过两三分钟，

[①] 托马斯·哈代. 卡斯特桥市长 [M]. 侍桁, 译. 上海：上海译文出版社，2002：8.
[②] 托马斯·哈代. 卡斯特桥市长 [M]. 侍桁, 译. 上海：上海译文出版社，2002：25.
[③] 托马斯·哈代. 卡斯特桥市长 [M]. 侍桁, 译. 上海：上海译文出版社，2002：27.

就做出了非常肯定的决定，他要用5个几尼①买下这个正在被丈夫叫卖的女人苏珊。买妻人纽逊完全没有一丝犹豫，因为符合惯例，所以他完全没有质疑过这桩交易的合法性。在亨察尔执意卖妻，水手纽逊也付了钱的情况下，纽逊的表态是"这事全要看这位年轻的女人是不是愿意才能决定哩""我绝对不愿意伤她的心"。②在小说对纽逊有限的描写中，我们看到纽逊和苏珊"婚后"一直把苏珊当作自己的妻子，尽心尽力地赚钱养家，照顾孩子。

4. 看客们的行为认同

小说描写了周围在场的看客们的起哄和怂恿行为。这说明，在底层民众看来，卖妻行为虽然有那么一点残忍，但却符合社会规范，这个社会规范就是民间习惯法。当亨察尔的酒喝得越来越多又大声重提卖妻意愿的时候，"在座的人这时全然下流到不顾体面了，这个重提的问话受到了一阵表示赞赏的笑声"③。这些看客觉得这是件非常正常的事情，并不是什么新鲜事。这件事的促成无非是给人们多了一些茶余饭后的谈资。当亨察尔问谁来主拍时，"一个矮个子立即答话了，他的鼻子赛似铜门球，嗓子暗哑，眼睛像一双纽扣洞。'谁肯给这位太太出个价钱？'"④小说中对在亨察尔卖妻行为中推波助澜的看客们的精彩描写，反映了维多利亚时代卖妻的陋习仍然有较为广泛的社会认可度，这正是民间习惯法规范之所以能够发挥作用的社会基础。

（二）现代化进程中的无奈：国家正式法对卖妻行为的暧昧态度

按照传统的基督教教义来看，婚姻是神圣的，是上帝的安排，不能轻易解除。圣保罗认为，夫妻的结合如同基督与上帝的结合。⑤但是，在英国宗教改革以后情况发生了变化，从17世纪末开始，没有议会法案的批准就无法结束婚姻关系。⑥对于民间普遍存在的卖妻现象，当时曾经有地方官员想要干涉市场上的卖妻行为，但是没有成功。对此，他得出的原因是"行动理由不充分"，他可以"反对扰乱和平的当事人（'以某种吵闹方式进入市场'）"，但是"至于买卖本身的行为，我认为我没有权利制止……因

---

① 几尼是英国在1664年开始发行的一种金币。最初值三十先令，后来在1717年开始规定其价值为二十一先令。
② 托马斯·哈代.卡斯特桥市长[M].侍桁，译.上海：上海译文出版社，2002：12.
③ 托马斯·哈代.卡斯特桥市长[M].侍桁，译.上海：上海译文出版社，2002：9.
④ 托马斯·哈代.卡斯特桥市长[M].侍桁，译.上海：上海译文出版社，2002：10.
⑤ 薄洁平.上帝作证[M].上海：学林出版社，2005：49.
⑥ 程汉大.英国法制史[M].济南：齐鲁书社，2001：382.

第十三章 《卡斯特桥市长》：多元婚姻法律规范的冲突和博弈

为它建立在人民保持着的一种习惯上，或许剥夺他们的这种权利将是危险的"①。可见，当时的国家正式法律规范认为，解除婚姻关系唯一的合法途径是通过国家正式法律规范规定的程序，而对民间卖妻的行为整体上是持否定态度的：

> 较贫穷的阶级中没有离婚的形式。富人在上院里与妻子离了婚，再缔结一次新的婚姻：他的新的婚姻是合法的，他的孩子是由合法婚姻所生的……穷人重新结婚，没有与他的妻子在上议院里离婚，他的婚姻是无效的，他的孩子是私生的，他自己有可能会因重婚而受审判。②

但是，对卖妻行为也没有明确禁止。国家正式法律之所以会有如此暧昧的态度，是因为通过正式法律程序离婚的方式所耗费的金钱、时间的成本太大，只有上层社会的人能够"体面地"离婚，底层社会的穷人们只有通过卖妻或遗弃等规避法律的方式实现离婚的目的③。在底层社会的穷人中包括卖妻等规避法律的行为是普遍存在的，国家既无法禁止也不能承认，只好采取暧昧的态度。

二、世俗与信仰：民间习惯法规范与宗教法规范的冲突

《卡斯特桥市长》中亨察尔的卖妻行为不仅是为国家正式法所不认可的，也是为当时英国的宗教法中的规范所否定的。按照当时基督教教义的规定，婚姻中的夫妻关系是上帝所认可的，是不能改变的。而底层民众则通过卖妻行为变通地解除了婚姻关系，这种行为为民间习惯法所容忍和认可。可见，民间习惯法与宗教法的冲突是《卡斯特桥市长》中所体现的另外一种法律冲突。

（一）圆滑的世俗规范：变通解除婚姻关系的民间习惯法

在当时的英国，民间习惯法"源于乡村的习惯或平常的习俗。习俗可以简化为规范和惯例，在某种情况下被编纂成法典，并可以当法律来实施"④。对一个身处社会底

---

① 爱德华·汤普森. 共有的习惯[M]. 沈汉，王加丰，译. 上海：上海人民出版社，2001：486.
② 爱德华·汤普森. 共有的习惯[M]. 沈汉，王加丰，译. 上海：上海人民出版社，2001：488.
③ GLEADLE K. British Women in the Nineteenth Century[M]. New York: Palgrave MacMillan, 2001: 44–45.
④ 爱德华·汤普森. 共有的习惯[M]. 沈汉，王加丰，译. 上海：上海人民出版社，2001：3.

层的基督徒来说,对不满意的婚姻既不可能像上层社会的贵族那样通过国家正式法规定的法院烦琐程序,耗费大量的时间和金钱去解除,更不可能通过教会实现解除婚姻的目的。因为,教会法庭只能宣布夫妻分居,分居的夫妻不能再婚,只有一方死亡另一方才可以再婚。[①] 这就意味着按照教会法夫妻是不能离婚的。因此,许多底层民众将卖妻的习惯法作为解除婚姻关系的变通途径去实施,卖妻实际上成为社会底层民众解除婚姻关系的一种公示行为。当然,民间习惯法对卖妻行为也有大家认可的一般习惯,那就是当事者的三方必须都出于自愿。正如汤普森认为的那样,在大多数"卖妻"的事件中,妻子已经有了情人,由这个情人"购买"妻子,实质上夫妻双方是自愿的。[②] 小说中有一个细节也证实了卖妻习惯法的一个重要的外观形式,亨察尔一再叫嚣要卖掉妻子,但纽逊坚持要听到苏珊的表态,当听到被羞辱的苏珊明确的表态时他才带苏珊母女离开。而且,卖妻交易结束以后,苏珊绝望地准备离开的时候,"走到门口,她转过身,摘下结婚戒指,从粥摊上方照着打草的脸直扔过去。"[③] 这也说明,苏珊对卖妻这一民间习惯法规范的认可,她实际上是将结婚戒指以及这枚戒指所代表的她和亨察尔婚姻一起扔掉了。他们用民间习惯认可的方式解除了宗教习惯法所认可的婚姻。可见,苏珊尽管不能准确描述这个行为,但是一开始,在她心里这桩买卖无论从道德上还是法律上都是合法的。

(二)僵硬的宗教信仰:维护神圣婚姻关系的宗教习惯法

英国是基督教世界的一个重要的国家,婚姻关系历来受到基督教教会的认可和保护。长期以来,英国人的婚姻关系要受到基督教教义和教会的规范和约束,婚姻被认为是上帝的安排,婚礼是基督教的七大圣事之一,即使在宗教改革后,虽不认为婚姻是圣事,但仍然强调婚姻的"崇高性"。[④] 后来,随着英国资本主义生产关系的发展,人口的流动和婚姻关系的变动成为一个不能回避的现实问题,教会对此作出了回应。进行宗教改革后,婚姻只能因为一些法定事由而被宣布为无效婚姻而取消,这些法定事由主要包括未到结婚年龄、重婚、劫持、性无能、三代血缘关系,等等[⑤]。但是,这

[①] 安德烈·比尔基埃,克里斯蒂亚娜·克拉比什-朱伯尔,玛尔蒂娜·雪伽兰,等.家庭史:第3卷现代化的冲击[M].袁树仁,姚静,肖桂,译.上海:三联书店,1998:131-134.

[②] 爱德华·汤普森.共有的习惯[M].沈汉,王加丰,译.上海:上海人民出版社,2001:466.

[③] 托马斯·哈代.卡斯特桥市长[M].侍桁,译.上海:上海译文出版社,2002:12.

[④] CARLSON E J. Marriage and the English Reformation[M]. Cambridge: Blackwell Press, 1994: 44.

[⑤] 王晓焰.18-19世纪英国妇女地位研究[M].北京:人民出版社,2007:43.

一规定实际上并未改变教会对婚姻关系性质的基本态度，更不能解决社会上人们对于解除婚姻关系的需求。小说中，当被卖多年的妻子苏珊突然出现在亨察尔面前，亨察尔请伐尔伏雷想办法解决这一棘手尴尬的问题时，他对伐尔伏雷说的话很耐人寻味，"苏珊把自己看作水手的寡妇，若不另外经过一次宗教仪式，也不想同我像从前那样地生活在一块儿……她这想法是对的"[①]。在亨察尔看来，卖妻行为解除了他和妻子的婚姻关系，苏珊作为水手纽逊的寡妇要和亨察尔结婚必须再经过一次宗教仪式，因而，在亨察尔的心目中这次宗教仪式是一次再婚的仪式。亨察尔这种既认可宗教仪式又认可卖妻习惯法规范的矛盾现象，正好从另一个角度表现出世俗的民间习惯法规范与僵硬的宗教法规范之间的冲突。

三、认同与选择：不同法律规范之间的博弈

（一）民间习惯法与国家法冲突背景下底层民众的选择及原因

从法学研究的角度看，哈代小说所反映的卖妻行为不仅仅是一个涉及伦理道德的行为，是小说情节展开的序幕，更是一个重大的法律问题，即国家正式法律和民间习惯法之间的关系问题，这个问题在任何国家都存在，尤其是在一些特殊的民族国家发展阶段这一问题更为突出。在 19 世纪的英国，国家正式法对卖妻行为的否定和民间习惯法对卖妻行为的认可之间的冲突是明显的，如何处理它们之间的关系不仅是法学家需要研究的，也直接涉及事件当事人的选择，小说中反映出底层民众对民间习惯法的认同和选择。问题是，这些底层民众为什么选择民间习惯法而规避国家正式法？通过对底层民众选择民间习惯法的原因分析，我们可以看出当时英国正式法对离婚的法律规定的不合理性和保守性，不能够对人们解除婚姻关系这一正当诉求进行合理、适当的回应，才导致了底层民众选择民间习惯法所认可的卖妻行为来解除婚姻关系。

首先，国家正式法对解除婚姻关系规定了烦琐的程序和漫长的周期，使普通民众望而却步，没有时间和精力来应对。在英国，依据普通法诉讼程序，一个丈夫要想离婚，首先要在宗教法庭上取得夫妻分居的判决。[②] 而这一过程非常艰难，随后丈夫必须在普通法院对妻子通奸行为诉讼并获得判决，这一诉讼往往旷日持久，最后，丈夫才能够

[①] 托马斯·哈代. 卡斯特桥市长 [M]. 侍桁，译. 上海：上海译文出版社，2002：85.
[②] 安德烈·比尔基埃，克里斯蒂亚娜·克拉比什-朱伯尔，玛尔蒂娜·雪伽兰，等. 家庭史：第 3 卷现代化的冲击 [M]. 袁树仁，姚静，肖桂，译. 上海：三联书店，1998：151.

向议会提交要求离婚的申请状。[①]而在衡平法庭，要想离婚，"起诉状是一种冗长复杂的法律文书"，只有专业人士才能撰写，庭审中，法庭会要求原告多次重申诉讼请求，若重申的内容与原起诉状有所不同，被告必须重新答辩。[②]同时，法庭审判效率也非常低下。普通法法庭每年开庭4次，每次只有3周，造成了大量案件的积压。衡平法庭只有在大法官亲自主持下才能作出判决，而大法官同时兼任上院议长和其他政治要职，这造成了"在17—18世纪，大法官庭积案总数累计达2万件，其中某些案件到了1830年仍未结案"[③]。

其次，国家正式法对解除婚姻关系设定了高昂的金钱成本，让底层民众望而却步。到18世纪，经议会而非教会判决离婚的做法已经越来越多，并且逐渐规范化，但是数量非常少，主要就是因为通过议会离婚程序烦琐、费用高昂。一个离婚案件从起诉到结案，每一个环节都要收费。"办理离婚的手续费一般为200—300英镑"，在此之前，还有司法分居和起诉通奸所需的费用，即使是司法分居的费用，仍然"为大多数人所负担不起"。[④]昂贵的离婚费用，不仅穷人负担不起，就是对富裕的人来说也是一笔不小的开支。

再次，国家正式法关照的社会群体是上层人士，让底层民众理所应当地认为他们解除婚姻的途径只能是卖妻。通过议会解除婚姻费时费钱，这种昂贵的方式只有上层人士才可能采取，这就无形在底层民众中形成这样的观念，即通过议会解除婚姻的方式是针对上层贵族的，而通过卖妻等行为解除婚姻是针对底层社会普通民众的。在底层民众看来，"卖妻"这种正式进行的仪式解除了丈夫对妻子全部的未来义务，允许两个人重新结婚，通过这种方式的离婚，使解除婚姻得到了公众的认可。[⑤]

（二）民间习惯法与宗教法冲突背景下底层民众的选择及原因

《卡斯特桥市长》中所描述的卖妻行为在19世纪的英国底层社会事实上比较普遍，这说明即使在这个民众信仰基督教的国家，底层社会的大量基督徒并没有遵守教会法的规定，而是选择了通过民间习惯法所认可的卖妻行为来解除不满意的婚姻。这种看

---

① 李喜蕊.论英国18世纪离婚的国家法和习惯法[J].法学论丛，2007（12）：92-73.
② 程汉大.英国法制史[M].济南：齐鲁书社，2001：379-380.
③ 臧书磊，颜国芳.论英国历史上"卖妻"现象产生的原因[J].理论界，2009（8）：142.
④ 臧书磊，颜国芳.论英国历史上"卖妻"现象产生的原因[J].理论界，2009（8）：142.
⑤ 臧书磊，颜国芳.论英国历史上"卖妻"现象产生的原因[J].理论界，2009（8）：143.

似野蛮的行为却有其合理性，并且是底层民众合乎理性的选择。

首先，僵化的教会法无视人们解除不满意婚姻的诉求，而与此同时，刻板的国家正式法由于其高昂的时间和金钱成本使普通的民众无法借助其实现自己正常的离婚诉求，这就必然导致民间习惯法所认可的卖妻途径成为底层民众解除婚姻的最合理、最便捷、最廉价的途径。

其次，教会法对离婚诉求的负面评价极大地降低了人们通过教会离婚的动力。依托于基督教教义的教会法从本质上对离婚这一正常的社会需求持否定态度，基督教教义认为，婚姻是上帝确定的神圣的男女之间的结合，是不能改变的，虽然后来为了适应社会的需要做了变通的规定，但通过教会解除婚姻关系仍然非常困难。作为一个基督徒，仅仅因为离婚的诉求被教会给以负面的评价也加重了其要求离婚的心理负担，从而对通过教会实现离婚的途径望而却步，这就导致底层社会的民众选择了社会评价虽然不怎么高但却为民间习惯法所认可的卖妻行为来实现其离婚的目的。

（三）底层民众内心矛盾映照下的多元婚姻法律规范冲突

底层民众基于对民间习惯法规范的认同，选择通过卖妻的形式解除婚姻。但是，国家法与宗教法对他们事实上也有重要的影响，这种影响就表现在他们选择民间习惯法规范过程中以及之后所表现出来的矛盾心理。小说中对底层民众的这种矛盾的心理有大量的描述，这种矛盾心理既是由多元婚姻法律规范的冲突而引起，又反过来映照出维多利亚时期国家法、习惯法、宗教法的冲突。

首先，小说中卖妻事件的看客们前后不同的表现映照出他们内心深处对多元婚姻法律规范矛盾的看法。当那些在亨察尔卖妻过程中起哄和怂恿的看客们终于看到水手纽逊把苏珊母女领走后，他们并没有表现出拍卖实现后看客们的喜悦而是心存愧疚。"顾客们也许有点意识到自己鼓励了一件不可原谅的行为……在这件事故发生以后不久，就纷纷离去了。"[①] 尽管这是一桩一个愿打一个愿挨的公平拍卖，可是当买卖达成的时候，看客们为什么没有应有的喜悦，反而心存愧疚呢？因为他们也意识到，虽然习惯法容许人们这样做，而且很多人也通过这种方式解除了婚姻关系，但是这种规范习惯，总是建立在践踏一个人的利益，而满足其他两个人的利益的基础之上的。尽管苏珊也同意了，可是谁都知道这是无奈之举，这是不道义的。这说明当时底层民众即使认可

---

① 托马斯·哈代. 卡斯特桥市长[M]. 侍桁，译. 上海：上海译文出版社，2002：14.

167

卖妻的婚姻习惯法规范，但还是认为这是一件与宗教教义和道德规范相违背的事情。即使在这桩买卖成交以前，他们虽然一个个在兴奋地推波助澜，可是当真正听到水手纽逊应答的时候，大家都傻眼了，死一般的沉默，看到有人往台布上如数给钱的时候，便吓住了，而不是欢呼交易即将达成。帐篷里原先热烈的氛围完全变了，"充满了一片惨淡的光，把里边人的面貌都改变了，旁观者的嬉皮笑脸不见了，他们张开双唇在等待着"①。他们既希望交易的达成，实际上又有点害怕交易的达成。主拍人从一个几尼，到两个，三个，五个，看客们希望有人应答，可是当真正有人应答的时候，他们又被吓住了，傻眼了。这是多么复杂矛盾的心态，而这种复杂矛盾的心态也正是多元婚姻法律规范并存的必然影响。

其次，小说主人公亨察尔的矛盾心理状态和内心的煎熬更加集中地映照出对当时多元婚姻法律规范矛盾的认识。亨察尔做下醉酒卖妻的行为后，等酒一醒便悔恨万分，他尽力找寻他的妻子和女儿未果，便发誓从今不再喝酒，以此惩罚嗜酒的自己，他用整整二十一年没有沾酒来赎罪。可见，虽然以亨察尔为代表的底层民众认为"卖妻"这种正式公开进行的仪式解除了夫妻关系，但是他们的内心深处依然认为这是不道德和违反教义的，甚至是有罪的。同时，亨察尔也知道国家法律不认可卖妻行为，所以，他也一直对此心存恐惧。他一再拖延与露赛妲的婚期主要是担心妻子苏珊会回来，如果贸然结婚，除了对不起苏珊，还很可能触犯法律。当苏珊和女儿回来后，亨察尔最终还是选择了苏珊，虽然他并不爱苏珊。"他似乎训练自己严格遵守世间机械的合理性，来接近这个享有优先权的女人，而不惜一切牺牲那个泽西女人和他个人的感情。"② 当他在十八年前亲手将苏珊卖给水手纽逊的时候，他认为自己失去一个丈夫对妻子的合法权利，苏珊已经是纽逊的太太了，而作为纽逊遗孀的苏珊再次出现在他面前的时候，为什么亨察尔会认为苏珊享有优先权呢？是因为他知道这个纽逊太太至少从法律上来讲，依然是他的太太。因为从国家法的规范上来看，并不因为他的卖妻行为而使这个婚姻关系自动解除。从法律上讲，亨察尔仍然对苏珊负责任，从而对他们共同的过去负责任。那么在这种情况下，如果他和露赛妲结婚，就是一种重婚行为，所以他毫不犹豫地牺牲了他和露赛妲的感情，而选择了有优先权的女人苏珊。这个优先权显然是

---

① 托马斯·哈代.卡斯特桥市长[M].侍桁，译.上海：上海译文出版社，2002：11.
② 托马斯·哈代.卡斯特桥市长[M].侍桁，译.上海：上海译文出版社，2002：86.

第十三章 《卡斯特桥市长》：多元婚姻法律规范的冲突和博弈

他对国家法的规范和他内心的宗教道德认同给他带来的判断。

再次，苏珊被卖的时候对这一民间习惯法规范也是认可的，尽管她不能准确描述这个行为，但是她心里觉得这桩买卖无论从道德上还是法律上都没有问题，一个愿买，一个愿卖，一个出钱，一个放人。她之后也把自己当作是纽逊的太太，这就是她的命。但是很多年以来，她的内心深处并不是那么坦荡，也是处于矛盾和煎熬之中。她一直对女儿隐瞒着事情的真相，把威顿市集上所发生的一切称为"转让的惨痛变局"[①]。很多次话到嘴边，苏珊却每每都克制住了，因为她不知道女儿会如何看待这件事情，其实她自己的内心也不是那么的坚定。这种转让真的合法吗？通过转让就真正成为纽逊的太太吗？尽管她告诉自己，自己就是纽逊的太太，但她也不止一次地怀疑过，她心想，"女儿就这样长大起来，相信和蔼的水手同她母亲的关系，正如他们一向表现出来的那样，是和常人一样的"[②]。她认为告诉女儿真相是冒险而且愚蠢的，会破坏孩子强烈的情感。苏珊的这段内心独白清晰地反映了她并不笃定，她自己首先认为女儿心里认同的他们的关系实际上并不是和常人一样的。如果她自己笃定和纽逊的夫妻关系，那便和常人并无二致。难道他们两人的关系仅仅是表现出来的那样吗？而实际上不是吗？尽管纽逊对她关爱、照顾有加，甚至强过她那酗酒的丈夫，她也是诚心诚意地跟他生活，但无论如何和常人还是不一样。可见国家法与宗教法对普通民众的影响根深蒂固。从本质上讲，她对这种转让权利的确切含义和合法度的认知是模糊的，她的内心是纠结的、忐忑的。尽管像她这样的情况有很多，她不是第一个，也不是最后一个，但这都不能让她像平常人一样坦然地面对自己当时所处的"婚姻关系"。特别是当她和纽逊为生活辗转奔波，最后又回到英国的法尔茅斯后，一个偶然的机会，她对一位朋友讲了自己的故事，不但没有得到同情，反而遭到了取笑，因为她的朋友实在无法理解她为什么能够这样听天由命而不去做任何的抗争，在这之后，她内心平静的湖水像被投入了一颗石头，泛起了阵阵涟漪。她开始非难纽逊，质疑他们的关系，甚至还想到了是否有必要继续和他共同生活下去。我们还可以从多年以后，海难死里逃生的纽逊口里更多地了解到当时被人讥笑的苏珊身心所遭受到的打击，她不仅每天唉声叹气，而且身体每况愈下，正如纽逊描述的，"从这儿以后，他跟我过活便没有快乐了"[③]。后来纽逊

[①] 托马斯·哈代.卡斯特桥市长[M].侍桁，译.上海：上海译文出版社，2002：24.
[②] 托马斯·哈代.卡斯特桥市长[M].侍桁，译.上海：上海译文出版社，2002：24.
[③] 托马斯·哈代.卡斯特桥市长[M].侍桁，译.上海：上海译文出版社，2002：323.

做生意在海上出事，苏珊似乎并没有多么伤心，反而觉得解脱了。这实在不像一个妻子对一个殒命的丈夫应该有的反应。小说中描写道，"苏珊在受到启发扰乱了心思以前，她依照道理拿他当作丈夫，怀有顽强的信心依附于他，而如今再没有这样的要求了"①。可见，苏珊大部分时候并没有从心底深处把纽逊当作自己真正的丈夫，只是依照道理来讲，他付了钱，他就可以对自己行使丈夫的权利；要依附于他，还要怀着顽强的信心，要不断地告诉自己，要不断地强化信念，这真的是又悲哀又讽刺，这从另一个侧面也反映了国家法、习惯法、宗教法的冲突将人异化、扭曲。

另外，水手纽逊虽然成为习惯法认可的苏珊的新丈夫，可是他的内心仍然是惴惴不安的，一方面他觉得自己付了5个几尼，而且当时苏珊的丈夫和苏珊都是愿意的，这样他就对苏珊拥有了丈夫的权利，但是内心却一直没有安全的感觉，因为在国家法律层面没有保障。"有一年冬末，纽逊回到家来，他发现他一向小心维系的妄想已经永远消失了。"②苏珊因为自己的这段过往被朋友取笑，以至于一向顺从的宿命论者苏珊开始怀疑是否还能同他再生活下去。这种"小心维系的妄想"凸显了他内心的矛盾和煎熬，如果是国家法律层面上的夫妻关系，丈夫完全不需要小心地维系，在维多利亚时期，特别是中后期，尽管已婚妇女的权益得到了很大的提升和改善，但是夫妻一体主义仍然被奉行，对已婚妇女的权利限制依然没有取消。换句话说，妻子对丈夫的依附关系让丈夫依然处于家庭的核心地位，丈夫无须小心翼翼，只有妻子会担心被遗弃的风险。纽逊和苏珊的这种依照习惯法而结成的夫妻是缺少稳定性的，至少在纽逊自己的内心深处，对这种关系的未来和前景也是不看好的，才会有这种小心翼翼、如履薄冰的感觉。多年以后纽逊和亨察尔再次见面的时候，纽逊说多年前的威塞克斯的威敦普利奥斯村庄边一个帐篷下发生的那次买卖是件可笑的事情，因为当时年轻气盛并不知道这样的行为能给大家带来什么样的后果。我们可以看到，三个人之后的人生也因此发生了各种戏剧化的变化和逆转，他们也都一直处在这种选择所带来的惶恐和痛苦中，这种矛盾和煎熬也正是当时多元婚姻法律规范的冲突造成的。

最后，露赛妲因为照顾病中的亨察尔而爱上了他，非常渴望能够成为他的太太。而苏珊的到来，让她的处境非常的尴尬，迫于国家法的压力，亨察尔娶了苏珊，苏珊

---

① 托马斯·哈代.卡斯特桥市长[M].侍桁，译.上海：上海译文出版社，2002：27.
② 托马斯·哈代.卡斯特桥市长[M].侍桁，译.上海：上海译文出版社，2002：25.

病故以后，露赛妲终于又有了机会，她一心想嫁给亨察尔，可是她却最终选择了伐尔伏雷。其中一个最主要的原因就是她听说了亨察尔当年是如何把自己的妻子像牲口一样地卖掉。尽管这样的一件事情是习惯法所允许的，但是在普通民众的心中，这种做法依然会大大地降低人们对当事人的社会评价。本来一心想嫁给亨察尔的露赛妲却因为亨察尔的卖妻行为而彻底改变了主意，她甚至认为，嫁给这样的一个人是在冒险，和这样的人结婚会贬低身份。其实，不仅仅是露赛妲对亨察尔的态度发生了根本的转变，卡斯特桥的普通民众也不例外，他们把卖妻看作是一种荒唐透顶的放荡行为，是人生的污点。亨察尔在庭审现场被卖香麦粥的女人曝光了卖妻的丑闻之后，形象便一落千丈，他的生意也开始走向衰败直至破产。这一切又向我们昭示着，他的卖妻行为必将受到法律的清算。

四、时代与阶级：不同法律文化背后的社会基础

《卡斯特桥市长》中的卖妻行为所反映的民间习惯法与国家正式法、宗教法之间的冲突，不仅深刻地反映出英国在维多利亚时期传统乡村宗法制度逐渐没落、新兴的资本主义制度日益巩固和发展这一大的社会变迁，也生动地体现出维多利亚时期英国多元法律制度博弈的景观及其特点，而这样的景观有着特殊时代的社会基础。

（一）社会急剧转型凸显了多元法律规范的冲突

如果不是固守只有国家制定法才是法律的观念，无论在学术界内部还是外部都认为，在一个特定国家和特定的时期人们所遵守的法律规范实际上是多元的，在《卡斯特桥市长》所反映的那个维多利亚时代，法律的多元性不仅表现在有普通法和衡平法之分的这一国家法领域，而且也更多地表现在国家法、民间习惯法、宗教法这一更加广泛的法的领域。就小说所描述的卖妻行为而言，三种法所体现的价值取向的差异是显而易见的。宗教法囿于基督教教义的观念，必然将婚姻看成是上帝安排的神圣的男女结合，承认男女之间像今天这样可以自主地解除婚姻关系，势必冲淡这种关系的神圣性以及上帝的神圣性。因此，宗教法对社会需求的让步也仅仅局限于将离婚理解为夫妻双方的分居，或者确认婚姻的无效。当时的国家法虽然没有像宗教法那样从道德和信仰上否定离婚行为，但是囿于维多利亚时期人们的传统观念特别是统治者的传统观念，对离婚行为进行严格的限制，这明显地反映出维多利亚时期人们对离婚行为事实上普遍持一种否定性的评价。民间习惯法对卖妻行为陋习的认可并不能说明底层民

众对这一行为持肯定性的道德评价,相反,底层民众对卖妻行为这一陋习也是鄙视的,从小说中亨察尔隐瞒自己的卖妻恶行,卖妻行为被揭发后的身败名裂,甚至周围看客们看到卖妻的交易竟然最终实现后的愧疚的表现,都说明底层民众对这种行为也是持否定评价的。但是,民间习惯法毕竟为底层社会的人们解除不满意的婚姻关系打开了一条便捷、廉价的途径,底层民众用卖妻行为来实现解除婚姻关系的目的只能说是理性选择的结果。这种不同法律规范之间的冲突在维多利亚时期之所以凸显出来,是因为这一时期英国完成了工业革命,资本主义生产关系得到进一步巩固和发展,封建的宗法制度在小说中所反映的威塞克斯地区受到进一步的打击,以雇佣劳动为特点的资本主义生产关系必然对各种形式的人身依附和束缚提出挑战,加之随着科学技术的不断发展,宗教对人们生活的控制和影响极大减弱,所以,在这一时期,解除婚姻关系的需求在不断增加。但与此同时,传统的婚姻观念和宗教观念仍然影响着当时的人们,因此,一方面是随着社会的进步和发展,社会的流动性增加,离婚的诉求增加,另一方面是国家法、宗教法对社会变化的适应滞后。这样,僵化的宗教法、刻板的国家法与灵活的民间习惯法之间的冲突就进一步凸显出来。

(二)民众对法的认同是法保持生命力的前提

法律作为一种可以针对不特定的多数人反复适用的行为规范,其功能的实现是在调整社会关系时能够被使用甚至高频使用,一条法律规范能够公正、高效、便捷地解决社会矛盾、调整社会关系,那么,这条法律规范才具有生命力,否则就会成为"死法",这样的法虽然不一定归入"恶法"的行列,却也不可能归入"良法"的队伍。英国当时关于解除婚姻的国家法和宗教法可以说是没有生命力的法。英国从1670年到1749年离婚案为17起,从1750年到1799年为115起,整个18世纪,英国只有130起离婚案,而英国1800年人口达到了900万。[1]从某种角度看,当时英国的国家正式法和宗教法压抑了民众解除婚姻的正当诉求,这也逼迫大量的底层民众选择了卖妻等行为来实现变相解除婚姻关系的愿望,尼斯·斯内尔(Knith Snell)估计,18—19世纪,有大约4%—6%的穷人会抛弃自己的妻子、分居、自杀或谋杀等。[2]后来,英国的法律关于离婚的规定发生了根本性的改变,人们的离婚诉求有了国家法规定的公正、

---

[1] 臧书磊,颜国芳.论英国历史上"卖妻"现象产生的原因[J].理论界,2009(8):142.
[2] ABBOTT M. Family Ties: English Families 1540-1920[M]. London: Routledge, 1993:145.

高效、便捷的途径。随着离婚程序的简化、离婚费用的降低,特别是妇女地位的提高、社会普遍的认知水平和文明程度的提高,通过法定程序离婚受到社会成员普遍的认同,底层社会卖妻的陋习才逐渐绝迹。

(三)不同阶层的人对不同法律的认同和选择体现出法律的阶级性

法律的阶级属性是阶级社会在法律内容上的反映,而《卡斯特桥市长》所反映的三种法律之间的差异和冲突,也巧妙地反映出法律的阶级性。从当时在解除婚姻关系时不同群体的法律认同和选择上可以看出,认同和选择国家法和宗教法来解除婚姻的基本上是上层社会的人群,这从一个侧面反映出它们所体现的是统治阶层的意志,反映出维多利亚时期上层社会的基本道德伦理观念和价值取向。因此,上流社会的人如果有卖妻的行为,则会使其身败名裂。小说中亨察尔作为卡斯特桥市的市长,当其卖妻丑行被公开后,被上流社会所唾弃。但是,试想一下,如果亨察尔仍然是一个社会底层的打草工,则社会舆论不会有如此激烈的评价。

维多利亚时代是英国法制史上著名的"19世纪司法改革世纪"。仅仅分析小说《卡斯特桥市长》中卖妻事件所反映的这个时代英国多元婚姻法律规范的冲突,就能够使我们领略哈代涉法小说对当时法律事件、法律现象、法律制度真实的描述和独到的领悟。哈代以小说的形式实际上参与了对法律现象的讨论,对其这种独特讨论的研究,恐怕正是文学与法律研究的魅力所在。

第十四章

《福尔摩斯探案全集》：法律与正义的复杂关系

维多利亚时期经济的发展、社会的进步和生活条件的普遍改善，特别是中产阶级的兴起，印刷技术的进步，使得人们产生了更多的精神需求。小说进入当时的大众生活就如同现在的电影和电视剧进入大众生活一样成为常态，为了满足人们多样化的需求，小说所反映的主题也呈现出多样化的特点。侦探小说极大地满足了读者对离奇案件的探究、对法律的认知和对社会正义观念的思考，因而受到了大众的欢迎。《福尔摩斯探案全集》就是这一时期侦探小说的代表，作者柯南·道尔也因之赢得了巨大声誉，其作品也风靡世界。柯南·道尔在其长达40年的创作生涯中，发表了4部中篇小说和近70个短篇小说。这些小说大都采用杂志连载的方式呈现给读者，受到读者的喜爱。这里有一件趣事能够充分说明当时的读者对福尔摩斯的痴迷。由于柯南·道尔其他事务繁忙，于是在1893年的《最后一案》中决定安排福尔摩斯死去，在小说里与老对头莫里亚蒂同归于尽。这个结局竟然引起了读者的激烈抗议，有的读者威胁要用手袋砸编辑部，工人们抬棺示威，甚至有人给柯南·道尔邮寄子弹以示威胁。最后，柯南·道尔不得不在《空屋》中安排福尔摩斯死里逃生，重新归来。读者如此喜爱柯南·道尔和小说中的主人公福尔摩斯，不仅仅因为故事情节起伏跌宕，引人入胜，更由于小说所呈现出的正义观念符合维多利亚时期大众对于正义和善恶的理解和评价。但是，如果仔细阅读《福尔摩斯探案全集》中的故事，会发现在不同的案件中法律与正义并不总是保持一致的，而是存在着复杂的关系，而小说中福尔摩斯对案件的处理符合维多利亚时期大多数民众对法律与正义的看法，因而对小说产生了深深的共鸣，这或许是他们钟爱福尔摩斯，不能容忍柯南·道尔让他死去最重要的原因。

第十四章 《福尔摩斯探案全集》：法律与正义的复杂关系

一、法律对正义的伸张

维多利亚时期的人们对社会的进步普遍持乐观态度，他们相信人类的理性力量，崇尚科学。小说中，福尔摩斯被塑造成一个人格高尚、聪明睿智、行动果敢的侦探形象，他始终追求正义，所做的一切都为了让邪恶有罪的人接受法律的惩罚、为无辜的人洗刷冤屈、为无助的人摆脱困境。在大多数的案件里，法律是帮助福尔摩斯和善良的读者实现他们心中正义的宝剑和靠山，在这种情况下，法律和正义是一致的，每当法律帮助人们伸张了正义的时候，人们心中的正义也在法律中得以实现。这时候，法律和正义相得益彰，共同构建起维多利亚时代的价值观。对现实法律和秩序的认同既体现出作者的基本态度，也符合当时人们对法律和正义的普遍的观念。小说中不乏对这一情况的描写。在《红发会》里，犯罪嫌疑人约翰·克莱被捕的场面，让希望将罪犯绳之以法的读者很是受用，因为，这非常符合大众对法律伸张正义的期望：

> 我们的俘虏被戴上手铐的时候说："不要用你们的脏手碰我。你们也许不知道我是王族后裔。我还要请你们跟我说话时，在任何时候都要用'先生'和'请'字。"
>
> 琼斯瞪大眼睛，忍着笑说道："好吧，唔，'先生'，请你上台阶，到了上面，我们可以弄辆马车把阁下送到警察局去。可以吗？"
>
> 约翰·克莱平静地说道："这就好些。"
>
> 他向我们三人鞠了个躬，然后默默无言地在琼斯警探的监护下走了出去。
>
> 我们跟在他们后面从地下室走出来时，梅里韦瑟先生说："我真不知道我们银行该怎么感谢和酬劳你们才好。毫无疑问，你们用了最严谨周密的方法来侦查和破案。这是我从未见过的最精心策划的一起银行盗窃案。"[1]

在《红发会》中，犯罪集团的头目别出心裁，他以红发会的招聘为诱饵，以每周四英镑的薪水引诱小店铺的老板上钩，借此让这个小老板每天在固定的时间离开店铺到红发会去做抄写《大英百科全书》这样离奇的工作，目的是在老板离开时利用店铺

---

[1] 阿瑟·柯南·道尔.福尔摩斯探案全集（一）[M].陈羽纶，丁钟华，译.北京：群众出版社，2019：176.

的地下室向不远处的银行方向挖地道,从而盗取银行里的黄金。福尔摩斯经过缜密的侦查,识破了罪犯的诡计,并精确预测了罪犯挖通地道进入银行的盗窃的时间,守株待兔,将罪犯一举抓获。读者在柯南·道尔生动的描述和福尔摩斯严密的推理中,与福尔摩斯一道享受了破案的过程,也顺理成章地和福尔摩斯一道享受法律伸张正义的快感。

而在《孤身骑车人》中,福尔摩斯和华生不仅成功破获一个谜案,有效保护了被害人没有受到实质性的伤害,而且还向在实施犯罪过程中悔悟并暗中保护被害人的卡拉瑟斯表示,愿意出庭为他作证以减轻他的罪责。读者在阅读小说中这个有趣的故事时,不仅能够被离奇的案件情节所吸引,而且能够和福尔摩斯一起感受破案的快乐,更重要的是能够与福尔摩斯一起参与到法律伸张正义的过程之中,同时也让人们感受到,法律不是冷酷的,对那些迷途知返的罪犯,法律也会给他们带来生的曙光。正如小说中所描写的那样:

> 威廉森和伍德利都因诱拐和伤害罪受审,威廉森被判七年徒刑,伍德利被判十年徒刑。我没有得到卡拉瑟斯结果如何的报告,不过我相信,既然伍德利是一个声名狼藉的十分危险的恶棍,法庭是不会十分严重地看待卡拉瑟斯所犯的伤害罪的,我想法官判他几个月监禁也就足够了。[1]

在《孤身骑车人》中,伍德利、威廉森、卡拉瑟斯三人得知南非的拉尔夫·史密斯先生将不久于人世,他们发现拉尔夫·史密斯先生的侄女将会继承遗产,于是他们查寻这位姑娘。打算由其中的伍德利娶她,其他人分一部分赃款。后来发现这个要找的姑娘正是维奥莱特·史密斯小姐,于是设局由卡拉瑟斯把姑娘聘到家里工作,好让伍德利来向姑娘求爱。可是维奥莱特·史密斯小姐看出伍德利是个酗酒的恶棍,不愿和他来往。同时,卡拉瑟斯爱上了这位姑娘,于是,三个罪犯反目。卡拉瑟斯为了保护维奥莱特·史密斯小姐,每天都骑车尾随其后。但有一天,维奥莱特·史密斯小姐在路上被威廉森和伍德利劫持,以逼迫维奥莱特·史密斯小姐和伍德利完成宗教结

---

[1] 阿瑟·柯南·道尔.福尔摩斯探案全集(四)[M].陈羽纶,丁钟华,译.北京:群众出版社,2019:88.

婚仪式。正在千钧一发之时，福尔摩斯、华生与卡拉瑟斯赶到，阻止了这场阴谋。在这个故事里，离奇的案情始终吸引着读者，而法庭对罪犯的判决，尤其是对悔悟后一直暗中保护被害人的卡拉瑟斯的从轻判决的推测，满足了人们对法律惩恶扬善价值的期许，公正的判决让法律和正义完美地契合，小说的结局强化了人们心中正义必胜的信念。

二、正义对法律的回避

在《福尔摩斯探案全集》中，并不是每一个案件都体现了人们正义观与法律的契合。相反，在不少案件的描述中，当事人涉及的法律问题和维多利亚时期人们普遍的正义观是有差距的。小说不少案件中实施违法甚至犯罪行为的人是人们道德判断中的"好人"，而案件中的被害人恰恰是从道德判断上十恶不赦的"坏人"，让好人受到法律的惩罚，这是当时维多利亚时期的公众所不能接受的，更不符合柯南·道尔小说中所秉持的道德观和价值观。但是，从事实的描述上看，这些好人的确违法甚至犯罪了，按照法律的规定，他们必须受到法律的惩罚。因此，作者必须要面对和妥善处理法律和正义之间冲突的问题。小说中，作者惯常的一种处理办法就是让好人丧失法律惩罚的机会，因此，一些这样的好人在违法犯罪后要么自行了断，要么因为得了严重的疾病而在法律惩罚到来之前就寿终正寝，要么因为意外事件而使法律失去了惩罚他们的机会。总之，柯南·道尔了解公众的想法，迎合了他们对正义结局的需要，在这样的场合，使好人不要因违法犯罪而直接触碰法律的利铁，让美好的正义观念回避法律就是最好的选择。

在脍炙人口的《血字的研究》中，复仇者杰斐逊·霍普为惨死的女友及其父报仇，从美国远涉重洋，追凶于欧洲各国，最终在英国追到仇人并如愿以偿将他们杀死。多年来的艰辛让霍普患上了绝症，在面临英国牢狱或绞刑的惩罚之前，霍普病发身亡。霍普是一个重情重义、坚忍不拔、疾恶如仇的男子汉，让这样的一个外国人在英国的法律下因为他杀死了两个恶棍而遭受惩罚，难免会令读者遗憾，也不符合侦探福尔摩斯先生对正义的职业追求。小说赦免了霍普在现实世界的法律责任，回避了法律与正义的冲突，却将人们心中对正义的期望之火高高擎起：

"公众，"报上这样说，"由于霍普突然死去，因而失去了一个耸人听闻的谈资。霍普是谋杀伊诺克·特雷伯先生和约瑟夫·斯坦杰逊先生的嫌疑人。据可靠消息,这是一件由来已久的桃色纠纷犯罪案件,其中涉及爱情和摩门教等问题。但是这个案件的内幕实情,可能永远不会揭晓了。据悉,两个被害者年轻时曾经都是摩门教徒,已死的在逃犯霍普也是来自盐湖城。如果说这个案件并无其他作用的话,至少它可以极为突出地说明我方警探破案之神速,并且足以使所有外国人等引以为戒:他们还是在本国之内解决他们之间的纠纷为妙,最好不要把这些纷争带到不列颠的国土上来……"①

在《金边儿夹鼻眼镜》里,令人敬佩的俄国女士安娜为了获取解救被关押在俄国的革命党人的证据,远赴英伦追寻持有证据的叛徒,这个叛徒就是其前夫,他逃到英国后获得教授的合法身份,安娜女士找到了前夫,在前夫的家中误杀了别人。案件被福尔摩斯侦破,但这位即将受到英国法律制裁的女英雄却在被捕前服毒,并在临终前将追到的证据委托福尔摩斯转交俄国大使馆。在法律上,安娜女士的行为构成了犯罪,但是,得知其经历的人包括福尔摩斯都不忍其受到英国法律的制裁。相反,在道义上她的行为是值得尊敬的英雄行为,为了不让英雄面对现实法律与正义直接冲突的尴尬,也为了维护英雄的尊严,维护维多利亚时期大众对正义和英雄行为的敬意,柯南·道尔明智地安排安娜女士在刑罚到来之前以自杀的方式回避了正义与法律的冲突:

福尔摩斯突然喊道:"挡住她!"他一下子跳到她跟前,从她手中夺下一只小药瓶。

她往床上倒了下去,说:"太晚了!太晚了!我出来……的时候,便吃了药。我头晕。我要死了!先生,我请求您……不要忘记……那个小……包裹。"②

甚至,在小说中,柯南·道尔直接做主,让严厉的英国法律变得有了人情味,以法官的名义给违法犯罪的好人以减轻的惩罚,极大地满足了公众对正义追求的向往。

---

① 阿瑟·柯南·道尔.福尔摩斯探案全集(一)[M].陈羽纶,丁钟华,译.北京:群众出版社,2019:125.
② 阿瑟·柯南·道尔.福尔摩斯探案全集(四)[M].陈羽纶,丁钟华,译.北京:群众出版社,2019:212.

而这种情况要令人信服,需要满足一个重要的前提,那就是当事人行为并没有严重触犯法律。否则,没有原则地从轻处罚或免于处罚的结果会低估公众的智商,柯南·道尔很好地把握好了这类案件的度,结局美好却又不违反常理和法律。在这样的案件处理中,法律在合理的范围内为道义让步,使得正义获得了回避法律的空间。在《显贵的主顾》中,格鲁纳男爵是一个专门迷惑和勾引女人并富有魅力的贵族,他虽然被怀疑有犯罪前科但警方却苦于没有证据,虽然有着贵族的身份,格鲁纳男爵却是一个性变态者,他有一本专门记述他和女人交往过程全部细节的日记。由于格鲁纳男爵迷惑了身份显贵的将军的女儿,以至于将军的女儿谁的劝告也不听,执意要嫁给格鲁纳男爵。受将军之托,福尔摩斯为了获得这本罪恶的日记以说服固执的将军女儿,找到格鲁纳男爵曾伤害过的妇女温特寻求帮助。最后,福尔摩斯成功盗取了日记本,而复仇心切的温特却用硫酸泼伤了格鲁纳男爵那英俊的脸。小说中,法庭对实施了犯罪行为的温特从轻判决,对同样有违法行为的福尔摩斯不予追究,成功而令人信服地回避了正义和法律之间可能的冲突:

> 总而言之,效果十分圆满。三天之后,晨报上登出一条消息,说阿德尔伯特·格鲁纳男爵与维奥莉特·德·梅维尔小姐的婚礼已经取消。同一家报纸也刊载了刑事法庭对姬蒂·温特小姐的第一次开庭,她受到的严重指控是泼洒硫酸伤人。但是在审讯过程中搞出了情有可原的种种经过,结果只判了此类犯罪的最轻徒刑。夏洛克·福尔摩斯本来受到盗窃指控的威胁,但是既然目的是好的而且主顾又那么显赫,于是连铁面无私的英国法庭也变得灵活机动和富有人情味儿了。他始终没被传讯。[1]

三、正义对法律的补救

维多利亚时期的英国整体上处于上升的阶段,这一时期的人们相信人类的理性,相信代表人类理性产物的法律能够解决社会当中的矛盾纷争,能够有效惩罚罪恶。但是,正是由于理想主义的影响,人们也不得不理智地承认,法律不是万能的,面对有些罪恶,

---

[1] 阿瑟·柯南·道尔. 福尔摩斯探案全集(五)[M]. 陈羽纶,丁钟华,译. 北京:群众出版社,2019:213.

一个透视法律现象的文学窗口

法律也只能表现出无奈与一定的局限性。在此情况下，当罪恶无法得到法律的惩罚时，人们心中自然的正义观就会谴责罪恶，并希望恶人会遭受上天的惩罚。柯南·道尔也不例外，在他的小说中大都体现了善有善报恶有恶报的观念，而这种观念正是大众所期望的。深受读者喜爱的柯南·道尔不会在这个时候让正义缺席，如果竟然有法律无法惩罚的罪恶，大众是无法接受的。因此，对那些恶贯满盈而法律对他们又无能为力的坏人，小说总是为他们安排了意外的灾祸或疾病，从而弥补了法律不能惩罚恶人的遗憾。

在《巴斯克维尔的猎犬》中，一个远在南美的家族成员斯特普尔顿为了争夺庄园的继承权，利用家族与恶犬和沼泽的传说，豢养训练凶恶的猎犬，周身涂抹磷粉，利用恶犬袭击前庄园主查尔斯·巴斯克维尔准男爵并导致其惊吓后死亡，之后，他企图用同样的方法谋杀新继承人亨利·巴斯克维尔准男爵。由于福尔摩斯和华生的介入、精心安排和倾力保护，亨利准男爵幸免于难。斯特普尔顿于是仓皇逃向沼泽，被沼泽吞没。这个恶贯满盈、阴险狡诈的恶人精心策划的一切很难严格按照法律规定找到全部证据，但是，神秘的沼泽成了他的葬身之地，体现了恶有恶报的正义观念，正义必胜，法律无法惩罚的那些恶人，正义之剑会以另外一种方式刺向他们。

在《住院的病人》里，布莱星顿背信告发了抢劫银行的三名同伙，若干年后出狱的三名同伙杀害了布莱星顿，这三名罪犯乘船逃往海外，但却遇到海难，葬身海底。按照大众正义观，这四个人都是有罪的，布莱星顿虽然受到法律的保护，但是，他在犯罪后为了自保和独吞财产而出卖三名同伙被判入狱，他的背叛行为是很难符合大众正义观念的，被同伙所杀，他的罪恶得到了应有的惩罚，而三名杀害他的人也是有罪的，如果他们逃亡海外、逍遥法外那就是对法律和正义的亵渎，柯南·道尔为他们安排了一场海难，使得正义在法律够不到的地方再次惩罚了罪恶。

在《福尔摩斯探案全集》中弥漫着19世纪中后期西方世界科学救世、乐观理性主义的心态，这种心态尤其以维多利亚时期的英国为代表，因而，这一时期在大多数情况下民众对法律与正义的同向发展抱有乐观的期许。但是，在小说中，作者也借福尔摩斯之口，不止一次地说明罪恶势力的强大，尤其是在《最后一案》中，福尔摩斯碰到一个强大的对手——以数学天才莫里亚蒂教授为首领的犯罪团伙，但最终却不能将罪犯头目莫里亚蒂绳之以法，只能选择与其同归于尽来实现正义对犯罪的惩罚，小说中福尔摩斯多次表达出对这一强大犯罪团伙的无奈和决心为正义而献身的勇气：

多年来，我想尽办法去揭开这股势力的黑幕，这一时刻终于到来了。我抓住线索，跟踪追击，经过千百次的曲折迂回才找到了那位数学名流、退职教授莫里亚蒂。他是犯罪界的拿破仑，华生。伦敦城中的犯罪活动有一半是他组织的，几乎所有未被侦破的犯罪活动都是他组织的。他是一个奇才、哲学家、深奥的思想家。他有着人类第一流的头脑。他像只蜘蛛蛰伏于蛛网的中心，安然不动，蛛网虽有千丝万缕，可他对其中每一丝的震颤都了如指掌。他自己很少动手，只是出谋划策。他的党羽众多，组织严密。我们说，如果有人要作案，要盗窃文件，要抢劫一户人家，要暗杀一个人，只要传给教授一句话，这次犯罪活动就会得到周密组织，付诸实施。他的党羽即使被捕，也有人会出钱把他保释出来，或为他进行辩护。可是指挥这些党羽的主要人物却从未被捕过，连嫌疑也没有。这就是我推断出的他们的组织情况，华生，我一直在全力揭露和破获这一组织。[①]

四、法律与正义的背离

在小说中，柯南·道尔必然会在一些案件的讲述过程中碰到法律与正义两难选择的严峻情况。现实的侦探活动中必然会有这种情况，小说中也必然会设计这样的情形，否则，小说的情节就会平淡无奇了。但是，小说的主人公福尔摩斯却能够按照维多利亚时期大众的价值观念和审美情趣，令读者满意地处理好法律与正义出现严重冲突时的关系。当然，福尔摩斯作为私人侦探的身份也使他的处理方式被大众所认可和理解。

在《格兰奇庄园》里，法律与正义之间的两难选择表现得尤为突出。澳洲姑娘玛丽嫁给嗜酒成性的尤斯塔斯爵士，饱受后者的虐待和打骂。澳洲船长克洛克一直深爱着玛丽，当他前来探视玛丽的时候，从仆人那里得知心上人的悲惨遭遇后，目睹了尤斯塔斯对玛丽实施的暴行，在与尤斯塔斯的打斗中失手打死了尤斯塔斯。恐惧中的玛丽和克洛克为了掩盖真相，布置了一个假的谋杀现场。案件被福尔摩斯和华生侦破，福尔摩斯同情他们的遭遇，决定不向警方揭露案件的真相，并向当事人提出了24小时内逃离英国的建议，甚至还和华生模拟法庭的审判，宣判当事人无罪，以减轻他们的

[①] 阿瑟·柯南·道尔.福尔摩斯探案全集（三）[M].陈羽纶，丁钟华，译.北京：群众出版社，2019：322.

负罪感。在这里,坏人被杀死是恶有恶报,符合大众对正义所持的基本观念,但是当好人按照法律的规定要承担严重的法律后果时,作者在正义和法律的两难选择中坚定地选择了前者:

"原来我以为警察永远不会识破我们的计谋。"

"我相信那个警察永远不会。克洛克船长,虽然我承认你是在受到极为严重的挑衅之后才行动的,可是事情是严重的。我不能肯定你的自卫是否可以算作合法,这需要大英帝国陪审团来决定。可是我非常同情你,因此你可以在二十四小时内逃走,我保证没有人阻拦你。"

"这样就可以没事了?"

"肯定不会有什么事了。"

这个水手听后脸都气红了。

"一个男子汉怎么能提出这样的建议呢?我还懂得一点儿法律,我知道这样玛丽就要被当成同谋而遭到拘禁。你想我能让她承担后果,而我自己溜掉吗?不,福尔摩斯先生,让他们随便怎样处置我都行,可是看在上帝的份儿上,请你想办法使玛丽不受审判。"

福尔摩斯向这位水手第二次伸过手去。

"我只是试探你一下,这次你又经受住了考验。不过,我要承担很大的责任。我已经启发过霍普金斯,如果他不善于思考,我就不再管了。克洛克船长,是这样,我们将按照法律的适当形式予以解决。克洛克船长,你是犯人。华生,你是一位英国陪审员,你当陪审员最合适了。我是法官。陪审员先生们,你们已经听取了证词。你们认为这个犯人有罪还是无罪?"

我说:"无罪,法官大人。"

"人民的呼声便是上帝的呼声。克洛克船长,你可以退堂了。只要法律不能找出其他受害者,我能保证你的安全。过一年后你再回到这位女士身边,但愿她的未来和你的未来都能证明我们今夜做出的判决是正确的。"[1]

---

[1] 阿瑟·柯南·道尔.福尔摩斯探案全集(四)[M].陈羽纶,丁钟华,译.北京:群众出版社,2019:255-256.

第十四章 《福尔摩斯探案全集》：法律与正义的复杂关系

为了证明自己行为的正当性，福尔摩斯直接扮演起了法官的角色，以"人民"和"上帝"的名义为维多利亚时期大众正义观念辩护，普通读者读到这段精彩的描写一定会大呼过瘾，福尔摩斯俨然成了正义的化身。然而，克洛克船长的犯罪行为应该受到英国现实法律惩罚的现实必然与大众的正义观发生冲突，在此两难选择中，小说家的抉择是容易的，因为他始终站在维多利亚时期大众关于正义的立场上。

在《魔鬼之足》中，为了深爱的姑娘布伦达，斯滕代尔博士从非洲返回英国居住。但是布伦达的哥哥莫蒂默·特雷根尼斯为了独吞家族共有财产，偷盗并使用斯滕代尔博士从非洲带来的一种叫"魔鬼脚跟"的剧毒，害疯了两个兄弟，害死了他的妹妹布伦达。斯滕代尔博士决心报仇，以其人之道还治其人之身，将莫蒂默·特雷根尼斯谋杀，并制造了煤气中毒的假现场。案件被福尔摩斯侦破后，福尔摩斯出于对斯滕代尔博士的同情和对莫蒂默·特雷根尼斯邪恶行为的痛恨，没有向警方通报案件的真相，并放走了斯滕代尔博士：

> 福尔摩斯默默不语，坐了一会。
>
> "你有什么打算？"他最后问道。
>
> "我原来是想把自己的尸骨埋在非洲中部的。我在那里的工作只进行了一半。"
>
> "去进行剩下的一半吧，"福尔摩斯说，"至少我不愿意阻止你前去。"
>
> 斯滕代尔博士伸直魁梧的身体，严肃地点头致意，离开了凉亭。福尔摩斯点燃烟斗，把烟丝袋递给我。
>
> "没有毒的烟可以换换口味，使人愉快。"他说，"华生，我想你一定会同意，这个案件不用我们去干预了。我们做的调查是自主的，我们的行动也是自主的。你不会去告发这个人吧？"
>
> "当然不会。"我回答说。
>
> "华生，我从来没有恋爱过。不过，如果我恋爱过，如果我爱的女子遭此惨遇，我也许会像我们这位目无法纪的猎狮人一样干的。"[①]

[①] 阿瑟·柯南·道尔. 福尔摩斯探案全集（五）[M]. 陈羽纶，丁钟华，译. 北京：群众出版社，2019：165.

在这里，代表了小说家立场的福尔摩斯显然在面对正义与法律的两难选择中是犹豫的，他虽然选择让维多利亚时期大众的正义观念超越了现实的法律。但是，他的心情是矛盾的，为此，小说家从两个方面为选择正义而不是法律进行了辩护：一是福尔摩斯作为私人侦探的活动是自主的，华生作为助手的活动也是自主的，因此，他们与作为体制中的法律人的警察和法官不同，他们可以遵循自己内心（其实也是维多利亚时期大众的内心）的正义观念去实现这种正义，而可以不去理会斯滕代尔博士的犯罪行为以及英国现实的法律。这一观念显然深受当时自由主义思想的影响：每个人都是自己行为最佳的判断者，代表了人民正义的福尔摩斯当然也是自己行为的最佳判断者。二是从人类美好情感的角度为大众正义观辩护，福尔摩斯坦诚地认为，自己虽然没有恋爱的经历，但他尊重这种美好的人类情感，为了这种美好的情感去使用私力救济来惩罚罪恶，虽然违背了现实的法律，但并不违反人们心中的正义。经过这样一番辩护和自白，福尔摩斯和华生内心坦然了，维多利亚时期的读者内心也坦然了，甚至非常享受这个正义超越法律的过程。

《福尔摩斯探全集》作为维多利亚时期侦探小说的代表，不仅仅为我们展现了神探破案的风采、缜密的推理、奇特的破案手法，也为读者呈现了那个时期法律与正义复杂的关系，并且以满足大众道德和价值观念的立场巧妙地处理了正义与法律的关系，这也是小说到现在都充满魅力的原因之一。

第十五章

《无名的裘德》：自然法观念对现实法律超越的企图

《无名的裘德》是英国作家托马斯·哈代历时 8 年完成的"威塞克斯"小说系列的最后一部。它是哈代小说创作艺术最为成熟的作品之一，也是最具自传性色彩的长篇小说。小说的主题是对当时维多利亚社会秩序的挑战和反抗。主人公裘德和淑对抗的分别是传统的社会阶层既定的秩序和女性社会角色，而他们不为社会所接受的同居关系则是对整个社会宗法伦理的挑衅。1894 年，和其他的小说一样，《无名的裘德》最初也是在杂志上连载出版的。1895 年小说正式出版单行本。从前言中我们可以了解到哈代的创作过程。1912 年的"威塞克斯"小说版本中加入了后记，回顾了小说出版后所遭受的批评和攻讦。正是这部小说出版后备受责难，才使哈代放弃了小说创作转而写诗，成就了一位诗坛大家。小说勾勒出了英格兰村镇工业化和城市化过程中，不同阶层的经历，社会文化的转变和价值取向的斗争。

小说以悲怆的笔调描写了乡村青年裘德悲剧的一生。裘德从小好学刻苦，青年时代富有理想，却始终被拒之于大学门外。在遭遇了与艾拉白拉失败的婚姻后，在基督寺爱上了有个性、有思想的女主人公表妹淑·布莱德赫，而且不顾宗法与淑同居。但是这种自然婚姻却为礼法不容、世俗不齿。因此裘德失去了工作，全家流离失所，最终造成了他们三个孩子惨死的结局。淑在遭受了惨变和沉重的打击之后，离开了深爱的裘德，回到没有爱情可言的前夫费劳孙身边，放弃抗争，屈从于命运。裘德回到了前妻艾拉白拉身边，绝望中以酒为伴，英年早逝。

《无名的裘德》中裘德和艾拉白拉先后两次结婚，淑和费劳孙也先后两次结婚，而这两对夫妻之间却没有真正的爱情，真正相爱的裘德和淑却从未结婚，但是这种自然婚姻却为礼法不容、世俗不齿，因此受到种种唾弃和非难。视婚姻如儿戏的艾拉白拉反而一直生活得如鱼得水，这是对传统婚姻关系的莫大讽刺和嘲弄。

在《无名的裘德》中有两类不同的婚姻：一类是裘德与淑之间的符合自然法则的自然情感、自然婚姻。另一类是淑与费劳孙、裘德与艾拉白拉之间的属于人类文明、合乎社会法则的法律婚姻或者叫契约婚姻。

不仅仅是小说中的当事人裘德、淑、费劳孙和艾拉白拉对这两种婚姻都有着内心的不同看法，就是小说中的其他人对这两类婚姻也有自己的见地和底线，都有一种"应当是怎么样"的看法。这种"应当是怎么样"的看法，本质上是一种自然法的观念。自然法的观念在西方世界由来已久，影响深远。在西方人的观念当中，除了由国家制定的世俗的法律之外，也就是在所谓的人定法之上，应该还有一种超越人定法的自然法。西方许多思想家都认为，人定法和自然法越接近，那么这个人定的法律就越符合自然和人性，越符合正义的要求。

一、自然法观念和制定法观念的冲突

在小说中，我们见证了裘德和淑对自然婚姻所持的肯定态度，他们身体力行，与时代抗争。这种态度更符合自然法的观念。我们也目睹了小说中的其他人对自然婚姻，确切来说是对裘德和淑的自然婚姻所持有的否定态度，这种观念更多地认为婚姻就是要合法化，在这些人看来，婚姻一定要经过合法的法律程序，否则就是违反道德准则，违反他们所认定的自然法理念。道德是自然法建立的基础，而不同的人所秉持的道德是不一样的。人们在看待"应当怎么样"这个道德问题时，实际上的看法是不一样的。自然法的思想在西方由来已久，受中世纪以来自然法观念的影响，大多数人把自然法的理念等同于宗教上的上帝。在他们看来，自然法的准则是上帝所确立的准则。而维多利亚时期是一个变革的时代，这时的婚姻关系不再完全由教会来调整，世俗的婚姻关系既受国家制定法的调整，又受宗教法文化的影响，还受到民间习惯法文化的影响，所以在这种情况下人们对"应当"的看法是模糊的，同时也是多元化的，自然法的观念实际上已经发生了变化，尤其对于一般的社会群体，即普通老百姓来讲，实际上他们有两个标准，一个标准上帝，另外一个标准就是大多数人的道德观念。维多利亚时期是一个变革转型的时期，在这个整体转型的社会当中，有主流的道德观念，但也有非主流的道德观念，这些道德观念就是人们内心自然法观念的基础。在对裘德和淑的自然婚姻是否认同的基础上，小说中呈现出自然法观念和制定法观念的对垒、冲突和博弈。

第十五章 《无名的裘德》：自然法观念对现实法律超越的企图

维多利亚时期，包括裘德和淑在内的许多人把法律婚姻看作是一纸契约，就是因为它不是以感情为基础的。淑并不爱费劳孙，开始只有尊重加一点喜欢，在情势所迫之下走入了合乎法律的婚姻。淑在请求裘德给她主婚的信中说："按照公祷书上所载的礼文，我是新郎自动并且自主选择的，而新郎却不是我选择的，得另外有一个人替我做主，把我给他，好像我是一头草驴，或者一只母羊，或者任何别的畜类似的。"[1] 在淑看来，所谓的法律婚姻，只不过是一个不自由、不平等、不公正的肮脏的契约，这样的法律婚姻是不符合自然法则的。这也体现出维多利亚时期特别是后期女性意识的觉醒，正是因为女性意识的不断觉醒和发展，婚姻法的变革才有了坚实的社会基础。小说第四部第三章中，淑希望和费劳孙解除契约时表达了对不合理的法律的愤慨。她认为法律和法令应该是惩罚犯罪的，而对于一个没有犯任何罪的无辜的人来说，却因为婚姻的法律、法令而使她痛苦，这是不公平的。既然如此，为什么还要依从它们？摒弃它们又有何妨？[2] 这番抨击显示了淑对法律婚姻的契约性的质疑，人们制定法律应该是惩恶扬善的，而不应该用法律来干涉幸福的自然婚姻。而费劳孙此时认为淑嫁给他是法律婚姻认可的，是合乎法律的，所以如果淑不喜欢他就是犯罪，淑甚至对费劳孙直接表达了自己要出走的决心。在她看来，不管现在的婚姻多么合法，没有爱情而非得同居就等于通奸。她渴望爱情，视没有爱情的合法婚姻为形式和羁绊。在淑看来，婚姻和保护它的法律和法令构成法律制裁的通奸，这是多么辛辣的讽刺，这也显示了淑对自然婚姻和法律婚姻本质深刻的洞察和分析，不合乎法律、合乎自然法则的出于自然感情的结合，才是理想、自由、平等的婚姻。否则没有了自然的情感，靠法律将两个人捆绑在一起，而且通过制定法来设定各种障碍、限制解绑是不道德的，而且与通奸、卖淫无异。费劳孙的观念在和淑的冲突和碰撞中不断地发生着变化，最终费劳孙决定遵循自然法则成全淑。他对朋友吉令恩坦言道，同意她走是真会要了自己的命，但是尽管如此，他也不想用法律的名义对她残酷。在小说结尾，淑在遭受了惨变打击后，放弃抗争，准备回到没有爱情可言的前夫费劳孙身边时，裘德大喊以至于喊得嗓子都哑了，说这样做是"大错而特错"，嫁给一个不爱、不喜欢的人，就是"疯狂固执地出卖肉体"[3]。面对淑这样的决定，裘德痛心疾首，没有了感情的婚姻，违背了自然法则，

---

[1] 托马斯·哈代. 无名的裘德 [M]. 张谷若，译. 北京：人民文学出版社，2019：206.
[2] 托马斯·哈代. 无名的裘德 [M]. 张谷若，译. 北京：人民文学出版社，2019：269.
[3] 托马斯·哈代. 无名的裘德 [M]. 张谷若，译. 北京：人民文学出版社，2019：440.

就是在出卖肉体、出卖灵魂、出卖自我。裘德在临终前从艾德林太太口里得知淑和费劳孙已经不是名义上的夫妻，而是完全自愿屈从于费劳孙，屈从于命运后，悲伤地说："淑哇——你这个又可痛又可气的傻孩子呀——这怎么叫人受！……现在最可怕的情况来到了——她受了形式的奴役，竟这样把自己献给自己厌恶的人了！"①裘德此时口中"形式的奴役"实际上就是指法律给淑套上的枷锁，她屈从于命运，不再抗争，把自己献给自己厌恶的人，像祭品一样地献上，放弃了自由，放弃了选择的权利，这是何等的悲凉、无奈、痛彻心扉，这是何等的反自然、反人性。在哈代看来，维多利亚时代传统的契约婚姻是"反人道、逆人性的"。②

裘德与艾拉白拉的婚姻是建立在肉欲之上的，是受法律保护的契约婚姻关系。裘德在最后一次见淑时谈到与艾拉白拉的第二次婚姻，忏悔道："如果我这一生里做过一件最卑鄙、最不道德、最违反自然的事……那就是我跟艾拉白拉重新订的这种娼妓式的契约了。"③这番痛彻心扉的领悟，一针见血地说明了这种婚姻的"契约"性质。哈代借裘德的临终之言来声讨维多利亚时代传统的契约婚姻的束缚人性、桎梏精神的特质，认为这种婚姻不仅违反自然法则，而且是违反伦理道德的卑鄙的行为。

裘德与淑的结合，是建立在真挚爱情基础之上的，他们互相理解，彼此包容、真诚、欣赏、爱慕。在他们看来，这才是合乎自然法则的理想婚姻。费劳孙在偷听了裘德和淑的谈话之后曾经和朋友吉令恩感叹道，他们交谈的态度让人觉得他们的爱里包含一种异乎寻常的亲密和惺惺相惜，这种爱可以使他们摒弃一切粗俗的东西，而最大的愿望就是要在一起，互相领略、互相分享彼此的感情、梦想和幻想。在展览会上艾拉白拉看到淑和裘德幸福的样子，也不禁感叹他们两个完全互相了解，无需语言，一个眼神，一个动作就心有灵犀，裘德对淑的着迷就好似淑是天仙一样。这可能就是爱情最好的模样、婚姻最自然的状态。

遗憾的是这种合乎自然法则的理想婚姻在维多利亚时期最终以悲剧的形式画上了休止符。理想的婚姻关系让位于残酷的现实。虽然他们对婚姻法律制度的不公进行了大胆地抗争，最终软弱无力，但是意义非凡。

淑和费劳孙结婚后就后悔了，想要离开她的合法丈夫和她的堂兄裘德一起生活。

---

① 托马斯·哈代. 无名的裘德 [M]. 张谷若, 译. 北京：人民文学出版社, 2019：490-491.
② 戴承富. 从托马斯·哈代的创作看其爱情婚姻观嬗变 [J]. 外国文学研究, 1994（3）：105.
③ 托马斯·哈代. 无名的裘德 [M]. 张谷若, 译. 北京：人民文学出版社, 2019：475.

第十五章 《无名的裘德》：自然法观念对现实法律超越的企图

离开前，淑请求费劳孙允许她离开，费劳孙最终答应了她的请求。而这一决定对于传统守旧的费劳孙的朋友吉令恩来说是相当激进和无法理解的，费劳孙和他的朋友吉令恩对法律婚姻持有完全不同的见解，他曾经两次教唆费劳孙用驯服的办法来处置放荡不羁的淑。他们的两次谈话凸显了自然法观念和制定法观念的交锋。然而淑的回归和对丈夫费劳孙的性屈服最终完成了对淑的驯服。吉令恩认为费劳孙对淑宽容的态度是离经叛道、不拘礼法的，他的想法是应该揍她一顿，断了她胡思乱想的念头，让她恢复理智。这是认可并维护丈夫对妻子的合法控制，用婚姻契约中丈夫对妻子的绝对权威使妻子顺从、屈服。费劳孙自己也承认听到妻子这样荒谬绝伦的要求，当时绝大多数男人的普遍想法是用囚禁妻子来限制她的人身自由并且加害其情人。同时他巧妙地呼吁大家思考一下这样做是否正当、合理、体面：

> 不过那究竟是正当、合理、体面的办法哪，还是实在是卑鄙、可耻、自私自利的办法哪？我并不想假装懂得，说那究竟是哪一种。我只想按照本能办事，不管什么原则不原则。如果一个人，掉到烂泥塘里，大声求救，我只要办得到，我一定要帮助他。[①]

当他对淑的求助做出了仁慈的回应时，其他男人难道不会这样做吗？这番慷慨陈词是对驯服女人的观点的质疑。前面提到的吉令恩主张"揍她一顿"的观点是在与费劳孙的第一次讨论之后，在回去的路上吉令恩嘟囔的，他并没有让费劳孙听见。如果吉令恩真的赞成身体上的束缚和控制，他为什么不让他的朋友听见并从他的想法中受益呢？哈代此时不让他面对面对朋友说出这句话，也反映了吉令恩立场的动摇。此时，我们也看到了费劳孙扮演了哈代的自由主义者的角色，但是这一身份只是暂时的。

吉令恩在小说中代表着普通大众在制定法观念下对婚姻关系的看法。他告诫费劳孙要考虑邻里和社会关系的问题。费劳孙不以为然，坚持要放淑走的决定。然而，当校董解雇费劳孙时，证明了吉令恩警告的预见性。解雇他是因为他放走了他的妻子淑的这种纵容行为，当别人质疑时，这是无法辩护的。由于自己开明的思想、见解和拒绝辞职，费劳孙遭受着身心的痛苦和社会的排斥。作为一个富有人情味、思想自由的

[①] 托马斯·哈代. 无名的裘德 [M]. 张谷若，译. 北京：人民文学出版社，2019：278.

自由主义者，费劳孙最终出于好心与妻子离婚，这与哈代倡导改革婚姻法律的目的是一致的，即需要一种比当时严格的离婚法律更好的方式来结束糟糕的婚姻。

当淑惨遭变故重新回到费劳孙身边后，吉令恩敦促费劳孙尽快和淑办理结婚事宜，千万不能像以前那样使用开笼子放鸟的自杀方式对待淑，而且一定要跟她鳔住。两人就如何驯服妇女进行了第二次讨论。费劳孙计划对淑使用适当的更严厉的手段，这促使吉令恩提出了一个驯马的隐喻，对待女人就应该像驯马一样，要一点一点，慢慢地勒紧缰绳，切忌一开始用力过猛，假以时日，女人就可以被驯服。吉令恩的类比也体现了维多利亚时期社会所尊崇的中产阶级普遍的道德观以及他们对妇女在婚姻中的地位的看法。在维多利亚时期，虽然中产阶级获得了经济上的地位，但是整个道德风尚还是比较传统，在婚姻中妇女就应该顺从男人、依附于男人，如果一个女人不仅背叛了她的丈夫，还试图更多地强调自己独立权利的时候，往往就和社会主流的道德观念产生了冲突。

从这里我们也能看到费劳孙所扮演的崇尚自然法则、自由主义的角色的摇摆不定。理想是美好的，可现实是残酷的。费劳孙后来的态度也发生了变化，他接受淑回到身边，这样牧师和熟人就会认为自己改邪归正了。并且，他认为自己不能再像以前那样把仁慈用到不该用的地方。他后悔自己放淑离开的冲动，在被边缘化的现实面前，他做出了让步，至少与淑再次结婚可以改进自己的社会地位。尽管费劳孙觉得应该对淑使用更加严厉的手段，但是在内心深处，他还是认为真正的婚姻应该是有爱情的，哪怕淑迫于世俗的压力回到了他身边，他也不愿意淑违背自己的内心和他在一起，而是希望淑是真心真意地和他在一起。因此，刚举行完婚礼后，他就告诉淑，还像以前一样个人过个人的，绝不打扰她。当淑亲自把自己送上门，并请求宽恕请求进卧室时，费劳孙并没有趁火打劫、乘人之危，而是希望淑不要违背自己的心意，而且一而再、再而三地让淑想明白，让她确认是不是出于自愿。

维多利亚时期人们的自然法的理念和古希腊罗马时期、中世纪的自然法的理念实际上已经有了本质的不同，如果说古希腊、古罗马时期更多地考虑的是自然规律的影响，中世纪更多地考虑的是上帝的影响的话，那么实际上这个时期的自然法的理念已经被深深地打上了自由主义的烙印，可以说是被自由主义浸润过的自然法的理念。

通过对小说中上述人物的分析，可以看出在当时的一些人心中的自然法理念试图超越现实法律的冲动，当他们被现实无情地打击，碰得头破血流的时候，就不得不采

第十五章 《无名的裘德》：自然法观念对现实法律超越的企图

取迂回的策略，不得不屈服于主流价值观的规范，屈从于制定法。但是每一次对自然法的超越和突破的尝试都是有意义的。在小说中我们看到了许多人物的坚定和动摇、觉醒与迷茫。时代的变迁、社会的变革，注定了人们的觉醒和迷茫，这是一个觉醒了的时代，这是一个变革的时代。觉醒的人们必然会遭受现实无情的打击，忍受内心的煎熬和行为的扭曲，无奈地低下头颅，但是它预示着新时代人们对于婚姻的道德基础的看法将要突破的趋势。

二、两种法律观念影响下的不同行为

对自然婚姻和法律婚姻持有不同的观念必然会导致人们行为上的不同选择。

淑对费劳孙婚前的尊重在勉强结婚后变为一种厌恶，淑在婚后有一天宁可选择睡在有蜘蛛网的狭小挂衣间里，也不愿意回到卧室。费劳孙满腹牢骚，无奈地想，由于厌恶一个人，都顾不得害怕蜘蛛了，那该是多么的厌恶。淑一心想着解除婚约，得到费劳孙的允许回到裘德身边，最终暂时分居的要求获得了费劳孙的认可。有一天，费劳孙由于做研究过于专注，临睡前忘了回自己的屋子，径直走进了淑就寝的他们原先的卧室，并不知不觉地脱起衣服来。而淑在半梦半醒的情况下，像受惊的野兽，从床上弹到地上，推开床边的窗格儿，不假思索地跳到了窗外。这一跳着实让费劳孙吃惊不小，多亏老房子的地基低，外面的地面高，淑摔得并不严重，磕了腰，蹭了胳膊，没有别的伤。淑豁出去跳楼也不肯让费劳孙接近，可就这一跳让费劳孙彻底明白淑之前所说的话——没有爱情而非得同居就等于通奸。她说这话是认真的，而且不惜用生命去捍卫它，不惜用生命去捍卫自己所坚守的自然感情，宁死也不屈从于法律规范。

费劳孙深爱着淑，并多次给予她及时的帮助，一开始他想用长期的法律契约——婚约得到淑，占有她，可是婚礼后发现，淑念念不忘的是裘德，爱的是裘德。尽管他有无限的不舍，极力地挽留，但是淑心意已决，他最终决定成全淑和裘德。因此从某种意义上讲，费劳孙的行为也正是遵循了自然法的理念，听从自己的内心才能做出这样的成全之举。当他的好友吉令恩非常不赞同他这种做法时，他特别提到淑不顾生死跳楼，可见这是多么违背她的意愿，所以不能再让她受这样的罪，不能再这样残忍。他质疑他们的婚姻——用教堂、用戒指、用婚约把一个人白日黑夜地锁在自己身边，让她活在没有尽头的惨剧里看似合法，却违反本能、违反自然、违反人道。他甚至质疑大家提出的荒谬绝伦的要求处置妻子的办法真的正当、合理、体面，还是卑鄙、可耻、自私？因此费劳孙认为只有把法律的束缚完全解除，才是真正地对她好。

淑终于和费劳孙离婚又重新和裘德生活在一起。之后，他们几次想要举行婚礼，却一再被搁浅，开启了他们动荡、漂泊、悲惨的人生。

裘德的孩子由于父母的同居在学校遭到同学们的奚落和耻笑。周围的人对他们指指点点，流言四起。请他们做石碑和錾碑文的主顾也不断地减少，加上他们各自前一场离婚官司交诉讼费而欠下的债务使他们的生活陷入拮据。正接手干的活儿也由于包工程的包工头听到别人的非议和抗议，而不得不辞退他们，就连裘德之前参加的一个工匠进修互助社，也因为大家的非议，而使他不得不辞去了委员的职务。他们被逼无奈决定拍卖家具，离开小镇。而那些前来买家具的人们与其说是来买家具的，倒不如说更多的是来窥探淑和裘德一家的隐私。那么该去哪儿呢？裘德一连列举了四个不能去的地方，因为在那些地方都会被认出来。他们的同居是不被人理解、不被人看好、不被人容忍的。裘德给年幼而无法理解的儿子解释道，虽然自己没有伤害过别人，问心无愧，但是也许曾按照"自己认为是的而行动过"①。他们的确是按照自己所认为的、自己所坚守的自然法观念生活，尽管他们的同居并没有伤害到任何人，可是缺少一纸婚书，就缺少了法律的保障，缺少了婚姻的合法性，而被世人所不容，以至于被逼得流离失所。之后的两年半，他们居无定所，经常搬家，裘德靠着石匠的手艺，淑摆点小摊儿来维持生计。在一次庙会上，淑遇到了艾拉白拉，被问及是否和裘德结婚了，淑斩钉截铁地回答道，"当然。"颠沛流离的生活之后，淑也意识到，没有法律婚姻对他们意味着什么。她开始害怕别人知道他们的真实状况。最后淑和裘德还是决定不用顾及那么多，搬回裘德心心念念的基督寺。可是事实上，被裘德称为宇宙中心的基督寺，对这一家人的到来并不友好，有的租户没有空房子，有的不租给有孩子的房客，好不容易找到了一家，可只能供淑和孩子租住，裘德得另找寓所。就是这样的一个狭小且并不便宜的住处，竟然也没能守住。因为当女房东问淑是否结过婚，淑迟疑了一下，还是告诉了房东实情。他们各自有过一段失败的婚姻，现在在一起，"就不敢再来一次关乎终身的结合了，同时又害怕婚姻契约里的种种条件会把他们的爱消灭了……，没有勇气举行第二次结婚仪式。"②从淑的迟疑中我们也不难看出淑的纠结，她一方面想

---

① 托马斯·哈代. 无名的裘德[M]. 张谷若，译. 北京：人民文学出版社，2019：374.
② 托马斯·哈代. 无名的裘德[M]. 张谷若，译. 北京：人民文学出版社，2019：401.

第十五章 《无名的裘德》：自然法观念对现实法律超越的企图

隐瞒，因为没有人能够理解他们，没有结婚仪式的事实给他们带来的只有冷眼和鄙夷，但是另一方面，她又希望获得别人的同情和理解，她始终不愿意放弃这样的机会和努力。然而事实再一次证明，他们没有法律婚姻的现状，给他们带来的就是房东的进退两难，房东丈夫的无端猜忌和无情的驱赶。淑和裘德的自然婚姻是不被主流社会认可的，但是从女房东知道实情后流露出的进退两难的样子，以及动了一番唇舌与知情后发怒的丈夫据理力争的不起眼的细节描写中我们也可以看出，即便在普通人眼中，对这样的自然婚姻也是有一定的倾向性的。受自由主义思潮的影响，人们内心深处都认可爱是无罪的，爱是个人的切身感受，因此，不被世俗婚姻认可，遭受冷眼的淑和裘德也得到了房东太太的同情。

有时候不仅仅是同情，小说中艾德林太太直截了当地表达了自己对裘德和淑爱情的支持。当淑重新回到费劳孙身边的第一个晚上，善良的艾德林太太看到淑疯狂地撕碎、烧毁了她和裘德在一起时穿的那件睡衣时，便断言淑依然爱着裘德，并劝她不要嫁给费劳孙，并且表达了对二人坚守这种自然婚姻的赞许，"你们刚一开头的时候，不愿意第二回再歪在烂泥里，去受结婚誓言的拘束，那正是你们叫人佩服的地方"[①]。并且鼓励淑遵循自己的内心，不要理会别人如何看待。不仅仅如此，艾德林太太还冒着得罪费劳孙的风险，去游说他放弃与淑再婚的念头，就是因为她看得到这种婚姻虽看似合法，却是违背淑的本心，违背了最自然的爱情。艾德林太太的良知让她非说不可，已经完全顾不上想得不得罪另一个当事人了。

与早期作品当中的主人公相比，哈代后期的作品中，尤其《无名的裘德》当中的主人公已经发生了很大的变化，如果说早期的作品当中的主人公还是对法律很无知和幼稚的法盲的话，那么这个时期的作品当中的主人公不仅不是法盲，而且更懂得运用法律知识来达到自己的目的，更懂得规避法律，更懂得钻法律的空子。《无名的裘德》中的人物，无论是裘德、淑还是艾拉白拉，都对法律的规定很清楚，同时艾拉白拉和淑的内心都拥有着自然法的理念，她们都崇尚自由，追求自由的婚姻，这是她们的相同点。在艾拉白拉看来，不爱了就应该离婚，可是法律又设置了各种障碍，那么选择离家出走也就是对这种束缚的反叛。那结果就是为了内心的自由去钻法律的空子。她知道自己的合法权利，她知道为了达到自己的目的如何利用和滥用法律，并且大胆地

[①] 托马斯·哈代. 无名的裘德 [M]. 张谷若，译. 北京：人民文学出版社，2019：446.

根据自己的知识付诸行动,以每一种符合她目的的方式来检验法律,当涉及法律,艾拉白拉不会做错的,即使她所做的一切至少在法律上是有问题的,她成功地实现了与裘德结婚、逃离裘德与卡特莱结婚、为了规避重婚与裘德才离婚,又去与卡特莱正式结婚,当卡特莱死后她又使用手段再次与裘德结婚,将法律玩弄于股掌之上。她的理论是建立在她的一系列实际胜利之上的。艾拉白拉是一个现实主义者,她总是为了达到自己的目的去钻法律的空子,寻找法律的漏洞来获取最大的利益,所以她已经变成了法律的投机者,这事实上也体现出哈代对维多利亚时期法律深深的失望和不满。法律扭曲了人性,这也是哈代为什么呼吁和倡导进行离婚司法改革的核心。而淑则不同,淑是一个理想主义者,她追求一种纯洁的、纯粹的精神生活,注定在残酷的现实中成为法律的牺牲品。

小说中的许多人物,他们或多或少都有自然法的观念,为了追求自由不惜反叛婚姻,艾拉白拉的反叛就是直接离家出走,裘德的反叛就是想去追求一个精神伴侣,费劳孙的反叛就是给淑自由,而淑的反叛就是对现实婚姻的不认同。淑不像那个时代的人,她的思想比较超前,追求一种非常纯粹的精神上的独立和自由,但是在现实中碰得头破血流,最后的结局是性屈服。因此,从某种意义上说,淑反映了哈代的女权主义思想。

三、自然法观念对现实婚姻的评价

哈代在描述裘德和艾拉白拉的婚礼时,原本宣誓这一非常庄严的时刻被描写得非常荒诞,也流露出对世俗婚姻辛辣的讽刺。他们在主婚人面前宣誓,要在余生里一如刚刚热恋期一样,信赖、体贴、希冀。他们发誓要做根本做不到的事情。新婚没过多久,他们的誓言在人们的脑海中还记忆犹新的时候,裘德已经由于艾拉白拉的假孕、假发、人工酒窝,隐瞒酒店当侍女的经历和不尊重他的理想而开始懊悔,但是结婚的事实却无法改变。因为结婚誓词已经将他们绑定在一个牢不可破的契约上,他们的生活被毁了,被他们婚姻的根本错误毁了。他们把一个永久的契约建立在一种暂时的感情上。两个人无法真正做到同气相连,是无法成为终身伴侣的。正如艾拉白拉与裘德离婚后在一次展览会上看到淑和裘德非常恩爱的样子时对朋友说的那样:"想必是他们还没结婚,要是结了婚,他们就不会彼此这样亲爱了。"[①] 这可能也代表了当时一大部分普通大众的真实想法,尽管自然婚姻为世俗所不齿、礼法所不容,但是法律婚姻、契约婚姻总

---

① 托马斯·哈代. 无名的裘德[M]. 张谷若,译. 北京:人民文学出版社,2019:354.

第十五章 《无名的裘德》：自然法观念对现实法律超越的企图

不能给人带来真正的幸福。

因为世俗婚姻是包括婚姻双方的誓言的一份法律文件，一个永久合同，合同是一回事儿，两个人的感情完全是另一回事。在裘德看来，法律将这两个对立面结合在一起是婚姻法的根本错误，换句话说婚姻法就是给爱情婚姻这样属于自然法观念的东西套上了法律契约的枷锁。这一错误也是小说人物的悲剧根源。

在小说第五部中淑和裘德各自结束了第一段婚姻，变成自由人以后，淑由于厌恶契约婚姻而非常享受自然婚姻的状态，然而裘德的前妻艾拉白拉的到来让她感到了极度的焦虑和不安，这也促使了她最终决定将自然婚姻变成法律婚姻，然而经过三次波折最终搁置。通过这三次波折，我们也看到了在裘德和淑的心中，他们对法律婚姻的评价。

第一次是为了省钱，裘德决定使用结婚通告。自"1753 年英国颁布一项法令，规定了婚姻必须预先公告的制度。要求当事人需在结婚前三个星期日连续公布结婚预告，禁止私人秘密结婚"[①]。英国于 1836 年通过新的婚姻法承认不举行宗教仪式的普通法式婚姻，结婚通告就是一种形式。当然艾拉白拉也极力建议淑与裘德尽快按照法律结婚，作为将来被遗弃时的法律保障。可是在走到教区助理员的住宅去办结婚的第一步手续时，淑后悔和迟疑了，艾拉白拉的话让淑觉得法律婚姻是捉男人的陷阱，十分鄙俗。由于法律的干涉和法律的义务而拥有了爱人，是无法得到真正的快乐，因为无所为而为才能拥有热情。裘德尊重淑的选择，第一次的努力失败。他们继续享受自然婚姻的幸福，直到艾拉白拉再婚后写信将她和裘德的孩子"小时光老人"托付给裘德，法律婚姻再次被提上了议事日程，淑认为如果那样，做孩子的母亲就名正言顺，就能给孩子提供一个更好的家。

第二次是他们决定到本地的安静、严密的登记局申请结婚，而躲开教堂。在填写申请书的时候，表格上那冷冰冰的术语，例如"当事人姓名""条件""要举行婚礼的教堂或场所"让淑感到了痛苦和了无情趣，那贴在墙上的结婚通告使爱情缺少了诗情画意，以至于她竟然把申请表上的签字与法医室合同上的签字进行类比。这些又一次让法律婚姻失去了它的吸引力。他们准备举行婚礼的头天晚上，老寡妇艾得林太太讲的关于他们家族的魔咒似的悲惨故事给他们的未来笼罩上了阴影，似乎预言了他们悲剧性的命运。世俗婚姻丑陋的法律程序使情节发生重大转变。

---

① 何勤华. 英国法律发达史 [M]. 北京：法律出版社，1999：322.

一个透视法律现象的文学窗口

第三次是他们去婚姻登记局举行婚礼并在回去的路上观礼别人的教堂婚礼。作者用两个描述世俗婚姻程序的场景作为背景来说明淑和裘德不结婚的决定。准备结婚的场景构成了一个重要的转折点,这两个场景都反映了婚姻法在很大程度上成为命运的转折点和悲剧的开始。这两个婚礼的场景都暗示了不论哪个阶级,不论贫穷、富有——从刚刚出狱的不情愿的大兵到富裕的中产阶级,法律婚姻都是一件肮脏、丑陋、让人心灰意冷的事情。那天天气沉闷、凄冷,之前进去了的人们在婚姻登记局的台阶留下了泥泞的脚印。登记局的屋子里面显得凄凉、惨淡,墙上的羊皮面儿的法律文书都发了霉,没有铺地毯的地板上到处都是人的脚印。登记处的肮脏、惨淡的环境只有里面的人能够和它媲美。里面正在举行婚礼的一对,新郎是一个早上刚从监狱出来的大兵,直奔这里,满脸的不情愿;而新娘怀着孕,闷闷不乐,悲伤胆怯,鼻青脸肿。另外一对儿一个是剃着光头容貌丑陋的男子和一个喝得醉醺醺的、满脸通红长着麻子四方大脸的女人。

第一个场景凄凉、沉闷、惨淡、阴湿、泥泞和发霉彻底打败了淑,因为对婚姻登记所的极力排斥,她对裘德表明自己内心的想法,他们的谈话预示着他们的婚姻合法化再一次被搁置:

"裘德——我不愿意在这儿办事!我后悔不该到这儿来。我在这儿就不由得要害怕哆嗦。这就是咱们两个的爱所达到的最高峰吗?太令人难以想象了!如果咱们非办这件事不可,那我想,还是在教堂里好,至少在教堂里不像在这儿这样俗气!"[①]

对世俗婚姻程序的控诉,给他们当天的婚礼计划泼了冷水,他们两个都退缩了。世俗婚姻现场提到泥泞的脚印,小说中最后的悲剧实际上是从登记处描写泥泞的台阶开始的。

在回家的路上,他们观礼了一对富裕的中产阶级夫妇的教堂婚礼,婚礼的确好看、有趣,第二个场景只提到了一个打扮得漂漂亮亮的婚姻的"祭品"。裘德和淑煞有介事地谈论着结婚,以及他们是多么不应该还有这个想法,多么不应该"不顾以前的经验,

---

① 托马斯·哈代. 无名的裘德[M]. 张谷若,译. 北京:人民文学出版社,2019:344.

第十五章 《无名的裘德》：自然法观念对现实法律超越的企图

对于买卖契约的龌龊肮脏再一次以身试探！"[①] 淑两次提到了新娘手里拿着的花。第一次在仪式刚开始的时候描写到新娘子手里拿的花儿直颤抖，同时能听见她在说结婚誓词的时候是机械的、是嘟嚷的，并把这种仪式称为自投罗网的仪式。仪式结束后，淑叹气说新娘手里的花就像古时祭祀的小母牛戴的花圈一样，很凄惨。这样看来结婚是一件叫人害怕的事儿，而且淑始终认为，他们现在这样的过法就很快乐，别人又何必来管他们的闲事儿呢。教堂的观礼彻底终结了她们使婚姻合法化的最后一丝希望，他们再一次放弃了成为合法夫妻的想法，而是要将他们自然婚姻的美好状态保持下去。

上面两个场景都是以悲剧性的风格来描写，这也说明了哈代对当时以物质利益为考量而缔结的婚姻所持的否定态度。这种婚姻法律制度恰恰是资本主义法律制度所要保护的，这种婚姻给双方带来的必然不是幸福，而是苦难和恐惧。所以从这两个关于婚礼和婚姻登记的场景的描述来看，我们看到的不是幸福、甜蜜、恩爱和喜悦，而是当事人的不情愿和恐惧。也就是说，这种以物质利益为中心，受资产阶级法律和教会保护的婚姻不可能给当事人带来真正的幸福，它只是一种肮脏龌龊的契约，结局只能扭曲人性。

费劳孙因同意与淑解除婚约给她自由、让她回到裘德身边而遭到校方的劝辞。学校认为他那样做，是在纵容自己的妻子通奸。在道德方面，不适合做年轻人的榜样，对儿童及其他人都造成了很大的负面影响。费劳孙认为自己问心无愧，拒绝辞职，之后就遭到校方的解聘。费劳孙对这样的裁决并不接受，他召集了一个群众集会。在会上他陈述理由，认为自己所做的无损道德，是慈悲行为，希望获得支持。而结果正如人们所料，最终镇上的绝大多数人对费劳孙的做法持反对态度，但是出乎意料的是大约有十二三位下层社会的人，挺身而出替他辩护。其中包括串乡游巷的生意人，他们仗义地替他的处境拼命辩护。除此以外，还有几个有独立见解的人也纷纷与他握手，强烈地表达意见以示支持，特别是还有一个思想解放的打扫烟囱的人也热心地支持费劳孙。这个事件也说明了自然法的观念在每个人的心目当中，在每一类人、每一个阶层的人的心目当中实际上是不一样的，这也符合自然法演变的过程，就像古希腊时期、古罗马时期人们自然法的观念和中世纪自然法的观念完全不同那样。不同的人群对于自然法的观念的理解也是有差别的，作为当地大多数农民，他们很少接触外面的世界，因此他们的思想更为传统和保守。在他们的自然观念里面，女人就应该服从男人，男

[①] 托马斯·哈代. 无名的裘德[M]. 张谷若, 译. 北京: 人民文学出版社, 2019: 346.

人也有权利去管教自己的女人，这是天经地义的。但是在经常出去做生意或做工的人心目当中，情况就不一样了，因为这些人更多地接受了英国维多利亚时期自由主义的观念，自由主义对他们的影响使得他们对于自然法观念的理解也与固守当地的农民和地主不一样，长期在外的生活使他们有机会接触到各种新思潮而对男女之间"应当怎样"的认识更为开明，他们为费劳孙的仗义辩护正反映了自由民主是时代发展的一种大趋势，因此在他们的心目当中，男女之间的这种平等的自由选择就更为重要，所以他们支持费劳孙，反对校董们的妄加干涉。在小说中哈代称这些人是心胸豁达的人。还有一些人是因为也有过很多家事上的变故而拥有了独立的见解。费劳孙说："我做的这件事，据上帝看来，据所有天真、直爽的人看来，都得说对。"① 哈代借费劳孙的口指出崇尚自然法观念也是上帝的选择，崇尚自然法观念的人是天真的、直爽的、心胸豁达的，有独立见解的人。

四、两种法律观念交锋对人性的扭曲

在维多利亚时代，社会对不按习俗行事、不遵循法规的人异常残酷，人们被迫以他们不愿意的方式生活，以至于整个人格和个性都被扭曲。

教会法院在19世纪中期以前奉行的是婚姻不可解除的原则，这大大地限制了人们的离婚自由。即使在宗教改革之后，英国的离婚制度仍没有发生重大变化，而世俗社会却希望合法的婚姻可以解除，这便衍生出了游离于国家法律之外的离婚习惯。国家法和习惯法的冲突、妥协势必推动离婚法制度的变革。国会私人法案离婚到19世纪已经趋于规范，由于作为离婚条件的司法分居（诉讼理由仅是通奸和虐待）费用不断上涨，到19世纪中期，诉讼花费高昂，婚姻诉讼成了富人的奢侈品。② 1857年颁布的《离婚与婚姻诉讼法》使婚姻诉讼的判决不再通过教会法院，离婚可以向世俗离婚法院提起并通过司法手续得到判决。而不必经过国会立法的方式，这也节省了诉讼费用。为了减少合意离婚的情况，1861年政府颁布了两个修正案。一是法院的判决分两步：对于符合条件的离婚案，颁布一个附期限的判决。在6个月内，如果有人提出异议，则离婚的最终裁决无效，6个月后无异议，判决生效；二是判决前任何人都可以向王室代诉

---

① 托马斯·哈代. 无名的裘德[M]. 张谷若，译. 北京：人民文学出版社，2019：299.

② STONE L. Road to Divorce, England 1530–1987[M]. Oxford: Oxford University Press, 1990：186.

第十五章 《无名的裘德》：自然法观念对现实法律超越的企图

人提交关于离婚案中同谋、欺骗等证据。[①]

在小说第五章一开始淑收到了刚生效的她与费劳孙离婚案的初步判决。她担心这个最终裁定的合法性和有效性，因为自己的离婚判决书至少不是用诚信的方法获取的。费劳孙是以通奸为由，提起了离婚诉讼，可大家都心照不宣地知道这是一个虚假的理由，这个所谓的通奸是不存在的。淑和裘德也并没有对通奸的事实提出异议，伦敦的离婚律师和法官以淑的通奸为由批准了费劳孙对淑的离婚申请，因为他们简单地假定淑就是诉状上所说的那个通奸的女人。因此，淑很担心这个虚假的理由会被识破，从而推翻判决。裘德向淑保证，她和费劳孙的婚姻已经安全、永久地解除了，而且完全不需要害怕被调查，因为他们都是小人物，没有人感兴趣，没有人调查，没有人怀疑。那些受封的贵族才会遇到很多的麻烦，会被调查很久。这也是淑担心的，她担心后续的调查取证。按照当时的法律程序，有专人负责调查任何有违审判公正的情况。

通奸作为离婚的必要理由是非常不合理的。在裘德和淑看来没有了爱情，也就没有婚姻了，或者说婚姻也就没有存在的必要了，通奸不应该成为离婚的必需条件，但是当时的法律规定，提起离婚诉求的前提是必须要有通奸的行为，这种规定在他们看来是对神圣婚姻的亵渎。这样的法律规定导致像裘德和淑这样诚实和纯洁的人为了离婚也不得不说谎，通过不诚信的方式来获得离婚判决，可事后又为自己的行为而感到惴惴不安。这也说明当时的法律对人性的扭曲。哈代也希望有一种更为简单的，更为私密的方式来结束婚姻，而不用这样公之于众，而不用这样为了规避法律而弄虚作假。

当淑下定决心，重新委身于费劳孙的时候，又进一步扭曲了自己。她在内心中把这种关系看作是一种形式上的婚姻，一种挂名夫妻。小说中有两次描写到 "回归"后的淑咬牙的场景。第一次是淑刚进房间，费劳孙亲切地称呼她为淑珊娜，她把牙一咬，然后被费劳孙亲吻脸颊时，淑本能地向后退缩，被嘴唇碰触的一刹那，她身上的肉都哆嗦。尽管她内心想忏悔，想放弃自己所坚守的自然法观念，放弃与裘德的自然情感，但是她的身体是不情愿的，身心无法达到统一。第一个晚上，淑换上一件没漂过的粗纱布睡衣，发狂地把那件绣得很精致的睡衣撕碎，扔入火里。"这是一件穿了通奸的东西！它正代表我愿意忘掉了的事情……买来穿给裘德看的。非把它毁了不可！"[②] 她想通过

[①] CRETNEY S. Family Law in the Twentieth Century: A History[M]. Oxford: Oxford University Press, 2003: 178-179.

[②] 托马斯·哈代. 无名的裘德[M]. 张谷若，译. 北京：人民文学出版社，2019：445.

199

这种办法来和以前的自己决裂。她甚至把这件睡衣描述成该遭雷轰的衣服。她要彻底地改邪归正，接受上天的惩罚，回到自己合法的丈夫身边。婚礼后，淑经过一番挣扎，决定把自己真正献给丈夫费劳孙来尽自己的职分，来赎罪。可是当被自己合法的丈夫亲吻时，她的脸上的表情是极端厌恶的，再次把牙一咬，不作声，就像上刑场一般的咬了一下牙来接受毫无爱情可言的丈夫的爱抚和吻。这该是多么违背人性，违背人自由意志的煎熬。非常讽刺的是，艾得林太太的一句话"这个年头儿，结婚简直和殡葬一样"[1]。

当淑得知裘德和艾拉白拉第二次结婚之后，心里的痛可想而知，尽管她嘴上说这是正当的事情，太好了，可是两嘴颤抖，眼泪直流。

视婚姻为儿戏的艾拉白拉，在那个能满足她安逸生活欲望的第二任丈夫去世以后，再次耍手段将裘德骗到手。一个女人，在经济和名誉都窘迫的情况下，为了体面，把她的前夫再弄到手。她明明知道裘德不爱她，可她心中畸形的欲望却让她又一次陷入了一场悲剧。

《无名的裘德》中所呈现的自然法理念是对现实婚姻关系的一种超越企图，是对现实婚姻法的一种批判，以及对现实婚姻行为的一种指导。无论是对国家婚姻法中荒唐的离婚条件规定还是对宗教法中对离婚的信条，哈代都采用了一种嘲讽的态度，自然法的理念是他进行这些嘲讽的思想依据，在自然法的关系当中，他认为人人都应当是自由的，而且有自由的选择权。当然，这一理念和当时西方的自由主义的影响是分不开的。1859年出版的《论自由》是自由主义的集大成之作，其作者是英国政治和法律思想家密尔，也是一位极为活跃的社会改良主义者，是英国政治改革运动中激进的民主主义先锋。密尔及其《论自由》深刻地影响了哈代此后的创作。另外他个人的现实境遇也使他对婚姻感到失望，因为婚姻是对人的自由和人性的一种束缚。一旦婚姻对双方中的任何一方带来了残忍的后果，那么，从本质上和道德上讲，婚姻都应该是可以解除的。但当时婚姻法对离婚条件苛刻的规定迫使人们为了离婚不得不撒谎、欺骗、违背诚信、违背真实的意志，这种制定法与当事人心中自然法理念的冲突必然会扭曲他们的人性，甚至造成裘德和淑那样的悲剧。

---

[1] 托马斯·哈代.无名的裘德[M].张谷若，译.北京：人民文学出版社，2019：488.

第十六章

《华伦夫人的职业》：对侵害妇女权利的控诉

《华伦夫人的职业》是萧伯纳的代表剧作，作者将此剧列入"不快意的戏剧"一类。因为该剧在1894年首次上演时就和英国当时的主流道德观念发生冲突，被人们认为该剧讲述的事情是"不道德"和"不适合舞台演出"的。直到1924年，该剧才被解禁，上演后赢得好评并跻身世界著名戏剧行列。

《华论夫人的职业》的情节并不复杂，却引人入胜、震撼人心、发人深省。华伦夫人很有钱，但女儿薇薇却不知道她的身世。22岁的薇薇是剑桥大学女子学院的高才生，毕业后在伦敦一家法律事务所工作，在度假时与弗兰克交了朋友。有一天，她的母亲华伦夫人带着她的两个朋友普瑞德先生和克洛夫茨从男爵来到这里。从他们的口中，薇薇发觉母亲是靠开妓院积累家财的，在女儿的逼问下，华伦夫人不得不向女儿讲了自己悲惨的身世和被迫从事这个职业的原因，女儿对母亲表示谅解和折服。弗兰克为了财产向薇薇频频示爱，同时，年龄比薇薇整整大25岁的克洛夫茨从男爵也向她求婚，谈话间薇薇得知华伦夫人现在还在经营妓院后十分气愤，她拒绝了克洛夫茨的求婚，克洛夫茨为报复，揭露薇薇同弗兰克实际上是同父异母的姐弟。薇薇拒绝了弗兰克，并断然离开了母亲。

维多利亚后期，英国出现了"社会净化"运动（The Social Purity Movement），社会净化是"性净化"的委婉说法，社会净化运动兴起于废除《传染病法》运动时期，反对男女双重的性道德标准，并在废除该法过程中发挥了积极作用。此后，社会净化派积极打击妓女和卖淫等不道德行为，致力于提升道德，净化社会风气，对英国社会关注妇女境遇产生了积极的影响。《华伦夫人的职业》在这样一个背景下出场，产生了更大的社会影响。

一个透视法律现象的文学窗口

《华伦夫人的职业》揭露了一个敏感的道德问题和一个隐秘群体的境遇，戏剧上演后受到当时中产阶级道德家们的谴责而一度停演。这部戏剧直面维多利亚时期繁荣背后底层妇女的悲惨生活，以及许多妇女被逼而沦为娼妓的遭遇，揭露了资产阶级道德的虚伪性和对男女两性的双重标准，以薇薇为代表的新女性体现出妇女意识的觉醒以及对男权社会的反抗，华伦夫人本身是这个腐败制度的牺牲品，但最后却变成一个靠压榨其他妇女的血泪积累财富的剥削者。整个戏剧结构精致、紧凑，其中的很多内容深刻反映了维多利亚时期妇女的权利被无情侵害的现实。

一、妇女同工同酬和劳动条件保护的权益被侵害

维多利亚时期的经济繁荣、资产阶级财富的飞速增加、国力的增强是建立在对本国和殖民地广大的劳工残酷的剥削基础上的，许多资本家过着奢侈的生活，向上流社会看齐，却舍不得为工人提供基本的劳动保护和提高他们微薄的工资。不仅如此，为了节约成本，他们还不惜大量雇佣妇女和童工，在相同强度或时间的工作下，只给他们更少的工资。这些"血汗工厂"对妇女和童工的压榨甚至到了令人发指的程度。在这种情况下，很多妇女看不到通过劳动改善生活的希望，被迫加入娼妓的行列。华伦夫人在年轻的时候就是在这样的无情现实面前屈服命运成为妓女的：

华伦夫人：嗯，我会坐下的。你别害怕。[她以分外充溢的精力把椅子往前一放，坐下来。薇薇不由自主地觉得印象很深。] 你知道你的外祖母是干什么的吗？

薇薇：不知道。

华伦夫人：你当然不知道了，可是我知道。她自称是个寡妇，在造币厂旁边开了一家炸鱼店，靠它养活自己和四个女儿；其中两个是亲姐妹，就是莉齐和我，两人脸蛋长得漂亮，身材也好看。我猜想我们的父亲大概吃得很好；母亲骗人家说他是一个绅士，可是我不知道到底是不是。另外两个和我们同母不同父的女儿长得又矮又难看，看上去老是挨饿的样子；她们是吃苦耐劳、老实巴交的可怜虫。要不是母亲把我和莉齐揍得半死，叫我们放开手，我们真想把她们两个揍个半死。她们是规规矩矩的老实人。可是她们的规矩老实对她们有什么好处呢？我来告诉你吧。一个在一家铅白厂里，一天干十二个

小时的活，每星期拿九个先令，后来中了铅毒死了。原来她以为顶多会弄得一双手失去活动能力，没有想到送了命。母亲总是要我们学习另一个女儿的榜样，因为她嫁给德福海军军需厂的一个工人，每星期挣十八个先令，因此有能力把房子和三个孩子收拾得干干净净，直到后来她男人喝酒上瘾。这种规规矩矩的老实人值得尊敬，对不对？

薇薇：[这时一边注意听着她母亲说话，一边思索]你和你姐姐当时是这样想的吗？

华伦夫人：我可以告诉你，莉齐并不这样想。她比我敢想敢干。我们两人都进了教会学校——因此我们有了一点小姐派头，可以在那些没有见过世面什么也不懂的孩子面前摆摆架子——直到有一天晚上莉齐出去后再也没有回来。我知道女校长以为我很快也要学莉齐的样子，因为那牧师老是警告我说莉齐的下场将会是从滑铁卢桥跳下去。可怜的傻瓜，他只知道这一点！可是比起跳河来我更怕铅白厂；你要是处于我的地位也会这样的。那牧师给我找了一份差事，在一家号称不卖酒实际上什么都卖的饭馆的厨房里干粗活。后来我当了女招待。再后来我在滑铁卢车站一家酒吧里端酒洗杯子，每天干十四个小时，一个星期挣四先令，在店里免费吃饭。这对我来说已经好得不得了了。唔，在一个冷得要命的夜里，我累得眼皮都睁不开的时候，你猜是谁进来要半品脱苏格兰威士忌？是莉齐。她穿着毛皮长大衣，文雅舒坦，钱袋里装了许多金币。

薇薇：[冷冰冰地]是我的姨妈莉齐！

华伦夫人：是的，而且是个非常好的姨妈。她现在住在温切斯特，离大教堂不远，是那里最受人尊敬的上流女子之一。在当地举行舞会时她还是那些小姐的监护人呢！莉齐根本没有跳河，谢天谢地！我看你有一点像莉齐。她是个呱呱叫的生意人——一开头就积攒钱——从来不让人看出她是干什么的——从来也不慌乱或错过好机会。她看到我长成一个漂亮大姑娘了，就隔着柜台对我说："你在这里干什么，你这小傻瓜？累坏了身子，糟蹋了脸子，替别人赚钱！"莉齐当时正在攒钱想在布鲁塞尔弄一所自己的房子；她觉得我们两个一起积攒比独自一人要快，所以她借给我一些钱帮我起个头。我一点点攒起钱来，先还清了她的债，然后就和她合伙做起生意来。我为什么不该这么干？布鲁塞尔的房子真是高级，一个女人住这种房子比住在安妮·洁恩中毒的那工厂里强多了。女孩子没有一个像我在那个饭馆里干粗活和在滑铁卢车站酒吧当女招待或是在老家那样受苦。难道你愿意让我还待在那些地方干苦活、不到四十岁就成了一个干瘪的老太婆？①

华伦夫人在女儿薇薇的逼问下，不得已向女儿讲述了自己的辛酸经历，她的这些描述和历史记载的维多利亚时期的状况是吻合的，这体现出萧伯纳以批判现实主义的笔法对维多利亚时期阴暗面进行揭露。当时，工厂雇佣女工的工资很低且劳动强度大。例如，生产衬衫的女工每天的工资是3分，制造裤子的女工每天的工资是5分或6分。如此低廉的报酬却需要她们每天不停地工作十四五个小时，并且这一工作充满竞争性，规章制度还特别严格，一不小心就有被解雇的可能。② 当时的工厂工作条件非常差，工人受到侵害或出现工伤很难获得赔偿，工厂成了一个压榨工人罪恶的监狱。在这样的情形下，许多妇女被迫选择去当娼妓。加之维多利亚时期中产阶级严苛的性道德使那些偶然失足的妇女无法回头，同时，黄色书刊的流行也损害了传统的价值观，使更多的妇女加入了娼妓的行列。另外，有许多工人阶级女孩被雇佣为佣人，经常在被有家室的男人引诱、怀孕和遗弃后沦落为妓女③。据怀特霍恩在1858年估计，15—50岁的未婚女子中，约有1/6是妓女。而英国新闻界估计伦敦存在12万之多的妓女。④ 因此，华伦夫人的悲惨遭遇在维多利亚时期不是个别现象，经济的繁荣和国力的强盛背后是广大工人阶级的悲惨生活，以及人们都不愿提及的普遍的娼妓现象。华伦夫人的悲惨经历和她被迫从事娼妓职业的原因引起了女儿深深的同情，她佩服母亲的坚强，进而当场就原谅了母亲，母女间的一场危机由于母亲的血泪史感动了女儿而化解了。反思那个时代的法律，在工人普遍贫穷的情况下，它对妇女同工同酬的权利以及基本的劳动条件缺乏保障，这就使广大的底层妇女的生活极端困苦，许多妇女被迫选择娼妓的行当也就在所难免了。

---

① 萧伯纳.华伦夫人的职业：萧伯纳剧作选[M].上海：上海译文出版社，2006：138-140.
② 曾亚英.维多利亚时期英国城市的娼妓问题[J].妇女研究论丛，2005（5）：69-73.
③ 毛利霞.约瑟芬·巴特勒与维多利亚时代废除《传染病法》运动[J].北方论丛，2015（4）：101-107.
④ 王章辉.笃学集[M].兰州：兰州大学出版社，2003：262.

二、妇女的婚姻选择权被侵害

维多利亚时期，社会对妇女的道德要求严苛，理想的妇女形象要符合中产阶级道德所倡导的依赖丈夫、照顾家庭、甜美优雅的"家庭天使"。因而，许多中产阶级家庭和上层社会家庭的女儿们是不可能完全按照自己的意愿选择丈夫的，爱情会让位于财产和地位的考量。大多数女孩子也必然遵循父母的命令选择她们认为能给自己带来体面生活和社会声望的男子，甚至许多男子结婚是为了女方的财产。小说中，华伦夫人和克洛夫茨从男爵的一段对话就赤裸裸地把婚姻当作一段交易来看待：

克洛夫茨：那好，我还不到五十岁呢。我的财产状况一直不坏——

华伦夫人：[打断他]是的，因为你既吝啬又狠毒。

克洛夫茨：[只管说他的]从男爵并不是每天都能随便遇到的。有我这种身份的任何别人都不会容忍你当丈母娘的。为什么她不能嫁给我？

华伦夫人：你！

克洛夫茨：我们三个人可以一起十分舒服地过日子嘛！我总会死在她之前，她会成为一个非常有钱的寡妇，这有什么不好？饭前我和坐在里边的那个傻瓜一起散步的时候，这件事直在我脑子里打转。

华伦夫人：[感到厌恶]是啊，在你脑子里打转的全部是这些货色。[他停下来，两人对看着。她紧盯着他，在她轻蔑、厌恶的目光背后掩藏着恐惧；他偷偷地瞅着她，目光透着肉欲，嘴角挂着放荡的笑意。]

克洛夫茨：[看到她丝毫没有同意他观点的样子，突然焦急起来]你听我说，基蒂，你是个明事理的女人，你用不着装出道貌岸然的样子。我再也不提问了，你也不用再回答了。我要把全部财产留给她。如果在结婚那一天你想为自己要一张支票，要多大数目尽管说好了——只要合情合理。

华伦夫人：这么说你也玩起这一套来了，乔治，和其他所有的霉老头子一样！①

无耻的克洛夫茨从男爵对比自己小 25 岁的薇薇垂涎欲滴，他用财产和爵位来诱惑

---

① 萧伯纳. 华伦夫人的职业：萧伯纳剧作选 [M]. 上海：上海译文出版社，2006：131-132.

华伦夫人母女，事实上，这虽然是一桩令人恶心的买卖，但确实反映了维多利亚时期大多数中产阶级和上流社会的基本看法。由于财产在这个物欲横流的社会占据了绝对第一的位置，所以，在选择婚姻时财产是第一标准。克洛夫茨之所以有这么大的自信向比自己小25岁的姑娘求婚，就是自信自己的财富和名爵足以使一个如花似玉的姑娘依附于他。当时，在整个社会风气和道德观的影响下，绝大多数的女孩子都自愿或服从父母的意志选择能够给自己带来财产和地位的婚姻。只不过，克洛夫茨运气不好，他碰上了一个主张自立的新女性，便在她面前失败了。

剧中所反映的最重要的问题是，那些从事娼妓职业的妇女，她们对婚姻的选择会由于社会偏见的影响而受到侵害。除非她们能够做得和莉齐一样隐蔽，让人们不知道她们所从事的被人鄙视的工作。否则，她们很难有自己的婚姻，像华伦夫人一样。或者，她们只能和那些没有经济条件来选择良家女子的男人结婚，从而影响到她们一生的命运。社会于是进入了一个悖论，底层贫穷的女孩子被社会和生活所迫去当了娼妓，这些本已被侵害了尊严和生存权利的女子，却在婚姻的选择权上再次因为过去的失足而被侵害。

三、妇女的人身权被侵害

保护人身权利是英国"光荣革命"后在《权利法案》中所确立的一条重要的公民权利。但是，英国妇女在追求同男子平等权的道路上却异常艰辛，政治上平等的选举权也是20世纪以后才得以实现，经济上的诸多权利在维多利亚时期根本无法同男子相提并论，甚至于人身权利也难实现男女平等。对于娼妓这一特殊的群体而言，她们的人身权被侵害可以说是家常便饭。1888—1891年间，伦敦东区的贫民窟怀特佩尔出现11起女性被杀案，其中仅8月31日—11月9日间就出现5起。这5名受害人都是居住在此的娼妓，新闻媒体把凶手称为"开膛手杰克"，这一系列案件一度引起社会恐慌，甚至引起维多利亚女王的一再关切。[1] 5名被害人都是赤贫的娼妓身份引发了当时广泛的关注，甚至被一些社会主义者的报纸认为是一个"阶级问题"。另外，娼妓这个职业导致她们经常会和嫖客发生纠纷，以至于卖淫似乎成了女性犯罪的母体，妓女经常会袭击甚至是杀死难缠的嫖客以及偷窃嫖客的财物等。随着英国一度施行传染病防治法，许多娼妓为

---

[1] 毛利霞. 19世纪末英格兰社会净化运动[J]. 历史教学，2017（12）：51-59.

了逃避侮辱性的强制检查和隔离治疗，不得不寻求皮条客的帮助，因而受到他们的剥削。甚至有些娼妓直接求助警察，警察则向她们索贿或要求免费服务，否则会被警察严厉惩罚。[1]

戏剧中，华伦夫人对女儿的一段描述中也说明了那些从事娼妓的女孩子心灵和肉体所遭受的伤害：

> 华伦夫人：那当然了。每个人都讨厌被逼着去挣钱，可他们总还是非得那样干不可。我确实常常可怜那些女孩子，精疲力竭、情绪低落，仍然不得不去讨好她一点也不喜欢的男人。那家伙喝得半醉死缠着女人，使她烦恼，他还自以为她喜欢呢，其实女人恨死他了，再拿到多少钱也抵偿不了她受的罪。可是她不得不忍受种种不满意的事情，就好像医院的护士或是其他人那样逆来顺受。天知道，那种活并不是每个女人都乐意干的，尽管听一些没有说实话的人谈起来就好像那是称心如意的安乐窝似的。[2]

四、妇女的健康权被侵害

维多利亚时期对于女性的道德要求十分严厉，不仅影响了妇女在社会和家庭中必须谨言慎行，甚至也影响到她们的心情和健康。为了显示窈窕的身材，中产阶级和上流社会的妇女要在参加一些正式场合的活动上束腰，有人曾研究，说维多利亚时期的小姐太太们为什么脸色苍白，因为，紧紧的束腰和烦琐的穿着影响了血液的循环，这当然有一些玩笑的成分，但也说明，那个时代的很多妇女实际上一直处于一种被压抑的状态。至于维多利亚时期的娼妓，她们的健康权受到侵害的严重程度是令人震惊的。娼妓卖淫的年龄段主要集中在15岁到20岁这5年之中，随着年龄的增加人数迅速地减少，此后每个年龄段几乎都比上一个年龄段的人数少2/3左右。甚至有研究者认为，能活过二十五岁的妓女不超过十一分之一。[3]

工业革命的发展使英国城市化的进程大大加快，许多农民涌入城市，而大量生计

---

[1] 曾亚英.维多利亚时期英国城市的娼妓问题[J].妇女研究论丛，2005（5）：73.
[2] 萧伯纳.华伦夫人的职业：萧伯纳剧作选[M].上海：上海译文出版社，2006：141.
[3] 曾亚英.维多利亚时期英国城市的娼妓问题[J].妇女研究论丛，2005（5）：69-73.

无着的妇女也进入城市，再加上很多有钱的男子要寻欢作乐，这样就促使英国的娼妓大量增加。随之而来一个非常严重的问题，那就是性病的大量传播，卖淫的盛行导致"一只脚在妓院，一只脚在医院"的现象。尤其是，在克里米亚战争中英军官兵因嫖妓而感染性病造成战斗力低下、作战失利的事实被公开，迫使议会于1864、1866、1867年先后出台三部《传染病法》，规定在军事要塞对妓女和疑似卖淫者进行强制医学检查，一旦发现妓女患有性病，立刻隔离治疗，违者处以罚款或监禁，意在减少男性感染性病的概率。如此鲜明的性别歧视和阶级歧视引起福音派教徒、女权主义者和激进工人阶级的不满。后来，在英国掀起的反对《传染病法》的运动压力下，英国不得不废除了《传染病法》。《传染病法》只考虑到如何减少男性的感染，而很少为妓女考虑，这说明，在当时英国的立法者心目当中对妓女健康权的忽视。反对《传染病法》的人们还意识到这个法律是一个"阶级立法"，因为，从普遍的情况看，嫖客大都是社会中层和上层的男子，而妓女却处在社会下层。

五、妇女职业选择权被侵害

维多利亚时期，妇女选择职业受到许多条件和因素的限制。首先，当时的英国处在工业革命的初期，工厂的许多工作还是需要较强的体力才能完成，而妇女由于生理条件的限制，无法承担强壮男子能够承担的许多工作。因而，底层妇女能够被雇佣从事的工作大都集中在家政、轻纺、服务等行业，雇主付给妇女的工资很低。其次，在英国当时大量中产阶级的道德观念里，并不主张自己的妻子和女儿出去工作。因为，能够保证妻子在家中相夫教子、养活不工作的妻儿是一个中产者成功的标志，甚至，那个时候中产阶级家庭家中大都要雇佣保姆，以显示家庭中丈夫们在外面的工商业竞争中所取得的成就。这样，当时的道德规范和中产阶级的妇女观念就限制了中产阶级妇女选择职业的权利，她们只能被束缚在家庭中，依附于男人，管理家庭事务、进行家庭社交活动。而当时整个社会的价值观念都是朝上看，中产阶级向上层贵族看齐，而条件稍好的下层人士向中产阶级看齐。换句话说，社会并不提倡妇女外出工作赚钱，工作赚钱是下层妇女不得已的选择，整个社会缺乏尊重劳动的价值观，这种观念对妇女自由选择职业是极为有害的。戏剧中，华伦夫人的母亲为自己的子女树立的学习榜样也只不过是因为嫁给海军军需厂的工人而不用工作的女人。

戏剧中所反映的职业选择权受到侵害最为严重的群体是那些失足的妇女，她们由

第十六章 《华伦夫人的职业》：对侵害妇女权利的控诉

于贫困、债务或者被强制做了娼妓，就意味着一辈子很难再找到正当的职业。维多利亚时期的性道德具有非常强烈的双重道德标准，对妇女的道德标准十分严苛，以至于工厂主雇佣女工也要求她们提供能够证明自己清白的证据，可从来没有对男人们有过同样的要求。这就意味着，法律和社会其他规范没有给失足的妇女以改过自新的机会，使她们只能一直隐秘地从事这个不光彩的职业。萧伯纳将这部戏剧命名为"华伦夫人的职业"大有深意，华伦夫人从事过的娼妓和老鸨的行当是一个职业吗？如果说这是一个职业，那么为什么人们对此讳莫如深，华伦夫人本人也要竭力隐瞒，她的女儿最终也因为她继续从事这个行当而与其决裂，甚至在历史上被不同类型的政府所禁止？如果说这不是一个职业，那么为什么还有那么多的服务对象？那么为什么还有那么多不幸的妇女以此为生，甚至像华伦夫人和她的姐姐一样能够通过从事这个行当积累财富并跻身于上流社会呢？下面这样一段对话耐人寻味：

薇薇：不，我是我母亲的女儿。我和你一样，我也非工作不可，必须挣钱，挣的要比花的多。不过我干的不是你那一行，我的生活方式也和你不一样。我们必须分手。分手对我们来说和以前也没有多大区别，无非过去是二十年内在一起过几个月，今后是我们永远不再见面，如此而已。

华伦夫人：[泣不成声] 薇薇，我本来想和你在一起多待一些日子的。我真是这么想的。

薇薇：没有用的，母亲。我想，就像你不会改变一样，几滴廉价的眼泪和请求也不会让我改变的。

华伦夫人：[狂野地] 噢，你说一个母亲的眼泪是廉价的！

薇薇：那几滴眼泪不费你钱，而你想用它们换取我平静安宁的一生。即使有我陪伴着你，对你有什么好处？我们之间有什么共同之处能使我们生活在一起感到幸福呢？

华伦夫人：[不留神又冒出她过去讲的土话来] 我们是母女啊。我要我的女儿。我有这个权利。我老了谁来照应我？许多姑娘像女儿一样爱我，离开我的时候都哭了；可我还是让她们走了，因为我有你可以指望啊。我一个人孤零零地守着等你来。你现在没有权利丢下我不管，不肯尽一个女儿的本分。

薇薇：[听了她母亲那种贫民窟的土话感到极为反感和不快] 我做女儿

的本分！我就料到要说到这一点上来了。现在我就一次把话说到底吧，母亲。你需要一个女儿，弗兰克需要一个妻子。可是我不需要一个母亲，我也不需要一个丈夫。我把弗兰克打发走的时候，既不宽恕他，也不宽恕自己。你以为我会宽恕你吗？

华伦夫人：[狂暴地]哦，我知道你是什么样的人了：对自己对别人都毫不留情。我知道了。反正我凭经验能做到：见到假装虔诚的、虚伪的、心狠的、自私的女人我能判断。好吧，你走你的路，我不需要你了。不过，你听我说：你知不知道，如果你又成了一个婴儿，我会怎么处置你？哎，千真万确一定会那样处置你，就像苍天在上一样的千真万确。

薇薇：也许是掐死我吧。

华伦夫人：不，我要把你培养成我真正的女儿。不是你现在这个样子：这么骄傲怀着偏见，从我那里偷去大学教育，对，是偷，料你也不敢否定，除了偷还能是什么？我要把你在我自己的房子里养大。我要这么做。

薇薇：[平静地]是在你自己那些房子中的一所吧。

华伦夫人：[尖叫起来]听她在说什么！听她怎么对着她母亲的白发吐唾沫！噢，但愿你能活到让你自己的女儿用手撕你，用脚踩你，就像你现在用脚踩我一样。你会有这天的。遭到母亲诅咒的女人，没有一个会有好日子过的。

薇薇：我希望你不要叫嚷了，母亲。这样只有使我更加铁了心。好了。我想，我是在你控制之下的唯一得过你好处的年轻女子了。不要把这一点也糟蹋了。

华伦夫人：是的。老天宽恕我，这话说得对，你是唯一对我翻脸的年轻女子。多么不公平啊！不公平！不公平！我一直想做一个好女人。我也试过做老老实实的工作，被人当作奴隶使唤，一直到我诅咒我听说了"老老实实的工作"的那一天。我是个好母亲，而因为我把女儿培养成了一个好女人，她把我当作一个麻风病人那样赶走。噢，我要是能重新过一辈子就好了！我要对学校里的那个说谎的牧师说：从现在起，一直到我死，上天保佑，我发誓我要干坏事，只干坏事不干别的。我会飞黄腾达的。

薇薇：是啊，你最好选定一行，一直干到底。如果我是你，母亲，我可能像你一样做法。不过我不会过着一种生活又相信另一种生活。你本质上是一个旧传统的女人。这就是我现在和你告别的原因。我做得对，是不是？

第十六章 《华伦夫人的职业》：对侵害妇女权利的控诉

华伦夫人：[吃惊]把我所有的钱都扔掉，这还做得对？

薇薇：不，你应该说，把你打发走这还做得对？我要不这样做就是个傻子了，不是这样吗？

华伦夫人：[脸色阴沉]噢，好，你这么说了，那就算你做得对好了。不过，要是每个人都喜欢这样把事情做得对，这世界真是有福气了。愿上帝保佑它吧！现在，既然这里不需要我，我还待在这里做什么？还是走掉好。[她向房门转过身去。]①

在这部戏剧中，薇薇站在了道德的制高点上指责母亲，鄙视她从事的职业，最终因为母亲还在从事这个职业而与其决裂。薇薇抽着香烟，从事着母亲含辛茹苦将她培养成剑桥大学高才生才找到的体面工作，在自己的办公室里高声声讨着母亲的罪恶，仿佛一个新女性发出的道德宣言。但她的道德优越感真的那么具有正当性吗？假如没有母亲从事的"低贱而罪恶"的职业，她在贫民窟里成长的过程中又有多大的概率不成为第二个华伦夫人呢？为了把女儿培养成一个"上等人"，华伦夫人作为一个母亲同天下其他所有的母亲一样是可敬的，而她却独自承受了来自女儿所代表的那个时代主流道德观念猛烈的攻击，这是不公平的。造成千千万万个华伦夫人悲惨命运的社会制度，侵害千千万万个华伦夫人应有权利的道德和法律制度才是真正应该受到猛烈攻击的，才是这些罪恶真正的渊薮。

---

① 萧伯纳.华伦夫人的职业：萧伯纳剧作选[M].上海：上海译文出版社，2006：179-181.

结 语

一个法律与文学研究的富矿

维多利亚时期是英国历史上一个文化昌明、文学繁盛的时期,这一时期也是英国由传统的农业国向现代工业国转型的时期,也是英国法律制度大变革的时期。风云际会,使这一变动的历史时刻给维多利亚时期的英国文学作品留下了深刻的印记。而恰好这一时期兴起的以批判现实主义为特征的小说成为文学作品的主力,因此,批判现实主义的小说家们以独到的眼光审视、记录、浓缩了这个时代,也记录、浓缩甚至批判了这个时代的各种法律现象。可以说,维多利亚时期的文学作品是法律与文学这一交叉学科研究的富矿。幸运的是,我们获批了以此主题为研究对象的国家社科基金项目,使我们有机会和条件去开掘这一富矿。然而,维多利亚时期时间跨度大、小说家众多、小说数量庞大,这一方面为我们"选矿"提供了丰富的样本,另一方面也增加了难度,但每阅读完一本小说,从小说中的情节描写中、人物对话中、作者议论中去找到一条条碎片化的涉法信息,都让我们无比高兴。而面对这一条条碎片化的涉法信息,我们还要去英国法制史的著述中进行印证和对比,这项工作花费了我们大量的时间,但非常值得,正是几年来坚持不懈地采掘这个富矿,我们才充分领略到这个富矿的魅力。

对某一个国家某一个时间段的文学作品中的法律现象的系统研究是法律与文学研究一个崭新的领域,这正是本研究的价值和意义所在,也是吸引我们克服各种困难坚持这项工作的原因所在。本研究虽然很有意义,但是,这个研究结束后我们还有很多工作要做。如果说对维多利亚时期英国涉法文学作品的选择完成了"选矿"任务的话,对每一部文学作品的分析立即面临一个棘手的问题,面对一条条碎片化的涉法信息,逐条地进行分析研究所得到的仍然是一堆堆的碎片。为此,必须找到这个富矿的矿脉,这一过程必须在法学理论、历史学知识和文学的叙述模式的指引下进行,才能够找到这个富矿中一条最为清晰的矿脉。所幸的是我们找到了每一个富矿中最为清晰的那条矿脉，从而对该涉法文学作品的研究能够循着一条主线研究下去，把该文学作品中像珍珠一样的法律现象用一根金链子穿起来，成为一个美丽的项链。

呈现在大家面前的这一个个美丽的项链还意味着从事法律与文学研究的人们还有其他选择。这项研究为后续的研究提供了一个思路和启示，如果循着那条最为清晰的矿脉研究文学作品得到了一个项链，那么，这就意味着，如果我们继续寻找，找到了另一条矿脉，哪怕它还不够清晰，或许能得到一个手镯。希望我们的研究能够吸引更多从事法律与文学研究的学者去探索文学作品中的法律宝藏。

参考文献

[1] 马克思恩格斯全集(第4卷)[M].北京:人民出版社,1963.

[2] 马克思恩格斯全集(第3卷)[M].北京:人民出版社,1963.

[3] 程汉大.英国法制史[M].济南:齐鲁书社,2001.

[4] 赵红英.英国文学简史学习指南[M].武汉:武汉大学出版社,2009.

[5] GILMOUR R. The Novel in the Victorian Age, A Modern Introduction[M]. London: Edward Arnold Press, 1986.

[6] 钱乘旦,许洁明.英国通史[M].上海:上海社会科学出版社,2019.

[7] 阿萨·勃里格斯.英国社会史[M].陈叔平,译.北京:中国人民大学出版社,1991.

[8] HUSSEY W D. British History 1815-1939[M]. Cambridge: Cambridge Press, 1984.

[9] 马建军.乔治·艾略特研究[M].武汉:武汉大学出版社,2007.

[10] WILLIAMS M. Thomas Hardy and Rural England[M]. London: Macmillan, 1972.

[11] 余宗其.法律与文学的交叉地[M].沈阳:春风文艺出版社,1995.

[12] 威廉·S.霍尔兹沃思.作为法律史学家的狄更斯[M].何帆,译.上海:上海三联书店,2009.

[13] 查尔斯·狄更斯.匹克威克外传[M].蒋天佐,译.上海:上海译文出版社,1979.

[14] 何勤华.英国法律发达史[M].北京:法律出版社,1999.

[15] 查尔斯·狄更斯.雾都孤儿[M].黄水乞,译.合肥:安徽文艺出版社,2014.

[16] 陈晓律. 英国福利制度的由来与发展[M]. 南京：南京大学出版社, 1996.

[17] 克拉潘. 现代英国经济史：上卷[M]. 姚曾廙, 译. 北京：商务印书馆, 1986.

[18] 朱华荣. 各国刑法比较研究[M]. 武汉：武汉大学出版社, 1995.

[19] 徐尚清. 当代英国法律制度[M]. 延吉：延边大学出版社, 1990.

[20] 查尔斯·狄更斯. 荒凉山庄[M]. 黄邦杰, 陈少衡, 张自谋, 译. 上海：上海译文出版社, 1979.

[21] 赵炎秋. 狄更斯长篇小说研究[M]. 北京：社会科学文献出版社, 1996.

[22] 李建彬. 英国都铎时期的社会贫困与慈善、救济政策[J]. 华东师范大学学报（哲学社会科学版）, 1998（6）：58-63.

[23] 萨克雷. 名利场[M]. 杨必, 译. 北京：人民文学出版社, 1957.

[24] 罗伊斯顿·派克. 被遗忘的苦难：英国工业革命的人文实录[M]. 福州：福建人民出版社, 1983.

[25] 马克思. 资本论：第1卷[M]. 北京：人民出版社, 1973.

[26] TREVOR M. An Economic and Social History of Britain 1760-1970[M]. New York: Longman, 1987.

[27] THOMAS B. The Industrial Revolution and the Atlantic Economy[M]. London: Routledge, 1993.

[28] HUNT E H. British Labour History 1815-1914 Atlantic Highlands[M]. New Jersey: Humanities Press, 1981.

[29] 查尔斯·狄更斯. 小杜丽[M]. 金绍禹, 译. 上海：上海译文出版社, 1993.

[30] 赵炎秋. 狄更斯与晚清中国四外交官笔下的英国监狱：狄更斯小说中的监狱研究之三[J]. 中国文学研究, 2006（4）：3-8.

[31] 乔治·艾略特. 亚当·比德[M]. 傅敬民, 译. 上海：复旦大学出版社, 2011.

[32] GOULD R. The History of an Unnatural Act: Infanticide and *Adam Bede* [J]. Victorian Literature and Culture, 1997（25）：263-277.

[33] HANCOCK C R. It Was Bone of Her Bone, and Flesh of Her Flesh, and She Had Killed It: Three Versions of Destructive Maternity in Victorian Fiction[J]. Literature Interpretation Theory, 2004（15）：299-320.

[34] BEHLMER G. Deadly Motherhood: Infanticide and Medical Opinion in Mid-

Victorian England[J]. Journal of the History of Medicine and Allied Sciences, 1979（34）：423.

[35] KILDAY A M. A History of Infanticide in Britain, c. 1600 to the Present[M]. New York: Palgrave Macmillan, 2013.

[36] 王萍.现代英国社会中的妇女形象[M].南京：江苏人民出版社，2005.

[37] 上海社科院法学研究所编译室.各国宪政制度和民商法要览欧洲分册：下[M].北京：法律出版社，1986.

[38] 谢望原.英国刑事制定法精要（1351-1997）[M].北京：中国人民公安大学出版社，2003.

[39] 陆伟芳.从19世纪英国刑罚的变迁看人类文明进程[J].扬州大学学报（人文社会科学版），2012（2）：98.

[40] 乔治·艾略特.弗洛斯河上的磨坊[M].祝庆英，郑淑贞，方乐颜，译.上海：上海译文出版社，2008.

[41] 雷玉桃.国外水权制度的演进与中国的水权制度创新[J].世界农业，2006（1）：36.

[42] 万钧，柳长顺.英国取水许可制度及其启示[J].水利发展研究，2014（10）：63.

[43] 胡德胜.英国的水资源法和生态环境用水保护[J].国家水利，2010（5）：52.

[44] A G. 盖斯特.英国合同法与案例[M].张文镇，孙蕴珠，译.北京：中国大百科全书出版社，1998.

[45] 乔治·艾略特.米德尔马契：上[M].项星耀，译.北京：人民文学出版社，2006.

[46] 陈碰友.英国遗嘱继承制度研究[J].厦门大学法学评论，2001（2）：271.

[47] HERTZ N. The End of the Line: Essays on Psychoanalysis and the Sublime[M]. New York: Columbia UP, 1985.

[48] 乔治·艾略特.米德尔马契：下[M].项星耀，译.北京：人民文学出版社，2006.

[49] 艾米莉·勃朗特.呼啸山庄[M].杨苡，译.江苏：译林出版社，1990.

[50] 曹培.英国的房地产抵押制度（之一）[J].中外房地产导报，1994（010）：34.

[51] 曹培.英国的房地产抵押制度（之二）[J].中外房地产导报，1994（011）：32.

[52] 李喜蕊.英国家庭法历史研究[M].北京：知识产权出版社，2009.

[53] 凯特·米利特.性的政治[M].钟良明，译.北京：社会科学文献出版社，

1999.

[54] 李宝芳.维多利亚时期英国中产阶级婚姻家庭生活研究[M].北京：社会科学文献出版社，2015.

[55] 加里·斯坦利·贝克尔.家庭论[M].王献生，王宇，译.北京：商务印书馆，1998.

[56] 托马斯·哈代.枉费心机[M].张谷若，译.北京：人民文学出版社，2018.

[57] GURU G P. Thomas Hardy: The Artist and the Thinker[M]. Sambalpur: Menaka Prakashani, 1998.

[58] 王晓焰.18-19世纪英国妇女地位研究[M].北京：人民出版社，2007.

[59] W. 特伦特.托马斯·哈代的长篇小说（1892）[M]//陈焘宇.哈代创作论集.北京：中国社会科学出版社，1992：203.

[60] 聂珍钊.悲戚而刚毅的艺术家[M].武汉：华中师范大学出版社，1992：216.

[61] 李仁玉.比较侵权法[M].北京：北京大学出版社，1996：202.

[62] 托马斯·哈代.苔丝[M].张谷若，译.北京：人民文学出版社，1984.

[63] 吴笛.哈代新论[M].杭州：浙江大学出版社，2009.

[64] J C. 史密斯，B. 霍根.英国刑法[M].马清升，译.北京：法律出版社，2001.

[65] 靳克斯.英国法[M].张季忻，译.北京：中国政法大学出版社，2007.

[66] 曾繁正，赵向标.西方国家法律制度、社会政策及立法[M].北京：红旗出版社，1998.

[67] 杰佛里·威尔逊.英国刑事司法程序[M].姚永吉，译.北京：法律出版社，2002.

[68] DAVIS W A. Thomas Hardy and The Law: Legal Presences in Hardy's Life and Fiction[M]. Cranbury: Associated University Presses, 2003.

[69] 爱德华·汤普森.共有的习惯[M].沈汉，王加丰，译.上海：上海人民出版社，2001.

[70] 托马斯·哈代.卡斯特桥市长[M].侍桁，译.上海：上海译文出版社，2002.

[71] 薄洁平.上帝作证[M].上海：学林出版社，2005.

[72] GLEADLE K. British Women in the Nineteenth Century[M]. New York: Palgrave MacMillan, 2001.

[73] 安德烈·比尔基埃，克里斯蒂亚娜·克拉比什－朱伯尔，玛尔蒂娜·雪伽兰，等.

家庭史：第3卷现代化的冲击[M].袁树仁,姚静,肖桂,译.上海：三联书店,1998.

[74] CARLSON E J. Marriage and the English Reformation[M]. Cambridge: Blackwell Press, 1994.

[75] 李喜蕊.论英国18世纪离婚的国家法和习惯法[J].法学论丛,2007(12):92-93.

[76] 臧书磊,颜国芳.论英国历史上"卖妻"现象产生的原因[J].理论界,2009(8):142-143.

[77] ABBOTT M. Family Ties: English Families 1540-1920[M]. London: Routledge, 1993.

[78] 阿瑟·柯南·道尔.福尔摩斯探案全集（一）[M].陈羽纶,丁钟华,译.北京：群众出版社,2019.

[79] 阿瑟·柯南·道尔.福尔摩斯探案全集（四）[M].陈羽纶,丁钟华,译.北京：群众出版社,2019.

[80] 阿瑟·柯南·道尔.福尔摩斯探案全集（五）[M].陈羽纶,丁钟华,译.北京：群众出版社,2019.

[81] 阿瑟·柯南·道尔.福尔摩斯探案全集（三）[M].陈羽纶,丁钟华,译.北京：群众出版社,2019.

[82] 托马斯·哈代.无名的裘德[M].张谷若,译.北京：人民文学出版社,2019.

[83] 戴承富.从托马斯·哈代的创作看其爱情婚姻观擅变[J].外国文学研究,1994(3):105.

[84] STONE L. Road to Divorce, England 1530-1987[M]. Oxford: Oxford University Press, 1990.

[85] CRETNEY S. Family law in the Twentieth Century: A History[M]. Oxford: Oxford University Press, 2003.

[86] 萧伯纳.华伦夫人的职业：萧伯纳剧作选[M].上海：上海译文出版社,2006.

[87] 曾亚英.维多利亚时期英国城市的娼妓问题[J].妇女研究论丛,2005(5):69-73.

[88] 王章辉.笃学集[M].兰州：兰州大学出版社,2003.

后 记

本书是国家社科基金项目"英国维多利亚时期文学作品中的法律现象研究"（15XFX004）的最终研究成果。

时至今日，课题组成员对当时得知获批国家社科基金项目时喜悦和兴奋的情景仍记忆犹新。但是，随后艰辛的查阅资料、冥思苦想、反复修改讨论提纲、撰写前期成果、撰写书稿、修改书稿等工作，使我们深刻感受到了课题研究的难度。期间，由于课题组负责人工作调动等原因，课题研究一度中断。但课题组成员相互督促和鼓励，克服各种困难，最终完成了课题的各项研究工作。

本书的写作由魏军梅、王含冰、孙靖丽三位老师合作完成。魏军梅承担了前言、第一章、第五章、第十一章、第十二章、第十三章、第十四章、第十五章、第十六章、结语的写作任务，王含冰承担了第二章、第三章、第四章、第六章、第十章的写作任务，孙靖丽承担了第七章、第八章、第九章的写作任务。全书的思路框架、体系设计和统稿工作由魏军梅完成。

在书稿完成并付梓之际，我们期待本书对英国维多利亚时期文学作品中的法律现象的初步研究能引发更多学者对这一主题的兴趣与思考，我们也将继续深化相关问题的研究。因作者学识与能力有限，本书难免有诸多不足之处，恳请各位专家学者批评指正。最后，对甘肃政法大学和陕西师范大学对本书的全方位支持表示真挚的感谢！

魏军梅　王含冰　孙靖丽

2023 年 6 月